d

Eric Ambler
Mit der Zeit
Roman
Aus dem Englischen
von Hans Hermann

Diogenes

Die Originalausgabe erschien
unter dem Titel »The Care of Time«
bei Weidenfeld und Nicolson, London
Copyright © 1981 by Eric Ambler

Alle deutschen Rechte vorbehalten
Copyright © 1981
by Diogenes Verlag AG Zürich
100/81/12/1
ISBN 3 257 01612 3

Jene Frauen unserer großen Denker, die allzu eifersüchtig über die Sensibilität und den guten Ruf ihres Mannes wachen, sind im allgemeinen nicht beliebt. Sie sind zuweilen auch gefürchtet. A.I. Herzens Frau tat sich, nach Michel B., in dieser Hinsicht besonders hervor. Hörte sie auch nur gerüchteweise von irgendeinem jungen Mann mit einer belanglosen neuen Idee, die ihrem Mann intellektuelles Mißbehagen bereiten konnte, so war sie aufs tiefste beunruhigt. Auf der Stelle wurde der Emporkömmling in seine Schranken gewiesen. Sie gebrauchte stets die gleichen Worte, und sie klangen stets wie ein böser Fluch.

»Mit der Zeit«, sagte sie dann giftig, »wird auch *ihm* die Luft ausgehen!«

Mit der Zeit wird natürlich uns allen die Luft ausgehen, aber man sieht, weshalb sie Angst verbreiten konnte. Und nicht nur unter den Jüngeren. Unsere älteren Männer haben Angst davor, daß sich die Hand der Zeit all dessen bemächtigt, woran sie geglaubt haben, so wie sie Angst davor haben, daß die Hand des Todes nach ihren Kindern greift. Jenen selbstzufriedenen Optimisten, die noch nicht gelernt haben, so wie wir im Reich der Verzweiflung zu leben, muß diese erste flüchtige Ahnung des Scheiterns wie eine Vision des Todes selbst erscheinen.

Aus einer Abhandlung, mutmaßlich von
S. G. Netschajew (1847–1882)

Erstes Kapitel

Der Brief mit der Warnung traf am Montag ein, die Bombe selber am Mittwoch. Es wurde eine betriebsame Woche.

Die Warnung kam in einem gewöhnlichen Briefumschlag, der in New York aufgegeben worden war und keinen Absender trug. In dem Umschlag steckte eine zweimal gefaltete großformatige Ansichtskarte, wie man sie den Touristen heute an manchen Orten anbietet. Die Abbildung zeigte ein Hotel inmitten von Palmen, der kunstvollen Bildunterschrift zufolge das *Hotel Mansour, Baghdad, Republic of Iraq.* Auf der Rückseite war ein mit der Maschine beschriebener Papierstreifen aufgeklebt.

Sehr geehrter Mr. Halliday,
Mit der Post erhalten Sie dieser Tage ein Paket, das in gewöhnliches braunes Packpapier gewickelt ist. Damit es sich jedoch von anderen Paketen unterscheidet, die Sie möglicherweise im gleichen Zeitraum erhalten, ist es mit schwarzem Isolierband zugeklebt. Sollten Sie versuchen, dieses Paket selber aufzumachen, wären die Folgen für uns beide verhängnisvoll. Sie würden auf der Stelle tot sein, und ich würde jemanden verlieren, dessen Freundschaft und Mitarbeit ich schon bald zu gewinnen hoffe. Sie sollten mit dem Paket zum nächsten Sprengkommando der

Polizei gehen und denen alles weitere überlassen. Leute, die ihr Handwerk gründlich beherrschen, sollten keine Schwierigkeiten damit haben.

Warum schicke ich eine Bombe an einen Mann, dessen Freundschaft ich suche und dessen Dienste ich brauche? Aus drei Gründen. Erstens will ich klarmachen, daß ich jemand bin, den man absolut ernst zu nehmen hat. Zweitens will ich meine persönliche Integrität demonstrieren. Und drittens will ich mit meiner unkonventionellen Kontaktaufnahme sicherstellen, daß Sie die Vorschläge, die man Ihnen später in meinem Namen machen wird, sorgfältig erwägen.

Ich unterschreibe mit einem Decknamen. Es ist ein Name, den ich in der Vergangenheit nur selten benutzt habe, aber doch oft genug, glaube ich, um ihm einen festen Platz in den Karteien aller Zeitungsarchive verschafft zu haben, an die Sie sich auf der Suche nach weiteren Informationen über mich höchstwahrscheinlich wenden werden. Sie werden nicht viel herausbekommen, aber das wenige sollte genügen, um Ihnen Appetit zu machen, Appetit auf eine vollkommene und größere Wahrheit und die Aussicht, süßere Dinge zu kosten.

Ihr ergebener
KARLIS ZANDER

Eigentlich hatte er nicht unterschrieben, sondern den Namen mit einem Filzschreiber in Blockschrift hingeschrieben.

Wenn jemand mit dem Begriff »Ghostwriter« die Tätigkeit beschreibt, mit der ich mir derzeit den Lebensunterhalt verdiene, ärgert mich das immer; nicht etwa, weil ich es als Herabsetzung empfinde, sondern weil der Begriff ungenau ist. Von Zeit zu Zeit wünsche ich mir, er wäre es nicht. Wenn ich zum Beispiel die Korrekturfahnen einer meiner »Autobiographien« lese, nachdem der Kunde sie durchgesehen und seine – oder ihre – neuesten Gedanken und syntaktischen Eigenheiten hineingearbeitet hat. Dann kann einem der Zustand geisterhafter Anonymität, den einige meiner Kollegen genießen, höchst erstrebenswert vorkommen. Mein Name wird immer mit abgedruckt. Er steht hinter dem des angeblichen Autors und in kleineren Lettern. »Aufgezeichnet von Robert Halliday« oder »Im Zusammenwirken mit Robert Halliday« sind die üblichen Angaben; und sie stehen da nicht nur, um meinen Geltungsdrang zu befriedigen, sondern um die Tatsache festzuhalten, daß ich Miteigentümer des Copyrights bin. Sie können nebenbei auch für meine professionellen Dienste werben. Einige Verleger haben mir sogar mit aller Aufrichtigkeit versichert, mein Name auf einem Buch könne – als eine Art Garantie dafür, daß der Text nicht völlig unbrauchbar sei – die Verkaufszahlen der gebundenen Ausgabe und den Preis für die Taschenbuchrechte in die Höhe treiben. Ich selbst habe da meine Zweifel. Wenn die Bücher, mit denen ich zu tun habe, gewöhnlich gut gehen, dann liegt das meiner Ansicht nach daran, daß ich meine Leute sorgfältig auswähle. Leichte Non-Fiction scheint kurzlebig; da ich aber fast immer neben meinem Autorenhonorar auch einen Teil der Lizenzeinnahmen bekomme, bemühe ich mich um Leute, deren Geschichten wenigstens gewisse Aussichten haben, zum Dauerbrenner zu werden.

Auf Filmstars lasse ich mich nur ein, wenn sie eine sehr lange Karriere hinter sich haben, zur Zeit immer noch arbeiten und geistig und körperlich in so guter Verfassung sind, daß sie sich in Fernsehinterviews zu dem Buch äußern können. Ich weiß heute auch, daß es besser ist, von Komikern die Finger zu lassen. Zu viele von ihnen sind manischdepressiv; und ihre Erinnerungen an die Vergangenheit ertrinken oft in Selbstmitleid. Dagegen können Musiker von guter Qualität sein, und das gilt auch für Industriekapitäne, verabschiedete Generäle und Politiker. Bei Generälen muß man allerdings vorsichtig sein. Die meisten haben irgendwelche Privatfehden, und es kann einen schon irritieren, wie freigebig sie geheime Informationen ausplaudern. Generäle neigen auch zu der Ansicht, ihre Verabschiedung gebe ihnen automatisch das Recht, sich über Verleumdungs- und Beleidigungsparagraphen hinwegzusetzen. Alles in allem sind mir Politiker am liebsten, auch wenn sie in punkto Verfasserangaben meistens Ärger machen. Sie wollen wirklich einen anonymen Schreiber für ihre Bücher. Selbst Leute, die während ihrer ganzen politischen Laufbahn offizielle Redenschreiber beschäftigt haben, finden es erniedrigend, zugeben zu müssen, daß sie ohne fremde Hilfe kein zur Veröffentlichung geeignetes Buch schreiben können. Es gibt natürlich annehmbare Auswege aus dieser Schwierigkeit. »Redaktionelle Mitarbeit« können sie im allgemeinen ohne ernsthaften Prestigeverlust zugestehen. Und der »Mitwirkende« kann durch langfristige Entschädigungen auf seine Kosten kommen. Wenn das Buch in ausreichendem Umfang unveröffentlichte Briefe und Dokumente enthält – und seien sie auch noch so nichtssagend –, dann wird die Originalausgabe in stattlicher Zahl von Bibliotheken gekauft, und der Titel erscheint in allerlei Bibliographien. Politikermemoiren sind oft noch nach Jahren gefragt. Da ich überdies Politik und Politiker interessant finde, macht mir die Arbeit meistens Spaß.

Allerdings halte ich mich bei der Auswahl meiner Kandidaten an einige feste Regeln. Ich will zum Beispiel weder mit Popstars, Boxern und Baseballmanagern zu tun haben noch mit Leuten, die behaupten, einem geheimen Nachrichtendienst angehört zu haben. Leute mit Alkohol- oder Drogenproblemen meide ich ebenfalls, denn ganz gleich wie berühmt sie einmal waren oder vielleicht noch sind, für mich sind sie in jedem Fall ein unerwünschtes Risiko. Und das nicht nur, weil ich bei ihnen damit rechnen muß, eine Menge Zeit zu vergeuden. Das größte Berufsrisiko meines Gewerbes besteht in der Versuchung, den Amateurpsychiater zu spielen. Wenn die Gelegenheiten dazu auf ein Minimum beschränkt bleiben sollen, muß man Regeln aufstellen und sich dann daran halten.

Damals hatte ich jedoch keine – strenge, feste oder irgendwie andersgeartete – Regel in bezug auf Witzbolde, die behaupteten, Bomben an mich abgeschickt zu haben. Dafür hatte vorher keine Notwendigkeit bestanden.

Mein erster Eindruck von dem Brief war natürlich, daß mir irgend jemand einen Streich spielen wollte, irgend jemand aus meinem Bekanntenkreis mit einem defekten und unangenehmen Sinn für Humor – diese Postkarte vom Hotel Mansour war ein boshafter kleiner Dreh –, aber mir fiel niemand ein, der in Frage kommen könnte. Dann begann ich zu überlegen, was das wohl für ein Mann war, der glauben konnte, der Nachweis seiner persönlichen Integrität und freundliche Beziehungen zu einem Fremden ließen sich am besten durch eine Bombe und eine Warnung erreichen. Wenn es tatsächlich eine Bombe gab, dann mußte ein solcher Mann vollkommen verrückt sein.

Vollkommen? Als ich den Brief noch ein paarmal gelesen hatte, kamen mir erste Zweifel. Dieser letzte Absatz klang keineswegs verrückt und hatte vielmehr etwas merkwürdig

Selbstsicheres und Kluges an sich. Dieser Mann kannte sich nicht nur gut genug aus, um richtig einzuschätzen, wie jemand mit meiner Journalistenvergangenheit vorgehen würde, um ihn zu überprüfen, er wußte außerdem über die ihn selbst betreffenden Zeitungsberichte so gut Bescheid, daß er einen Decknamen wählte, der auftauchen würde, falls ich ihn tatsächlich überprüfte. Oder vielmehr *wenn* ich ihn überprüfte. Er zweifelte nicht im geringsten an meiner Neugier. Gut informiert also, und fast zu schlau, aber nicht vollkommen verrückt.

Plötzlich, beim Lesen der ersten beiden Absätze, hatte ich begriffen. Der Stil, das war der Mann. Es war die Mitteilung eines eitlen Mannes, der zweifellos mit irgendwelchen unsauberen Machenschaften zu tun hatte, aber eines Mannes, der sich gern selber zuhörte und der eine gewisse Vornehmheit anstrebte. Ein einfacherer Mann hätte gesagt: »Halliday, ich könnte Sie leicht umbringen. Statt dessen sag ich Ihnen, was Sie tun müssen, um nicht umgebracht zu werden. Aber dafür will ich von Ihnen eine Gegenleistung. Wenn Sie dann erfahren, was es ist, versuchen Sie nicht, sich herauszureden. Tun Sie, was ich von Ihnen verlange, und zwar sofort.«

Angenommen, die Post brachte mir tatsächlich eine echte Bombe ins Haus – und nicht nur ein mit Isolierband verklebtes Päckchen, in das jemand einen Scherzartikel gesteckt hat, um mich vor der Polizei lächerlich zu machen –, dann mußte ich diese geschwätzige kleine Warnung als ernstgemeinte Drohung verstehen.

Die Neugier, in die sich auch etwas Sorge mischte, triumphierte prompt über meine Pläne für diesen Arbeitstag, und ich fing an, mit New York zu telefonieren. Es dauerte nicht lange, und ich hatte etwas über Karlis Zander herausgebracht, aber es war – wie er mir prophezeit hatte – nicht viel. Überdies war ich an diese wenigen Informationen nicht ohne Mühe herangekommen. Der Pressedienst-Archivar, den ich am besten kannte, war überraschenderweise zunächst wenig geneigt, einem alten Freund aus längst vergangenen Tagen einen Gefallen zu tun.

»Bob«, sagte er jammernd, »es geht da um heikle Dinge, wie einige deiner geheimnisvollen Freunde das nennen würden.«

»Ich hab keine geheimnisvollen Freunde. Soll das heißen, daß sich schon mal jemand in den oberen Etagen eures Hauses für den Fall interessiert hat? Sitzt da einer drauf?«

»Nein, das soll es nicht heißen. Im Augenblick sitzt auch keiner drauf, aber das heißt noch lange nicht, daß ich einfach alles rauslassen kann. Woher das plötzliche Interesse an Zander? Was steckt denn dahinter?«

»Er hat mir nur einen Brief mit einer Bombendrohung ins Haus geschickt. Reicht das?«

»Kannst du nicht ein bißchen deutlicher werden? Wen bedroht er denn? Den Bürgermeister? Den Präsidenten?«

»Mich.«

»Dich?« Er lachte krampfhaft. »Und wann war das alles?«

»Heute morgen. Er sagt, er brauche meine Freundschaft und Mitarbeit.«

»Bob, da nimmt dich jemand auf den Arm.« Als ich darauf nichts sagte, redete er weiter. »Also gut, vielleicht liest du mir jetzt mal den Brief vor?«

Ich las ihm den Brief vor, ließ aber die letzten sieben Worte weg und erwähnte auch nichts von der Ansichtskarte. Es folgte ein langes Schweigen, schließlich ein Seufzer. »Glaub mir, Bob, du bist der letzte Mensch auf der ganzen Welt, mit dem dieser Zander etwas zu tun haben möchte.«

13

»Ich glaub's dir ja, aber weshalb?«

»Also, erst mal ist Zander heute nur noch einer aus einer ganzen Sammlung alter Decknamen.«

»Er ist tot?«

»Nein, er ist nicht tot, aber er möchte, daß wir das *glauben*, da mach ich jede Wette. Früher mal, als gerissener, hinter den Kulissen operierender Drahtzieher für die Sache der Revolution, da war es ihm gleich, ob einer oder ob viele wußten, wie clever er war, wie schlau und fix er agierte. Heutzutage ist das ganz anders. Jetzt tut er alles, um sich hinter einer sicheren Anonymität zu verschanzen.«

»Und was treibt er heute?«

»Er tritt als freier Unternehmensberater auf. Wirklich, so steht es hier, und er rät auch seinen Kunden, ihn und seine Dienste so zu bezeichnen, falls mal die Beamten vom Rechnungshof auftauchen. Um es weniger fein auszudrücken, er ist ein Mittelsmann auf höchster Ebene und verwaltet viele Millionen Dollar an Bestechungsgeldern; sein Geschäft betreibt er aus drei Aktentaschen heraus, und in allen größeren Hauptstädten ist ständig eine Suite in einem Luxushotel für ihn reserviert. Du willst den Vertrag zum Bau neuer Hafenanlagen östlich von Suez? Du willst, daß dein Konzern das allerneueste Flugabwehrsystem liefert, ohne das diese nervösen Führer der Dritten Welt nicht auszukommen glauben? Dann ist er dein Mann. Oder vielmehr, dann ist er dein Mittelsmann, einer, der die ganz speziellen Spielregeln und religiösen Vorurteile aller anderen im Kopf hat. Er ist derjenige, der genau weiß, wer geschmiert werden muß, und der auch genau weiß, wie hoch jeder einzelne von ihnen zu veranschlagen ist. Darüber hinaus versteht er es, diese Zahlungen in jedem Fall so über die Bühne zu bringen, daß kein parlamentarischer Untersuchungsausschuß der Welt je den

Finger auf dich richten und ›Bestechung!‹ rufen kann. Verstehst du langsam?«

»Wie nennt er seine Beraterfirma, und wo hat er seinen Stützpunkt?«

»Bob, er hat so viele verschiedene Firmennamen an so vielen verschiedenen Orten, daß ich gar nicht erst anfangen will, sie aufzuzählen. Er reist mit einer ganzen Anzahl von – meist libanesischen – Pässen, aber das ist schon eine Weile her. Und sein Stützpunkt ist immer dort, wo gerade die Aktentaschen sind. Verstehst du jetzt, warum diese Bombendrohung nicht echt sein kann? Du bist der letzte Mensch, den ein Drahtzieher wie er kennenlernen möchte. Und du willst auch ihn nicht kennenlernen. Der hat dir nichts zu bieten. Vergiß das alles.«

»Du sagst, Zander sei ein alter Deckname von ihm. Das klingt nach Nordeuropa. Weißt du, wo er herkommt?«

»Sicher. Geboren wurde er in Tallinn in Estland. Eine deutschsprachige Familie allerdings. Als die Sowjets nach dem Angriff der Nazis auf Polen im Baltikum einmarschierten, war er wohl Student. Natürlich sind die Unterlagen entweder vernichtet oder nicht verfügbar, aber er muß etwa achtzehn gewesen sein. Die Burschen wachsen dort schnell heran, und außerdem werden sie zäh. Die Russen schnappten zwar seine Familie, aber er konnte entkommen. Er gehörte zu einer Gruppe von Flüchtlingen, die sich auf dem Wasserweg nach Danzig durchschlugen. Dort trat er als Freiwilliger in die Wehrmacht ein und kam nach der Grundausbildung zur weiteren Spezialisierung auf eine Militärschule der Infanterie, danach zu einer Fernmeldeeinheit. Aber seine Aufgabe war nicht das übliche Errichten von Feldposten. Er sprach fließend russisch und hatte aufgrund seiner Vergangenheit eine antisowjetische Einstellung. Sie

schonten ihn für später. Und als dann Hitler nach Rußland eindrang, wurde der junge Zander als Dolmetscher
der Abwehr überstellt. Du weißt über die Abwehr Bescheid?«

»Nachrichtendienst und Spionageabwehr der Wehrmacht,
oder? Nicht mit der Gestapo zu verwechseln.«

»Stimmt. Gute Jungs, oder doch einigermaßen. Wer
jedenfalls an der russischen Front in der Abwehr eingesetzt
war, brüstete sich hinterher nicht damit, schon gar nicht im
März fünfundvierzig. Zudem war er bei Kriegsende ein
Vertriebener ohne eine Heimat, in die er hätte zurückkehren
können. Estland gehörte nun endgültig zur Sowjetunion.
Also nutzte er einiges von dem, was er in der Abwehr
gelernt hatte, und mogelte sich über Frankreich und Spanien
nach Algerien durch.«

»Sehr wendig. Warum Algerien?«

»Er war nie etwas anderes als Soldat gewesen. Würdest du
mir glauben, wenn ich dir sagte, er hat sich zu einer deutsch
sprechenden Fallschirmjägereinheit der französischen Fremdenlegion gemeldet?«

»Warum auch nicht? Viele der Legionäre in der Schlacht
um Dien Bien Phu waren Deutsche.«

»Dien Bien Phu, richtig. Da wurde er verwundet. Aber er
hatte Glück. Es passierte in den ersten Wochen der Schlacht.
Er war einer von denen, die evakuiert wurden. Sein letztes
Jahr in der Legion verbrachte er dann wieder in Sidi-bel-
Abbès als Ausbilder an der Waffe. Legionär war er übrigens
unter dem Namen Carl Hecht geworden.«

»Wann habt ihr eine Akte über ihn angelegt?« fragte ich.

»Oh, das war erst später, erst als . . .« Er unterbrach sich,
und ich dachte schon, er überlege wieder, ob er nicht zuviel
für eine zu geringe Gegenleistung preisgab. Aber nein; es lag

einfach daran, daß er als Archivar die Dinge gern in chronologischer Reihenfolge geordnet haben wollte.

»Wir sind *einigermaßen* sicher«, fuhr er fort, »daß er die anschließenden zwei Jahre entweder im Libanon oder in Jordanien oder in beiden Ländern verbracht hat. Nach seiner Zeit in der Legion, seiner Verwundung und ehrenhaften Entlassung stand es ihm zu, die französische Einbürgerung zu beantragen. Also änderte er erneut seinen Namen und wurde Charles Brochet. Als ehemaliger Ausbilder in der Fremdenlegion, der zudem in Algerien ein wenig Küchenarabisch gelernt hatte, wäre er in den Trainingscamps der PLO mit offenen Armen empfangen worden.«

»Du sagst, ihr seid einigermaßen sicher. Nur einigermaßen?«

»Na ja, das war nur die Geschichte, die er hinterher erzählte. Es war nicht ohne weiteres möglich, sie zu überprüfen. Er ist offenbar ein gerissener Lügner. Kann gut einschätzen, was man von ihm zu hören hofft oder erwartet. Du hast gefragt, wann wir diese Akte über ihn angelegt haben. Das war erst später, neunundfünfzig, als er anfing, sich in Tunesien einen Namen zu machen. Einen Namen als Verschwörer und Partisan, meine ich.«

»Und wie?«

»Er betrieb ein Import-Export-Geschäft für die FLN. Die Franzosen hatten in Nordafrika wirkungsvolle Handelsembargos, die so ziemlich alles betrafen, was die algerischen Rebellen zur Fortführung ihres Kampfes brauchten. Zanders Firma, die er ›C. Brochet Transports SA‹ nannte, fungierte für sie als geheimer Einkäufer und schaffte das Zeug über Land an die tunesische Grenze.«

»Waffen?«

»Hauptsächlich Material zur medizinischen Versorgung –

Arzneimittel, Antibiotika. Das war es, was ihn wichtig machte. Um die französischen Embargos zu umgehen, kaufte er über eine Scheingesellschaft namens ›Zander Pharmaceuticals‹ ein, die er in Miami in Florida gründete.«

»Mit arabischem Geld?«

»Mit seinem eigenen jedenfalls nicht, das steht fest. Seine Hintermänner mußten Araber sein, auch wenn wir sie nie genau identifizieren konnten. Wir haben's natürlich versucht. Die Franzosen waren damals international unbeliebt, und jede Geschichte, die aus Algerien kam, galt als wichtig. Wir hatten einen Mann dort, der sich ausgiebig mit dem Fall Brochet-Hecht-Zander befaßte. Einer seiner ersten Schritte war natürlich, Zander in den Nachschlagewerken zu suchen. Rate mal, mit welchem Ergebnis.«

»Er hat *zander* im Wörterbuch gefunden. Es ist irgendein Fisch. Wie *Hecht* im Deutschen und *brochet* im Französischen?«

»Erraten. Der Zander gehört zur Art der Glasaugenbarsche.«

»Nicht gerade clever von ihm, wie, Decknamen zu benutzen, die so leicht zu knacken waren? *Das* hat er sich bestimmt nicht in der Abwehr angewöhnt.«

»Genau das sagte unser Mann damals auch. Monsieur Brochet ließ ihn wissen, er verstehe die arabische Seele nicht. Ein hochgeachteter Held, der Folter- und Todesdrohungen kühn trotze, sei weniger gefährdet als irgendeine Null. Er sagte sogar, der französische Nachrichtendienst wisse genau über ihn Bescheid und habe mehr als einmal versucht, ihn umzubringen. Der mutige und allseits beliebte El Brochet war von besorgten arabischen Freunden immer umfassend abgeschirmt worden. Ein namenloser Jedermann hätte selbst im sichersten Versteck keine Woche überlebt. Ein Gedanke,

Bob, der mich zu deinem kuriosen Brief zurückbringt. Vor zwanzig Jahren in Tunis hätte sich vielleicht der Direktor von Zander Pharmaceuticals dein Talent, anderen ein Image aufzubauen, zunutze gemacht und dich beauftragt, Robin Hood für den nordafrikanischen Markt umzuschreiben. Aber heute? Unmöglich. Was, sagtest du, will er angeblich von dir?«

»Freundschaft und Mitarbeit. Wenn er mir für eines von beiden ein verbindliches Angebot macht, laß ich dich's wissen. Was ist mit seinem Sexleben?«

»Nach unserer Geschichte hier ist er in seinem Geschmack ohne jedes Vorurteil. Aber neuere Erkenntnisse fehlen uns da.«

Wir unterhielten uns noch ein bißchen weiter, bevor ich ihm dankte und auflegte. Fast noch im selben Augenblick läutete das Telefon. Es war Barbara Reynolds, meine Agentin, die anrief.

»Robert, Ihre Leitung war den ganzen Nachmittag belegt.«

»Die Änderungen am Williams-Manuskript sind ziemlich weit gediehen, und ich liefere diese Woche noch ab.«

»Die werden das gerne hören, aber deswegen rufe ich nicht an. Wir bekamen eine recht interessante Anfrage von einem italienischen Verlag. Die nennen sich Casa Editrice Pacioli und sitzen in Mailand.«

»Welches Buch wollen sie haben?«

»Kein bestimmtes. Ich meine, es geht ihnen nicht um Übersetzungsrechte. Das macht die Sache so interessant. Die wollen mit Ihnen darüber reden, ob Sie nicht ein Buch für sie schreiben, zu dem sie selbst das Thema vorschlagen. Natürlich nicht auf italienisch. Um die Übersetzung würden sie sich später kümmern. Sie wollen die Weltrechte, und zuerst käme eine englischsprachige Veröffentlichung hier, danach dann eine britische, italienische, deutsche, spanische Ausgabe, und so fort. Es ist reichlich ungewöhnlich.«

»Um welches Thema geht es?«

»Das wollen sie mit Ihnen persönlich besprechen. Offenbar wollen sie nicht, daß man in der Branche darüber redet, solange der Vertrag nicht unter Dach und Fach und das Buch in Arbeit ist. Wenn das eine dieser Ideen ist, die geklaut werden können, dann muß man das akzeptieren. Sie sagen es nicht mal mir. Sie wollen nur mit Ihnen darüber sprechen.«

»In Mailand?«

»Nein, hier in New York. Ein Anwaltsbüro vertritt ihre Interessen.« Sie nannte den Namen der Kanzlei. Es war eine jener angesehenen Wall-Street-Sozietäten mit drei oder vier eindrucksvollen Familiennamen auf dem Firmenschild und mindestens einem Dutzend etwas jüngerer, aber dennoch distinguierter Mitinhaber in einer langen Spalte im Briefkopf. Um Casa Editrice Pacioli kümmerte sich ein Mann namens McGuire. Laut Barbara war er die Nummer drei auf der Liste der tätigen Mitinhaber.

Ich stellte fest, daß mich diese Auskunft beruhigte, und fragte mich, warum. Es dauerte ein paar Augenblicke, bis ich die Antwort wußte. McGuire und seinesgleichen würden nicht für jemanden wie Karlis Zander arbeiten. Mit einem Kraftakt riß ich mich zusammen.

»Haben Sie je mit Pacioli zu tun gehabt?«

»Sicher, durch den Agenten, der uns in Italien vertritt. Gut eingeführter Verlag mit einer blühenden Pädagogikabteilung und einem guten Langzeitprogramm. Sie wurden von einem Mischkonzern übernommen, wenn ich mich recht erinnere, und das könnte ihre Bereitschaft zu einem solchen Angebot erklären.« In ihre Stimme kam eine gekünstelte Ruhe, wie immer, wenn sie von Geld sprach. »Robert, sie bieten ein Pauschalhonorar *plus* achtzig Prozent aus den Taschenbuchrechten *plus* vierzig Prozent aus Veröffentlichungen in Fortsetzungen. Das Honorar würde fünfzigtausend betragen – Dollars, nicht Lire –, zahlbar je zur Hälfte bei Vertragsabschluß und bei Ablieferung des Manuskripts. Es kommt aber noch besser: Das Honorar würde *nicht* – ich wiederhole: *nicht* – auf die Verfassertantiemen angerechnet. Sie bekommen es einfach für Ihre Arbeit. Die nicht bei Vertragsabschluß fällige Hälfte des Honorars würde hier auf einem Treuhandkonto hinterlegt werden, zusammen mit weiteren fünftausend als Anzahlung auf Ihre Reisespesen. Es ist ein traumhaftes Angebot.«

»Oder ein Traumgebilde.«

»Robert, ob das ein Thema für Sie ist, finden Sie nur heraus, wenn Sie es sich von Mr. McGuire erklären lassen. Ich habe ihm gesagt, ich würde ihn spätestens am Mittwoch zurückrufen.«

»Wozu die Eile? Auf Schnellschüsse mit ihrem ständigen Zeitdruck laß ich mich nicht mehr ein.«

»Guter Freund, ich weiß, daß Alimente abzugsfähig sind, aber erst muß etwas da sein, von dem man sie abziehen kann, und Sie haben zur Zeit keine anderen Eisen im Feuer. Die fünfzigtausend liegen praktisch auf der Straße, Sie brauchen sie nur aufzulesen.« Sie nennt mich immer dann ›guter Freund‹, wenn sie mehr Kooperation von mir erwartet. Wahrscheinlich hatte mein Steuerberater mit ihr geredet. Beim Finanzamt hatten sie meine Einkommensteuererklärungen aus den letzten drei Jahren geprüft, und anscheinend hatte ich mit einer saftigen Nachzahlung zu rechnen.

»Ich werd's mir überlegen.«

»Guter Freund, überlegen Sie sich's, während Sie das Williams-Manuskript redigieren, und dann rufen Sie mich am Mittwochvormittag an, damit ich mit Mr. McGuire einen Termin ausmachen kann. In Ordnung?«

»In Ordnung.«

Ich rief sie am Mittwochvormittag nicht an, denn das war der Tag, an dem die Bombe eintraf.

Das Päckchen hatte etwa die Größe und das Gewicht eines durchschnittlichen Buches. Das braune Packpapier war säuberlich mit einem schwarzen Isolierband verklebt worden, wie man es in der Haushaltsabteilung eines Supermarkts kaufen kann. Mein Name und meine Anschrift auf dem Aufklebezettel waren mit der Maschine geschrieben, ebenso die Anschrift des Absenders. Er gab sich die Nummer eines Postfachs in Miami, wo das Päckchen aufgegeben worden war, aber keinen Namen.

Als der Postbote, der es gebracht hatte, gegangen war und ich aufgehört hatte, einfach dazustehen und es einfältig anzuglotzen, als wartete ich nur darauf, von ihm angeredet zu werden, legte ich es sehr behutsam auf den nächsten Tisch. Darauf setzte ich mich hin und stellte überrascht fest, wie kalt und zugleich heiß mir plötzlich geworden war. Die Zugehfrau, die mich versorgt, mußte jeden Augenblick kommen. Ich wartete an der Wohnungstür auf sie, sagte ihr, sie dürfe das Päckchen nicht anrühren, und ging dann zurück in mein Arbeitszimmer.

Der Bedarf nach einem Sprengkommando kann in unserem Teil Pennsylvanias nicht sehr groß sein. Jedenfalls war im Telefonbuch unter diesem Stichwort keine Eintragung zu finden, und so rief ich meine Teilzeitsekretärin an, die sich für Kommunalpolitik interessiert, und fragte sie nach dem Namen des ranghöchsten Mannes in unserer Polizei. Das

Päckchen erwähnte ich nicht. Ich sagte ihr, ich wolle im Zusammenhang mit dem Williams-Manuskript einige Aspekte des polizeilichen Ermittlungsverfahrens klären. Da Williams ein freigesprochener Mörder war, war das ein überzeugender Vorwand. Sie sagte, ich solle mit Captain Boyle reden, einem neuen und äußerst hilfsbereiten Mann.

Nach einigem Hin und Her mit einem standhaften dienst-tuenden Polizisten konnte ich endlich mit Boyle sprechen, der zunächst eher feindselig als hilfsbereit klang. Er unter-ließ es geflissentlich, mich zu fragen, was er für mich tun könne und war fest überzeugt, daß ich in der Hoffnung anrief, einen Strafzettel aus der Welt schaffen zu können. Zweifellos war er drauf und dran, mir mitzuteilen, daß mit ihm ein frischer Wind im Revier wehe. Und so sagte ich ihm in aller Ruhe, ich wisse nicht recht, ob ich mit ihm oder mit dem FBI reden solle, aber ich hätte eine Bombendrohung erhalten. Das schien ihn wenigstens ein bißchen zu interes-sieren, und so las ich ihm die Warnung vor. Und noch bevor er sich äußern konnte, berichtete ich, daß inzwischen auch die Bombe selbst angekommen sei.

»Sie sagen, das war heute morgen, Mr. Halliday?« Nun war er ganz umgänglich.

»Das stimmt. Im Zimmer nebenan tickt sie vor sich hin.« Es war ein Fehler, witzig sein zu wollen.

»Sie tickt, sagen Sie?«

»Ich meinte das im übertragenen Sinn, Captain. Es gibt kein hörbares Geräusch. Hören Sie, ich will die Sache ja nicht dramatisieren, aber es wäre mir recht, wenn jemand von einem Sprengkommando kommen und feststellen könnte, ob das Ding echt ist oder nicht.«

»Wir haben kein Sprengkommando, Mr. Halliday, jeden-falls nicht hier, aber ich glaube, es gibt eins in Allentown.

Geben Sie mir Ihre Nummer, und ich melde mich gleich wieder bei Ihnen.«

Fünf Minuten später rief er zurück. »Die Polizei in Allentown hat ein aus Kriminalbeamten zusammengesetztes Sprengkommando, Mr. Halliday, und die schicken gleich ein paar Mann mit der ganzen Ausrüstung rüber. Die wollen neben dem Päckchen auch den Brief sehen. Sie haben also das Päckchen mit der Post erhalten, nicht wahr?«

»Das ist richtig.«

»Ist es in gutem Zustand, oder ist die Verpackung irgendwie beschädigt?«

»Die Verpackung ist völlig in Ordnung, warum?«

»Nun ja, es geht mir um folgendes, Mr. Halliday: möchten Sie, daß ein Streifenwagen den ganzen langen Weg zu Ihnen hinausfährt, oder möchten Sie Zeit sparen und mit dem Päckchen und dem Brief zu uns herfahren?«

Ich dachte daran, diesen nicht sehr hilfreichen Vorschlag zurückzuweisen, aber mir fiel keine vernünftige Begründung ein, außer daß ich vor dem Ding unheimlich Angst hatte. »Also gut, Captain, ich fahre damit in die Stadt. Doch für den Fall, daß unterwegs etwas Unerwartetes passiert: Sie finden den Brief hier auf meinem Schreibtisch. Ich mache eine Fotokopie davon und bringe Ihnen die mit.«

Er lachte leise vor sich hin. »Wenn es sicher durch die Post gekommen ist, Mr. Halliday, dann übersteht es auch eine Fahrt im Kofferraum Ihres Wagens.«

Er behielt recht, aber ich bemerkte, daß die Leute vom Sprengkommando, die es etwa eine Stunde später auf dem Parkplatz der Polizei aus meinem Wagen holten, nicht ganz so locker an die Sache herangingen. Sie trugen einen massiven Körperschutz bis hinunter zu den Knien und mit Augenschlitzen versehene Stahlhauben, die wie mittelalterliche Turnierhelme auf den Schultern ruhten. Sie transportierten das Päckchen in einem gepolsterten Metallkorb, der an einer von zwei Leuten getragenen langen Stange hing.

Wir schauten aus der Ferne zu, wie sie damit zu dem gepanzerten Lastwagen gingen, den sie mitgebracht hatten. Dann ging ich mit Boyle und einem seiner Kriminalbeamten in ein Büro. Dort machte ich eine simple Aussage, die lediglich besagte, daß ich den Brief und das Päckchen mit der Post erhalten hatte, bevor ich beides der Polizei übergeben hatte.

Danach bekam ich eine Tasse Kaffee und wurde gefragt, ob es mir etwas ausmache, zu warten, bis die Männer vom Sprengkommando mit Hilfe ihres tragbaren Röntgenapparates zu irgendeinem vorläufigen Ergebnis gekommen seien. Offenbar mußte in Fällen, wo Bomben per Post über die Grenzen eines Bundesstaates geschickt wurden, sowohl das FBI als auch die Postverwaltung benachrichtigt werden. Dann konnten beide – zusätzlich zur Polizei – damit zu tun bekommen, die überraschend große Zahl an Schwerverbrechen und minderen Delikten zu untersuchen, die Zander begangen haben würde. Und ich würde bei allem als Zeuge zugegen sein. Großzügig stimmte ich zu, den Urteilsspruch des Sprengkommandos abzuwarten. Ich brauchte ihnen ja nicht zu sagen, daß ich, solange meine immer größer werdende Neugier nicht wenigstens zum Teil befriedigt war, nur unter Gewaltanwendung zum Weggehen zu überreden sein würde.

Nach fast einer Stunde begannen negative Berichte zurückzukommen. Die Postfachnummer in Miami gab es nicht. Das FBI hatte keinerlei Unterlagen über einen Zander. Kurz danach schickte Captain Boyle nach mir, damit ich mir den Bericht des Sprengkommandos anhören konnte.

Die Leitung des Sprengkommandos hatte ein Kriminalbeamter namens Lampeter. Der große, schwarze, melancholische Mann nickte beiläufig, als Boyle uns miteinander bekannt machte. Er hatte ein an zwei Klammern hängendes Röntgenbild in der Hand und schien in gleichem Maße sich selbst widerlich und uns andere langweilig zu finden. Ich fragte mich, ob dieser Gemütszustand mit seinem Job zu tun hatte. Er hatte einen weißen Partner, dessen Namen ich nicht mitbekam.

»Da haben Sie Ihre Bombe, Mr. Halliday«, sagte Boyle und deutete mit einer Handbewegung auf das Bild.

Ich konnte auf der Röntgenaufnahme nicht mehr erkennen als ein undefinierbares Grau, einen geringfügig dunkleren rechteckigen Schatten und etwas, das wie der Umriß einer altmodischen Mausefalle aussah.

»War denn nun Sprengstoff drin?« fragte ich.

Lampeter deutete auf das dunkle Rechteck. »Gewöhnliches Dynamit«, sagte er, »von der Sorte, mit der Farmer Baumstümpfe rausholen. Sechs Stangen, mit einem Band umwickelt. Keine Fingerabdrücke auf dem Band oder irgendwo sonst. Normale Sprengkapseln. Es ist eine absolut professionelle Arbeit. Das hat einer gebaut oder bauen lassen, der genau weiß, wie man bei der Entschärfung vorgeht. Sehen Sie das hier?« Er tippte mit dem Finger auf diese Mausefalle.

»Sieht aus wie eine Mausefalle.«

»Das ist es auch, mehr oder weniger. Die Überlegung ist die, daß der Empfänger das Päckchen dadurch öffnet, daß er die Verpackung aufreißt. Dadurch wird der Druck von dem Stück Karton genommen, das bis dahin die Feder nach unten gedrückt hat. Und schon schnappt das Ding zu wie jede andere Mausefalle. Nur daß es nicht auf eine Maus heruntersaust, sondern auf eine Sprengkapsel. Und bäng, Sie haben beide Arme und ein Auge verloren, oder noch mehr. Sobald wir also auf einem Röntgenbild diesen Schnappmechanismus sehen, wissen wir, wie wir das Päckchen öffnen und entschärfen müssen. Das geht so. Entschuldigen Sie, Captain.«

Er holte eines der Gesetzbücher aus dem Regal hinter dem Stuhl des Captains und legte es auf die Schreibtischkante.

»Sagen wir, das ist das Päckchen. Nun lege ich meine linke Hand flach auf die Stelle, wo sich in dem Päckchen die Schnappfeder befindet, und drücke kräftig nach unten. Dann nehme ich mit der rechten Hand ein Messer mit einer scharfgeschliffenen krummen Spitze, wie man es zum Schneiden von Linoleum oder Schuhleder verwendet, und schlitze das Päckchen an den vier Kanten der langen schmalen Seite auf. Nun kann ich den Inhalt langsam herausziehen, muß aber weiterhin Druck auf die Schnappfeder ausüben, damit sie nicht zuschlägt. Wenn ich das Ding weit genug herausgezogen habe, daß ich etwas sehen kann, packe ich die Feder selbst. Dann brauche ich nur noch die Sprengkapsel zu entfernen. Während der Unruhen innerhalb der Bergarbeitergewerkschaft damals, als sich die Leute pausenlos solche Bomben mit der Post zuschickten, praktizierten wir dieses Verfahren gleich ein dutzendmal in der Woche.«

»Und Sie sind auch mit dem hier so verfahren, wie?« Captain Boyle war unruhig hin- und hergerutscht und schien nun gewillt, sich jeden weiteren Anschauungsunterricht in den Grundlagen der Bombenentschärfung zu schenken.

Lampeter antwortete mit einem nachdrücklichen Kopfschütteln. »Nein, Captain, man hat mich mit dem hier so verfahren *lassen*, und mit ›man‹ meine ich den Dreckskerl, der es geschickt hat oder dafür gesorgt hat, daß es geschickt wird. Ich sagte Ihnen ja, das hat einer gebaut, der genau

Bescheid weiß, einer, der wußte, daß es geröntgt und mit einem Krummesser so geöffnet werden würde, wie ich Ihnen das gezeigt habe. Also geht der Kerl her und baut einen zusätzlichen Kniff ein, um mich reinzulegen. In der Armee, wo ich ausgebildet wurde, hielten wir uns bei der Herstellung von Minen und Zeitbomben grundsätzlich an dieses Prinzip. Sobald der Konstrukteur ahnte oder vom Nachrichtendienst erfuhr, daß der Feind seinen Mechanismus entschärfen konnte, baute er eine Änderung ein. Wenn dann das nächste Mal irgendein Klugscheißer von der anderen Seite das Ding auf die bewährte Weise entschärfen wollte, riß es ihm den Kopf weg.«

»Ihr Kopf scheint noch heil, Lampeter«, sagte Captain Boyle. »Ich nehme also an, Sie haben die Änderung rechtzeitig entdeckt.«

»Nein, Captain, ich habe sie völlig übersehen. Sein Trick war es, außer der normalen noch eine elektrische Zündkapsel einzubauen. Sie ist auf der Röntgenaufnahme nicht zu sehen, da sie hinter der Schnappfeder steckt. Die Leitungen, die von der Minibatterie ausgehen, laufen um den äußeren Rand des ganzen Päckchens herum. Als ich das Messer reinsteckte und anfing, die Seite aufzuritzen, hätte das den verwendeten Zwillingsdraht kurzschließen und die Bombe auslösen müssen, entweder sofort oder durch die Weiterbewegung des Messers.«

»Warum ist es nicht passiert? Glück? Irgendein Defekt?«

Lampeter atmete tief durch, bevor er antwortete. »Nein, Captain. Es hatte nichts mit Glück und nichts mit einem Defekt zu tun. Der Bombenbauer hatte die Verbindungsdrähte zur Zündkapsel sorgfältig nach hinten gebogen und dort außer Reichweite meines Messers festgeklebt, um mich wissen zu lassen, daß er nicht die Absicht hatte, ernst zu machen. Er hätte mir den Kopf wegpusten können, aber er hat es nicht getan. Er ist ein Schatz. Die Laborleute beim FBI werden auch ganz hingerissen sein.«

Zum erstenmal redete sein weißer Partner vom Sprengkommando: »Wenn ich den Ficker mal in die Finger kriege«, sagte er ruhig, »dann bring ich ihn um, das schwör ich.«

»Nehmen Sie das nicht ein wenig zu persönlich, meine Herren?« fragte ich. »Schließlich bin ich derjenige, den es beinahe erwischt hätte. Die Bombe wurde *mir* ins Haus geschickt. Ich bin hoch erfreut, daß er nicht ernst machte.«

Lampeters melancholische Augen nahmen mich kurz auseinander, bevor er antwortete. »Sie sind Zivilist, Mr. Halliday, und er hat auch nicht *Sie* zum Narren gehalten. Wie ich höre, sind Sie Schriftsteller. Biographien von Filmstars, heißt es. Ist das richtig?«

»Unter anderem, ja.«

»Also doch. Ich glaube, ich habe Ihren Namen am Bücherstand im Supermarkt gesehen. ›Die Wahrheit über Soundso‹ und all das Zeug. In Ihrer Branche bekommt man bestimmt mit, wo so manche Leiche begraben ist. Und ich wette, Sie haben sich auch eine Menge Feinde geschaffen.«

»Der Absender dieser Bombe sagt, es soll eine freundliche Geste sein. Er will mich von seiner persönlichen Integrität überzeugen.«

»Ach was, Scheiße.«

»Es stimmt aber, Lampeter«, sagte Boyle.

»Sie sagten, er hat einen Drohbrief erhalten, Captain. Darin wurde er aufgefordert, das Sprengkommando zu benachrichtigen. Der Brief kam am Montag. Stimmt das?«

»Das stimmt, aber ich hatte noch keine Gelegenheit, Ihnen den Brief selbst zu zeigen. Sie steckten schon in voller

Montur für die Bombe, als Halliday beides herbrachte. Aber es ist tatsächlich so, wie er sagt. Hier.«

Er hatte die Fotokopie von Zanders Brief in einer Plastikhülle und schob sie über den Schreibtisch. Die zwei Männer des Sprengkommandos lasen ihn zusammen. Als Lampeter fertig war, wirkte er fast fröhlich.

»Na ja, Captain«, sagte er, »lieber Sie als wir. Als Sie von einem Drohbrief sprachen, dachte ich, es handelte sich um einen von der üblichen Sorte. Aber Sie haben es da mit einem Verrückten zu tun. Und ein Verrückter, der so gute Bomben basteln kann, sollte in der Lage sein, Ihnen und den Leuten von der Post noch eine Menge Ärger zu machen.« Als er aufstand und sich zum Gehen wandte, zeigte er mir ein freundlicheres Gesicht. »Wissen Sie, was ich an Ihrer Stelle tun würde, Mr. Halliday? Das nächste halbe Jahr würde ich überhaupt keine Post mehr aufmachen, es sei denn, ich könnte sehen, was drin ist, wenn ich sie gegen das Licht halte. Und wenn der Captain hier nichts dagegen hätte, würde ich möglichst weit weg von zu Hause ausgiebig Ferien machen. War nett, Sie kennenzulernen. Captain, das Päckchen ist entschärft, es besteht keine Gefahr mehr. Sollen wir es ans FBI weiterleiten, oder macht das einer Ihrer Leute?«

Als alles geregelt war und die beiden fort waren, blickte mich Captain Boyle wieder an.

»Werden Sie etwas von dem tun, was er Ihnen geraten hat, Mr. Halliday?«

»Sie meinen, ob ich Ferien machen werde?«

»Ich würde es ganz gerne sehen, wenn Sie nicht so weit wegfahren würden, daß wir Sie telefonisch nicht mehr erreichen können. Das FBI wird möglicherweise mit Ihnen reden wollen, um eine eigene Niederschrift von dem zu haben, was Sie mir bereits erzählt haben, und die können ganz schön sauer werden, wenn die Zeugen nicht ständig Gewehr bei Fuß stehen. Sie werden natürlich Ihre Post sorgfältig anschauen, bevor Sie sie öffnen. Ich nehme an, Sie haben eine Sekretärin.«

»Halbtags. Von ihr hab ich übrigens Ihren Namen.«

»Ach ja? Nun, Sie werden sie sicher warnen. Aber die Post wird ohnehin eine Zeitlang alle an Sie adressierten Päckchen und Pakete überprüfen. Übrigens, ist Ihnen aufgefallen, daß dieser Zander ›Paket‹ schreibt, wenn er ›Päckchen‹ meint? Das ist englischer Sprachgebrauch.«

»Ja, das ist mir auch aufgefallen.«

»Sie überlassen mir doch das Original dieses Briefs, was, Mr. Halliday? Es ist immerhin möglich, daß die Leute vom gerichtsmedizinischen Labor etwas rausfinden, was wir noch nicht wissen.«

»Ich schicke Ihnen den Brief mit der Post.«

Er las noch einmal die Fotokopie durch. »Was halten Sie eigentlich von diesem letzten Absatz? Der Mann weiß, daß Sie Zeitungsmann sind. Sind Sie auf seinen Vorschlag mit den Zeitungsarchiven eingegangen?«

Es war nicht schwer zu lügen. »Ich war mal bei der Zeitung, das stimmt, aber ich hab da heute kaum noch Kontakte. Ich werde wahrscheinlich ein bißchen rumtelefonieren, aber wenn das FBI sagt, sie kennen diesen Zander nicht, ist kaum damit zu rechnen, daß ich etwas rauskriege.«

»Aber versuchen werden Sie's trotzdem?« bohrte er weiter.

»Ganz bestimmt.«

»Und uns Bescheid sagen, wenn Zander sich wieder meldet?«

Captain Boyle war ein kräftiger, gut aussehender Mann

mit einem Lächeln, wie man es von den Politikern alten Stils kennt. Es war ein Fehler von mir gewesen, seine Intelligenz zu unterschätzen.

»Ich seh schon, Sie glauben nicht, daß es sich um einen Verrückten handelt, Captain.«

»Natürlich glaube ich das. Jeder, der Bomben per Post zustellt, muß irgendwie verrückt sein. Aber in diesem Fall, glaube ich, ist es nicht der Verrückte, den Lampeter sich vorstellt. Was meinen Sie?«

»Ich stimme Ihnen zu. Diese Bombe ist Angeberei. Da läßt einer die Muskeln spielen, wenn Sie so wollen, und ich glaube nicht, daß da noch was nachkommt. Himmel noch mal, ich glaube nicht mal, daß er diese Bombe geschickt hat, ich meine, nicht eigenhändig. Ich neige – wie Sie offenbar auch – zu dem Glauben, daß der Verfasser dieses Briefs genau meint, was er sagt. Er möchte etwas erledigt haben. Er glaubt, daß ich es tun kann, daß es etwas ist, was mich besonders reizen würde. Er hat nur eine komische Art zu fragen.«

»Und wie reagieren Sie darauf, Mr. Halliday? Ich meine, jetzt, da Sie wissen, was in dem Päckchen war. Lachen Sie darüber?«

»Nein, Captain, das tu ich nicht. Ich bin genauso wütend wie vorhin Detective Lampeter. Ich bin aber auch extrem neugierig und fest entschlossen, mehr zu erfahren. Unglücklicherweise macht mich das noch wütender, da ich mit meiner Neugier und meinem Verlangen, mehr zu erfahren, gerade einige der Reaktionen zeige, die sich vermutlich Zander bei mir erhoffte. Und doch, falls und wenn er wieder auf mich zukommt, werde ich mich nicht weigern, ihm zuzuhören. Ich könnte es gar nicht.«

Der Captain nickte. »Versteh Sie gut. Nun, wenn Sie

etwas Neues erfahren, dann bin ich sicher, Sie werden's uns wissen lassen. Ich weiß, in Ihrer Branche muß man seine Quellen schützen und all das, aber wir hier schließen gern einen Fall ab, wenn es irgend geht.«

»Ich werde zu gegebener Zeit dran denken.«

»Noch was, Mr. Halliday. Sehen Sie es als einen freundschaftlichen Rat. Wenn Lampeter sagt, es handle sich hier um eine professionelle Arbeit, dann glaube ich ihm. Das heißt also, daß auch dieser Briefschreiber ein Profi ist, auf seine Art natürlich. Sehen Sie sich also vor, Mr. Halliday? Ich habe Sie überprüfen lassen. Sie haben üble Zeiten hinter sich, über die Sie nicht gern reden. Vielleicht ist jetzt der Zeitpunkt gekommen, sie endgültig zu vergessen. Nein, es geht mich nichts an. Nur ein freundschaftlicher Rat. Sie sind nicht mehr so jung, wie Sie aussehen, und süße Dinge zu kosten kann zuweilen der Gesundheit abträglich sein.«

Ich fuhr so aus der Stadt zurück, wie ich hingefahren war: langsam und vorsichtig, als hätte ich immer noch das Päckchen im Kofferraum. Ich hatte ein Sandwich mit Rindfleisch und mehrere Tassen Kaffee gehabt, während ich bei der Polizei gewesen war. Jetzt, zwei Stunden danach, bekam ich Bauchschmerzen davon.

Als ich die Haustür aufschloß, klingelte das Telefon. Ich ignorierte es und schenkte mir was zu trinken ein. Sobald das Telefon verstummte, setzte ich mich und überlegte mir, wie ich meine Sekretärin und die Zugehfrau am besten davor warnte, irgendwelche an mich adressierte Päckchen zu öffnen.

Wenn ich ihnen die Wahrheit erzählte, würden sie ihren Männern davon berichten, und die würden – höchst vernünftig – ihren Frauen verbieten oder davon abraten, weiterhin für mich zu arbeiten. Ich versuchte mir eine Lüge auszudenken, die der Situation gerecht wurde, aber mir fiel einfach keine überzeugende ein, die ohne das furchteinflößende Wort ›Bombe‹ auskommen würde. Aber war es wirklich nötig, sie zu warnen? Boyle hatte gesagt, bei der Post würden sie alle an mich adressierten Päckchen überprüfen. Selbst wenn Zander mir noch eine Bombe schickte – und weder Boyle noch ich glaubten wirklich daran –, dann würde sie abgefangen werden. Wozu machte ich mir also Gedanken?

Wieder klingelte das Telefon, und diesmal nahm ich ab.

Barbara war wütend. »Wie Sie ganz genau wissen, guter Freund – denn auf so *stupide* Art vergeßlich sind Sie nicht –, habe ich versprochen, heute morgen McGuire anzurufen, und Sie haben versprochen, mich anzurufen. Als ich vergeblich auf Ihren Anruf warte und meinerseits Sie anrufe, sagt mir Ihre Zugehfrau, Sie seien plötzlich weggefahren und hätten gesagt, Sie müßten in die Stadt und kämen möglicherweise nicht zurück. Ohne einen Grund zu nennen. Da ich mein möglichstes tue, Ihre Interessen wirkungsvoll in Verhandlungen mit einer Firma zu vertreten, die – wie ich inzwischen weiß – zum Finanzimperium Syncom-Sentinel gehört, da ist es doch wohl das mindeste, was Sie tun können, das *aller*mindeste, daß Sie sich so viel Zeit für mich nehmen, um mich nur ein einziges Mal anzurufen.«

»Es tut mir leid, Barbara. Mir ist eine Plombe rausgefallen, und ich mußte unbedingt zu einem Zahnarzt, auch wenn es nicht mein eigener war und ich erst sechzig Kilometer fahren mußte. Ich hatte Schmerzen.«

»Und für eine einzige Füllung braucht man einen ganzen Tag?«

»Ich sage ja, es tut mir sehr leid, wirklich. Was sagen Sie da eben über die Syncom-Oil?«

»Es geht nicht um ihr Öl, sondern um ihre verlegerischen Interessen. Ich finde heraus, daß Pacioli eine Tochtergesellschaft der Syncom-Sentinel ist. Und wie ich in Ihrem Interesse weiterforsche, finde ich heraus, daß McGuires Firma die Syncom-Sentinel in sämtlichen Rechtsangelegenheiten in all ihren weltweiten Operationen vertritt, in ihren breit gefächerten Unternehmungen ebenso wie in ihren Ölinteressen, vom Persischen Golf bis in die Arktis. Um nun einen so mächtigen Rechtsvertreter mit fünfzigtausend auf dem Tisch und etlichen Milliarden im Rücken nicht zu reizen oder auch nur im geringsten zu irritieren, rief ich ihn zurück, wie ich versprochen hatte. Ich erzählte ihm einfach, Sie seien mit den gegebenen Voraussetzungen nicht ganz glücklich. Sicher, Sie könnten schon verstehen, daß der Verlag die Angelegenheit vertraulich behandelt haben wolle, aber Sie seien zur Zeit vollauf damit beschäftigt, ein neues Buch druckfertig zu machen. Sie würden diese Arbeit nur ungern unterbrechen und sich auf den mühsamen Weg nach New York machen, nur um über ein Projekt zu diskutieren, von dem Sie weniger als gar nichts wüßten und an dem Sie möglicherweise nicht das geringste Interesse hätten.«

»Wunderbar formuliert, Barbara. Ausgezeichnet.«

»Ich erreichte damit, guter Freund, daß er – wenn auch widerstrebend – mit ein paar Angaben herausrückte. Das Buch – ich zitiere – soll im wesentlichen die Geschichte einer politischen Bewegung wiedergeben. Es wird zum Teil aus einer bislang unveröffentlichten Abhandlung aus dem neunzehnten Jahrhundert bestehen und zum anderen Teil aus einem durch einen zeitgenössischen Experten zu schreibenden informativen Kommentar über die Bewegung und ihre Entwicklung im Lauf der Jahre. Ihre Funktion wäre im wesentlichen die des Herausgebers. Der beabsichtigte Titel ist – ich zitiere wieder – *Kinder des Zwielichts*.«

»Reißt einen nicht gerade vom Hocker, nicht wahr.«

»Vielleicht klingt es auf italienisch besser. Außerdem kann so ein Titel immer noch geändert werden. Im Moment ist wichtiger, daß ich mich, nachdem ich ihm dieses Entgegenkommen abgerungen hatte, verpflichtet fühlte, auch ihm ein wenig entgegenzukommen.«

»Und wie haben Sie das gemacht, Barbara?«

»Ich habe einen Termin für Sie ausgemacht: Sie treffen heute nachmittag um drei Uhr Mr. McGuire in seinem Büro. Und lassen Sie mich, bevor Sie gleich zu jammern anfangen, daran erinnern, daß man Ihnen einen Vorschlag machen wird, den Sie entweder annehmen oder ablehnen können. Wenn Sie mich aber im Stich lassen und gar nicht erst hingehen, werde ich Ihnen das nie verzeihen. Sollten Sie tatsächlich glauben, sich jetzt nicht damit abgeben zu können, dann hoffe ich doch, daß Sie – und sei es nur alten Zeiten zuliebe – Mr. McGuires Sekretärin rechtzeitig anrufen und ihr Bescheid sagen. Und dann – wenn Sie Lust dazu haben – können Sie mich wissen lassen, wie es war, so oder so. Bis dann, guter Freund.«

Ich trank aus und ging in die Küche, um nachzusehen, was mir die Zugehfrau im Kühlschrank hinterlassen hatte.

Später, als ich das Williams-Manuskript so weit korrigiert hatte, daß meine Sekretärin es ins reine schreiben konnte, versuchte ich, *Kinder des Zwielichts* laut vor mich hinzusagen. Nachdem ich es einige Male gesagt hatte, stellte ich fest, daß es zum Zungenbrecher wurde. Doch erst als ich mich zum Schlafengehen fertigmachte, begann ich mir zu überlegen, was mit diesem Titel gemeint sein könnte.

Was für Menschen gab es oder hatte es gegeben, die man

vernünftigerweise ›Kinder des Zwielichts‹ nennen konnte? Eine politische Bewegung? Bestimmt nicht. Man dachte dabei eher an die Angehörigen irgendeines Eingeborenenstammes im abgelegenen Regenwald am Amazonas, entdeckt von einem Anthropologen mit einer Schwäche für die aufgeblasene Journalistensprache. Vor meinem inneren Auge sah ich schon ihre Bilder im *National Geographic Magazine*. Gebrechliche kleine Wesen waren es, mit glatten Haaren, vor Entsetzen starren Blicken und geschmeidigen Speeren in den fest zupackenden Händen. Wenn sie mit den Speeren etwas Größeres oder Gefährlicheres als ein Meerschwein erlegen wollten, dann mußten die Spitzen mit Gift bestrichen sein.

Als ich schon am Einschlafen war, ging mir der Gedanke durch den Kopf, daß das Bild auf der Ansichtskarte aus der jüngsten Zeit stammen mußte. Diese großen Oleanderbüsche unter den Palmen neben der Auffahrt zum Hotel Mansour waren gerade erst gepflanzt worden, als ich das letzte Mal dort gewesen war.

Zweites Kapitel

Nicht viele der alten Wall-Street-Firmen haben heutzutage ihren Sitz in unmittelbarer Nähe dieser Straße. Ich fand die, der Mr. McGuire angehörte, fast acht Straßen entfernt in dem neuen Gebäude der Syncom-Sentinel, unweit der Fulton Street. Die Firma belegte zwei ganze Stockwerke und hatte es durch irgendein Wunder der Innenarchitektur und durch gewaltige Ausgaben für gefärbtes Leder verstanden, dem Ganzen einen Anstrich von europäischer Behaglichkeit zu geben.

McGuire war Anfang Fünfzig, ein dunkelhaariger, stämmiger Mann mit rosigen Wangen, buschigen Augenbrauen und einer schnabelähnlichen Oberlippe, die ihm allenfalls die Andeutung eines Lächelns gestattete. Ich hatte in den einschlägigen Büchern nachgesehen. Er war Princeton-Absolvent, hatte an der Harvard-Universität Jura studiert und dann während des Koreakrieges unter dem Chef des Militärjustizwesens im Pentagon gedient. Er war ein Funktionär in der Anwaltskammer der USA und Mitglied mehrerer Standesorganisationen, die mit Versicherungen zu tun hatten. Als Autorität in bezug auf gesetzliche Aspekte des internationalen Versicherungsgeschäfts hatte er an der Columbia-Universität Vorlesungen zu diesem Thema gehalten und war beim Verband der Anlageberater und bei der Vereinigung der Zugelassenen Lebensversicherer ein gefragter Redner. Als bevollmächtigter Vertreter (und sei es nur in geschäftsführender Funktion) eines ernst zu nehmenden italienischen Verlages schien er praktisch keinerlei Qualifikation mitzubringen, es sei denn, das geplante Buch war eine rein fachliche Abhandlung über Fragen des Versicherungsrechts.

Wenn ihm jedoch diese Tatsache bewußt war, ließ er sich dadurch nicht im geringsten beirren. Sein Selbstvertrauen schien grenzenlos. Er gab sich lässig, herzlich und gönnerhaft.

Er hatte sowohl einen Konferenztisch als auch einen Schreibtisch in seinem Büro stehen. »Man sagt mir«, begann er forsch und forderte mich dabei mit einer Handbewegung auf, an dem Tisch Platz zu nehmen, »ich müsse Ihnen dieses Pacioli-Angebot sehr behutsam unterbreiten, um Sie nicht in Ihrem beruflichen Feingefühl zu verletzen.«

»Und wer sagt Ihnen das?« fragte ich. »Mrs. Reynolds bestimmt nicht.«

»Natürlich lege ich mir zurecht, was sie gesagt hat. Tatsächlich hat sie, glaube ich, gesagt, Sie seien in der Frage der Aufträge, die Sie annehmen, sehr ›wählerisch‹ – könnte das Wort von ihr stammen? Ich schloß jedenfalls daraus, daß Sie sich strikt an bestimmte Regeln halten und auch einige Vorurteile haben. Auf meine eigene wählerische Art bezeichne ich das als berufliches Feingefühl. Trifft das die Sache denn nicht?«

Ich bekam das dünne Lächeln gezeigt, und was es ausdrückte, war klar. *Halliday, wir wissen beide, daß es mir um nichts anderes geht, als für fünfzigtausend Dollar einen Schreiberling anzustellen, der für einen wichtigen Klienten ein bißchen was zusammenschustert. Vergeuden wir also keine Zeit mit der Analyse Ihrer literarischen Eitelkeiten.*

Meine Antwort galt deshalb dem stummen Appell ebenso wie der ausgesprochenen Frage. »Gewiß bin ich gegen manche Dinge voreingenommen, Herr Advokat, beispielsweise gegen eine unpräzise Sprache. Ich hätte eigentlich gedacht, daß sie dieses Vorurteil mit mir teilen.«

Mit Genugtuung sah ich ihn bei dem Wort ›Advokat‹ zusammenzucken. Wenn man in seiner beruflichen Tätigkeit so viel mit Anwälten zu tun gehabt hat wie ich, dann bekommt man mit, daß es gerade unter den guten Anwälten und selbst Strafverteidigern viele gibt, die sich nicht gerne mit Advokat anreden lassen. Einer von ihnen hat mir mal gesagt, er komme sich dabei immer wie eine Figur aus einer Fernsehserie vor. Ein Ehrentitel ist es jedenfalls nicht mehr.

McGuire schlug einen etwas anderen Ton an, blieb aber nach außen hin unbeeindruckt. Er sagte sich offenbar, daß man Leuten, die sich als empfindlich herausstellen, am besten das Gefühl vermittelt, sie hätten einen Treffer gelandet.

»Offensichtlich«, sagte er, »brauche ich *Ihnen* nicht erst zu erzählen, daß ich bisher wenig Gelegenheit gehabt habe, mit Autoren zu verhandeln. Können wir uns also darauf verständigen, daß Sie bei der Entscheidung für oder gegen einen Auftrag immer von ganz bestimmten Kriterien ausgehen und daß Fünfzigtausend-Dollar-Honorare an dieser Tatsache nichts ändern werden?«

»So könnte man es ausdrücken, ja. Bisher weiß ich von dem Pacioli-Buch nur, daß es die Geschichte einer politischen Bewegung sein soll. Ausgehen soll es von einem unveröffentlichten Manuskript aus dem neunzehnten Jahrhundert mit einem informativen Kommentar über die Bewegung aus der Feder eines zeitgenössischen Experten. Ich nehme an, daß dieser Experte kein Wissenschaftler ist.«

»Wie kommen Sie zu dieser Annahme?«

»Ein Wissenschaftler würde die Art der redaktionellen Mitarbeit, die ich zu bieten habe, nicht akzeptieren. Er würde – zu Recht oder Unrecht – glauben, er könne die ganze Arbeit allein bewältigen.«

»Gegen das Angebot an sich haben Sie also keine Einwände?«

»Ich finde den vorgeschlagenen Titel nichtssagend und ein wenig abweisend, aber ich werde besser abschätzen können, was dieser Einwand wert ist, wenn ich weiß, von wessen Abhandlung wir reden und von welcher politischen Bewegung.«

»Also gut, die Karten auf den Tisch. Ich muß es Ihnen darlegen, so gut ich kann, und dann versuchen, die Fragen zu beantworten, die Ihre Erfahrung Ihnen eingeben wird.« Er hatte eine Akte vor sich auf dem Tisch liegen, und er strich den Umschlag glatt, bevor er weiterredete. »Wie Sie vielleicht wissen, gehört zu den Klienten unserer Firma eine multinationale Gesellschaft mit ausgedehnten Interessen in einigen der politisch eher konservativen und stabilen Gegenden des Mittleren Ostens, so in Saudiarabien und in einigen der Golfstaaten. Es ist klar, daß diese Gesellschaft ihren Freunden in diesen Ländern nach Möglichkeit zu Gefallen sein will. Als nun die Meldung kam, daß es da ein Buch gibt, das nach Ansicht einer hochgestellten Persönlichkeit nicht nur eine Veröffentlichung im Westen wert sei, sondern auch potentielle Bedeutung für die verantwortlichen Politiker des Westens habe, da wurde unser Klient hellhörig. Können Sie mir soweit folgen?«

»Ich glaube schon. Als Ihr Klient seine Leute bei Pacioli darauf ansetzte, kamen die mit der schlechten Nachricht zurück, daß ein großer Teil der Abhandlung und fast der ganze Kommentar bisher nur in Form von unzusammenhängenden Fragmenten existiert. Mit anderen Worten, das Buch ist zur Zeit noch kaum mehr als eine Idee.«

Er lachte leise vor sich hin. »Ich höre die Stimme bitterer Erfahrung. Aber nein, so schlimm sieht es keineswegs aus.« Er schlug die Akte auf und bezog sich nun ständig darauf. »Haben Sie schon mal von einem Terroristen aus dem neunzehnten Jahrhundert namens Netschajew gehört? Sergei Gennadijewitsch Netschajew?«

»Ich habe von einem Anarchisten dieses Namens gehört.«

»Wahrscheinlich haben Sie in dieser Eigenschaft von ihm gehört, weil er der Anarchist war, der die Anarchie in Verruf gebracht hat. Ich weiß, es ist nicht falsch, wenn man sagt, der klassische Anarchismus habe an die Möglichkeit geglaubt, durch die Abschaffung einer zentralisierten Regierung die Gesellschaft zum Besseren verändern zu können, aber er war auch der Ansicht, der Mensch sei im wesentlichen ein vernunftbestimmtes Wesen, das mit Mitteln der gewaltlosen Überzeugungskraft verbessert werden könne. Die frühen Anarchisten waren Spinner, aber es waren idealistische Spinner. Netschajew war es, der der Bewegung das Etikett des Terrorismus anhängte und den Karikaturisten des neunzehnten Jahrhunderts zu jenem Symbol des Anarchismus verhalf, das sich bis in unsere Zeit gehalten hat – die runde, schwarze, düster aussehende Bombe, an der eine brennende Zündschnur hängt. Was den Mann selber betrifft, so war er sowohl ein Hochstapler als auch ein Fanatiker, ein Dieb, ein Lügner und ein Mörder. Heutzutage würden wir ihn, das wage ich zu sagen, einen kriminellen Psychopathen nennen.« Er warf einen Blick auf seine Akte. »Es ist jedoch seine Beziehung zu Michael Bakunin, an die ich Sie jetzt erinnern muß. Da Sie von Netschajew gehört haben, brauche ich Ihnen wohl nichts über Bakunin erzählen, wie?«

»Ich glaube, ich sollte mir lieber anhören, was in Ihrer Zusammenfassung da steht.«

Er reagierte auf meine Vorsicht mit einem anerkennenden Lächeln und begann dann, vom obersten Blatt in der Akte den Text wörtlich abzulesen.

»Ab achtzehnfünfundsechzig, nach Proudhons Tod, war Bakunin der herausragende anarchistische Denker und Autor. Wie Herzen vor ihm entschied auch er sich für Genf als seinen ersten Wohnort im Exil. Anders als Herzen war er jedoch nicht nur ein Denker, sondern auch ein Aktivist, ein Kämpfer mit dem Hang zum Romantiker. Er war beispielsweise mit Garibaldi befreundet. In der Folge nun sammelten sich um ihn nicht nur vertriebene russische Intellektuelle, sondern auch Abenteurer, die sich für Intellektuelle hielten. Die Urteile, die er fällte, waren oft vorschnell. Man kann ihm das wirklich nicht verargen. In die Schweiz kam damals ein ständiger Strom von Leuten, die vor zaristischen Gefängnissen und der zaristischen Polizei geflohen waren. Achtzehnneunundsechzig erschien Netschajew.«

McGuire schob seinen Schnabelmund vor, um sein Mißfallen auszudrücken, und gereizt schlug er mit der flachen Hand auf die Akte, während er aufblickte.

»Sie können sich vielleicht vorstellen, wie das war, was, Mr. Halliday? Netschajew muß der Archetyp des grüblerischen Wunderknaben und Revolutionärs gewesen sein. Mit seinen hochstaplerischen Geschichten von geheimen Rebellenorganisationen in der alten Heimat, seinem Fanatismus und seiner geschmacklosen Heldenverehrung hatte er den großen Mann bald in der Tasche. Noch in Rußland hatte der Wunderknabe an der Niederschrift eines furchterregenden

Revolutionären Katechismus mitgearbeitet, den Bakunin bewunderte, und nun arbeiteten sie zusammen an einer Reihe von Manifesten, die praktisch Netschajews eigenes Programm von einer Revolution durch Terror enthielten. Netschajew, müssen Sie wissen, glaubte an die Gewalt um ihrer selbst willen.«

»Und der große Mann machte das mit?«

»Bis er sah, wohin die Manifeste führten, und zur Besinnung kam, ja. Dann versuchte er, energisch zu bremsen. Er sagte, die Leidenschaft müsse sich mit der Vernunft verbünden, und klagte, Netschajew sei wie ein Mann in einem Traum. Aber was für ein Traum! Es war Netschajew, der die moderne Terroristendoktrin von der ›Propaganda der Tat‹ erfand. Nicht daß ein Einschreiten Bakunins zu der Zeit noch irgend etwas hätte ändern können. Es war längst zu spät. In einer solchen Bewegung wird es immer die paar Wahnsinnigen geben, die auf Gewalttaten gewartet, ja sich danach *gesehnt* haben. Sogar ohne es zu wissen. Ganz gleich, was irgend jemand sagt, die hoffnungslosen Fälle werden immer reagieren. Michael Bakunin und Professor Marcuse mögen sich etwas dabei gedacht haben, aber es war für sie beide zu spät. Es ist immer dasselbe. Wenn ein derartiger Schaden erst angerichtet ist, läßt er sich durch weiteres Reden nicht mehr reparieren.«

»Wie ist Marcuse da hineingeraten?« fragte ich.

Die Frage wurde mit einem flüchtigen Lächeln belohnt. Er pochte auf die Akte. »Ich habe hier einige Schlagworte und Slogans, die von der terroristischen Neuen Linken geprägt wurden, als Marcuse noch ihr Guru war. Materieller Wohlstand wird beispielsweise zum ›Konsumterror‹, wenn Sie einen Brandbombenanschlag auf ein Warenhaus rechtfertigen wollen. Und wenn Ihnen für eine Gewalttat keine bessere Entschuldigung einfällt als ihr Bedürfnis, diese Tat zu begehen, dann erklären Sie einfach: ›Nur reden und nicht handeln heißt schweigen.‹ So sehen die blödsinnigen Pseudo-Paradoxe aus, die Netschajew mit Vorliebe erfand. Aber wir dürfen derartigen Unsinn nicht leichtfertig abtun. Unausgegorene Idiotie kann gefährlich sein. Die erste große Terroristenwelle, die in den 1870er Jahren einsetzte, wurde von denen vorangetrieben, die glaubten, sie könnten die europäische Gesellschaft mit der Waffe des Meuchelmords zerstören. Und neunzehnvierzehn hatte eine winzige Gruppe von Terroristen in Sarajewo beinahe Erfolg. Es *gibt* Historiker, die sagen, sie *hatten* Erfolg.«

»Die hatten nicht die Absicht, den Ersten Weltkrieg vom Zaun zu brechen, Mr. McGuire. Das waren keine Anarchisten. Ihnen ging es darum, Bosnien und die Herzegowina zu befreien.«

»Und der PLO geht es darum, Palästina zu befreien. Diese Leute könnten trotzdem versehentlich den Dritten Weltkrieg auslösen.« Er vereitelte meine Versuche, weitere Einwände anzubringen, indem er die Stimme anhob. »Ja, ich weiß. Die offizielle Führungsmannschaft der PLO würde ein solches Versehen für die endgültige Katastrophe halten. Aber das ist nicht das Entscheidende. Die wirkliche Macht liegt in den Händen derer, die die katalytische Fähigkeit besitzen, Überreaktionen zu provozieren. Womit wir uns jetzt auseinandersetzen müssen, da diese zweite große Terroristenwelle einzusetzen beginnt, ist eine Bedrohung unserer Zivilisation, wie es sie in dieser Art und in diesem Umfang noch nie gegeben hat. Und der Westen wird dieser Bedrohung weiterhin eigenartig hilflos gegenüberstehen. Wenn die politischen Institutionen im Westen nicht bereit sind, noch einmal den furchtbaren Preis einer Bewegung zum Faschismus und zum korporativen Polizeistaat hin zu zahlen, werden sie schon sehr bald funktionsunfähig sein. Sie werden dann zur Ohnmacht *provoziert* worden sein.« Er las das natürlich wieder wörtlich aus seinen Unterlagen ab, aber er war Schmierenkomödiant genug, um eine Hand und einen warnenden Zeigefinger zu heben, ehe er weiterredete. »Sie meinen wohl, ich trage zu dick auf oder mache gar Scherze? Dann hören Sie sich noch einmal den Gründungsvater der Bewegung an. Ich zitiere: ›Wir haben‹, schrieb Netschajew, ›einen einmalig negativen Plan, den niemand modifizieren kann – die totale Zerstörung.‹ Das ist deutlich genug, oder? Nun, wir wissen, was seine Gefolgsleute der ersten Welle anstellten. Können Sie sich vorstellen, was in naher Zukunft geschehen könnte, angesichts der technischen Möglichkeiten, die diesen feinen jungen Wahnsinnigen der zweiten Welle zur Verfügung stehen?«

Selbst ein McGuire muß gelegentlich Atem holen, und diesmal unterbrach ich ihn entschlossen genug, um mir seine Aufmerksamkeit zu sichern. »Mr. McGuire«, sagte ich laut und wartete dann, bis ich seine volle Aufmerksamkeit hatte, ehe ich fortfuhr. »Mr. McGuire, ich bin sicher, Sie und Ihre Klienten haben ganz entschiedene Ansichten über den internationalen Terrorismus, aber ich muß Ihnen schon sagen, daß Sie bisher noch nichts gesagt haben, was nicht schon ein dutzendmal vorher gesagt worden wäre. Zu dem Thema gibt es bereits eine Menge Bücher, viele davon genauso entrüstet, wie Ihr Memorandum hier zu sein scheint. Die Kraftproben von Entebbe und Mogadischu haben sogar die Filmer auf den Plan gerufen. Als ernsthafter Forschungsgegenstand ist der internationale Terrorismus im besten Falle eine fragwürdige Angelegenheit. Für mich ist das Thema jedenfalls ein alter Hut, und langweilig dazu.«

Für einen richtigen Verlagsbevollmächtigten wäre damit der Fall sicher erledigt gewesen. Seine Antwort wäre höflich, aber knapp ausgefallen. Wenn mich der Terrorismus so sehr langweilte, daß ich nicht mal neugierig genug war, zu erfahren, wie und warum mir ein paar Wochen Herausgeberarbeit plötzlich mit fünfzigtausend Dollar honoriert werden konnten, dann wolle er mir nicht länger meine Zeit stehlen. Nett, daß Sie vorbeigeschaut haben.

Doch Mr. McGuire kapitulierte. Einen Moment lang starrte er mich an, dann nickte er. »Sie haben recht«, sagte er. »Ich habe mich da wohl mitreißen lassen. Kommen wir zurück zu Netschajew.«

»Stammt die besagte Abhandlung von ihm?«

»Darauf komme ich noch zu sprechen. Es wird Sie nicht überraschen, wenn ich Ihnen sage, daß Frauen so sicher auf ihn ansprachen wie auf Gift. Vor allem eine seiner Affären hat Berühmtheit erlangt. Vielleicht haben Sie davon gehört. Nein? Nun, Alexander Herzen, Doyen der im Exil lebenden russischen Intellektuellen, hatte eine Tochter. Nach seinem Tod in Paris kehrte sie nach Genf zurück, um von dem ererbten kleinen Vermögen zu leben. Netschajew, der ständig pleite war, versuchte an das Geld heranzukommen, indem er sie verführte. Er scheiterte zwar, aber es war eine so häßliche Geschichte, daß sie nicht vergessen wurde. Vergessen *wurde* dagegen – vor allem durch Vertuschungsmanöver der Familie –, daß er etwa zur gleichen Zeit eine weitere Affäre hatte, und zwar mit der Tochter eines italienischen Arztes namens Luccio. Dr. Luccio gehörte Garibaldis Freiwilligenkorps an. Er hatte an der Seite des Befreiers in Italien gekämpft und behandelte ihn zwischen den Feldzügen. Als sich Garibaldi auf der Insel Caprera niederließ, zogen auch die Luccios dorthin. Und nun schlägt das

Schicksal zu. 1870 geht Garibaldi in die Schweiz, um am Friedens- und Freiheitskongreß in Bern teilzunehmen. Dr. Luccio nimmt seine Familie mit. Netschajew betritt die Bühne. Er besucht den Kongreß, und dort lernt er die Tochter des Arztes kennen und macht ihr den Hof. Als Garibaldi plötzlich mit seinen Freiwilligen aufbricht, um gegen die Franzosen zu kämpfen, zieht der Doktor natürlich mit. Seine Frau und Tochter bleiben – unvernünftigerweise vielleicht – noch eine Weile in Bern, bevor sie zu ihrem Haus auf Caprera zurückkehren. Das ist, wie Sie vielleicht wissen, eine kleine, abgeschiedene Insel vor der Nordküste Sardiniens. Jedenfalls ist das der Ort, wo achtzehneinundsiebzig Netschajews unehelicher Sohn zur Welt kommt.« Er zog die buschigen Augenbrauen hoch und sah mich an. »Wo war Netschajew? Das läßt sich nicht mit Sicherheit sagen. Zweifellos sind Briefe ausgetauscht worden, aber sie sind verlorengegangen. Sicher ist jedenfalls, daß im Laufe des nächsten Jahres, zweiundsiebzig, Netschajew von den Schweizern an Rußland ausgeliefert wurde. Die Anklage lautete auf kriminelle und nicht auf politische Straftaten. Er wurde in Rußland wegen des Mordes an einem Studenten gesucht. Es kam zur Verhandlung und Verurteilung wegen des Mordes, und später starb er in einem Kerker der Festung St. Peter und St. Paul. Als sein Vermächtnis hinterließ er der Nachwelt die Grundsätze des modernen Terrorismus, einen unehelichen Sohn und eine Darstellung seines Lebens und seiner Gedanken – offenbar in Genf geschrieben –, die er dem Mädchen zur Aufbewahrung gegeben oder geschickt hatte. Diese Abhandlung ist erhalten geblieben und befindet sich im Besitz seines Urenkels. Eine Kopie davon liegt bei Pacioli.«

»In welcher Sprache ist sie verfaßt? Russisch?«

»Überwiegend in einer Mischung aus Russisch und Französisch. So haben wohl die meisten in diesem Kreis geschrieben. Der französische Text ist zum Teil in einer Kurzschrift aus dem neunzehnten Jahrhundert geschrieben. Auch ein wenig Italienisch ist dabei. Abschließend widmet er das Ganze dem Mädchen in Erwartung einer Hochzeit auf Caprera, die nie stattgefunden haben kann.«

»Der Urenkel besitzt das Manuskript?«

»Ja, er hat es geerbt. Bis es in seine Hände kam, wußte tatsächlich niemand genau, was es war, denn niemand konnte es richtig lesen. Erhalten geblieben ist es wahrscheinlich als eines dieser Familienerbstücke ohne eigentlichen Wert, als eine Art von Andenken, an das sich romantische Assoziationen knüpfen. In diesem Fall ging die Wertschätzung vielleicht darauf zurück, daß es dem Fremden gehört hatte, der mutmaßlich die Urgroßmutter in der Schweiz geheiratet hatte und dann von der bösen zaristischen Geheimpolizei nach Rußland entführt worden war.«

»Versteht der Urenkel Russisch?«

»Genug, soviel ich weiß, um die russischen Abschnitte in dem Text herauszubekommen und die Bedeutung des Ganzen zu erfassen. Auch er heißt Luccio, und er ist es, der vorgeschlagen hat, welche Form das Buch annehmen soll. Ich werde gleich noch auf seinen eigentlichen Beitrag zu sprechen kommen. Der Netschajew-Text ist kurz, es sind keine dreißigtausend Worte, aber seine Bedeutung als historisches Dokument ist offenkundig. Übrigens ist die Phrase ›Kinder des Zwielichts‹, gegen die Sie, Mr. Halliday, Vorbehalte haben, ein Originalausdruck von Netschajew. In seiner Abhandlung bezeichnet er damit diejenigen, die in der Frage der Läuterung durch Greueltaten denken wie er.«

»Sind Sie sicher, daß der Text echt ist? Sind unabhängige Gutachten eingeholt worden?«

»Die Untersuchungen sind noch nicht abgeschlossen, aber es sieht so aus, als könnten sich die außerhalb der Sowjetunion lebenden Experten für russische Manuskripte des neunzehnten Jahrhunderts bisher nicht in allen relevanten Punkten einigen. Und die in Rußland, denen Auszüge des Werkes zugegangen sind, müssen sich erst noch äußern. Sie werden vermutlich bei ihrer Regierung um ideologische Richtlinien nachsuchen, ehe sie entscheiden, ob es klug ist oder nicht, überhaupt eine Meinung abzugeben. Dr. Luccio ist natürlich geneigt, allein schon in der Herkunft des Manuskripts einen überzeugenden Beweis zu sehen. Er hatte bereits als junger Mann davon gehört. Das Problem ist, daß er es nie gesehen hatte, bis dann vor ein paar Monaten eine Tante in Sardinien starb und ihm ihren spärlichen Besitz hinterließ, wie es dem italienischen Erbschaftsgesetz entsprach. Das Manuskript fand sich unter ihren persönlichen Sachwerten.«

»Sie sagen, auch er ist Doktor. Ist er etwa Doktor der Medizin, wie sein Urgroßvater?«

»Er hat als Bauingenieur promoviert. Die machen da drüben auf allen möglichen Gebieten ihren Doktor. Aber das ist nicht wichtig. Viel interessanter an diesem Dr. Luccio ist seine Rolle als verteidigungspolitischer Chefberater eines höchst einflußreichen Herrschers am Persischen Golf. Zur Zeit macht er Ferien in Italien. Wie man mir sagt, ging er ursprünglich in die Golfregion, um einen Flugplatz zu bauen, und bekam dann mehr oder weniger zufällig mit der Bekämpfung von Revolten und nachrichtendienstlicher Arbeit zu tun. Offenbar entdeckte er dabei seine Begabung – falls das das richtige Wort ist – für dieses Gewerbe. Jedenfalls machte er es zu seiner Aufgabe, nachrichtendienstliche Erkenntnisse über all die verschiedenen Terroristenbanden einzuholen, die heute dort agieren, und er konzentrierte sich insbesondere auf deren Geldgeber und Hintermänner in den verschiedenen Regierungen, die darin verwickelt sind.«

»Und nun ist er der Meinung, diese ererbte Begabung müßte öffentlich anerkannt und auf der Seite der Engel eingesetzt werden?«

»Warum nicht? Er hat die Aufmerksamkeit eines wichtigen Mannes am Golf. Wenn also Dr. Luccio sagt, er kann auf Grund seiner Kenntnis der terroristischen Internationale zweifelsfrei voraussagen, daß in den kommenden fünfzig Jahren das letzte Jahrhundert noch einmal – nur zehntausendmal schlimmer – ablaufen wird, dann hören wir auf ihn. Wenn er uns klarmacht, daß wir nicht mehr von den alten, runden, schwarzen Bomben ausgehen dürfen, da die neue Welle mit Sicherheit Kernwaffen einsetzen wird, dann steht es uns zu, ihn als Experten zu fragen, was wir seiner Meinung nach tun sollen. Einverstanden? Er antwortet nun darauf, die einzige, die Luccio-Lösung, bestehe darin, daß man die beteiligten Regierungen vor der Weltöffentlichkeit bloßstellt. Zu den Regierungen, die für ihn in besonderem Maße für die Ausbildungslager des internationalen Terrorismus verantwortlich sind, gehören natürlich die in Libyen und in Südjemen, aber auch der Irak steht ganz oben auf der Liste. Die Namen der – wie er sie nennt – ›Terror-Chefs‹ in der Geheimpolizei dieser Länder würden ebenso publiziert werden wie ausführliche Darstellungen ihrer Verbrechen gegen die Menschlichkeit.«

»Glaubt er wirklich, eine Bloßstellung vor der Weltöffentlichkeit würde solchen Leuten irgendwas ausmachen?«

»Offenbar mehr, als wir denken.«

»Sie stellen ihn als einen höchst arglosen Mann dar, Mr. McGuire.«

Er schnaufte hörbar. »Wie ich ihn darstelle oder nicht darstelle, ist uninteressant. Wie könnte ich die Qualität der Enthüllungen, die er zu machen hat, beurteilen oder würdigen? Sie müssen sich schon Ihr eigenes Urteil bilden.« Und damit wandte er sich wieder der Akte zu. »Er hat noch eine letzte Bemerkung von einiger Wichtigkeit zu machen. All den Zweiflern, die vielleicht die Relevanz eines Netschajew in der schwierigen Auseinandersetzung mit den Baader-Meinhofs, den Roten Brigaden, den Leuten vom Schwarzen September und all ihren modernen Ebenbildern nicht einsehen mögen, gibt er Santayanas Ausspruch zu bedenken, nach dem nämlich diejenigen, die sich nicht auf die Vergangenheit besinnen wollen, dazu verdammt sind, sie noch einmal zu durchleben.«

»Er scheint an alles gedacht zu haben.«

»An fast alles, ja. Ich bezweifle allerdings, daß Pacioli seine Idee war. Ich glaube, wenn unser Klient, die Syncom-Sentinel, einen amerikanischen Verlag besäße, hätten Sie wohl dieses Gespräch etwas weiter weg von der Wall Street geführt und mit jemandem, der mehr von Büchern versteht als ich.« Das Lächeln, das er mir dabei zeigte, war fast geziert, als erwarte er ein Kompliment.

»Solange man über Bücher nur redet, braucht man keine besonderen Fähigkeiten Mr. McGuire«, sagte ich. »Wissen Sie, wer dieser mächtige Mann am Golf ist, diese hohe arabische Persönlichkeit mit dem rührenden Glauben an die Macht des gedruckten Wortes, Geheimpolizisten die Schamröte ins Gesicht zu treiben und zu einem neuen Lebenswandel zu verhelfen?«

»Man hat uns keinen Namen genannt. Wir sollen Sie nur bitten, mit Dr. Luccio zusammen das Buch so zu gestalten, daß es weltweit verbreitet werden kann.«

»Ausdrücklich mit *mir* sollten Sie reden?«

»Das war die Anweisung vom Golf, auf dem Umweg über Rom und Mailand. Ich weiß nicht, warum ausdrücklich Sie verlangt werden. Zweifellos hat man Erkundigungen eingezogen, und mit Ihren Erfahrungen im Mittleren Osten stellten Sie sich als besonders qualifiziert heraus. Wenn Sie akzeptieren und nach Mailand gehen, können Sie dort Ihre Frage stellen.«

»Stimmt, das könnte ich. Vorher aber, Mr. McGuire, werde ich Sie enttäuschen müssen, denn meine Zusage hängt von gewissen Bedingungen ab, und die werden schriftlich im Vertrag stehen müssen, der, wenn ich richtig sehe, Ihrer Akte beiliegt.«

Für eine Weile war es ganz freundlich zwischen uns zugegangen. Nun bekam ich wieder sein hochnäsiges Lächeln zu sehen. »Nun ja, es kann nicht schaden, wenn Sie mir sagen, welche zusätzlichen Bedingungen Sie unterzubringen hoffen. Soviel ich sehe, sind Ihre Rechte, zumindest die, auf denen Ihre Agentin bestand, bereits jetzt voll und ganz abgesichert.«

»Meine Agentin wußte nicht, worum es genau geht. Die erste Bedingung betrifft die Abhandlung Netschajews. Sie wissen es vielleicht nicht, aber die Herstellung von Fälschungen ist in Italien eine beliebte Heimarbeit. Ich muß meine Zusage davon abhängig machen, daß die Echtheit des Manuskripts eindeutig nachgewiesen wird.«

»Ich sagte Ihnen schon, es gibt gewisse Meinungsverschiedenheiten unter den Experten.«

»Es gibt unter Experten immer gewisse Meinungsverschiedenheiten, wenn handschriftliche Manuskripte bewertet werden sollen. Vor ein paar Jahren gab es gewisse Meinungsverschiedenheiten zwischen den Experten, die beauftragt waren, ein Manuskript zu beurteilen, bei dem es sich angeblich um das private Tagebuch Mussolinis handelte. Eine Gruppe sagte, es sei absolut echt. Nicht die geringsten Zweifel. Tatsächlich war es von zwei älteren italienischen Damen gefälscht worden, die in einem Bauerndorf lebten. Sie und ihr Strohmann machten damit eine Menge Geld, das ihnen ein Zeitungsverleger für die Exklusivrechte bezahlte, noch bevor sie entlarvt wurden. Ich weiß, Sie können mir nicht im voraus garantieren, daß dieses Manuskript echt ist, aber ich kann es mir nicht leisten, daß mein Name mit einer Fälschung – ganz gleich von wem – in Verbindung gebracht wird. Ich muß mir das Recht vorbehalten, wieder auszusteigen, falls kein stichhaltiges Gutachten beigebracht wird.«

»Vor der Veröffentlichung?«

»Natürlich. Ich würde in dem Fall auch nicht erwarten, daß mir die zweite Hälfte des Honorars ausbezahlt wird.«

Er seufzte. »Na schön, ich glaube, das ist nicht unbillig.«

»Die zweite Bedingung ist nicht so einfach. Ich möchte in den Vertrag reingeschrieben haben, daß, sobald die Autoren die Druckgenehmigung erteilt haben, an dem Text nichts mehr geändert werden darf.«

»Durch den Verlag, meinen Sie?«

»Durch irgend jemand *außer* – dem Verlag. Ich möchte nicht, daß Dr. Luccio oder sein Patron noch nachträglich auf irgendwelche Ideen kommen.«

»Ich hatte eigentlich gedacht, daß bei einem derartigen Buch, dessen erklärtes Ziel es ist, Einfluß auf die verantwortlichen Politiker in aller Welt auszuüben, ein Autor gar nicht genügend Ideen haben kann.«

»Solange das Manuskript nicht in druckreifer Form vorliegt, kann er soviel Ideen haben, wie er möchte. Mir geht es um die Zeitspanne zwischen der Erteilung der Druckgenehmigung und dem tatsächlichen Erscheinen.«

»Das müssen Sie mir erklären. Ich kenne mich in diesen Dingen einfach nicht aus.«

»In diesem geplanten Buch werden genaugenommen zwei Werke stehen, von denen eines, wie wir hoffen, ein Dokument von gewissem historischem Interesse ist. Das wird nur übersetzt und nicht weiter redigiert werden, höchstens daß man offenkundige Wiederholungen streicht oder schlampig geschriebene Passagen verständlicher macht. Damit können wir diesen Teil vergessen. Was ist aber mit Dr. Luccios Beitrag? Er hat offenbar vor, alles zu sagen, geradeaus und unverblümt. Unter anderem wird er auch über die Rolle seines Urgroßvaters in der ursprünglichen Terroristenbewegung schreiben, kein Zweifel, und er wird Parallelen zur Gegenwart ziehen, aber in erster Linie wird es ihm darum gehen, die direkte Beteiligung gewisser Regierungen an terroristischen Aktivitäten anzuprangern. Und er wird das in einer Art und Weise tun, die die zivilisierte Welt in ihren Grundfesten erschüttert. Hab ich recht?«

»Sie übertreiben natürlich.«

»Nicht besonders. Wenn, wie Sie sagten, das Buch auf die Politik von Regierungen Einfluß nehmen soll, dann wird es erst *irgendwelche* Grundfesten erschüttern müssen. Es ist mir klar, daß Sie sich die Freiheiten eines Waschzettelverfassers erlaubten, als Sie mir das Buch schmackhaft machten, aber wenn es eine echte Wirkung erzielen soll, muß die von Dr. Luccios Beitrag ausgehen. Netschajews Abhandlung, sofern sie echt ist, wird dem Buch ein gewisses akademisches Gewicht verleihen, das einige kritische Beachtung finden wird, aber wenn allein das, was Netschajew über Netschajew schreibt, wirklich Gewicht hat, wird die Reaktion bestenfalls höflich sein. Wie gut ist also Dr. Luccio? Wie sensationell sind die Enthüllungen, die er zu machen hat, und von welcher Qualität sind seine Beweise?«

»Das wird man abwarten müssen, sicher.«

»Dann will ich noch direkter fragen. Woher wissen wir, daß die Motive Dr. Luccios und seines Patrons tatsächlich die sind, die Sie beschrieben haben? In meinem Beruf stößt man auf alle möglichen Gründe fürs Bücherschreiben. Sie sind oft äußerst merkwürdig.«

»Eitelkeit, nehme ich an, wäre ein ziemlich normales Motiv. Oder Exhibitionismus. Der Schreibende will sich vor der Welt zur Schau stellen?«

»Richtig. Häufige Motive sind auch Selbstrechtfertigung, Verteidigung anderer, ein Bedürfnis, andere Menschen zu irgendeiner sonderbaren religiösen Anschauung zu bekehren. Manchmal wird so ein Ding in der Hoffnung geschrieben, es könnte eine Menge Geld bringen oder einer nachlassenden Karriere mit der Publicity neuen Glanz verleihen oder gar eine ganz neue Karriere einläuten. Daneben gibt es die – echten oder eingebildeten – Bedürfnisse, eine Wahrheit aufzudecken oder eine Lüge zu verewigen, Heilige zu schaffen oder moralische Verpflichtungen gegen die Geschichte zu erfüllen. Es gibt das Bedürfnis, wie beispielsweise in unserem Fall, die Rezepte zu liefern, mit denen die Welt in Ordnung zu bringen ist. Das sind nur einige der häufiger vertretenen Motive. Ein ziemlich alltägliches Motiv ist auch das einfache Verlangen nach Rache.«

Das brachte ihn beinahe zum Grinsen. »Wieviel Spaß Ihnen Ihre Arbeit machen muß! Ich hatte die Möglichkeiten nicht erkannt. Welches aus dieser Schar von Motiven ist es, das Sie im Zusammenhang mit Dr. Luccio beschäftigt?«

»Eins, das ich noch nicht erwähnt habe. Es sieht folgendermaßen aus. Ich schreibe ein Buch mit Memoiren oder irgendwelchen Reflexionen. Darin bringe ich Fakten, Halbwahrheiten oder Anekdoten über Sie unter, die – falls sie veröffentlicht würden – Ihren Ruf ruinieren oder gar Ihr Leben bedrohen könnten. Dann lasse ich Sie wissen, daß ich das getan habe und daß ich gegen eine Entschädigung – gewöhnlich, aber nicht immer, finanzieller Natur – bereit bin, die fraglichen Passagen wegzulassen.«

Er nickte freundlich. »Ah ja. Harriette Wilson.« Ohne abzuwarten, ob ich die Anspielung verstanden hatte oder nicht, erklärte er sie mir. »Das war eine vornehme Dirne, die im neunzehnten Jahrhundert in England lebte. Später in ihrem Leben, als sie kaum noch Kundschaft hatte, machte sie sich daran, ihre Memoiren zu schreiben und darin die Leute beim Namen zu nennen. Einer von denen, die sie auf diese Weise zu erpressen versuchte, war der große Duke of Wellington. Seine Antwort war ›Laß es meinetwegen drukken und geh zum Teufel‹, wenn ich mich recht erinnere.«

»Die Antwort wird ihm zugeschrieben, ja. Aber eine ganze Reihe ihrer anderen alten Freunde kauften sich aus ihren Memoiren frei. Harriette machte wirklich etwas daraus. Sie lebte jahrelang davon.«

»Die Gesetze in punkto übler Nachrede sind heute strenger.«

»Aber die Opfer einer derartigen Erpressung haben immer nur widerstrebend die Hilfe des Gesetzes in Anspruch genommen, Mr. McGuire. Und das ist heute noch so. Mit Memoiren läßt sich immer noch wirkungsvoll drohen, glauben Sie mir.«

»Warum sollten Sie in Dr. Luccio einen Erpresser sehen?«

»Ich vermute überhaupt nichts in ihm. Ich weiß nur das, was Sie mir erzählt haben. Er ist irgendwie ein Fachmann in Sachen Terrorismus. Vermutlich sind ihm also eine Menge Terroristen persönlich bekannt. Wie gesagt, die verlangte Gegenleistung oder Gefälligkeit muß nicht unbedingt finanzieller Art sein. Sein Preis dafür, daß er bestimmte Namen wegläßt, könnte so aussehen, daß er Schutz vor denen verlangt, deren Namen er *nicht* wegläßt. Ich weiß es nicht. Ich klage hier niemanden an. Ich sage nur, daß ich zwar bereit bin, einen bezahlten Auftrag anzunehmen, daß ich aber nicht bereit bin, bei irgendwelchen dunklen Machenschaften mitzuspielen. Wie Ihnen meine Agentin bestätigen wird, habe ich Garantien, die dieses Risiko ausschalten, schon öfter verlangt und auch erhalten. Gewöhnlich sind die Verlage mehr als bereit, mir in diesem Punkt entgegenzukommen. Falls das hilft, kann Ihnen meine Agentin den Wortlaut einer Klausel geben, die sich für beide Seiten als akzeptabel herausgestellt hat.«

Er machte eine Notiz davon in seiner Akte. »Na schön. Wir werden sehen, was Pacioli dazu zu sagen hat. Ich kann denen also sagen, daß Sie – unter Einschluß der zwei Befreiungsklauseln, um die Sie gebeten haben – bereit sind, einen Vertrag abzuschließen?«

»Ja, ich glaube schon.«

Mein Wagen stand auf einem Parkplatz ein paar Straßen vom Hollandtunnel entfernt, aber anstatt auf dem direkten Wege nach Hause zu fahren, nahm ich ein Taxi und fuhr stadteinwärts zu Barbaras Büro. Es waren nicht nur die Schuldgefühle, die ich ihr gegenüber empfand. Ich hatte noch etwas anderes zu erledigen, was sich nicht verschieben ließ.

Sie freute sich leidlich, als ich auftauchte, und lebte ein

wenig auf, als ich ihr die Sitzung mit McGuire schilderte. Aber wie ich erwartet hatte, war sie gar nicht entzückt darüber, daß ich bereit war, auf die zweite Hälfte des Honorars zu verzichten, falls das Gutachten über die Netschajew-Abhandlung negativ ausfiel.

»Ich akzeptiere Ihre Einstellung, was die Echtheit des russischen Manuskripts angeht. Wir können es uns nicht leisten, daß Sie in eine Sache verwickelt werden, die nicht absolut sauber ist. Aber warum sollte *Sie* die Strafe treffen, wenn es sich tatsächlich als eine Fälschung erweist?«

»Es ist mir einfach so rausgerutscht. Ich habe wohl versucht, ihn als kleinlich hinzustellen.«

»Leute wie er fühlen sich nie kleinlich.«

»Können Sie es nicht dadurch wieder hinbiegen, daß Sie durchblicken lassen, ich könnte ohne weiteres meine ganze Arbeit in gutem Glauben erledigt haben, *bevor* die Experten sich endlich entschließen, die ganze Sache auffliegen zu lassen?«

»Vielleicht. Aber Sie haben wirklich ein Talent dazu, die Dinge unnötig zu erschweren, Robert.«

»Tut mir leid.«

»Wie sind Sie denn nun verblieben?«

»Er wird gleich morgen früh mit Mailand telefonieren, denn die haben jetzt mitten in der Nacht, und wenn die dann zustimmen, wie er das erwartet, ruft er Sie wegen des genauen Wortlauts der Zusatzklauseln an.«

»Gut. Wenn Sie ein paar Minuten warten, bis ich meinen Schreibtisch aufgeräumt habe, lade ich Sie zu einem Drink ein.«

»Ich habe ohnehin noch was bei Brentanos zu erledigen.«

»Dann treffen wir uns in einer Viertelstunde unten am Eingang.«

Der Bereich, in dem die Nachschlagewerke stehen, gehört in den meisten großen Buchhandlungen zu den ruhigeren Ecken. Mehr als ein, zwei Leute stöbern da selten herum. Diesmal, am späten Nachmittag, hatte ich die ganze Abteilung für mich allein.

Was ich suchte, war ein Italienisch-Lexikon; nicht eines dieser für Touristen gemachten Taschenwörterbücher, sondern ein richtiges Lexikon. Ich fand sofort, was ich brauchte.

Ich fand auch sofort das Wort, das nicht zu finden ich halb gehofft hatte.

Lùccio m. Hecht *(Esox lucius)* oder anderer Fisch aus der Familie der Hechte.

Ich entschied mich gegen den Kauf des Lexikons. Zander schrieb ein sehr gutes Englisch. Ich war sicher, daß er es auch sprechen konnte.

Drittes Kapitel

Man hatte mir zwar gesagt, daß ich am Mailänder Flughafen Linate abgeholt werden würde, aber ich hatte angenommen, daß man bei Pacioli einen aus den unteren Rängen mit dieser Aufgabe betrauen würde. Zu meiner Überraschung wurde ich von ihrem Cheflektor begrüßt.

Er hieß Renaldo Pacioli, und er war sowohl Vorstandsmitglied als auch ein Sohn des Gründers. Nachdem er sich mir vorgestellt hatte, bat er mich um meinen Paß. Er prüfte ihn sorgfältig, bevor er ihn mir zurückgab.

»Vielen Dank, Mr. Halliday«, sagte er; »ich werde Ihnen den Grund für diese seltsame Unhöflichkeit auf dem Weg zu Ihrem Hotel erklären. Im Duchi ist eine Suite mit einem kleinen Wohnzimmer für Sie reserviert. Es liegt etwas weg vom Zentrum, außerhalb der Zone, in der jedes Parken verboten ist. Wenn Sie einen Wagen mieten müssen, kommt Ihnen das vielleicht entgegen. Sagen Sie mir dann, wenn Ihr Gepäck auf dem Förderband erscheint, dann besorgen wir einen Träger.«

Ich hatte mit ihm zwei Tage vorher am Telefon gesprochen und törichterweise versucht, mir allein auf Grund der Stimme ein Bild von dem Mann zu machen. Wie üblich war es ein Fehlschlag. Die Stimme war mir dunkel und etwas füllig vorgekommen. Der Mann selbst hatte strohfarbene Haare und war groß und schlank. Das Gewicht, das ich mir vorgestellt hatte, kam von der ruhigen, festen Baritonstimme, mit der er sprach. Er war in den Vierzigern und – laut Barbara – Vater von sechs Kindern.

Ein großer Wagen mit einem muskulösen jungen Fahrer wartete draußen auf uns. Sobald wir auf den hinteren Sitzen Platz genommen hatten, drückte Pacioli auf den Knopf, der die gläserne Trennwand hinter den Vordersitzen nach oben gehen ließ.

»Das ist einer unserer Spezialfahrer«, sagte er, »und ich habe ihn noch nie ein Wort englisch reden hören, aber wir tun mal so, als könnte er uns verstehen. Wie war Ihr Flug?«

»Bis Paris konnte ich schlafen. Das Umsteigen dort war ein wenig ermüdend.«

»Nun, Sie werden heute abend wahrscheinlich nicht mehr gestört werden. Sicher bin ich natürlich nicht. Die Bevollmächtigte zog es vor, mich nicht im voraus über ihre Pläne zu informieren. Sie wird sich direkt mit Ihnen in Verbindung setzen.«

Am Himmel hingen immer noch Gewitterwolken, und es hatte stark geregnet. Die Neonleuchten entlang der Flughafenstraße spiegelten sich blendend hell in der nassen Fahrbahn. Sein Kopf war mir nur halb zugewandt, aber es war noch so hell, daß ich sehen konnte, wie er angespannt darauf wartete, wie ich auf seine Worte reagieren würde.

»Bevollmächtigte? Dr. Luccio hat jetzt eine Agentin?«

»Nein«, sagte er, »eine Art Verbindungsmann, und Ihr Stirnrunzeln ist berechtigt. Ich will ganz offen mit Ihnen reden. Wenn es nach mir gegangen wäre, wären Sie jetzt nicht hier.« Er hob rasch die Hand. »Bitte, das richtet sich nicht gegen Sie, wir kennen und respektieren die Qualität Ihrer Arbeit. Aber das Haus Pacioli ist ein seriöser Verlag.

Wir hätten früher nie zugestimmt, dieses Luccio-Buch zu so absurden Bedingungen zu machen, oder vielleicht auch zu anderen Bedingungen, absurd oder nicht. Sie müssen mich schon entschuldigen. Immer wenn ich wütend bin, gerät mein Englisch durcheinander.«

»Ich verstehe Sie bestens. Aber Sie haben mir noch nicht erzählt, was dahintersteckt.«

»Richtig. Am Anfang, als uns mein Vater nahelegte, einer Beteiligung der Syncom-Sentinel an den Angelegenheiten unseres Hauses zuzustimmen, waren wir alle der Meinung, das sei ein kluger Schritt. Mit dem neuen elektronischen Gerät sind wir seither in der Lage, unsere vom Standardformat abweichenden pädagogischen Bücher im eigenen Haus herzustellen. Wir haben auch mit unserem allgemeinen Programm gute Gewinne erzielt. Auf der Frankfurter Buchmesse haben wir in den vergangenen zwei Jahren gute Ausstellungen gemacht und dafür viele Komplimente bekommen. Wir sind führend auf unserem Gebiet. Und nun werden wir plötzlich von Syncom zu einem Verhalten gezwungen, das höchst unwürdig und kaufmännisch ganz unmöglich ist.«

»Man hat Sie unter Druck gesetzt?«

»Von Druck würde ich nicht reden. Dem kann man sich widersetzen. Nein, sie haben uns einfach Befehle gegeben. Sie hatten arabische Freunde, denen sie den Gefallen tun mußten, ein Buch herauszubringen. Die Wahl fiel auf uns. Dürfen wir es vorher lesen? Nein, denn es ist noch nicht vollständig geschrieben. Was Sie tun werden, ist folgendes: Sie bestellen das Buch bei Dr. Luccio und ziehen einen amerikanischen Berater, Robert Halliday, zur redaktionellen Unterstützung hinzu. Dürfen wir uns mit Dr. Luccio treffen und das geplante Buch mit ihm durchsprechen?

Nein, das wird nicht nötig sein. Ein Abriß des Buches wird Ihnen rechtzeitig zugehen. Es befaßt sich mit dem Phänomen des Terrorismus und wird ein bislang unveröffentlichtes Manuskript aus dem 19. Jahrhundert enthalten, verfaßt von dem Terroristen Sergei Netschajew. Ihre dringlichste Aufgabe wird es sein, für diese alten Manuskripte Expertengutachten einzuholen, die überzeugend beweisen müssen, daß es sich dabei in der Tat um eine Arbeit Netschajews handelt. Die Gutachten müssen positiv sein, koste es was es wolle. Unsere Anwälte in New York werden in Ihrem Namen Mr. Halliday für das Projekt gewinnen. Die Interessen Dr. Luccios wird eine Bevollmächtigte wahrnehmen, Miss Simone Chihani. Sie ist befugt, in allen Einzelfragen jederzeit Entscheidungen zu treffen, insbesondere in Fragen der Sicherheit. Dr. Luccio führt ein sehr zurückgezogenes Leben, und Miss Chihanis Anordnungen bezüglich der Sicherheit müssen jederzeit und ungefragt befolgt werden.« Er machte eine Pause. »Als ich Sie um Ihren Paß bat, Mr. Halliday, befolgte ich solche Anordnungen, und das war auch der Fall, als ich für Sie eine Suite im Duchi reservieren ließ.«

Für einen Augenblick dachte ich daran, ihm von Karlis Zander und dem Zwischenfall mit der Bombe in der Post zu erzählen. Zum Glück entschied ich mich dann dafür, erst abzuwarten, was er wohl sonst noch zu erzählen hatte.

»Aber am Anfang, Mr. Pacioli, als Sie all diese merkwürdigen Anweisungen wegen des Buches erhielten, wie haben Sie da reagiert?«

»Sehr heftig, das können Sie mir glauben.«

»Aber was für ein Vertreter der Syncom-Sentinel war das nur, der sich so ungeschickt verhielt? Wenn sie – um ihren arabischen Freunden einen Gefallen zu tun – das Gütezeichen Pacioli brauchten, dann wäre es doch mit Sicherheit besser gewesen, höflich und in solcher Form um Ihre Hilfe zu bitten, daß es Ihnen schwergefallen wäre, sich zu weigern. Wozu Befehle? Wer kann nur so töricht sein?«

»Ihr Mann in Rom. Wir kennen ihn gut und hatten ihn immer geschätzt. Er ist alles andere als töricht, aber was dieses Buch angeht, so hatte ich den Eindruck, daß er irgendwie eingeschüchtert war. In unseren Gesprächen, und es waren Gespräche voller Zorn, kam es mir so vor, als sagte er nur das, was ihm aufgetragen worden war.«

»Kann eine so große Gesellschaft wie die Syncom-Sentinel eingeschüchtert sein?«

»Ich glaube, der Mann war ganz persönlich eingeschüchtert.«

»Sie meinen, er hatte Angst um seinen Job?«

»Das war möglich. Zumindest glaubte ich das am Anfang.«

»Aber später nicht mehr?«

»Unsere Reaktionen auf diese Anordnungen, diese Befehle, waren, glaube ich, vernünftig, aber entschieden. Wir sagten, wenn wir das Buch gelesen hätten, könnten wir entscheiden, ob wir es veröffentlichen würden oder nicht. Wenn Syncom unsere Erfahrung im Bestellen von Non-Fiction-Büchern dadurch nutzen wollte, daß sie uns baten, die vorbereitenden Gespräche zu führen, dann wären wir gerne bereit zu helfen. Wenn wir uns jedoch am Ende dafür entschieden, das Werk nicht selber herauszubringen, würden wir erwarten, von Syncom all die Unkosten erstattet zu bekommen, die wir ihretwegen hatten.«

»Und mit einigen Klauseln, die mit Sicherheitsmaßnahmen zu tun hatten, akzeptierten die das?«

»Ich weiß nicht, ob Syncom akzeptierte oder nicht. Unser Brief ist bis heute nicht beantwortet. Aber irgendwer, vielleicht Dr. Luccios arabischer Patron, störte sich gewaltig an unserer Widerspenstigkeit. Wer immer es war, die Methode, mit der wir für unsere Selbständigkeit bestraft werden sollten, war jedenfalls feige und gemein.«

Ich sah, wie sein Gesicht im Scheinwerferlicht des Gegenverkehrs unruhig flackerte, und wartete darauf, daß er sich klar darüber wurde, wie er es mir am besten erzählen konnte. Schließlich tippte er mit dem Finger an das Seitenfenster. »Ein neuartiger Kunststoff«, sagte er. »Er soll annähernd kugelsicher sein. Nicht ganz, aber annähernd. Dieser Wagen hat auch eine gepanzerte Karosserie. Warum? Nun ja, unsere Familie ist zwar nicht das, was man wohl in Amerika reich nennt, aber hier in Italien könnte man uns für reich halten. Mit anderen Worten, wir als Familie könnten zusammen mit dem Teil des Familiengeschäftes, der immer noch uns gehört, genügend Bargeld von unseren Banken und von Syncom beschaffen, um uns zu einer lohnenden Zielscheibe für professionelle Kidnapper zu machen. Deshalb sind wir alle sehr vorsichtig, und wir erkaufen uns die Sicherheit in dem Umfang, in dem wir uns das leisten können. Wir haben alle unser Hauspersonal einer strengen Sicherheitsprüfung unterzogen. Wir haben uns für unseren persönlichen Schutz die Dienste einer Spezialfirma gesichert, und unsere Chauffeure sind nicht nur als Leibwächter ausgebildet, sondern beherrschen auch spezielle Fahrtechniken zur Abwehr von Überfällen. Sie haben eine Schule besucht, die ausschließlich diese Fertigkeiten vermittelt. Alfredo ist heute abend unser Fahrer. Sollte er etwas auf der Straße sehen, was auch nur entfernt einer Straßensperre ähnelt, müßten wir uns schnellstens nach einem festen Halt umsehen, denn wir würden dann plötzlich mit fast unveränderter Geschwindigkeit rückwärts fahren, oder wir würden das Hindernis in voller Fahrt rammen. Da die Kotflügel vorne gepanzert sind, würden wir praktisch nichts einbüßen, außer ein bißchen Lack. Wir haben noch zwei weitere wie Alfredo geschulte Fahrer, und sie wechseln einander nach einem bestimmten Dienstplan ständig ab. Die Männer der Familie werden in ihre Büros gefahren, die Kinder in ihre Schulen und so weiter. Die Fahrtrouten werden laufend geändert. Meine Frau hat selber einen dieser Fahrkurse für Verrückte mitgemacht, um mit ihrem eigenen Wagen ein wenig unabhängiger zu sein. Aber in den meisten Fällen sind es Alfredo, Franco und Bernardo, die das Fahren für uns übernehmen. Das heißt bis vor zwei Wochen.«

Er brach ab, um auf die Stadt hinauszustarren, der wir uns näherten, als erwarte er, etwas Neues im Regen zu entdekken. Nach einem kurzen Achselzucken redete er weiter.

»Zwischen hier und Rom schicken wir unsere Post per Kurier, so daß wir genau wissen, wann Syncom unseren Brief bezüglich des Luccio-Buches erhalten hat. Es war an dem Dienstag. An dem Freitag, drei Tage später, hatte Bernardo die Tagschicht, die um sieben Uhr endete. Danach hatte er – wie sie alle einmal in der Woche – sechsunddreißig Stunden dienstfrei. Er holte also seine Lambretta aus meiner Garage und fuhr los. Nicht weit von dem Häuserblock, in dem er mit seiner Frau und Familie zur Miete wohnt, wurde er von einem Auto angefahren. Er wurde dabei nur leicht verletzt, aber als er sich aufrappeln wollte, kamen aus dem Auto, das angehalten hatte, zwei Leute auf ihn zugelaufen und fingen an, ihn zusammenzuschlagen. Nachbarn haben die Szene beobachtet und ausgesagt, daß ihn die Angreifer mit schweren Stöcken und ihren Füßen traktierten. Sie sagten auch, einer der Angreifer könnte eine Frau gewesen sein, ein Mädchen. Es war rasch vorüber. Einer der Angreifer wurde noch dabei beobachtet, wie er, kurz bevor sie wegliefen, etwas in Bernardos Anoraktasche steckte. Bernardo war noch nicht wieder bei Bewußtsein, als der Krankenwagen kam. Unter anderem hatte er einen gebrochenen Kiefer. Wir müssen hoffen, daß er wieder vollständig gesund werden wird.«

»Was war das denn, was sie ihm in die Tasche gesteckt haben?« fragte ich.

Er sah mich scharf an. »Sie wollen nicht wissen, wer es gewesen ist oder ob einer von ihnen erwischt wurde?«

Ich hätte ihm antworten können, daß ich mich langsam an die drolligen Methoden gewöhnte, mit denen Zander auf sich aufmerksam machte, wenn er einem etwas mitteilen wollte. Er schickte dir eine Bombe aus Miami, oder er gab sich einen durchsichtigen Decknamen, den er dir auf dem Umweg über einen arglosen Wall-Street-Anwalt mitteilte, oder er brachte einen deiner Angestellten ins Krankenhaus. Ich antwortete ihm aber nicht so hart, denn in dem Moment empfand ich nicht nur Mitleid mit Bernardo, sondern auch Dank dafür, daß ich dem Mann neben mir meine inzwischen gar nicht mehr komische Bombengeschichte erspart hatte. So sagte ich nur: »Schlägertypen dieser Sorte werden fast nie erwischt. Wahrscheinlich benützten sie ein gestohlenes Auto, das man später irgendwo fand. Es ist eine schmutzige Geschichte, aber sie ist nicht ungewöhnlich.«

Er seufzte. »Ich stelle fest, daß Sie automatisch annehmen, daß es sich bei den Angreifern nicht um persönliche Feinde Bernardos handelte. Die Polizei brauchte länger, um zu diesem Schluß zu kommen. Sie haben natürlich recht. Das Auto war gestohlen. Was sie ihm in die Tasche steckten, war ein Umschlag. Und dieser Umschlag enthielt ein Blatt von jenem Papier, das man bei Syncom für vertraulich zu behandelnde interne Hausmitteilungen verwendet. Es ist von einer blaßgelben Farbe. Auf diesem Blatt stand ein einziger, mit der Maschine geschriebener Satz in lauter Großbuchstaben. Er lautete: ›ANORDNUNGEN WERDEN KÜNFTIG NICHT ALS DISKUTIERBARE ANFRAGEN BEHANDELT WERDEN.‹«

»Auf englisch?«

»Nein, auf italienisch. Die Polizei sicherte den Brief und schickte ihn nach Rom. Die Syncom-Niederlassungen dort und in London arbeiteten eng mit der Polizei zusammen. England hatte insofern damit zu tun, als Syncoms europäische Abteilung ihr ganzes Briefpapier dort kauft. Ihrem Bericht zufolge war dieses Blatt Papier zwar echt, zugleich aber von einer Qualität, die seit zwei Jahren nicht mehr verwendet wird. Leitende Angestellte hatten sich beklagt, es sei zu dünn. Die letzte Lieferung davon war nach Mozambique gegangen. Was der Polizei Kopfzerbrechen bereitete, war der Wortlaut der Botschaft. Wer würde so etwas zu Bernardo sagen? Wozu die umständliche Bürokratensprache? Wer konnte es sein, den Bernardo beleidigt hatte? Es war sehr schwierig, sie zu überzeugen, daß die Botschaft in Wirklichkeit für uns bestimmt gewesen war.«

»Haben Sie die Bevollmächtigte, Miss Dingsda, gefragt, weshalb sie die Nachricht im Namen des großen Mannes nicht selber zugestellt hat?«

Die Andeutung eines Lächelns ließ für einen Augenblick seinen Mundwinkel zucken. »Miss Chihani meinen Sie? Wie Sie bald selber herausfinden werden, ist diese junge Frau sehr wohl in der Lage, mit unbequemen Fragen fertigzuwerden. Sie ignoriert sie nämlich einfach. Sie behauptet übrigens, Libanesin zu sein. Doch einer unserer Angestellten, der ein wenig Arabisch versteht und sie mit Luccio in dieser Sprache telefonieren hörte, sagt, sie höre sich eher algerisch an. Es scheint zwischen den beiden Akzenten einen großen Unterschied zu geben. Aber Sie wissen das natürlich alles.« Er spähte geradeaus. »Aha, wir sind fast da.« Er betätigte den Knopf, mit dem die Trennscheibe zwischen dem Fahrer und uns zu versenken war. »Sie wenden sich bitte persönlich an mich, wenn Sie sich hier nicht absolut wohl fühlen, ja?«

Ich glaube nicht, daß er wirklich annahm, mich so einfach abspeisen zu können. Es war ihm einfach zuwider, über die Arbeit zu reden, deretwegen ich nach Mailand gekommen war. Doch ich ließ nicht locker.

»Wegen des Netschajew-Manuskripts, Mr. Pacioli. Da muß es doch mittlerweile einige vorläufige Erkenntnisse geben, und aus meiner Sicht ist das wirklich sehr wichtig.«

»Wegen der Klausel in Ihrem Vertrag, die Ihnen das Recht gibt, sofort auszusteigen, falls es sich um eine Fälschung handelt?« Er sagte das nicht vorwurfsvoll, nur ein wenig müde.

»Ich hätte eigentlich angenommen, daß diese Frage auch für Sie nicht uninteressant ist.«

»Sie vergessen da etwas, Mr. Halliday. Fälschung oder Original – wir haben inzwischen unsere Anweisungen. Aber ich muß Sie ohnehin enttäuschen. Wir haben zu dem Material bisher zwei Expertenmeinungen. Sie stehen sich in fast jedem Punkt konträr gegenüber. Und da ich sehe, daß Ihnen gleich noch eine nicht zu beantwortende Frage über die Lippen kommen wird, noch bevor Ihr Gepäck aus dem Auto geholt ist, will ich Ihnen die Mühe des Fragens ersparen. Nein, es tut mir leid, ich weiß *wirklich* nicht, warum man unbedingt Sie für dieses Buch haben wollte. Sie wären wahrscheinlich der erste, der zugeben würde, daß es noch andere qualifizierte Autoren auf diesem Gebiet gibt.«

»Sicher gibt es die. Aber in diesem Fall . . .«

»Ich weiß nur«, sagte er bestimmt, »daß ich von Miss Chihani als Antwort auf diese Frage zu hören bekam, Dr. Luccio habe Sie im Fernsehen gesehen.«

»Wie bitte?«

»Ja, mich hat das auch überrascht. Sie muß ihn mißverstanden haben. Sie haben die Nummer meines Büros? Gut. Dann müssen wir in Verbindung bleiben.«

Ich hatte in meinem Leben auch schon hoffnungsvollere erste Gespräche mit Verlegern.

Ein paar Minuten später, als ich bereits in der Suite war und darauf wartete, daß mein Gepäck heraufgebracht wurde, verdarb mir eine unangenehme Gedankenkette den Augenblick, in dem ich entdeckte, daß ich ein marmornes Badezimmer hatte. Es war das Wort ›Fernsehen‹, das meine Gedanken in Bewegung gesetzt hatte.

Meine kurze Fernsehkarriere gehört zu den mißlichen Punkten meines beruflichen Daseins, die ich mit Gewalt vergessen möchte. Es begann – trügerisch – mit einem kleinen Triumph. Im Rahmen der Werbung für ein Buch, an dem ich zur Hälfte beteiligt war, trat ich in verschiedenen Regionalprogrammen in spätabendlichen ›Open-End‹-Talkshows auf, die damals populär waren. Sie wurden – in Anlehnung an ihre Vorbilder aus den großen Städten und mit den großen Namen – live ausgestrahlt, waren mühelos für Werbeeinblendungen zu unterbrechen und kosteten weniger als die damals massenhaft zum Verkauf angebotenen alten Filme. Die Gastgeber waren gewöhnlich Moderatoren der Regionalnachrichten, Leute, die unbedingt zeigen wollten, daß sie geistreich und intelligent waren und gut aussahen und die Fähigkeit besaßen, von einem Teleprompter abzulesen. Bei einem von ihnen platzte mir der Kragen, und ich sagte ihm fast eine Minute lang genau, was ich von ihm hielt, ehe mir eine hastig eingeschobene und mit dem Erkennungszeichen des Senders gefüllte Pause das Wort abschnitt. Was ich in dieser Minute sagte, war jedoch wirksam genug, um weitergemeldet zu werden, und ein für Tagesereignisse zuständiger Programmgestalter der Fernsehgesellschaft, der der Regionalsender angeschlossen war, war an der Sache so interessiert, daß er sich eine Aufzeichnung des Vorfalls kommen ließ. Ihm gefiel meine Zurschaustellung schlechter Manieren, und man machte mir ein Angebot.

Es war ein Wahljahr, und er brauchte eine politisch angehauchte Show, um während des langweiligen Wahlkampfs im Sommer eine Programmlücke am späten Abend zu füllen. Die Sendung war für Montag geplant und sollte *First of the Week* heißen. Der offizielle Plan war, daß ich Parteiführer in bestimmten Schlüsselstaaten interviewte, in denen die Meinungsforscher Überraschungen erwarteten. Aber das war nur die offizielle Version. Inoffiziell ging es darum, daß ich diese angesehenen Parteiführer so aggressiv und giftig angehen sollte wie den Moderator jener Talkshow. Auf die Weise, so glaubte man, könnte ich meine Opfer aus der Reserve locken und zu unbedachten Äußerungen hinreißen. Die Fernsehgesellschaft würde also augenscheinlich die Zuschauer unterrichten und informieren und damit der Öffentlichkeit dienen, zugleich aber Unterhaltung für Schwachsinnige anbieten und damit ihre vorrangige Pflicht gegen die werbende Wirtschaft erfüllen.

Was der Programmacher nicht begriffen und ich in meiner Unkenntnis des Mediums nicht durchschaut hatte, war, daß die sarkastischen Bemerkungen, mit denen ich den Moderator der Talkshow angegriffen hatte, nichts anderes waren als meine empörte und verzweifelte Reaktion auf einen geschwätzigen, aufreizenden Schwachkopf, der noch nicht mal wußte, daß ›Schriftsteller‹ und ›Schriftsetzer‹ Wörter mit unterschiedlichen Bedeutungen sind. Das Problem bei *First of the Week* war, daß die Männer und Frauen, die ich interviewte, keine Schwachköpfe waren; sie waren alle schon oft von Funk- und Fernsehleuten interviewt worden, die ihr Geschäft wirklich beherrschten, und die meisten waren im Debattieren so erfahren, daß sie mich in die Tasche stecken konnten. Daß ihre Argumente sehr oft nur trügerischer Schein waren und die herangezogenen Beweise glatt erträumt oder aus der Luft gegriffen, schien nie eine Rolle zu spielen. Sie kamen damit immer durch. Die Erfahrungen, die ich im Umgang mit Politikern gemacht hatte, waren für diese Art des Streitens nicht zu gebrauchen, und meine wilden Versuche, mich durchzusetzen, wurden lässig und leicht zur Seite geschoben. Sie waren es gewohnt, mit Zwischenrufern fertigzuwerden, so wie sie es gewohnt waren, mit faulen Argumenten Punkte zu sammeln.

Als die ersten drei Shows auf Band waren, mußte ich beim Produzenten vorreiten. »Bob«, sagte er, »Sie lassen sich von diesen Burschen auf dem Kopf rumtanzen. Sie lassen zu, daß die von Anfang an das Kommando übernehmen und behalten. Man hat Sie doch gründlich informiert. Die meisten dieser Leute sind üble Schwindler, und zumindest zwei, drei von ihnen werden sich in Bälde wegen Meineids verantworten müssen. Sie, Bob, wissen Dinge, die diese Leute unbedingt für sich behalten wollen. Sie müssen sich da reinstürzen, die Leute aus dem Gleichgewicht bringen, in die Defensive zwingen. Wir wissen, wie sich diese Show verkaufen läßt – da muß gehörig Blut fließen. Stimmt's? Sorgen wir aber dafür, daß *die* bluten, nicht *Sie*. Okay, Killer?«

Doch es war nie okay. Ich mühte mich mit einem Job ab, zu dem ich kein Talent hatte, und auch wenn sie hinterher noch so geschickt redigierten, ließ sich diese Tatsache nicht verschleiern. Zu sehen bekam man eine Reihe umgänglicher Politiker, die sich gutmütig einem mürrischen und manchmal unverschämten Interviewer stellten, der nie irgendwelche Fakten zu haben schien, um seine verantwortungslosen Behauptungen zu beweisen. Die Politiker standen am Schluß immer gut da. Der Interviewer, von dem mit der Zeit immer weniger zu sehen war, stand meistens verdrießlich oder einfältig da. Wenn einer Blut vergoß, dann immer ich, und das gleich literweise.

Ich verschwendete keine Zeit mit Überlegungen, wie Zander-Luccio auch nur eines dieser Interviews gesehen haben konnte – wenn er Bombenbastler in Miami anheuern konnte, dann konnte er sich, mutmaßlich, auch Aufzeichnungen amerikanischer Fernsehprogramme besorgen –, aber an dem wahrscheinlichsten Grund für sein Interesse an diesen Sendungen war unmöglich vorbeizukommen. Meine Unfähigkeit als TV-Interviewer konnte für einen Mann durchaus reizvoll sein, der daran dachte, einen Mitarbeiter einzustellen, der nur dämlich genug sein mußte, um später als Sündenbock dienen zu können.

Ich hörte ein Klopfen an der Wohnzimmertür und dann das Geräusch einer aufgehenden Tür. Eine Stimme sagte: »Prego«, und dann wurde hörbar etwas auf den Boden gestellt. Ich nahm an, daß mein Gepäck hereingebracht wurde. Ich trocknete mir gerade im Bad die Hände ab und bewunderte die Äderung im Marmor am Waschbecken, und so rief ich nach draußen: »In camera da letto, per favore«, in der Hoffnung, damit verständlich gemacht zu haben, daß ich das Gepäck im Schlafzimmer haben wollte. Als niemand antwortete, legte ich das Handtuch weg, griff nach meinem Jackett, in dem das italienische Geld war, das ich für Trinkgeld brauchen würde, und ging nach draußen ins Wohnzimmer.

Außer meinem Gepäck, das auf einen Kofferkuli geladen war, stand dort ein großer hoteleigener Wäschewagen und daneben zwei Leute in Portiersmänteln, in die Namen und Wappen des Hotels gestickt waren. Es hätten Italiener sein können, aber sie sahen ganz und gar nicht wie Hotelportiers aus. Das eine war ein schlanker, lächelnder junger Mann, das andere ein stämmiges Mädchen im Teenager-Alter. Eine dritte Person verriegelte gerade die Tür, die auf den Gang hinausführte. Das Mädchen war groß, dunkelhaarig und auffallend hübsch. Als sie sich umdrehte, sah ich, daß sie einen Revolver auf mich richtete. Mit dem Revolver und in ihrem Unisex-Anzug aus schwarzer Hose und Pullover sah sie wie die Titelheldin eines Comics aus, der SUPERPERSON heißen mußte.

»Guten Abend, Mr. Halliday.« Ihr Englisch hatte einen schwachen Akzent und erinnerte an Stimmbildungskurse. »Bitte tun Sie absolut nichts, dann bleiben Sie heil und gesund.«

Sobald sie den Revolver in ihre Schultertasche zurücksteckte, rührten sich die zwei anderen. Sie waren sehr schnell. Bevor ich den Mund aufmachen und eine Frage stellen konnte, hatte mich der junge Mann in einer Armfessel; zusammengekrümmt mußte ich vorwärts torkeln, so daß mir das stämmige Mädchen die Beine wegziehen konnte. Mit dem Gesicht nach unten, knallte ich auf den Boden, und der Aufprall verwandelte den Wutschrei, den ich gerade hatte von mir geben wollen, in ein gedämpftes Jaulen. Der Armfesselexperte, der auf meinem Rücken saß,

75

griff sich sofort einen meiner Füße und stellte irgend etwas mit seinem Knie an, das mich vollkommen unbeweglich machte. Ich wußte, daß die Frau nun neben mir kniete, denn sie hatte angefangen, dem Mädchen Befehle zu erteilen. Die Sprache klang zwar ein bißchen wie Arabisch, war es aber nicht, obschon ich sagen muß, daß ich nicht sehr sorgfältig zuhörte. Ich war ganz von dem Bewußtsein in Anspruch genommen, daß starke Finger emsig meinen linken Hemdsärmel hochkrempelten.

Eine letzte Salve von Befehlen, dann erschien die Schultertasche auf dem Teppich, keinen halben Meter von meinem linken Auge entfernt. Dinge wurden herausgenommen. Einer Wegwerfpackung mit einer Spritze zur subkutanen Injektion folgten in meinem Blickfeld ein Plastikfläschchen mit einem gedruckten Etikett, und dann ihre Finger, die den Deckel von einer kleinen Flasche abschraubten. Als sie den Deckel abnahm, war der Geruch von Spiritus in der Luft.

Mit einiger Mühe bekam ich genügend Luft in meine Lungen, um sprechen zu können. »Was zum Teufel soll das sein?« krächzte ich.

»Das da, Mr. Halliday?« Sie griff nach dem Plastikfläschchen. »Thiopental-Natrium.«

Ich sagte: »Wenn das ein Kidnapping sein soll, sag ich's am besten gleich: niemand wird auch nur einen Pfennig für mich bezahlen.«

Sie fingerte einen Baumwoll-Wattebausch aus der Tasche und kippte die Spiritusflasche dagegen. »Mein Name ist Simone Chihani«, sagte sie, »und Sie haben die Wahl. Sie wissen, wer ich bin, denn Mr. Pacioli hat es Ihnen bestimmt erzählt. Also, Sie können entweder friedlich mit uns kommen und unauffällig neben uns hergehen, oder wir können Sie einschläfern und Sie, in schmutzigen Bettüchern begra-

ben, nach unten bringen, bevor wir Sie zu Ihrer Verabre-
dung mit Dr. Luccio fahren. Aber wir haben keine übrige
Zeit. Also, entscheiden Sie sich bitte. Freiwilliges Mitkommen oder schmutzige Bettücher. Was ist Ihnen lieber?«

Viertes Kapitel

Freiwillig ging ich zwischen Chihani und ihrem Armfesselspezialisten zum Lastenaufzug, fuhr mit ihnen hinunter ins Kellergeschoß, und dann ging es auf die Tür zu, wo die Stempeluhr für die Hotelangestellten hing. Unser Weg führte an einer 24-Stunden-Küche und an einer Wäscherei vorbei, bevor wir zu der Tafel kamen, in der die Stechkarten steckten. Gleich dahinter befand sich ein kleines Büro mit einer Glasfront, hinter der ein fuchsgesichtiger Pförtner saß und das Kommen und Gehen überwachte. In seinem Radio lief eine Fußballübertragung, und obwohl er genau in meine Richtung schaute, als wir uns näherten, tat er, als ich ihn durchdringend anstarrte, nicht mehr, als einen nichtssagenden Blick auf Chihani zu werfen.

»Freundlich oder blind?« fragte ich.

»Einer von mehreren bezahlten Helfern hier. Seine Frau beaufsichtigt die Zimmermädchen auf Ihrer Etage. Sein Bruder ist einer der Chefportiers.«

»Und *Sie* haben dieses Hotel für mich ausgewählt. Ich fange an zu begreifen.«

»Das freut mich, Mr. Halliday. Je mehr Sie sich der Sicherheitsmaßnahmen bewußt sind, desto leichter wird alles sein.«

Wir waren nun im Freien in einer Ladezone. Vor uns war eine steile Rampe, die zur Straße hinaufführte, eingesäumt von einem schmalen Gehweg für Fußgänger und einer Parkbucht für Motorroller. Den Gehweg unmittelbar vor uns blockierte ein beigefarbener VW-Bus mit den uns zuge-wandten Rädern auf dem Bordstein und mit einer seitlichen Schiebetür, die offenstand. »Schnell einsteigen, bitte.«

Ich befolgte ihre Anordnung, und sie stieg hinter mir ein. Eine schwache Deckenbeleuchtung ließ erkennen, daß bis auf die hintere Sitzbank alles herausgenommen worden war, daß die Fenster mit geblümten Cretonne-Vorhängen abge-schirmt waren und daß hinter dem Fahrer eine straff gespannte Sichtblende aus dem gleichen Stoff jeden Blick nach vorn verhinderte. Niemand, der hier hinten saß, konnte sehen, wohin die Reise ging.

»Sie setzen sich in die Mitte, Mr. Halliday.«

Sie nahm am Fenster neben der Schiebetür Platz. Der Junge zog hinter sich die Tür zu und setzte sich so, daß nur der kleine Gang zwischen uns war. Es sollte verhindert werden, daß ich an den Vorhängen vorbei durch einen Spalt nach draußen spähen konnte.

»Wie lang soll denn das dauern?« fragte ich.

»Die Fahrt? Nicht mal eine Stunde. Wenn Sie müde sind, können Sie ja ein wenig schlafen.«

Ich machte mir nicht die Mühe, diesen idiotischen Vor-schlag zurückzuweisen. Die Prellungen an meinen Knien und Schienbeinen waren nach wie vor deutlich zu spüren, und auch der Schmerz in meiner Schulter hatte noch nicht nachgelassen. Ihr teures Parfüm verursachte mir langsam Kopfschmerzen. Ein verzögerter Schock kann seltsame Nebenwirkungen haben.

Die Tür ging wieder auf, und der Teenager stieg herein. Sie hatte meinen Regenmantel dabei und warf ihn mir zu, bevor sie die Tür wieder zumachte und etwas zu dem unsichtbaren Fahrer sagte. Er gab ihr eine Antwort und ließ den Motor an. Sekunden später holperte der kleine Bus vom Gehweg herunter und schob sich die steile Rampe hoch. Sobald er sich in den Verkehr oben auf der Straße einfädelte, zogen die zwei Nachwuchsschläger ihre Portiersmäntel aus und legten sie hinten auf den Boden. Ihre eigene Kleidung bestand aus aufeinander abgestimmten Hemden mit Blumenmuster und Synthetik-Windjacken. Der Junge holte für sie beide Schokoladenriegel aus der Tasche, und sie begannen in ihrer eigenen Sprache leise miteinander zu plaudern. Worüber? Redeten sie davon, wie leicht ich gewesen war? Wie gut sie waren? Oder davon, daß die Arbeit bei einem einfachen, direkten Auftrag mehr Freude machte, so zum Beispiel beim Überfall auf Paciolis Chauffeur? Schwer zu sagen, aber sie waren beide von dieser eigenartigen großäugigen Leidenschaftslosigkeit, die man so oft auf den Gesichtern derer sieht, die mit der Gewalt keine Probleme haben. Es ist ein Gesichtsausdruck, der mit zunehmendem Alter meist sanfter wird und dem Betreffenden schließlich ein gutmütiges und liebenswürdiges Aussehen verleiht, das auf gefährliche Weise irreführend sein kann.

Ich blickte Chihani an und hob den Regenmantel hoch. »Was soll ich damit?«

Es schien sie zu befriedigen, daß ich gefragt hatte. »Wer weiß schon, wie lange Sie nicht mehr in Ihr Zimmer kommen werden, Mr. Halliday? Es könnte ja jemand nach Ihnen fragen. Beispielsweise Pacioli. Ihre Koffer sind also ausgepackt und Ihre Anzüge in einen Schrank gehängt worden. Ihre Zahnbürste ist feucht. Eines der Betten sieht aus, als hätten Sie darin zu schlafen versucht. Ihr Zimmerschlüssel ist dort in Ihrer Manteltasche. Vielleicht sind Sie spazierengegangen. Sie sehen, ich versuche alles einzukalkulieren.«

Der verzögerte Schock verwandelte sich nun in Wut. »Ich

wette, es gibt eine Eventualität, die Sie nicht einkalkuliert haben«, sagte ich.

»Und die wäre?«

»Mir tatsächlich Thiopental geben zu müssen. Darauf waren Sie nicht vorbereitet.«

»Wie kommen Sie darauf?«

»Sie waren drauf und dran, mir den Arm mit Spiritus abzuwischen, und dabei hatten Sie noch nicht mal die Spritze aufgezogen. Sie hatten Sie noch nicht mal aus der Packung genommen. Das war nur Bluff.«

Sie sah zufrieden aus. »Sehr gut. Sie fangen an nachzudenken. Und warum sind Sie auf den Bluff eingegangen? Ich will es Ihnen sagen. Der Isopropylalkohol hat einen sehr ausgeprägten Geruch, den man mit Injektionen verbindet. Der Geruch überzeugte Sie also, und Sie bekamen Angst, ganz wie ich es beabsichtigt hatte. Warum? Weil ich Sie nicht bewußtlos haben wollte, wenn es nicht unbedingt erforderlich war. Es hätte Unannehmlichkeiten geben können. Irgend etwas hätte schieflaufen können. Nehmen wir nur einmal an, Sie hätten unter den Bettüchern im Wäschekorb Ihre Zunge verschluckt. So etwas wäre gefährlich.«

»Allerdings. Sie hätten möglicherweise eine Leiche am Hals gehabt. Dann lieber ein kleiner Bluff. Auf die Weise können Sie nun einen quicklebendigen, frei atmenden Schriftsteller zu Ihrem Führer bringen. Ich hoffe, er macht sich nichts draus, wenn ich ihm – natürlich in aller Höflichkeit – sage, er soll in den Wind schießen.«

Sie zuckte mit den Achseln. »Natürlich sind Sie im Augenblick noch erregt.«

»Erregt, ganz richtig, und mehr noch überrascht.«

»Überrascht? Sie sind doch ein erfahrener Mann. Was könnte Sie an dieser Sache überraschen?«

»Es mag Ihnen merkwürdig vorkommen, Miss Chihani, aber ich bin es nicht gewohnt, bei der Ankunft in einem fremden Hotel von irgendwelchen Schlägern attackiert zu werden, die sich als Kofferträger maskieren. Dazu kommt, daß ich allein aus dem Grund hier bin, um Dr. Luccio beim Schreiben eines Buches zur Terrorbekämpfung zu assistieren. Wenn ich dann feststelle, daß er sich selber eine Terrorbande hält, dann habe ich wohl ein Recht darauf, überrascht zu sein.«

Das entlockte ihr ein kurzes Lachen. »Sind Sie terrorisiert worden, Mr. Halliday? Wie entsetzlich! Aber ist es auch wahr? Ich würde eher sagen, daß Ihre Würde, wie Sie das nennen, ein wenig verletzt worden ist. Das ist es doch, oder? Sie werden sich schon wieder beruhigen.«

»Meinen Sie. Wo fahren wir hin?«

»Zum Treffen mit Dr. Luccio in einem sicheren Haus.«

»Sicheres Haus, das ist ein Begriff aus dem Jargon der Nachrichtendienste. Gehört Dr. Luccio einem an?«

»Sichere Häuser verwenden alle Organisationen und Gruppen, die diskrete und geheime Operationen durchführen, besonders aber Organisationen, die sich in erhöhtem Maße gegen feindliche Infiltration schützen müssen.« Sie hörte sich an, als zitiere sie aus einem Lehrbuch.

»Um welchen Feind handelt es sich denn in Dr. Luccios Fall? Die Antiterror-Truppe, die Kidnapping-Spezialisten oder das Betrugsdezernat?«

Sie steckte die Kränkung mit einem weiteren Achselzucken weg. »Oh, von der Polizei haben wir nichts zu befürchten. Unser Feind ist viel gefährlicher.«

»Und wer ist dieser Feind? Die PLO, die Roten Brigaden, die PFLP? Wer denn?«

»Wenn Sie das wissen müssen, wird Dr. Luccio Sie informieren.« Sie gab in ihrer Privatsprache einen knappen Befehl, und der Fahrer schaltete die Deckenbeleuchtung aus.

Offensichtlich wollte sie damit auch mich ausschalten. Ich machte weiter. »War dieser Feind der Grund, weshalb ich das Hotel nicht durch den Haupteingang verlassen konnte? Würde er – oder würden sie – versucht haben, mich aufzuhalten?«

»Die wissen, daß Sie hier sind und weshalb Sie hier sind. Die wären Ihnen mit Sicherheit gefolgt, ganz gleich, ob ich nun dabeigewesen wäre oder nicht. Das sichere Haus wäre in Gefahr geraten. Dadurch, daß wir sofort im Augenblick Ihrer Ankunft gehandelt haben, ließen wir ihnen keine Zeit zu einer umfassenden und wirkungsvollen Überwachung. Bei allen diskreten oder geheimen Operationen muß grundsätzlich jede Gelegenheit genutzt werden, dem Gegner zuvorzukommen und ihn zu verwirren.« Noch ein Zitat.

»Ist schriftstellerische Arbeit in Italien eine geheime Operation?«

»Die Arbeit an Dr. Luccios Buch wird von strengsten Sicherheitsmaßnahmen begleitet sein, Mr. Halliday. Hat Ihnen das Pacioli nicht klargemacht?«

»Er erklärte, daß Sie, Miss Chihani, als Bevollmächtigte die Befehle in Sachen Sicherheit erteilen würden, doch ich sagte allerdings nicht, daß ich mich daran halten werde. Und Sie haben mir bis jetzt noch nicht den geringsten Grund genannt, weshalb Sie bei mir körperliche Gewalt anwenden mußten. Wenn Sie meine Mitarbeit brauchten, hätten Sie das doch einfach sagen und mich darum bitten können.«

»Erklärungen wären nötig gewesen.«

»Wird denn nicht genau das von Bevollmächtigten erwartet? Daß Sie vermitteln und erklären? Wenn Sie mich nett darum gebeten hätten, wäre ich mit Ihnen im Lastenaufzug nach unten gefahren. Warum *haben* Sie mich denn nicht gebeten? Weil Sie lieber mit Gewalt vorgehen? Weil Ihnen das Spaß macht?«

»Sie beantworten Ihre eigenen Fragen, Mr. Halliday«, erwiderte sie ruhig. »Wenn ich Sie darum gebeten hätte, hätten Sie Einwände gemacht und Erklärungen verlangt. Sie hätten im Grunde genommen das getan, was Sie jetzt auch tun. Im Hotel hatte ich keine Zeit für Ihre Spielchen, doch jetzt ist es ohne Bedeutung, was Sie tun oder sagen. Die Operation verläuft nach Plan.«

»Nach *Ihrem* Plan?«

»Ja, aber ich befolge nur Dr. Luccios Anweisungen. Die Anweisungen sind, Sie zu dem sicheren Haus zu bringen, ohne dessen Sicherheit zu gefährden. Später, wenn Dr. Luccio mit Ihnen gesprochen hat und weiß, wie Sie auf Belastungen reagieren und wie es mit Ihrer Zuverlässigkeit aussieht, können bequemere Sicherheitsmaßnahmen erwogen werden.«

Wir steckten in dichtem Verkehr, und es ging nur noch stockend voran. Wieder fuhr der Bus ruckartig an und jagte mir einen Schmerz durch die Schulter.

Ich sagte: »Angenommen, ich sage, daß mir die Belastungen für heute reichen und daß ich, falls man mich nicht sofort in mein Hotel zurückbringt, erwägen werde, den Vertrag über meine Mitarbeit an Dr. Luccios Buch für null und nichtig zu erklären? Wie steht es dann mit Ihren Anweisungen, Miss Chihani?«

Sie hatte sich gerade eine Zigarette in den Mund gesteckt und war im Begriff, sie mit einem Feuerzeug anzuzünden. Um mich in den vollen Genuß ihrer Gedanken und Gefühle bezüglich meiner Person kommen zu lassen, antwortete sie erst, nachdem sie die Zigarette aus dem Mund genommen und das Feuerzeug wieder gesenkt hatte. »Ich würde mehrere Punkte nennen, Mr. Halliday. Erstens, daß Sie bereits eine Menge Geld kassiert haben, ohne bisher irgend etwas dafür geleistet zu haben. Zweitens, daß Dr. Luccio Sie heute abend zu sehen wünscht und nicht enttäuscht werden darf. Drittens, daß Sie ein erfahrener Mann sind und bestimmt wissen, daß mit großmäuligen Drohungen nichts zu erreichen ist. Sie werden sich selbstverständlich mit der Situation abfinden.«

Mir fiel auf, daß sie mich nun schon zum zweitenmal einen erfahrenen Mann nannte. Einen Moment lang erwog ich, sie zu fragen, was sie damit gemeint habe, aber mittlerweile paffte sie ihre Zigarette und war offensichtlich entschlossen, nichts mehr zu sagen.

Eins wußte ich jedenfalls aus Erfahrung: Schätzungen über die verstrichene Zeit und die zurückgelegte Entfernung sind meistens ungenau, wenn man sie im Dunkeln machen muß. Unter den gegebenen Umständen war deshalb meine Vermutung, daß wir in den nächsten fünf Viertelstunden annähernd hundertzehn Kilometer zurücklegten, ziemlich gut. Es war mein Richtungssinn, der verrückt spielte. Nach ungefähr zwanzig Minuten im dichten Verkehr begannen wir schneller zu fahren und dann, nach einem kurzen Halt und ein paar Worten von draußen, sehr schnell. Ich folgerte richtig, daß wir zu einer Autostrada gekommen waren und angehalten hatten, um die Gebühr zu zahlen. Verwirrend begann es zu werden, als sich nach ungefähr dreißig Minuten sehr schneller Fahrt das alles wiederholte. Wir kamen wieder an eine Zahlstelle. Ein Zweifel war nicht möglich. Als unser Fahrer heranfuhr, verlangsamte er das Tempo und kurbelte sein Fenster ganz herunter. Ich erkannte das an den verän-

85

derten Hintergrundgeräuschen und an der kühleren Luft, die hereinströmte. Als wir gerade ein, zwei Sekunden standen, war von draußen eine andere Stimme zu hören. Es war ein zweiter Gebührenkassier, der uns sagte, was *er* für diese kurze Strecke haben wollte. Was war das bloß für eine Autostrada, wo man erst bezahlen mußte, um raufzukommen, und dann noch einmal, um wieder runterzukommen? Waren wir irgendwo unterwegs umgekehrt und zurückgefahren? *Noch* eine von Chihanis Sicherheitsmaßnahmen? Konnte das geschehen sein, ohne daß ich etwas bemerkt hatte?

Von da an hatte ich keine Orientierung mehr. Anfangs war ich sicher gewesen, daß wir nach Norden fuhren, dann wichen wir möglicherweise eine Idee in westlicher Richtung ab. Nun begann ich zu glauben, es gehe in östlicher Richtung weiter. Monza vielleicht? Die Gegend von Bergamo? Oder waren wir im Begriff, ins Zentrum von Mailand zurückzufahren, zu einer dieser Suiten in einem Luxushotel, die Zander ständig für sich reservieren ließ, um auf seinen Reisen um die Welt sich und die drei Aktentaschen unterzubringen?

Wir kamen durch eine kleine Stadt und bogen dann langsam auf einen Weg ab, der mir wie einer dieser Bohlenwege vorkam, die beim Militär immer die Pioniere bauten, wenn für einen Transport durch sumpfiges Gelände ein fester Untergrund gebraucht wurde. Nur schienen die hier Telegrafenmasten anstelle der Zehnzentimeterbalken genommen zu haben. Unsere Geschwindigkeit verringerte sich zu einem Kriechen. Die Aufhängung des Busses protestierte mit heftigen Schlägen. Dann waren wir wieder auf einer ebenen Fahrbahn und fuhren in flottem Tempo durch eine Serie linker und rechter Kurven, in denen ich mich an meinem Sitz festklammern mußte, um nicht gegen Chihani geworfen zu werden. Sie hatte einen Haltegriff, an dem sie sich festhalten konnte. Das ging etwa zehn Minuten so, ehe wir wieder anhielten, diesmal an einer Verkehrsampel in einem Dorf, wie mir schien. Als es Grün wurde und unser Fahrer wieder anfuhr und Gang um Gang hochschaltete, griff Chihani in eine TWA-Flugtasche, die sie unter dem Sitz hervorgeholt hatte, und holte ein handtellergroßes CB-Funkgerät heraus. Sie zog die Antenne heraus, warf einen Blick auf ihre Uhr und begann dann zu rufen.

Sie sagte zweimal »'allo, 'allo«, bevor eine Antwort kam. Es klang wie »Qui batula«, und es war die Stimme einer Frau. Chihani antwortete mit zwei kurzen Sätzen, mit denen ich absolut nichts anzufangen wußte, wiederholte sie beide sehr sorgfältig und schaltete dann ab. Ich nahm an, daß sie kurz über den Stand der Dinge berichtet hatte.

Minuten danach kamen wir wieder durch eine kleine Stadt. Erneut kamen wir zum Stehen, und ich wartete darauf, daß der Fahrer wieder durch alle Gänge hochschaltete. Statt dessen bogen wir nach links ab, um dann auf Pflastersteinen ziemlich steil bergan zu fahren. Schon nach wenigen Metern, so schien es, hielten wir uns links, bogen scharf nach rechts ab und wurden langsamer. Der Bus rumpelte über etwas, das sich wie ein Bordstein anfühlte, und blieb stehen. Chihani stand auf und schob sich an mir vorbei.

»Wir sind da«, sagte sie, »aber es ist wohl am besten, wenn ich Sie nach draußen führe, Mr. Halliday. Eine gewisse Vorsicht ist angebracht.« Sie nahm eine schwere Taschenlampe aus einer Halterung an der Tür.

Wegen der Dunkelheit im Wageninnern konnte ich im Halbdunkel draußen sofort gut sehen, aber Vorsicht war

tatsächlich angebracht. Wir waren in einem kleinen gepfla-
sterten Hof zu Füßen von halbkreisförmigen steinernen
Stufen, die zu einem Hauseingang führten. Es gab zwar eine
Laterne, aber die schwache Glühbirne verbreitete viel zu
wenig Licht, als daß man die unebene Oberfläche der Pflastersteine und die große Lücke in einer der Stufen hätte
sehen können.

Chihani ging mit der Taschenlampe voraus. »Folgen Sie
mir bitte.«

»Was ist das für ein Gebäude?«

»Früher war es ein Hotel.«

Als wir drin waren, konnte ich das selber sehen. Es war
eines dieser alten, schäbigen, kleinen Hotels gewesen, die
vor den Zeiten der Motels bevorzugt von Handelsvertretern
mit festen Tagesspesen aufgesucht wurden, und es sah
immer noch danach aus. Hinter dem ehemaligen Empfangsschalter und unter einer Batterie leerer Postfächer mit
Schlüsselhaken aus Messing, von eins bis einundzwanzig
durchnumeriert, saß ein fettes Mädchen mit langen schwarzen Haaren und blaugetönten Brillengläsern. In der Eingangshalle roch es stark nach alter Seife und Teppichstaub,
durchsetzt mit den Spuren eines phenolhaltigen Desinfek-
tionsmittels. Im Radio in einem nahegelegenen Zimmer lief
ein Programm mit Popmusik. Das fette Mädchen blickte bei
unserer Ankunft von dem Buch auf, das sie gerade las und
drückte, als Chihani mit den Fingern schnalzte, auf einen
Schalter an der Wand.

Gegenüber vom Empfangsschalter führte eine Treppe
nach oben. Chihani, die vorausging, blickte sich nach mir
um. »Auch hier muß man vorsichtig sein«, sagte sie. »Man
kann da leicht stürzen.«

Das konnte man in der Tat. In derartigen Hotels ist, von

den Außenmauern einmal abgesehen, im Lauf der Jahre fast alles von Besitzern umgebaut worden, die sich – gewöhnlich ohne Erfolg – bemühten, mit den veränderten Ansprüchen an Komfort und Bequemlichkeit Schritt zu halten. Beim nachträglichen Einbau von Badezimmern und Versorgungsleitungen ist in den beengten Hotels den Treppenhäusern immer übel mitgespielt worden. Dieses hier schien für die Benutzung durch Bergziegen umgebaut worden zu sein. Es war eine Art Wendeltreppe, und die Stufen waren für die schmalen Trittflächen zu hoch. Der Teppichbelag war durchgetreten und gab einem keinen Halt. Man klammerte sich an das schmale Eisengeländer, während man mit den Zehen nach einem Halt tastete und versuchte, das laute, knackende Geräusch zu ignorieren, das jede Bewegung begleitete. Wenn man oben ankam, empfand man Erleichterung und wußte gleichwohl, daß das Hinuntergehen noch schlimmer werden würde. Es konnte einen in einem solchen Haus nicht überraschen, daß in ein, zwei Meter Abstand der Gang eine Zickzacklinie beschrieb und daß genau ins Zentrum dieses Zickzacks eine Tür eingebaut worden war. Es war das Zimmer mit der Nummer 17.

Chihani klopfte mit der Schnalle ihrer Schultertasche leicht gegen die Tür.

Als ich meinen Freund aus der Nachrichtenagentur um eine äußerliche Beschreibung Zanders gebeten hatte, hatte er mir erwidert, er könne da kaum helfen. Sicher, er hatte Bilder, aber die waren zweiundsechzig zur Zeit der Unabhängigkeitsfeiern in Algerien aufgenommen worden. Zander war als eines der lächelnden Gesichter in einer Gruppe von Politikern identifiziert worden, die auf der Rollbahn des Flughafens Maison Blanche vor einer DC 3 an einer Gangway der Air France posierten. Wie oder von wem er identifiziert worden war, das wußte Gott allein. Die Bilder waren von schlechter Qualität, und lächelnde Gesichter ähnelten sich – jedenfalls auf Schwarzweißfotos – sehr stark. Nützlicher wäre nach all diesen Jahren wahrscheinlich eine mündliche Beschreibung. In einer der Geschichten über die Zander-Brochet-Operation hatte es geheißen, er habe einen Kopf wie eine Steinfigur von der Osterinsel.

Wenn man nur von der äußeren Form ausging, dann hatte der Mann, der nun die Tür mit der Nummer 17 öffnete, einen derartigen Kopf. Das sonnengebräunte Gesicht war lang und schmal, mit einem vorspringenden Kinn und schmalen Lippen. Seine Erscheinung hatte jedoch nichts Distanziertes oder Finsteres oder Abschreckendes an sich, jedenfalls nicht auf den ersten Blick. Er war klein und breitschultrig und trug nichts als einen blauen Frotteemantel und ein Paar Sandalen. Er hatte einen vollen Haarwuchs, dicht und weiß, und ein Dreieck aus grauem Flaum auf der Brust. Die Konturen eines Mundes, der so leicht Warnungen hätte vermitteln können, waren hier ständig zu einem schiefen, einfältigen Lächeln verzerrt, das nur verschwand, wenn die Lippen zum Formen eines Vokals gebraucht wurden. Erst nach mehreren Minuten wurde mir klar, daß einem die Maske nichts von dem verriet, was sich dahinter abspielte, und daß man lernen mußte, in zwei wäßrigen, graugrünen Augen zu lesen.

Sie lächelten zusammen mit dem Mund, als er mich begrüßte. »Willkommen, Mr. Halliday, willkommen.«

Er trat zur Seite und bat mich mit einer Handbewegung herein. Keiner von uns machte Anstalten, dem anderen die Hand zu geben. Chihani nahm meinen Regenmantel.

Ich sah nun etwas mehr von ihm. Er war ein Mann im mittleren, nicht näher zu bestimmenden Alter und hatte sich jedenfalls gut gehalten, ein Mann, der mit Bedacht aß und trank, sich viel körperliche Bewegung verschaffte, zu einem guten Zahnarzt ging, der sich sowohl von einer Maniküre als auch von einer Pediküre pflegen ließ und allzu großzügig von einem Toilettenwasser Gebrauch machte, das einen teuren Duft verbreitete. Zu registrieren war auch die Tatsache, daß sein Englisch trotz eines leichten Akzents nicht mehr verriet, als daß Englisch nicht die erste Sprache seiner Kindheit gewesen war. Er hatte eine helle Tenorstimme.

»Macht es Ihnen etwas aus, Mr. Halliday, daß ich für unsere Zusammenkunft zwanglos gekleidet bin? Stört es Sie?«

»Wie Sie sich zu kleiden belieben«, sagte ich, »ist bisher das einzige an dieser Zusammenkunft, was mich *nicht* stört. Ist damit Ihre Frage beantwortet?«

»Aber ja.« Er nickte liebenswürdig, als sei meine Antwort höflich und hilfreich gewesen. »Aber kommen Sie doch bitte herein und machen Sie sich's bequem.«

Beim Eintreten sah ich, daß sich an die Nummer 17 ein Raum anschloß, der mit einem Paar Flügeltüren zu verschließen war. Es war eine Art Gymnastikraum mit einer Bodenmatte, einem Satz Hanteln, einem festmontierten Fahrrad, einem Massagetisch und einer mit Handtüchern bedeckten verstellbaren Couch unter einer großen Höhensonne. In Nummer 17 selbst gab es einen Büroschreibtisch, bequeme Drehsessel, einen Fernschreiber und eine Getränkebar. Der Teppich auf dem Boden sah teuer aus und fühlte sich auch entsprechend an.

»Nehmen Sie Platz, Mr. Halliday. Bitte, nehmen Sie Platz.«

Während er mich zum Sitzen aufforderte, bemerkte ich zum erstenmal eine seltsame Manieriertheit in seinem

Benehmen, eine Art, mit ausgestreckten Händen und Unterarmen herumzugehen, als sei er ein Chirurg kurz vor einer Operation und habe sich gerade die Hände geschrubbt. Als ich Platz genommen hatte, blickte er durchdringend auf mein Gesicht herab. Ich fragte mich, ob er möglicherweise nach Anzeichen einer ansteckenden Krankheit suchte. Wenn einer so viel Wert auf Gesundheit und Fitneß legte und in dem Alter noch Gewichte hob, konnte er sehr wohl eine krankhafte Furcht davor haben, daß Krankheitserreger von der Außenwelt in sein sicheres Haus gebracht wurden. Aber nein, er war nur neugierig.

»Sie sehen jünger aus, als ich erwartet hatte, Mr. Halliday. Im Fernsehen wirkten Sie älter, und das war vor zwei Jahren.«

»Im Fernsehen *fühlte* ich mich älter.«

»Natürlich. Sie haben da auch so viel von sich selbst eingebracht. Wußten Sie eigentlich, daß von den Leuten, die Sie in *First of the Week* interviewt haben, in der Zwischenzeit nicht weniger als drei unter Anklage stehen und sich schweren Beschuldigungen gegenübersehen?«

»Dazu habe ich bestimmt nichts beigetragen.«

»Aber wie großartig Sie die ins Kreuzverhör genommen haben! Wie ungeschickt und plump die plötzlich wirkten! Wie prächtig Sie die Macht der Worte gegen sie einsetzten! Dieser Halliday, sagte ich mir damals, ist ein Mann, der mit Worten umgehen kann.«

»Genau das machte nach Meinung der Kritiker die Show zu einem Flop.«

»Kritiker!« Er wischte sie mit einer Handbewegung vom Tisch. »Passiert es Ihnen nie, daß Sie völlig widersprüchliche Besprechungen eines Buches oder Theaterstückes lesen und gar nicht glauben können, daß es sich um ein- und dasselbe

Werk handelt? Natürlich kennen Sie das. Sie tun sich selbst unrecht.« Er winkte Chihani heran, die immer noch in der Tür stand. »Du kannst hereinkommen, Simone. Mach dich nützlich. Betätige dich als unsere Gastgeberin. Bring was zu trinken.« Er setzte sich mir gegenüber, wobei sein Bademantel aufklaffte und muskulöse Oberschenkel und eine tiefe Narbe enthüllte, die nach oben auf die linke Leiste zulief. »Ich bin darüber informiert, Mr. Halliday, daß Sie am liebsten Whisky trinken. Was soll's denn sein? Scotch oder Bourbon?«

»Ich habe bereits Ihr Thiopental zurückgewiesen. Warum sollte ich Ihren Whisky annehmen?« Ich bemühte mich nicht mehr, meinen Ärger zurückzuhalten. »Und lassen wir die Scherze beiseite, ja?«

Seine Hände machten eine kleine Geste der Kapitulation.

»Sie haben etwas gegen Komplimente?«

»Wenn die Komplimente meine Intelligenz beleidigen, ja. Vergessen wir also diesen ganzen Unsinn von einer beschissenen Fernsehshow und kommen zu Ihrem Namen. Wie nennen Sie sich denn im Moment am liebsten? Wie nenne *ich* Sie, falls wir je so weit kommen, daß ich Sie irgendwas nennen muß? Was gilt denn nun? Zander, Hecht, Brochet, Luccio oder Pike? Oder verwenden Sie vielleicht einen dieser exotischen arabischen Namen, zusammen mit irgendeinem hübschen Titel?«

Er blinzelte, und plötzlich verschwand jede Gutmütigkeit aus seinen Augen. Es war das erstemal, daß ich diese Verwandlung sah, und es war beunruhigend. Das einfältige Lächeln auf den Lippen blieb genau, wie es war, nahm aber eine völlig neue Bedeutung an. War es vorher ein leutseliges Grinsen gewesen, so wurde es nun, nach dem Blinzeln, Teil eines unmißverständlichen Warnsignals. Ein Tier war auf dem Sprung zum Angriff.

Aus seinen Worten sprach jedoch nicht mehr als ein sanfter Tadel. »Ich fürchte, Mr. Halliday, Sie sind ungehalten über uns.«

»Das überrascht Sie?«

»Es bekümmert mich. Fehler sind bestimmt gemacht worden. Aber von einem Mann mit Ihrer Erfahrung hätte ich mehr Verständnis erwartet.«

»Verständnis wofür? Judo?«

Er seufzte. »Simone, meine Liebe, gib freundlicherweise unserem Gast etwas Scotch mit Wasser und viel Eis. Für mich das gleiche.« Zu mir sagte er: »Offensichtlich sind da ein paar Dinge durcheinandergeraten. Erlauben Sie, bitte, daß ich Ihnen ein paar Fragen stelle. Erst einmal: Sie haben meinen Brief und die Bombe selbst unversehrt erhalten, ja?«

»Ja.«

»Und Sie haben unverzüglich der Polizei und dem FBI Bericht erstattet?«

»Ich habe der Polizei Bericht erstattet, und die wandten sich an das FBI, aber es gab keinen Verzug. Wenn Sie damit einen Eindruck auf mich machen wollten, dann ist Ihnen das ohne Frage gelungen. Die Sache nahm mich gefangen. Das ist ja wohl offenkundig, sonst wäre ich nicht hier.«

»Aber zuerst haben Sie den Namen Zander überprüft. Mit wessen Hilfe?«

»Ich hab da einen Freund in einer Nachrichtenagentur. Ich sage Ihnen nicht, in welcher.«

»Wenn es eine Nachrichtenagentur war, dann weiß ich, an welche Sie sich wenden würden. Namen spielen keine Rolle. Sie erfahren, daß ich reich und berüchtigt bin. Man gibt Ihnen zusätzliche Informationen.«

»Die, wie ich langsam herausfinde, höchst ungenau waren. Zum Beispiel würde ich das hier nicht gerade eine Suite in einem Luxushotel nennen.«

Er tat das mit einer Handbewegung ab. »Das hier ist ein sicheres Haus. Bleiben wir bei Ihnen, Mr. Halliday. Da die Sache Sie reizte und gefangennahm, konnten Sie dem finanziell attraktiven Pacioli-Vertrag nicht widerstehen. Ist es so gewesen?«

»So ist es *fast* gewesen«, sagte ich.

»Hatten Sie in der Zwischenzeit wieder von der Polizei oder vom FBI gehört?«

»Nein.«

»Und was ist mit anderen Personen? Mit wem haben Sie sonst noch darüber gesprochen?«

»Mit meiner Agentin natürlich.«

»Und Sie haben mich dabei erwähnt?«

»Nur als Dr. Luccio. Hätte ich Karlis Zander erwähnt, dann hätte ich ihr von der Bombe erzählen müssen. Sie hätte durchgedreht, und die ganze Sache wäre geplatzt. Wir erörterten also den Pacioli-Vertrag lediglich als eine normale geschäftliche Angelegenheit. Was soll denn das alles? Was wollen Sie wissen?«

»Die Bombe, der Brief und die Postkarte wurden Ihnen vor drei oder fast vier Wochen zugestellt. Wenn Sie in dieser Sache von der Polizei, dem FBI oder anderen amtlichen Stellen nichts mehr gehört haben, Mr. Halliday, müssen Sie denen ausgewichen sein.«

»Was ist daran überraschend? Natürlich bin ich denen ausgewichen. Ich hatte ihnen gegeben, was sie meiner Meinung nach haben sollten – das Päckchen mit der Bombe drin und dazu eine Kopie des Briefes, den Sie mir geschickt haben. Das ist alles. Ich versprach Ihnen, ich würde das

Original des Briefes nachreichen, tat es dann aber nicht, weil er auf eine Postkarte geklebt war. Und ich erzählte ihnen auch nicht, daß Sie sich auf dem Umweg über Pacioli und McGuire wieder bei mir meldeten. Ich hatte ihnen versprochen, sie in dem Fall zu informieren, entschied mich dann aber dagegen. Statt dessen sagte ich meiner Agentin, ich würde mich in zwei Wochen wieder bei ihr melden, um zu hören, ob der Vertrag nun unterschriftsbereit auf mich wartete. Dann machte ich erst mal Ferien.«

»Ferien?« Er sah ziemlich bestürzt aus. »Wo denn?«

»Sie würden den Ort nicht kennen.« Aber er starrte mich immer noch ungläubig an, und so redete ich weiter. »Ein Freund von mir hat ein Haus auf Long Island. Er ist ziemlich viel weg. Ich rief ihn in London an. Ich hab mir schon öfter sein Haus geliehen. Wir haben da eine Vereinbarung. Ganz einfach. Meine Agentin bekam den Pacioli-Vertrag von McGuires Büro erst vor drei Tagen unterschriftsbereit zugeschickt. Sobald ich wußte, daß sie ihn hatte, fuhr ich geradewegs nach New York, unterschrieb, kaufte bei meiner Bank einige Reiseschecks und italienisches Geld und reiste ab. Ich habe keine Zeit verloren.«

»Aber Sie hielten sich versteckt. Außerdem haben Sie die Ansichtskarte mit dem Hotel Mansour dem FBI vorenthalten. Aus welchem Grund?«

»Es sind zwei Gründe. Wo Behörden im Spiel sind, habe ich gelernt, Abstand zu wahren. Das ist der eine Grund. Der Hauptgrund sieht jedoch anders aus, Mr. Zander. Ich hielt diese Ansichtspostkarte für eine Art persönliche Botschaft von Ihnen an mich. Irrte ich mich da?«

»Nein. Gewiß nicht. Sie hatten recht. Es war absolut eine persönliche Botschaft.«

»Sie wollten mir damit zu verstehen geben, daß mir dieser Vorschlag mehr bringen würde als nur ein Honorar von fünfzigtausend Dollar. Hab ich recht?«

Seine Augen wurden wachsam. »Sie haben einen Vertrag, mir beim Schreiben eines Buches zu assistieren, Mr. Halliday. Wenn diese Aufgabe zusätzlichen Gewinn bringt, dann finden Sie das ohne Zweifel heraus.«

Ich dachte einen Augenblick über ihn nach. Er wich plötzlich aus, und ich konnte keinen Grund dafür sehen. Wenn er mir aus irgendwelchen Gründen nicht die Wahrheit sagen wollte, warum speiste er mich dann nicht mit einer Lüge ab? Müdigkeit überfiel mich, und von neuem packte mich die Wut. »Mr. Pike«, sagte ich, »die Tatsache, daß ich mich zum Dienst gemeldet habe, sollte Sie nicht zu falschen Schlüssen verleiten. Kommen Sie bloß nicht auf die Idee, die wertvolle Erfahrung, von Miss Chihani und ihrem Team aus halbwüchsigen Psychopathen gekidnappt worden zu sein, werde mich dazu bewegen, an den Bedingungen unseres Vertrags etwas zu ändern.«

»Simones Aktion war ein Fehler. Ich hatte sie jedoch gebilligt, und ich entschuldige mich.«

Es klang kalt und keineswegs überzeugend. Meine Antwort war nicht weniger kühl. »Dann geht es mir natürlich gleich viel besser. Aber wenn wir gerade von unserem Vertrag reden, dann sollte ich Sie vielleicht daran erinnern, daß dort mit keinem Wort gesagt ist, ich müsse von irgend jemandem Anordnungen entgegennehmen. Wenn also in Zukunft Miss Chihani mal wieder glaubt, in punkto Sicherheit oder sonstwas Befehle erteilen zu müssen, dann ist das allein für mich noch kein Grund, sie zu befolgen. Ich will vielmehr wissen, *warum* sie befolgt werden sollten.«

Von Chihani kam ein kurzes, rauhes Lachen. »Was Sie

zur Antwort bekommen werden, kann ich Ihnen jetzt schon sagen«, sagte sie. »Zu Ihrer eigenen und zu unserer Sicherheit. Das werden Sie zu hören bekommen, Mr. Halliday. Hier –«, sie hielt mir ein Tablett mit einem Drink unter die Nase, »beruhigen Sie sich mit einem Whisky.«

»Das ist genug, Simone«, sagte mein Gastgeber entschieden. Er wartete, bis ich den Drink in der Hand hatte, nahm dann seinen eigenen und entließ sie mit einer Handbewegung. »Geh und mach uns ein paar Sandwiches.«

Sie stellte das Tablett ab und ging auf der Stelle. Der Weg um den Schreibtisch herum und zur Tür war lang genug, um mir die Beobachtung zu ermöglichen, daß sie beim Gehen den ganzen Fuß abrollte, in der Art einer Tänzerin oder Sportlerin.

Als sich die Tür hinter ihr schloß, hob mein Gastgeber sein Glas, wie um zu sagen, nun könnten wir offen trinken. Die Augen lächelten wieder. »Welchen Eindruck haben Sie von ihr?« fragte er. »Ich meine, wenn Sie mal Ihre derzeitige Feindseligkeit und Abneigung außer acht lassen.«

»Mein erster Eindruck im Hotel war, daß sie aussah wie ein Schauspieler im Fummel. Das heißt . . .«

»Ich kenne den Ausdruck.« Er nippte an seinem Whisky. »Was ich gerne wissen möchte, ist, wie Sie ihre Leistungsfähigkeit bei einem Einsatz beurteilen.«

»Als Anführerin eines Schlägertrupps, der in einem Hotel agiert, wo von den Angestellten nicht der geringste Widerstand zu erwarten ist, ist sie vielleicht zu gebrauchen. Sie scheint mit den technischen Problemen vertraut, die sich ergeben, wenn Patienten, denen eine Spritze verpaßt werden soll, kein Vertrauen zum Onkel Doktor haben. Wenn sie allerdings als Krankenschwester gearbeitet hat, dann in der Sorte von Klinik, um die ich hoffentlich immer einen Bogen machen werde. Ein bißchen paranoid kam sie mir schon vor. Sie machte dunkle Andeutungen von mysteriösen Feinden, die ihr Leben bedrohen, Mr. Pike. Was soll denn das alles bedeuten?«

»Ich wundere mich über Sie.« Er nippte an seinem Drink. »Es mögen Fehler gemacht worden sein, das habe ich zugegeben. Aber Sie können doch nicht in so kurzer Zeit die Informationen vergessen haben, die Ihnen Mr. McGuire in New York gegeben hat. Es muß Ihnen doch klar sein, daß jedes Buch, das die internen Strukturen der terroristischen Internationale aufzeigt, für diese kriminellen Verschwörer eine große Bedrohung darstellt. Die werden alles tun, um zu verhindern, daß es geschrieben wird. Und gibt es da einen besseren Weg, als seine Autoren umzubringen?«

»Einer der angeblichen Autoren ist bereits tot. Woher sollen sie wissen, daß das Buch geschrieben wird? Ich bin sicher, Sie würden es ihnen nicht sagen.«

Die Augen blitzten mich an. »Mit dem ›angeblichen Autor‹ meinen Sie Netschajew?«

»Natürlich, Mr. Pike.«

»An dem Netschajew-Manuskript ist nichts ›angeblich‹. Seine Existenz ist eine weithin bekannte Tatsache, und seine Bedeutung steht außer Frage. Die volle und endgültige Beglaubigung seiner Echtheit wird in allernächster Zukunft vorliegen. Hat Ihnen das Pacioli nicht gesagt? Ich habe die englische Übersetzung hier zu Ihrer Verfügung. Und dann, nennen Sie mich bitte nicht Mr. Pike. So heiße ich nicht.«

»Als ich Sie fragte, wie Sie von mir genannt werden wollen, waren Sie gekränkt.«

»Weil die Art und Weise, wie Sie fragten, kränkend war.«

»Also dann, in aller Höflichkeit: Wie soll ich Sie anreden?«

»Sie könnten mich als Doktor anreden, oder als Zander.«

»Also gut, Doktor, dann soll es Zander sein. Aber Sie müssen auch meine Probleme sehen. Ihren Brief auf der Ansichtskarte von Bagdad unterschrieben Sie beispielsweise mit Karlis Zander.«

»Das war zu Ihrer Hilfe gedacht, Mr. Halliday. Damit konnten Sie mich ein wenig überprüfen, Spuren verfolgen.«

»Das verstehe ich. So war zum Beispiel die Firma Zander Pharmaceuticals in Miami eingetragen, und dort wurde auch das Päckchen mit der Bombe aufgegeben. Interessant. Aber welcher Ihrer Namen wird eigentlich in dem Buch stehen? Das *muß* doch wohl Luccio sein?«

»Aber nein.«

»Was geschieht dann mit der Geschichte, die mir McGuire zu dem Manuskript erzählt hat, daß Luccio es nämlich geerbt habe, weil er Netschajews Urenkel sei? War das auch nur erträumt, zur Hilfe für mich? Und jetzt vergessen wir es einfach wieder?«

»Aber nein, ganz gewiß nicht.« Die Augen waren nun zusammengekniffen und machten aus dem einfältigen fast ein gehässiges Lächeln. »Der Teil Ihrer Unterweisung durch Mr. McGuire sollte als wahr angesehen werden.«

»Was meinen Sie mit ›als wahr angesehen‹? Daß es wahr *ist* oder daß wir nach Ihrer Vorstellung so tun sollen, als sei es wahr, einfach so zum Jux und weil es mich vielleicht freundlicher stimmen könnte?«

»Lassen Sie uns für den Augenblick einfach sagen, daß das Manuskript einem Nachkommen Netschajews zugefallen ist und daß ich es von ihm gekauft habe.«

»Und das Recht zur Veröffentlichung? Haben Sie das auch gekauft?«

»Ja, ja gewiß.«

»Dann könnten Sie tatsächlich Ihren Kommentar als der Entdecker und rechtmäßige Besitzer dieser lange verschollenen und historisch bedeutsamen Papiere schreiben. Na also, das ist doch schon mal was. Versuchen wir darauf aufzubauen. Sie stellen mich zum Redigieren des Buches ein. Und wenn Sie nun Ihren wirklichen Namen in dem Buch angeben? Nein, Mr. Zander, lassen Sie mich ausreden. Laut McGuire hoffen Sie, mit diesem Buch auf Regierungen und ihre Politik Einfluß zu nehmen. Sie schielen nicht nach den Bestsellerlisten. Sie wollen ernst genommen werden. Richtig? Ich muß Ihnen sagen, wenn Sie sich bei einem solchen Thema hinter einem Pseudonym verschanzen, ruinieren Sie damit alle Chancen, daß es zu dem Erfolg wird, den Sie sich wünschen. Wenn Sie zum Thema des organisierten internationalen Terrorismus auch nur gehört werden wollen – daß man Ihnen richtig zuhört und Glauben schenkt, davon wollen wir erst gar nicht reden –, dann müssen Sie alles sagen und Namen nennen.«

Er starrte mich einen Augenblick lang an, griff dann nach der Sprechanlage auf seinem Schreibtisch, schaltete sie ein und redete. Das einzige Wort, das ich dabei verstand, war »Sandwiches«. Als er die Anlage wieder ausgeschaltet hatte, fiel sein Blick auf mein halbleeres Glas, dann schob er sein eigenes zur Seite. Einige weitere Sekunden vergingen, ehe ihm endlich klar war, wie er am besten antwortete.

Er redete so, als werde seine Aussage protokolliert. »Mr. Halliday, eben *weil* ich bereit bin, alles zu sagen und Namen zu nennen –«, er streckte wieder die Hände aus, als seien sie frisch geschrubbt, *»und weil das bekanntgeworden ist,* wollen mich meine Feinde umbringen.«

»Mit anderen Worten, Doktor, Sie sind bereit, *deren* Namen zu nennen, nicht aber Ihren eigenen. Gehe ich recht in der Annahme, daß Ihr Problem auch das der Selbstbeschuldigung ist?«

Wieder entstand eine Pause, bis er bereit war, seinen Eiertanz fortzusetzen. Der melancholische Anflug, den er in sein einfältiges Lächeln zauberte, war eindrucksvoll. »Mr. Halliday, selbst das wenige, die unwesentlichen Fakten, die Sie in Amerika über mich erfahren konnten, haben Ihnen doch sicher klargemacht, daß ich umsichtig sein muß.« Die ausgestreckten Hände sanken langsam. »Mein Platz«, sagte er, »ist im Schatten.«

»Dann gehen wir doch mal von einer strikt kommerziellen Basis aus. Wessen Bild sehen wir denn auf dem Buchumschlag? Bei wem findet unser Verleger Trost und Beistand, wenn seine Anwälte ihm klarmachen, daß mit dem Alles-Sagen und mit dem Namen-Nennen eine ganze Menge gerichtlich verfolgbares Material verbunden ist? Und wenn er sich auf Wahrnehmung berechtigter Interessen beruft, wer unterstützt ihn dann mit eidlichen Aussagen?«

Sofort hellte sich seine Miene auf. »So laß ich es mir gefallen, Mr. Halliday. Handfeste Argumente, wie? Nun, lassen Sie mich folgendes sagen: erstens werden diejenigen, die genannt werden, nicht wagen, aus ihren Löchern zu kriechen. Und zweitens meine ich, wenn sich unser Verleger von seinen eigenen Anwälten Angst machen läßt, dann sollten wir uns nach einem anderen umsehen. Gibt es nicht auch andere Verleger, mit besseren Nerven?«

»Mr. Zander, es gibt immer andere Verleger, aber . . .«

»Gut. So, hier ist etwas zu essen.«

Chihani hatte auf einer Platte einige Brötchen hereingebracht, die mit Salami belegt zu sein schienen. Ich verzichtete darauf, erhob aber keinen Einspruch, als Zander sie anwies, mein Glas wieder zu füllen. Ich hatte mehr als einen üblen Geschmack im Mund, und dagegen hätte ein weiterer starker Drink wahrscheinlich geholfen. Ich dachte mir auch, die Beschäftigung mit dem Drink könnte ihre Aufmerksamkeit von mir ablenken, während ich versuchte, zu einer Entscheidung zu kommen. Sollte ich etwas sagen, das die ganze Sache auf der Stelle platzen lassen würde, oder sollte ich warten und Pacioli Bescheid sagen, damit er meinen Ausstieg auf seine Weise handhaben konnte?

Aber Zander gab mir keine Gelegenheit, irgend etwas zu entscheiden. Während er anfing, geräuschvoll ein Sandwich zu essen, machte er eine überraschende Aussage. »Mr. Halliday«, sagte er, »hat einen klugen Vorschlag gemacht.«

»Er ist ein kluger Mensch.« Sie sagte es fast so, als meine sie das wirklich.

»Ja, das ist er in der Tat. Er hat vorgeschlagen, daß wir alle Entscheidungen über die Veröffentlichung des Buches zurückstellen, bis unsere Arbeit getan und das Manuskript vollständig ist. Das ist eine sehr professionelle Einstellung, finde ich.«

»Ausgezeichnet.« Sie stellte sein aufgefülltes Glas vor ihn hin und drehte sich um, um auch mir nachzugießen. Ich fragte mich, warum sie wohl plötzlich so entspannt wirkte.

Zander biß wieder in sein Sandwich. »Wie haben Sie sich den Arbeitsplan vorgestellt, Mr. Halliday?«

»Es ist naheliegend, daß ich als erstes die Aufzeichnungen von Netschajew lesen muß. Wenn sie die Grundlage unserer Arbeit sein sollen, kann ich mich nicht früh genug damit vertraut machen. Und was ist mit Ihrer eigenen Vorarbeit, Doktor? Damit sollte ich mich auch befassen.«

Er gab vor, über den Vorschlag nachzudenken, ehe er den Kopf schüttelte. »Mr. Halliday, ich glaube, es ist besser, wenn wir erst später zu meiner Arbeit kommen. Es sind hauptsächlich Notizen, und sie sind nicht geordnet. Wir fangen besser mit dem Anfang an.«

Ich habe von trägen oder faulen Kunden schon sehr viele Variationen dieses windigen Themas gehört, und eine Anspielung auf nichtexistierende Notizen bekommt man dabei fast immer zu hören. Natürlich hat der Kunde oft überhaupt nichts geschrieben, sondern nur ein wenig in den Tag hineingeträumt. Die wirklich Schüchternen oder Allzu-Bescheidenen sind selten. Trotzdem klang die Lüge aus Zanders Mund bemerkenswert überzeugend. Mit ihm an einem Buch zu arbeiten hätte durchaus unterhaltsam sein können.

»Ich versteh schon, Doktor. Nun denn, Sie sagen, Sie haben eine englische Übersetzung des Manuskripts.« Ich bemerkte, daß mein neuer Drink größtenteils Wasser war.

»Pacioli hat eine anfertigen lassen. Sie war nicht sehr gut, aber ich habe sie selber überarbeitet. Sie sollten wissen, daß es unter den alten anarchistischen Gruppen in Genf üblich war, selbst dann, wenn sie überwiegend russisch schrieben, auch Französisch zu verwenden. Es war für sie eine Lingua franca. Einige bedienten sich auch einer Kurzschrift, vielleicht zur Geheimhaltung. In den Aufzeichnungen Netschajews gibt es Passagen in der Fayet-Kurzschrift. Das war ein in Frankreich entwickeltes System.«

»Aha.«

»Und die französischen Passagen sind französisch stehengeblieben.«

»Das macht nichts. Ich kann Französisch lesen.«

»Simone, es liegt in der mittleren Schreibtischschublade. Es ist der Umschlag mit der Ziffer drei.«

Sie nahm einen dicken Umschlag im Format einer Manuskriptseite aus der Schublade und gab ihn Zander.

Er wog ihn nachdenklich in den Händen. »Mr. Halliday, wir kommen wieder auf das Problem der Sicherheit zurück.«

»Na gut.«

»Die feindlichen Kräfte, die glauben, Sie in Ihrem Hotel unter ihrer Aufsicht zu haben, wissen noch nicht, daß Sie ihnen heute abend entkommen sind.«

»Nein, vermutlich nicht. Möchten Sie, daß ich mit dem Lastenaufzug nach oben fahre, so wie ich heruntergekommen bin?«

»Das hätte wenig Sinn. Die werden inzwischen jeden Zugang zu dem Gebäude gesichert haben. Der springende Punkt ist, daß die ihren Fehler bemerken werden, sobald Sie – auf welche Weise auch immer – ins Hotel zurückkehren.«

»Und?« Einen bösen Moment lang überlegte ich, was ich tun oder sagen konnte, wenn sie beschlossen hatten, die Sicherheit dadurch aufrechtzuerhalten, daß sie mich in ihrem sicheren Haus auf Eis legten.

»Das heißt, daß Sie vom Augenblick Ihrer Rückkehr an als Feind gelten werden. Die werden ihre Gegenmaßnahmen verschärfen. Das Risiko für uns hier wird erheblich wachsen. Ich muß Sie deshalb fragen, ob Sie bereit sind, die Sicherheitsanordnungen für Ihre Fahrt nachher nach Mailand zurück und für Ihre morgige Rückfahrt hierher zu befolgen. Sind Sie dazu bereit?«

»Natürlich, jetzt, da mir Gründe genannt worden sind.«

»Dann schlage ich vor, daß wir uns morgen wieder treffen, zu einem Zeitpunkt, der Ihnen noch telefonisch mitgeteilt werden wird, aber nach einem Verfahren, das im voraus festgelegt wird.«

Er nickte Chihani zu, die mir sofort das Glas aus der

Hand nahm. »Kein Whisky mehr heute abend«, sagte sie, »und wir fahren so zurück, wie wir gekommen sind.«

»In dem VW-Bus?«

»Ja, aber nicht die ganze Strecke. Nicht weit von Mailand gibt es an der Autostrada eine größere Tankstelle. Von dort können wir Ihnen ein Taxi rufen, das Sie in Ihr Hotel bringt. Sie haben genügend italienisches Geld, glaube ich.«

»Ja.«

»Ihre Rückfahrt hierher wird wie folgt verlaufen: Um zwölf morgen früh werden Sie in Ihrem Hotel angerufen und nach Ihren Eindrücken von den Netschajew-Aufzeichnungen befragt. Dann – je nach den Antworten, die Sie mir auf meine Fragen geben – wird Ihnen gesagt, ob es sicher ist oder nicht, das Hotel zu verlassen. Wenn es noch nicht sicher ist, werden Sie zu einer festgesetzten Zeit noch einmal angerufen. Haben Sie alles verstanden?«

»Ja.«

Zander kicherte. »Sehr clever, Simone.«

»Wenn man Ihnen sagt, daß es *sicher* ist, das Hotel zu verlassen, gehen Sie sofort hinunter und nehmen einen Mietwagen oder ein Taxi zum Flughafen Malpensa. Nicht Linate, wo Sie angekommen sind, sondern Malpensa. Verstanden?«

»Ja.«

»Im Flughafen gehen Sie an den Schalter in der Haupthalle, wo die Fahrkarten für den Bus nach Mailand verkauft werden. Ein Irrtum ist ausgeschlossen. Die Hinweistafel über dem Schalter ist auf italienisch und englisch. Sie werden dort warten, bis das Mädchen vorbeikommt, das heute abend dabei war. Gehen Sie mit ihr und befolgen Sie alle ihre Anweisungen. Sie wird für Ihre Weiterfahrt sorgen. Verstanden?«

»Es scheint alles ziemlich klar.« Aber sie waren so offensichtlich mit sich selbst und mit meinem unterwürfigen Gehorsam zufrieden, daß ich es nicht dabei belassen konnte. »Ziemlich klar, wie gesagt«, fügte ich hinzu, »bis auf eins.«

»Was?« fragte Chihani barsch.

Ich sah Luccio an. »Doktor, Ihnen muß doch klar sein, daß die meisten großen amerikanischen Verlage im Besitz anderer, größerer, breitgefächerter Unternehmen sind. Syncom zum Beispiel. Es muß Ihnen ferner klar sein, daß sich Leute wie Syncom nicht so ohne weiteres herumschubsen lassen. Glauben Sie denn wirklich, daß Sie die überreden können, etwas zu veröffentlichen, das, wie ihre Anwälte ihnen sagen werden, voll von offenkundigen strafbaren Verleumdungen ist?«

»Für mich tun die alles«, sagte er leichthin.

»Doktor, wer ist dieser Patron, der hinter Ihnen steht?«

»Patron?« Die Augen waren eiskalt geworden, und die Klangfarbe seiner Stimme hatte sich seltsam verändert. Ich wußte, ich war zu weit gegangen, aber ich hatte auch das Gefühl, einzulenken könnte gefährlicher sein als weiterzubohren.

»Ganz richtig, Doktor. Ich rede von jener hochgestellten Persönlichkeit am Golf, die in Ihrem Namen Syncom Befehle gibt.«

»Wer hat Ihnen nur derart absurde Ideen eingeredet? Pacioli?«

»Die Bemerkung, daß Sie sich des Schutzes einer hochgestellten Persönlichkeit am Golf erfreuten, fiel bei dem Vorgespräch, das ich in New York führte.« Ich hielt es für unwahrscheinlich, daß McGuire einen Fahrer beschäftigte, der zusammengeschlagen werden konnte, aber ich schloß für McGuire selbst eine kleine Versicherung gegen Briefbomben ab, die so konstruiert waren, daß sie funktionierten. »Genaugenommen«, fügte ich hinzu, »war das einer der Aspekte an dem ganzen Angebot, der mich besonders faszinierte. Natürlich war ich neugierig, um wen es da wohl ging. Soll das geheim bleiben?«

Er lehnte sich zurück, blickte in seinen Whisky und trank dann einen Schluck. Mehrere Sekunden verstrichen, ehe er mich wieder anschaute. Dann sagte er langsam: »Sie mögen sich nun schon ein klein wenig an mich gebunden haben, aber *trauen* tu ich Ihnen deshalb noch nicht, Mr. Halliday. Vergessen Sie das bitte nicht.« Er schien sich daran zu erinnern, daß er immer noch den Umschlag mit dem Manuskript in der Hand hatte, und gab ihn mir. »Sie sollten sich jetzt auf den Weg machen. Haben Sie Schlaftabletten?«

»Ja, danke.«

»Nehmen Sie heute abend gleich ein paar davon. Sie müssen morgen gut ausgeruht sein.«

Damit stand er auf und ging nach hinten in seinen Gymnastikraum.

»Wir haben unsere Anweisungen«, sagte Chihani. »Gehen wir.«

Als sie vor mir her nach draußen ging, warf ich einen Blick in den Gymnastikraum. Der Meister war nackt und bereitete sich auf ein Sonnenbad vor. Die lange gezackte Narbe auf seinen Schenkel sah aus, als gehe sie auf eine Verwundung durch einen Granatsplitter zurück.

Die Rückfahrt vollzog sich schweigend. Um mir in der Dunkelheit die Zeit zu vertreiben, ging ich in Gedanken Klausel um Klausel meinen Pacioli-Vertrag durch, um möglicherweise die eine zu finden, die Barbara dazu verwenden würde, mich loszueisen und in ein Flugzeug nach New York zu bekommen. Seltsamerweise wirkte sich das so auf mich aus wie angeblich das Schäfchenzählen auf Schlaflose. Ich döste ein, und als wir schließlich anhielten, mußte mich Chihani wecken.

»Die Zeitverschiebung zusammen mit dem Whisky«, war ihr Kommentar.

Sie ließ am Bus die Scheinwerfer abschalten und ging dann mit mir zu der Tankstelle, um ein Taxi zu rufen. Als ich auf die Toilette ging, wartete sie draußen. Sie wartete auch, bis das Taxi kam. Wie sie mir gründlich auseinandersetzte, tat sie das nicht aus reiner Höflichkeit. Wenn es um Sicherheitsvorkehrungen ging, durfte man weder Kleinigkeiten außer acht lassen noch leichtfertig von irgendwelchen Annahmen ausgehen. In dem Stadium kam es vielleicht nicht mehr drauf an, ob ich die Nummernschilder an dem VW-Bus sah und mir einprägte, aber andererseits kam es möglicherweise ganz entscheidend darauf an.

»Gehen Sie in Ihr Hotel und bleiben Sie dort, bis ich Ihnen Anweisung gebe, es wieder zu verlassen«, waren ihre Abschiedsworte, bevor sie von draußen die Tür des Taxis zuschlug. Selbst wenn ich ihr die Mühe hätte sparen wollen, mir Anweisungen zu geben, die zu befolgen ich nicht im Traum beabsichtigte, so gab sie mir dazu kaum Gelegenheit.

Es war fast elf, als ich ins Hotel zurückkam. Am Empfangsschalter fragte ich nach einem Flugplan der Alitalia und bekam gesagt, ich würde einen im Wohnzimmer meiner Suite finden.

Was ich statt dessen in meinem Wohnzimmer fand, war ein von einer Panatela-Zigarre stammender Rauchschleier und eine drei Mann starke Abordnung.

Fünftes Kapitel

Der Raucher war ein Landsmann von mir, den ich seit ein paar Jahren nicht mehr gesehen hatte. Als sich die Überraschung über dieses Wiedersehen legte und Erinnerungen an unser letztes Zusammentreffen zurückzukommen begannen, wurde mir bewußt, daß, soweit es mich betraf, die Zeit nichts geheilt hatte und daß, nach seinem Gesichtsausdruck zu schließen, unsere gegenseitige Abneigung so stark war wie eh und je.

Anwesend waren außerdem Renaldo Pacioli und ein Mann im Tweedanzug und mit einer Lesebrille, der ganz so aussah, als wolle er in einem Werbespot für Aspirin den Hausarzt spielen. Von den dreien schien nur Pacioli besorgt mit der Möglichkeit zu rechnen, ich könnte über ihren unangemeldeten Besuch nicht erfreut sein. Während sie noch dabei waren, sich aus den Sesseln zu erheben und sich zu räuspern, ging ich zu den Fenstern hinüber und öffnete beide so weit, wie das nur möglich war.

Der Raucher sagte: »Tag, Bob«, und drückte seine Zigarre in einem Aschenbecher aus, der von Kippen bereits überquoll. Als ich meinen Regenmantel und Luccios Umschlag auf den Schreibtisch warf, kam Pacioli mit ausgebreiteten Händen auf mich zu, und seine merkwürdige Geste schien Kapitulation und Entschuldigung zugleich.

»Ich bitte Sie, unser Eindringen zu verzeihen«, sagte er, »und ich hoffe, Sie werden die Gründe dafür verstehen können. Sie haben offensichtlich in Ihrem Landsmann hier ein vertrautes Gesicht erkannt. Er ist zur Zeit, wie er mir sagt, als politischer Attaché bei der Botschaft Ihres Landes in Rom. Ich fand ihn zusammen mit diesem anderen Herrn, Herrn Schelm, in meinem Büro, als ich von meinem Treffen mit Ihnen zurückkam. Sie sind beide heute nachmittag von Rom hergeflogen, eigens um Sie zu treffen. Als wir Sie telefonisch nicht erreichen konnten, um Ihnen die Dringlichkeit zu erklären, sind wir sofort hergekommen. Herr Schelm machte sich bereits Sorgen um Sie. Als wir feststellten, daß Sie, obwohl anscheinend ein Bett benutzt worden ist, nicht mehr hier waren, sorgten wir uns noch mehr. Doch auf Herrn Schelms Rat hin wurde beschlossen, nicht die Polizei einzuschalten, sondern zu warten.«

»Nun«, sagte ich, »ich kann Ihnen gern erzählen, *was* ich getan habe. Ich hatte eine Zusammenkunft mit Dr. Luccio. Es war nicht meine Idee, und meine Meinung war auch gar nicht gefragt. Ich wurde einfach hingebracht. *Wo* ich hingebracht wurde, kann ich nicht sagen, weil ich es nicht weiß. Da ich dazu angeheuert worden bin, mich mit Dr. Luccio zu treffen und ihm zuzuhören, kann ich mich wahrscheinlich nicht beklagen und das Risiko eingehen, daß man mich einen Sauertopf nennt.« Ich richtete meinen Blick auf das bekannte Gesicht. »War es das, weshalb du mich sehen wolltest? Die Arbeit, die ich hier machen soll?«

Er tat so – und er hatte immer so getan –, als lasse ihn meine Feindseligkeit kalt. »Bob«, sagte er, »es gibt zwei Gründe, weshalb ich hier bin. Einmal um dir zu sagen, daß zu Hause vor ein paar Wochen deine Personalakte aus dem Archiv geholt worden ist.«

Das versetzte mir einen Stich, genau wie er erwartet hatte,

und ich fuhr in an: »Wieso, zum Teufel? Ich hab mit euch nichts zu tun, und dabei wird es auch bleiben. Wenn die auf ihrer Ehemaligenliste irgendeinen Trottel suchen, können sie mich vergessen. Ich steh nicht zur Verfügung.«

»Nun mal langsam, Bob. Diese Geschichte mit der Briefbombe hat ganz schön Staub aufgewirbelt. Du hast ja wohl nicht erwartet, daß uns das verborgen bleibt. Und wenn wir hören, daß du Erkundigungen über Zander eingeholt hast, nun, dann müssen wir natürlich auch anfangen, uns zu erkundigen.«

»Ihr kennt Zander?«

»Wir kennen ihn schon lange, aber nicht immer so gut, wie wir das gerne gehabt hätten. Heute ist er das, was wir ein rohes Ei nennen.«

Er hatte schon immer was für den Insider-Jargon übrig. »Und das heißt?«

»Das heißt, daß er zu den Individuen gehört, zu denen wir am liebsten keine direkten Beziehungen unterhalten. Es können taktische Gründe sein oder, wie in diesem Fall, vorwiegend politische Gründe. Wir ziehen es vor, uns bestimmte Leute vom Leib zu halten. Das ist nichts Neues und auch nichts Besonderes. Wenn Dieter Schelms Organisation dieses spezielle Problem hat, wendet er sich an uns oder vielleicht an die Engländer. Diesmal haben wir Dieter gebeten, uns auszuhelfen.«

»Bei der Beschäftigung mit einem Buch?«

»Es ist nicht irgendein Buch, Bob. Hast du diese Aufzeichnungen gelesen?«

»Hast *du* sie gelesen?«

»Nicht ich persönlich, aber dieser nette Mr. McGuire hatte offenbar eine Fotokopie des russischen Originals, und er hatte nichts dagegen, daß sich unsere Leute das ansahen.

Was er uns allerdings über deinen Vertrag mit Zander erzählte, beunruhigte sie. Und einige andere Dinge dazu.«

»Was für andere Dinge?«

»Die Tatsache zum Beispiel, daß du Beweismaterial unterschlagen hast, Bob. Das FBI und Captain Boyle machten sich auch Sorgen um dich. Deine Agentin wußte nicht, wo du warst. Wir brauchten die Hilfe deiner Sekretärin, um diesen Brief Zanders in deinem Arbeitszimmer zu finden. Sie sagte, du legst Papiere, die nicht für ihre Augen bestimmt sind, immer in die unterste Schublade auf der rechten Seite deines Schreibtischs. Dort, sagt man mir, haben wir die Ansichtskarte aus Bagdad gefunden. Somit war uns klar, daß du dich unwissentlich auf etwas eingelassen hast, was du nicht ganz überblicken kannst, und wir beschlossen, dir die helfende Hand zu reichen.«

»Bockmist.«

Mit einem kaum wahrnehmbaren Lächeln fuhr er fort. »Wir hoffen natürlich auch, daß du dich für unsere guten Dienste erkenntlich zeigst, denn schließlich kümmerten wir uns um das verständliche Mißvergnügen des FBI über deine Versuche, die Ermittlungen zu behindern. Wir hoffen also, daß du, was Zander betrifft, ein klein wenig mit uns zusammenarbeiten wirst.«

»Vielen Dank, aber ich nehme lieber das Mißvergnügen des FBI in Kauf. Ich werde mich auch bei Captain Boyle entschuldigen. Er ist ein ganz vernünftiger Mann. Was deine helfende Hand und deine guten Dienste angeht, so brauche ich dir nicht erst zu sagen, wo du die hinstecken kannst. Dir wird bestimmt ein passender Ort einfallen.«

Mit einem Blick auf Schelm verdrehte er die Augen und stieß einen tiefen Seufzer aus. »Ich sagte ja, Dieter, der gute Bob hier ist eine harte Nuß.« Er richtete seinen Blick wieder auf mich. »Der zweite Grund, weshalb ich hier bin, ist der, daß deine Personalakte dich als einen mißtrauischen Menschen darstellt, der ein besonders gutes Gedächtnis für böse Erfahrungen hat. Nachdem ich nun unserem Freund Dieter Schelm versichert habe, daß du in der Tat der Robert R. Halliday bist, den wir alle kennen und lieben, will ich auch für seine Person bürgen. Er ist ein sehr hoher Beamter eines westdeutschen Nachrichtendienstes, ist allerdings zur Zeit an die Nato ausgeliehen und fungiert dort als Direktor des Gemeinsamen Verbindungsbüros der Nachrichtendienste. Dieter Schelm ist Zivilist, für Verwaltungszwecke der Nato jedoch im Rang eines Zweisternegenerals. Er spricht ein Oxbridge-Englisch, du brauchst dir also keine Sorgen zu machen. Deine Witze werden verstanden.«

Schelm hielt seine Hand hin. »Freut mich, Mr. Halliday.«

Der Eindruck vom freundlichen Hausarzt, den ich erst von ihm gehabt hatte, war in dem Moment weg, als unsere Hände sich berührten und ich ihn wirklich sah. Er hätte zwar ein Arzt sein können, aber keiner von der Sorte, die man traditionell mit taktvollem Verhalten am Krankenbett, mit Entbindungen und Hausbesuchen verbindet. Was ihn disqualifizierte, waren seine Augen. Aus ihnen sprach große Intelligenz und sogar Humor, aber nicht die Spur von Mitgefühl. Es war nur die Halbbrille, die ihm hin und wieder das merkwürdige Aussehen eines gütigen Arztes gab.

Er blickte in das bekannte Gesicht und sagte: »Danke, mein Freund.«

Es klang wie eine Entlastung, und das war es offenkundig auch. Das Gesicht sagte ihm etwas auf deutsch, das ich nicht ganz verstand, und wandte sich dann mir zu. »So, Bob«, sagte er, »an dem Punkt steig ich aus. Es freut mich, daß du so prächtig in Form bist. Wie ich höre, hast du so ziemlich alles aufgegeben, was die Gesundheitsfanatiker nicht empfehlen. Man sieht's. Wenn du irgendwas von uns willst, dann weißt du, wo du mich findest.« Er verabschiedete sich mit einer pauschalen Handbewegung, griff nach einer Einkaufstasche aus Segeltuch und nach seinem Überzieher und ging.

Als sich die Tür wieder schloß, ging ich zum Telefon. »Als erstes schlage ich vor, daß ich den Etagenkellner anrufe und feststelle, was die zu dieser späten Stunde noch zu essen haben. Vielleicht haben Sie auch Durst? Was kann ich Ihnen zu trinken bestellen?«

Sie baten beide um Pellegrino. Während ich darauf wartete, daß der Etagenkellner sich meldete, kritzelte ich *Wahrscheinlich sind Wanzen im Zimmer* auf den neben dem Telefon liegenden Notizblock und hielt ihn Schelm hin.

Er lächelte freundlich und nickte. Als ich meine Bestellung durchgegeben hatte und auflegte, sagte er: »Sie haben recht. Es gab hier Wanzen. Aber Ihr Bekannter aus der amerikanischen Botschaft brachte ein tragbares Aufspürgerät mit – das gibt es inzwischen –, und wir kümmerten uns um die Wanzen, während wir auf Sie warteten. Sonst hätten wir hier nicht so offen reden können. Wie kamen Sie auf die Idee, dieser Raum könnte nicht sicher sein?«

Und so erzählte ich ihnen, wie ich aus dem Hotel geschleust worden war, und gab ihnen einen Bericht von meinem Abend mit Chihani und Zander. Ich unterbrach meine Ausführungen, als der Etagenkellner die Drinks und den kleinen Imbiß brachte, doch die einzigen anderen Unterbrechungen wurden durch Paciolis Ausbrüche der Empörung verursacht.

Allerdings konnte er mir sagen, auf welcher Autostrada man zweimal zu bezahlen hatte.

»Das muß die A 8 und A 9 in nördlicher Richtung sein«, sagte er. »Sie beginnen als ein- und dieselbe Straße. Man bezahlt vor dem ersten Streckenabschnitt, weil es unterwegs mehrere freie Abfahrten gibt. Aber wenn man auf der A 8 weiterfährt, sagen wir nach Varese, oder auf der A 9 nach Como, muß man noch einmal bezahlen. Sie könnten auf der A 8 auch die Abzweigung nach links genommen haben, die fast bis nach Arona reicht. Haben Sie denn überhaupt nichts von der Strecke gesehen?«

»Nichts, Mr. Pacioli. Das versuche ich Ihnen doch dauernd zu sagen. Ich konnte in dem Bus nichts sehen, weder auf der Hin- noch auf der Rückfahrt.«

»Entschuldigen Sie. Es ist alles so schändlich, und Sie sind unser Gast. Bitte reden Sie weiter. Sie sagen, der Mann, der sich Luccio nennt, empfing Sie im Bademantel in diesem Hotel, zu dem man Sie gebracht hat?«

Schelm war ein besserer Zuhörer. Er unterbrach mich nicht einmal.

»Ich glaube, ich sollte Ihnen fairerweise sagen«, sagte ich schließlich zu Pacioli, »daß ich, auch wenn ich wenig Lust habe, mich noch einmal mit der Telefonistin herumzuschlagen, die in diesem Hotel Nachtdienst hat, daß ich also jetzt gleich meine Agentin in New York anrufen werde. Und ich werde ihr sagen, daß unsere Abmachungen hinfällig sind.«

Sein Gesicht wurde länger. »Darf ich erfahren, welche Gründe Sie anführen werden, mit welcher Rechtfertigung Sie versuchen wollen, unseren Vertrag zu brechen?«

»Vorspiegelung falscher Tatsachen reicht für den Anfang. Ich sage nicht, daß Sie verantwortlich waren, aber nach Aussagen McGuires würde meine Aufgabe, das heißt die Hauptaufgabe, darin bestehen, Luccios Material zu redigieren. Es gibt aber kein Material von Luccio. Von Dr. Luccio ist bisher nichts anderes gekommen als Gewalttätigkeit, zweideutige Aussagen und die von ihm persönlich überarbeitete englische Übersetzung des Netschajew-Textes. Die steckt in dem Umschlag dort drüben, alle zweihundert Seiten davon, mit vierfachem Zeilenabstand geschrieben. Nur folgendes sollten Sie noch bedenken, bitte: McGuire sagte mir, Luccios Glaube an die Echtheit der Aufzeichnungen beruhe auf seiner persönlichen Kenntnis ihrer Vergangenheit. Luccio, sagte er, habe sie geerbt. Luccio selber sagt, das sei falsch. Er habe sie gekauft. Das glaube ich ihm sofort. Er hat sie von dem gekauft, der sie gefälscht und frisiert hat.«

»Sie haben noch nicht bewiesen, daß es sich um eine Fälschung handelt, Mr. Halliday.«

»Ich glaube nicht, daß ich das beweisen muß«, sagte ich. »Sie haben diesen Mann nie gesehen. Das haben Sie mir selbst gesagt. Ich habe ihn kennengelernt, und ich sage, die Beweislast liegt jetzt bei Ihnen.«

»Ich glaube, keiner von Ihnen wird irgend etwas beweisen müssen«, sagte Schelm fröhlich. »Sie sagen, Mr. Halliday, daß er Ihnen die von ihm selbst überarbeitete Übersetzung der Aufzeichnungen gegeben hat? Darf ich sie sehen?«

»Bedienen Sie sich«, sagte ich. »Ich möchte immer noch gerne wissen, weshalb die CIA und die Nachrichtendienste der Nato um irgendein windiges Manuskript aus dem neunzehnten Jahrhundert und um einen gerissenen Geschäftemacher aus Estland soviel Theater machen, aber ich nehme an, das wird alles zur geheimen Verschlußsache erklärt werden.«

Er lächelte höflich, gab mir aber keine Antwort, während er zum Schreibtisch hinüberging und den Umschlag holte. »Wenn ich das richtig sehe«, sagte er zu mir, »weiß Luccio noch nichts von Ihrer Entscheidung, nicht mit ihm zusammenzuarbeiten und den Vertrag zu lösen.

»Nein.« Aber ich zögerte, und er faßte sofort nach.

»Haben Sie vielleicht eine Andeutung gemacht? Bitte sagen Sie es ganz ehrlich. Es ist wichtig.«

»Ich war bemüht, nicht zu feige zu erscheinen. Okay, ganz ehrlich. Ich dachte daran, es ihm zu sagen, aber ich hab's nicht getan. Erstens einmal machen die mir Angst, er und die Leute um ihn herum. Zweitens wußte ich nicht, wo ich war, wo die mich hingebracht hatten. *Mir* macht so was Angst, ob Sie's glauben oder nicht. Drittens habe ich mit Casa Editrice Pacioli einen Vertrag abgeschlossen, nicht mit Zander. Viertens ist Syncom-Sentinel in einer besseren Position als ich, für Mr. Pacioli Polizeischutz zu besorgen, wenn er Zander beibringt, daß sich die Sache erledigt hat. Fünftens – brauchen Sie noch einen fünften Grund?«

Pacioli schüttelte den Kopf, aber Schelm wedelte mit dem Umschlag in seiner Hand, um meine Aufmerksamkeit wiederzugewinnen. »Mr. Halliday, ich würde gerne alle Ihre Gründe hören, bitte. Wenn ich anfange, Ihre Fragen zu beantworten, ist es von Nutzen, wenn ich Ihnen nicht erst Dinge erzähle, die Sie bereits wissen.«

»Okay. Fünfter Grund. Ich habe eine Menge Leute kennengelernt, die etwas gedruckt haben wollen oder ihren Namen in Büchern sehen möchten, und ich habe mittlerweile eine ganz gute Vorstellung davon, wie ihre Köpfe funktionieren. Ich will zwar nicht behaupten, daß ich mich in einem so seltsamen Kopf wie dem Zanders auskenne, aber eines steht für mich fest. Ihm geht es um alles mögliche, aber nicht um ein Buch.«

»Sie haben völlig recht. Ist Ihnen sonst noch irgend etwas durch den Kopf gegangen?«

»Es war nicht leicht, auf dem Rücksitz des Taxis zu lesen, aber als es dann in die Stadt reinging, halfen die Straßenlaternen und Neonreklamen. Die Kopie der Netschajew-Aufzeichnungen, die Sie in der Hand halten, ist angeblich eine englische Übersetzung, in der nur die französischen Passagen unübersetzt blieben. Das trifft nicht zu. Es gibt da mehrere lange Abschnitte von unübersetztem Text, der weder russisch noch französisch aussieht. Könnte eine dieser Computersprachen sein, was weiß ich. Ich habe eine oder zwei der Stellen mit einem Eselsohr gekennzeichnet.«

»Das«, sagte Pacioli, »müssen die Seiten mit dem französischen Kurzschrift-System sein. Unsere Experten konnten sie nicht entziffern, es ist keine der bekannten Sprachen.«

»Es handelt sich dabei nicht um Kurzschrift«, sagte ich. »Und die Sprache hat nichts mit Computern zu tun.« Schelm nahm das Manuskript aus dem Umschlag und ließ es durch die Finger laufen, bis er zu einer Seite mit einem Eselsohr kam. »Entschuldigen Sie mich, bitte.« Er strich das Eselsohr glatt und starrte nachdenklich auf die Seite.

»Was ist das für eine Sprache?« fragte ich.

Er ignorierte die Frage und blickte statt dessen auf seine Uhr. »Ich glaube, Mr. Halliday, daß in den Büros in New York inzwischen nicht mehr gearbeitet wird.«

»Ich habe die Privatnummer meiner Agentin.«

»Könnten Sie möglicherweise Ihre Entscheidung, sie anzurufen, um ein paar Minuten hinausschieben?«

»Wozu?«

»Man sagt mir, Sie würden liebend gerne wissen, weshalb Zander darauf bestand, daß Sie und kein anderer mit ihm an diesem Buch arbeitet. Ich habe die Erklärung. Sind Sie immer noch daran interessiert?«

»Für ein paar Minuten, ja.«

Er setzte sich wieder, rückte seinen Stuhl ein wenig, so daß er mir genau gegenüber saß, und spähte mich über die Halbbrille hinweg an. »Stört es Sie, wenn ich rauche?« fragte er.

»Nicht im geringsten. Machen Sie nur.«

Er nickte, als habe er gegen sich selbst eine Wette gewonnen. »Vielen Dank, Mr. Halliday. Die Gründe für persönliche Zwistigkeiten können oft ganz trivial sein. Es war nicht zu übersehen, daß der Anblick Ihres alten Bekannten aus der amerikanischen Botschaft keine reine Freude für Sie war. Er raucht eine Menge. Sie nicht. Es hätte ja möglich sein können, daß ...«

»Nein, Herr Schelm. Die Gründe für meine Abneigung sind in dem Fall alles andere als trivial. Dieser billige Zigarrenqualm hat mich nur an ihn erinnert.«

»Ach so.« Er beugte sich vor. »Ich sollte zur Erklärung sagen, daß wir mit seiner Abteilung innerhalb Ihrer Botschaft oft Informationen austauschen.«

»Dann muß er inzwischen Chef einer CIA-Station sein.«

»Als ich ihm Ihretwegen Fragen stellte, Mr. Halliday, sagte er mir, seine Leute hätten zwar nichts dagegen, daß ich Sie um Ihre Mitarbeit bitte, aber Sie würden wahrscheinlich nicht mitmachen.«

»Das überrascht mich nicht.«

»Sie waren natürlich früher ein Zeitungsmann, ein Auslandkorrespondent und ein Kriegsberichterstatter.«

»Ja.«

»Sie können natürlich sagen, daß es mich nichts angeht, aber ich weiß nun mal, daß die CIA in früheren Zeiten hin und wieder Korrespondenten in kleineren Dingen um Hilfe bat.«

»Hin und wieder tat sie das, ja.«

»Verzeihen Sie mir diese sehr persönlichen Fragen, Mr.

Halliday, aber ich habe den Verdacht, dieser Zigarrenraucher, den Sie nicht mögen, könnte Ihr Falloffizier gewesen sein, als Sie jene unglückselige Erfahrung machen mußten.« Er sah mich scharf an. »Hab ich recht?«

»Sagten Sie unglückselig?« Aber ich fing an, ihn zu mögen, und so zögerte ich, und die sarkastische Bemerkung, die ich hatte machen wollen, blieb ungesagt.

Doch er hatte begriffen. »Nein, Mr. Halliday, ich wähle meine Worte nicht immer sehr gut. Nirgendwo auf der Welt sind Gefängnisse angenehm, aber acht Monate in einem Gefängnis der irakischen Sicherheitspolizei müssen schon eine außergewöhnlich böse Erfahrung sein. Da sind Sie natürlich nicht bereit, der Person zu verzeihen, der Sie die Verantwortung dafür gaben.«

»Sie scheinen alles darüber zu wissen. Wer hat es Ihnen erzählt? Er bestimmt nicht.«

»Die Geschichte stand damals in den Kairoer Zeitungen. In unserem BND-Dossier über Sie ist das der erste Punkt.«

»In dieser Geschichte wurde behauptet, ich stünde unter Anklage, weil ich versucht hätte, einen Regierungsbeamten zu erpressen, und weil ich Gold geschmuggelt hätte, um ein Mitglied der Muslimbruderschaft zu kompromittieren. Sagen Sie bloß nicht, Sie hätten das geglaubt.«

»Glauben *Sie* immer noch alles, was in den Zeitungen steht?« Das plötzliche Lächeln und gleichzeitige leise Glucksen waren irgendwie aufmunternd. »Außerdem«, sagte er, »versah ein Teil der arabischen Presse außerhalb des Irak die Geschichte mit der zusätzlichen Information, Sie seien ein CIA-Agent. Das Dementi kam dann ausgerechnet von den Irakis selbst. Wir wunderten uns seinerzeit darüber. Gewöhnlich machen sie die CIA für alles verantwortlich, ob das nun eine Masernepidemie ist oder ein Erdbeben. Weshalb wohl ließen sie diese gute Gelegenheit aus, die CIA zu kompromittieren?«

»Einige sehr wichtige Leute hatten Dreck am Stecken. Sie waren so sehr damit beschäftigt gewesen, den kleinen Fisch – mich nämlich – zu fangen, daß ihnen der große durch die Maschen schlüpfte. Die großen Tiere in der Sicherheit hatten Mist gebaut, und das mußte unbedingt vertuscht werden. Für mich war das kein Vergnügen. Sie mußten so tun, als sei ich ein großer Fisch, bis sich die Wellen gelegt hatten und sie mich zurückwerfen konnten.« Ich brach ab. Er hatte angefangen, verständnisvoll zu nicken. Der Mann wußte, wie man ein Verhör führte, und ich war ins Plappern gekommen. »Was haben diese ganzen alten Geschichten mit Zander zu tun?« fragte ich abrupt.

»Die Gründe, weshalb er Sie als Mitarbeiter haben wollte, sind, daß Sie ein angesehener Journalist und Schriftsteller sind und daß Sie außerdem einen direkten Draht zur CIA haben.«

»Unsinn. Das habe ich keineswegs.«

»Auch wenn es Ihnen vielleicht nicht gefällt, Mr. Halliday, die Wahrheit sieht anders aus.« Er versuchte – ohne viel Erfolg – sich den Anschein zu geben, als wisse er genau, wie mir zumute war, und habe volles Mitgefühl. »Sie haben einmal einen Auftrag für die CIA durchgeführt. Bedauerlicherweise ist diese Tatsache allgemein bekannt. Sie ziehen es vor, in diesem Zusammenhang von alten Geschichten zu reden, aber denken Sie mal nach. Mit höchst unkonventionellen Methoden gelingt es Zander, die Aufmerksamkeit der CIA wieder auf Sie zu lenken. Als Folge davon hat Ihr alter Falloffizier wieder Kontakt mit Ihnen aufgenommen und Sie unter sicheren Begleitumständen mit mir zusammengebracht. Wenn Sie ihn und seinen Arbeitgeber nicht leiden können, dann mag das seine Berechtigung haben, aber ich achte sie. Für die Nato arbeite ich in den Bereichen eng mit der CIA zusammen, in denen wir gemeinsame Interessen haben. Wenn Sie glauben, diese Wiederherstellung alter und Aufnahme neuer Kontakte sei von Zander nicht vorausgesehen und eingeplant worden, dann unterschätzen Sie ihn. Seine Methoden sind, das gebe ich zu, bizarr, aber nur, wenn man westliche Maßstäbe anlegt. Länger anhaltende Kontakte mit der arabischen Welt haben oft solche Auswirkungen. Selbst den nüchternsten europäischen Geschäftsleuten kann es passieren, daß sie sich ein bizarres und alles andere als geradliniges Denken angewöhnen.«

Pacioli zappelte schon eine ganze Weile herum. Nun fuhr er dazwischen. »Sie sagen also, Herr Schelm, dieser Mann bringe uns deshalb auf erpresserische Weise in diese Situation, weil er auf dem Umweg über die CIA eine Verbindung zu Ihnen herstellen will? Das ergibt doch keinen Sinn! Was soll schon ein Gangster seiner Sorte mit staatlichen Behörden wie der Ihren im Sinn haben?«

»Eine vernünftige Frage«, erwiderte Schelm, behielt aber den Blick auf mich gerichtet. »Was meinen Sie dazu, Mr. Halliday?«

Ich hatte eben daran gedacht, daß Chihani mich ein paarmal als ›erfahrenen‹ Mann bezeichnet hatte. Jetzt wußte ich, was sie meinte. Ich zuckte mit den Achseln.

»Vielleicht haben Sie recht, und er will tatsächlich so etwas wie einen Sonderbotschafter«, sagte ich, »aber was für Botschaften kann er nur übermitteln wollen? Ein Mann, der etwas an die Nato oder die CIA zu verkaufen hat – etwas, was die wirklich kaufen wollen, meine ich –, der braucht keine Sonderbotschafter. Wenn er etwas Lohnendes zu verkaufen hat, dann ist er höchstwahrscheinlich ein Profi, der bereits seine Kontakte hat. Im übrigen ist Zander ein Mann, der es gewohnt ist, mit Milliarden umzugehen, wie man mir gesagt hat. Wenn er etwas zu verkaufen hat, dann muß es schon etwas sehr Ungewöhnliches sein.«

Schelm nickte. »Es ist ungewöhnlich, für seine Verhältnisse. Und das gilt auch für den geforderten Preis.« Er drehte sich plötzlich zur Seite und sah Pacioli an.

»Sir«, sagte er, »als wir auf Mr. Hallidays Rückkehr warteten, gab ich Ihnen zu verstehen, daß Sie uns später vielleicht am besten allein lassen, nachdem Sie sich vergewissert haben, daß Mr. Halliday in Sicherheit ist. Wir haben nämlich, wie Sie mittlerweile sicher verstehen werden, vertrauliche Dinge zu besprechen.«

Paciolis Blick verengte sich. »Ist das ein Befehl? Ich soll gehen?«

»Ich versuche nur Ihre Gefühle zu schonen, Sir. Sie haben eine Beschreibung der Personen gehört, die Mr. Halliday hier in diesem Raum angegriffen haben. Gesagt haben Sie zwar nichts, aber ich sah Ihrem Gesicht an, daß die Beschreibung auch auf die Personen paßte, die dabei beobachtet wurden, wie sie Ihren Chauffeur überfielen und böse verletzten. Und das ist die Bestätigung, daß sie für Zander arbeiten. Natürlich würden Sie diesen Beweis gern an die Polizei weitergeben und sie auf Zander ansetzen. Ich sehe es als meine Pflicht an, Sie darauf hinzuweisen, daß Sie nur Ihre Zeit verschwenden würden. Nach allem, was Sie in diesem Raum gehört haben, wird Ihnen klar sein, daß ich mit Wissen und Erlaubnis italienischer Kollegen im Nato-Nachrichtendienst hier bin. Wir haben derzeit nicht die Absicht, diesen Herrn in seinem sicheren Haus zu stören, selbst wenn wir es finden würden. Sie sehen also, Sir, unter allem, was ich hier sagen werde, ist nichts, was Sie nicht bedrücken würde.«

Pacioli zögerte erst noch und stand dann auf. Schelm beachtete er nicht mehr. Zu mir sagte er: »Als ich aus dem Büro wegging, gab mir meine Sekretärin englische Übersetzungen aller Expertenmeinungen zur Echtheit der Netschajew-Aufzeichnungen, die wir bisher erhalten haben. Das letzte Gutachten ist eben erst eingetroffen.« Er zog ein einmal gefaltetes Bündel Papiere aus einer Innentasche und gab es mir. »Vielleicht finden Sie es lehrreich. Gute Nacht, Mr. Halliday.«

Ich begleitete ihn zur Tür, half ihm in den Mantel und sagte ihm, ich würde ihn am nächsten Vormittag anrufen. Er war zu höflich, als daß er mir gesagt hätte, ich könne mir die Mühe sparen.

Schelm schnitt eben die Spitze einer Petit Corona ab, als ich mich wieder zu ihm setzte. »Ein guter Mann, nicht wahr«, sagte er, »ein gutherziger Mann. In meiner Branche ist Herzensgüte leider keine Eigenschaft, die sehr gefragt ist. Sie ist eher hinderlich als hilfreich.« Er hielt die Zigarre hoch, damit ich besser sehen konnte, wie lang sie war. »Sehr lange brauche ich nicht, um die zu rauchen, und ich möchte gerne gehen, bevor sie zu Ende ist.«

»Hätten Sie gern was zu trinken?«

»Nicht, wenn Sie erst etwas kommen lassen müssen. Lassen Sie mich einfach berichten, wie es zwischen uns und Zander steht.« Er unterbrach sich, um die Zigarre anzuzünden und wohl auch um sich darüber klarzuwerden, wie er vorgehen sollte, damit das, was er zu sagen hatte, möglichst sachlich und harmlos klang. Schließlich deutete er mit der Zigarre auf die Papiere, die Pacioli mir gegeben hatte. »Fangen wir damit an«, sagte er, »mit den – fachmännischen und weniger fachmännischen – Meinungen über das Netschajew-Manuskript. Für Zander erfüllte es mehrere Zwecke. Es stützte die zu seiner Tarnung erfundene Geschichte, derzufolge er ein grundlegendes Werk über das Thema Terrorismus schreibt. Es gab Syncom-Sentinel und Mr. McGuire etwas Konkretes in die Hand, das zudem einen wissenschaftlichen Anstrich hatte, so daß man damit Sie auf dem Umweg über Ihre Agentin ködern konnte. Am wichtigsten aber war, daß es ihm die Möglichkeit verschaffte, der Regierung der Vereinigten Staaten einen langen, komplizierten und höchst geheimen Vorschlag zu unterbreiten, ohne daß die Kanäle des Außenministeriums benutzt werden mußten und ohne daß derjenige, der den Vorschlag machte, sich kompromittierte.«

»Dann ist also das Manuskript eindeutig sowohl frei erfunden als auch gefälscht?«

»Teile davon sind sicherlich frei erfunden. Teile davon sind sicherlich gefälscht. Ob aber der ganze Text frei erfunden und gefälscht ist oder nicht, das steht auf einem anderen Blatt. Papier und Tinten und auch die Schriftarten stimmen mit denen überein, die in der Zeit üblich waren, aus der das Manuskript angeblich stammt. Paciolis Museumsfreunde und ihre Laborbefunde ließen daran von Anfang an keinen Zweifel. Aber das gilt auch für die Teile, die mit Sicherheit frei erfunden sind. Man muß wahrscheinlich davon ausgehen, daß Vorsatzblätter aus alten Büchern als Schreibpapier verwendet wurden. Das ist in solchen Fällen offenbar ein gebräuchlicher Trick. Aber die Verfasser und Fälscher waren keine Amateure. Zander stellte Leute an, die sich auf ihre Arbeit verstanden. Wenn man sich den Hauptteil des Textes ansieht, also, mir fällt da die Entscheidung schwer. Ich glaube, das könnte auch Ihnen so gehen, falls Sie je dazu kommen, ihn zu lesen.«

»Was ist daran schwierig?«

»Nun, es ist so entsetzlich langweilig. Gerade das macht es so echt, nehme ich an. Wenn es frei erfunden ist, ist es genial. Zumindest kam es mir so vor, aber ich bin natürlich in der Literatur nicht so beschlagen. Sie wissen wahrscheinlich, daß Dostojewski seinen Roman *Die Dämonen* in weiten Teilen auf Netschajews Leben und das bei seinem Mordprozeß vorgelegte Beweismaterial stützt. Der Nachahmer nun hat, nach Aussage des CIA-Experten, Dostojewski paraphrasiert, bei den Schriften Bakunins und Ogarjows Anleihen gemacht und das alles mit einer pseudoromantischen Liebesgeschichte vermischt. Der erste Experte ließ sich – wieder laut CIA – täuschen, weil er der bekannten Tatsache, daß Dostojewski von Netschajew fasziniert war, zuwenig Gewicht beimaß und andererseits die Tatsache überbewertete, daß einige Monate lang Bakunin und Netschajew zusammenarbeiteten. Bei einer gemeinsamen Autorenschaft kann man sich – und wer wüßte das besser als Sie – immer darüber streiten, wer nun eigentlich was geschrieben hat. Der zweite Experte war vorsichtiger. Er sagte zwar nicht, daß der Text frei erfunden sei, aber es war die Mischung, die ihn zweifeln ließ. Und so nannte er es eine zeitgenössische Nachahmung. Erst der CIA-Experte, der zur Überprüfung der Fotokopie Mr. McGuires hinzugezogen worden war, entdeckte den Anachronismus, der als Schlüssel zu dem gesamten Dokument angesehen werden muß. Es geht dabei um die sechs Passagen in der Fayet-Kurzschrift. Sie machen das Dokument innerhalb eines Dokuments aus, die versteckte Botschaft. Es sind die Abschnitte, die Sie nicht lesen konnten.«

»Sie sind in einer Art Code oder Chiffre gehalten?«

»Nein, sie sind auf Esperanto geschrieben. Diese spezielle Kurzschrift ist ideal zur Wiedergabe lateinischer Phonetik, und genau die verwendet das Esperanto. Ja, man kann sagen, Esperanto in einer alten französischen Kurzschrift ist tatsächlich ein Code, aber es ist ein Code, der leicht zu knacken ist.«

»Diese beiden ersten sogenannten Experten schafften es aber nicht.«

»Seien wir fair. Wenn ein Experte in russischen Manuskripten des neunzehnten Jahrhunderts unter Zeitdruck etwas auf seine Echtheit überprüfen soll, das wie ein interessanter Fund aussieht und echt sein könnte, warum sollte der dann plötzlich auf Esperanto kommen? Der CIA-Experte hatte andere Vorinformationen. Ihm war gesagt worden, er solle das ganze Dokument als verdächtig ansehen und nach versteckten Botschaften abklopfen. Das erste, was ihm auffiel, war der Anachronismus.«

»Tut mir leid. Ich begreife immer noch nicht.«

»Esperanto existiert als Sprache erst seit achtzehnhundertsiebenundsiebzig; Netschajew war fünf Jahre vorher im Gefängnis gestorben. Er kann also Esperanto nicht gekannt haben. Nun nehmen wir also diese ganzen Kurzschrift-Passagen, setzen sie zusammen, transkribieren sie, übersetzen sie, und schon haben wir eine lange Botschaft von Karlis Zander.«

»Und was sagt er darin?«

»In der Kopie, die Zander Ihnen heute abend überlassen hat, nicht viel von Interesse. Mit den geringen Esperanto-Kenntnissen, die ich mir in den letzten paar Tagen angeeignet habe, würde ich sagen, daß Ihre Kopie mit Kinderreimen aufgefüllt worden ist. Mr. McGuires Kopie hatte Passagen in Esperanto, die etwas völlig anderes aussagten. Wir glauben, es ist mehr als wahrscheinlich, daß seine Kopie die einzige war, die den Text der eigentlichen Botschaft trug.«

»Und was ist die eigentliche Botschaft?«

Die Asche fiel von seiner Zigarre, und er verfrachtete sie säuberlich in den Aschenbecher. »Nun, lassen Sie mich überlegen. Zuerst kommt eine Art Standortbestimmung, die Analyse einer militärischen Lage, und dann folgen im weiteren Verlauf gewisse Vorschläge zur Lösung von Problemen, die vorher aufgezeigt worden sind.«

»Könnten Sie nicht ein bißchen spezifischer sein?«

Er lächelte liebenswürdig. »Das hängt davon ab, ob Sie nun Ihre Agentin in New York anrufen und den Vertrag lösen, oder ob Sie es nicht tun. Bevor Sie sich aber endgültig entscheiden, möchte ich Sie noch auf ein, zwei Punkte hinweisen. Unter Ihrer bestehenden Vereinbarung sollten Sie fünfzigtausend Syncom-Dollars dafür erhalten, daß Sie eine Arbeit tun, die es nie wert war, getan zu werden. Der Charakter dieser Arbeit hat sich nun vollkommen gewandelt. Sie ist es nun sehr wohl wert, getan zu werden. Glauben Sie mir, sie würde sich auch dann noch lohnen, wenn man Sie auffordern würde, auf Ihre Nennung als Mitautor zu verzichten und umsonst zu arbeiten. Ich muß Ihnen auch sagen, daß Sie – aus Gründen, die Ihnen mittlerweile wohl einleuchten – während der wenigen Tage, in denen wir um Ihre Hilfe bitten, eine Schlüsselstellung einnehmen. *Zander* hat Sie ausgewählt, nicht wir. Wenn *wir* Sie gefragt hätten, hätten Sie abgelehnt. Aber Zander hat Sie mit seinen weitschweifigen und unehrlichen Methoden gefragt, und Sie haben zugesagt. Nun können Sie natürlich die Fälschungsklausel in Ihrem Vertrag zitieren, mit den Achseln zucken und Ihrer Wege gehen. Wir hoffen, Sie tun das nicht. Ich will Sie nicht gerade anflehen, mit uns zusammenzuarbeiten, denn ich glaube, das wäre uns beiden peinlich, aber ich bitte Sie ganz ernsthaft darum.«

Mein Lächeln war, glaube ich, ganz höflich. »Ich habe nicht viele feinere Gefühle, Herr Schelm. Sie können nicht an meine patriotischen Gefühle appellieren. Warum sollte ich nicht einfach meiner Wege gehen?«

Er starrte mich einen Augenblick lang ausdruckslos an. Dann sagte er: »Ich versteh schon. Fünfzigtausend Dollar und der Dank der Menschen, die geringzuschätzen und zu verachten die Erfahrung Sie gelehrt hat, sind nicht genug. Leider haben wir nicht mehr anzubieten.«

»Sie könnten es mit ein paar zusätzlichen Informationen versuchen. Nein, ich rede nicht von geheimen Informationen. Nennen wir es eine Stellenbeschreibung. Zum Beispiel: welche Gefahren könnte dieser Job mit sich bringen? Und, wenn Sie behaupten, das alles sei völlig ungefährlich, wer ist eigentlich der Feind, der Chihani so beunruhigt?«

Er zögerte und fragte sich wohl, wie aufrichtig er sein mußte, ehe er antwortete. »Na schön. Ich will Ihnen von den Leuten erzählen, die sich vertraglich verpflichtet haben, Zander zu ermorden. Sie nennen sich ›Mukhabarat-Zentrum‹. Wie Sie wahrscheinlich nur zu gut wissen, ist *mukhabarat* die arabische Bezeichnung für einen geheimen Nachrichtendienst. ›Zentrum‹ nennen sie sich vermutlich, um den Eindruck zu erwecken, als handle es sich bei ihnen um eine legale Gruppe mit einem offiziellen Hauptquartier. Aus Bequemlichkeit verwenden die meisten europäischen Polizeibehörden und Interpolbüros die Abkürzung Rasmuk und registrieren ihre Aktivitäten in ihren Unterlagen über das organisierte Verbrechen. Wie ich Rasmuk beschreiben würde? Na ja, es ist eine Geheimorganisation oder möchte es jedenfalls sein, und es ist eine Art von Nachrichtendienst. In Wahrheit ist es eine internationale Bande, die nur auf Kontraktbasis und für das große Geld arbeitet und sich auf

Erpressung, Einschüchterung und Mord spezialisiert hat. Dieser Code-Name ist eine Anspielung auf ihre Geschichte. Haben Sie während Ihrer Journalistentätigkeit im Mittleren Osten je von einer gewalttätigen Organisation namens Rasd gehört?«

»Sie meinen die palästinensische Mafia?«

»Es waren zwar anfänglich vor allem Palästinenser, aber Mafia-Charakter hatte das Ganze zunächst nicht. Die Rasd kam frisch und unverbraucht aus den Flüchtlingslagern. Sie begann als ein geheimes Strafkommando von Eiferern mit dem Ziel, diejenigen aufzuspüren und zu bestrafen, die zu bestimmten Einsätzen ins Ausland geschickt worden waren und dann zu Verrätern an der Sache wurden. Meistens bestand der Verrat daraus, daß die von den Getreuen aufgebrachten Geldmittel gestohlen oder auf andere Weise mißbraucht wurden. Einige der Verräter wurden hingerichtet. Andere wurden gezwungen, mehr zurückzuzahlen, als sie gestohlen hatten. Dann fing die Rasd, ganz logisch, selber an Gelder aufzutreiben. Am Ende wurde auch sie korrupt. Sie kaufte sich in Nachtklubs, Spielkasinos und Bordellen ein. Alles im dekadenten Westen, versteht sich. Bald erzielte sie riesige Gewinne und verbrauchte sie für einen aufwendigen Lebensstil. Für das Image und die Kampfmoral der Palästinenser war das natürlich Gift. Schließlich griff die PLO energisch durch. Etliche Köpfe rollten. Die Rasd wurde bloßgestellt und diskreditiert.«

»Aber nicht vollständig aufgelöst, wenn ich mich recht erinnere.«

»Nicht vollständig, nein. Nach der Säuberungsaktion hörte sie auf, als eine akzeptierte Palästinensergruppe zu existieren, und der größte Teil der flüssigen Mittel wurde von den Rechnungsführern der PLO beschlagnahmt. Das betraf aber nicht alle Vermögenswerte, denn bei einigen Dingen waren die Eigentumsverhältnisse wirkungsvoll verschleiert worden. Da gab es beispielsweise Immobilien. Die blieben im Besitz der, wenn ich sie mal so nennen darf, Elite der nicht-palästinensischen Spezialisten für die Dreckarbeit. Mitte der siebziger Jahre hatte es die Rasd geschafft, Unerwünschte und Ausgestoßene aus zehn, zwölf verschiedenen Nationen zu rekrutieren. Es waren Zyprioten, Ungarnflüchtlinge, Malteser, Marokkaner, Ägypter, eine höchst kosmopolitische Sammlung. Ein Artikel im *Paris Match* nannte sie ›ein teuflisches Gebräu aus den verschiedensten Talenten‹. Das einzige, was ihnen jetzt noch fehlte, war eine erfahrene Führungsspitze. Die neue Mannschaft, die zu ihnen stieß, kam aus meinem Land.«

»Stört Sie das?«

Er lächelte. »Ich hätte sagen sollen, auf dem *Umweg* über mein Land, nicht *aus* ihm. Die beiden Männer, um die es geht, sind Kroaten. Sie sind vor einigen Jahren zum Arbeiten nach Westdeutschland gekommen. Ihre Arbeitserlaubnis wies sie als gelernte Schweißer aus. In Wahrheit waren sie gelernte Schieber und Schmuggler. In der Gegend Jugoslawiens, aus der diese beiden stammen, müssen Kriminelle äußerst clever sein, um zu überleben. Mein Land muß ihnen am Anfang problemlos vorgekommen sein. Als es schwieriger für sie wurde, zogen sie weiter in den Süden und nahmen ihre deutschen Frauen mit. In Rom fanden sie die Reste der Rasd, die nur darauf warteten, von fähigen und ideenreichen Männern übernommen zu werden. Sie erkannten die Möglichkeiten. Rasd wurde zum Mukhabarat-Zentrum und begann, sich nach einer neuen Kategorie von Geschäften umzusehen.«

»Im Mittleren Osten?«

132

»Dort finden sie den Markt *und* das Geld in der Größenordnung, in der sie sich ihre Dienste bezahlen lassen. Sie änderten ihren Namen gleich zweimal. Eine Zeitlang nannten sie sich ›Democratic Liberation Executive‹, doch offensichtlich wurde ihnen schon bald gesagt oder durch Reaktionen potentieller Kunden deutlich gemacht, daß diese Bezeichnung für den Markt, in dem sie tätig waren, zu idealistisch und zuwenig geschäftsmäßig klang. Und so entschieden sie sich für ›Mukhabarat-Zentrum‹. Wir ziehen unseren kurzen Code-Namen ›Rasmuk‹ vor. Für Rasmuk, das kann ich Ihnen sagen, hat der Kontrakt zur Ermordung Zanders einen Wert von zwanzig Millionen Schweizer Franken.«

»Wer bezahlt?« fragte ich.

Er drückte seine Zigarre aus. »Das, Mr. Halliday, wissen wir leider nicht.«

»Obwohl Sie den Wert des Kontrakts kennen?«

»So ist es. Den Italienern ist es zwar gelungen, Leute bei Rasmuk einzuschleusen, aber sie sind noch nicht so weit, wie sie das gerne hätten. Diese Dinge brauchen ihre Zeit. Es tut mir leid, Mr. Halliday. *Ich* kann Ihnen nichts in der Art jener Freuden versprechen, auf die Zander anspielte, als er Ihnen die Ansichtskarte vom Hotel Mansour schickte.«

»Ich fürchte, ich kann Ihnen nicht folgen.«

»O doch, das können Sie. Das Hotel Mansour? Dort hat Sie doch die irakische Sicherheitspolizei festgenommen, stimmt's?«

»Was ist es dann, was *Sie* mir nicht versprechen können?«

»Irakische Köpfe auf einem Servierteller natürlich. Die süße Rache, von der Zander in diesem Brief redete und die McGuire im Gespräch mit Ihnen noch schmackhafter machen sollte.« Er warf mir einen bösen Blick zu, während er sich aus seinem Sessel hochstemmte. »Ich bin nicht so einfältig, zu glauben, Mr. Halliday, das angebotene Honorar von fünfzigtausend Dollar allein sei es gewesen, das Sie Zanders Einladung so prompt annehmen ließ. Sie haben noch ein paar alte Rechnungen zu begleichen. Sie müssen in diesem Zander-Buch eine mögliche Gelegenheit dazu gesehen haben, vielleicht die Gelegenheit, auf die Sie immer gewartet haben. Die Verwicklung der irakischen Regierung in weltweite terroristische Bewegungen und Abenteuer ist seit Jahren nur zu bekannt. Wenn Zander wirklich vorgehabt hätte, den Mund aufzumachen, Fallgeschichten anzugeben und Namen zu nennen, hätten Sie die große Genugtuung gehabt, Ihre eigene Privatliste von Kandidaten für die öffentliche Verurteilung in das Buch schreiben zu können. Ihre Zusammenkunft mit ihm am heutigen Abend muß für Sie zur Enttäuschung geworden sein.«

»Ich bin schon öfter enttäuscht worden.«

»Zweifellos. Für Zander könnten sich natürlich ernstere Konsequenzen ergeben. Er wird seine Rückzugspläne völlig neu überdenken müssen, und ich glaube, das schafft er nicht rechtzeitig.«

»Rückzugspläne?« Ich dachte, nun hätten ihn seine Englischkenntnisse doch mal im Stich gelassen. »Sie meinen die Vereinbarungen, die er treffen will?«

Er hatte nach einer Flasche gegriffen, in der noch etwas Wasser war, und füllte sein Glas. Durch eine ungeduldige Handbewegung verschüttete er etwas Wasser. Mit übertriebener Sorgfalt stellte er die Flasche zurück.

»Ich sagte Rückzugspläne, Mr. Halliday. Ich *meinte* Rückzugspläne. Ich rede allerdings nicht von Ruhegeldern und Häuschen auf dem Land. Es ist der Rückzug von einem Schlachtfeld, auf dem er jahrelang erfolgreich gekämpft hat, und es ist keineswegs ein freiwilliger Schritt. Warum muß er sich plötzlich zurückziehen? Warum ist plötzlich jemand bereit, für seine Ermordung Rasmuk-Preise zu bezahlen? Die Antwort kann nur sein, daß er zu lange mitgekämpft hat, daß er sich zu viele Feinde geschaffen hat und daß es denen endlich gelungen ist, sich gegen ihn zusammenzu-schließen. Wir können es nicht mit Gewißheit sagen. Uns betrifft nur, daß seine Zeit vorbei ist, daß er es weiß und daß er für sich und seine Familie die Garantie für eine dauerhafte Sicherheit sucht, wie sie ihm nur der Westen bieten kann. Als Gegenleistung bietet er uns etwas an, was für uns von militärischem Wert sein könnte. Oder auch nicht sein könnte. Das Angebot selbst verdient, falls es reell ist, gewiß unser Interesse. Auf jeden Fall muß sowohl das Angebot als auch die Fähigkeit seines Patrons, das zu liefern, was er anbietet, sorgfältig überprüft und bewertet werden.«

»Wenn er so reich ist, wie man mir erzählt hat, dann müßte er sich doch eigentlich seine Sicherheit erkaufen können.«

Er runzelte die Stirn. »In einer Festung mitten in einem südamerikanischen Dschungel? Er ist kein Kriegsverbre-cher. Ist er überhaupt ein Verbrecher? Mir würde da die Antwort schwerfallen. Ist er ein größerer Verbrecher als jeder andere gerissene Geschäftsmann oder Glücksritter?«

»Das FBI könnte dieser Ansicht sein. Für die italienische Polizei kann ich nicht sprechen.«

Er lachte still vor sich hin. »Hören Sie schon auf, Mr. Halliday, so naiv können Sie doch nicht sein. In Ihrem Beruf müssen Sie schon eine Menge sehr reicher Aufsteiger ken-nengelernt haben, die es an Reichtum mit Zander aufnehmen können oder ihn gar übertreffen. Die neigen eigentlich immer zu der Ansicht, sie stünden ein wenig über dem

Gesetz, finden Sie nicht? Zander ist in dieser Hinsicht keine Ausnahme. Das Ungewöhnliche an ihm ist seine Verwundbarkeit. Nach allem was ich weiß, spielt das Familienleben für ihn eine große Rolle. Er hat dreimal geheiratet. Seine erste Frau ist gestorben, die zweite hat er im Algerienkrieg verloren. Beide hatten Kinder, an denen er sehr hängt. Er hat außerdem Kinder adoptiert. Seine dritte Frau, die zwei Kinder von ihm hat, ist mit diesen zur Zeit in Amerika, illegal und untergetaucht, wie Ihr alter Freund sagte. Sie sind untergetaucht, damit sie nicht als Geiseln genommen werden können. Er ist nun schon seit fünf Monaten auf der Flucht, seit dem Zeitpunkt, da Rasmuk den Kontrakt für seine Ermordung bekam. Glauben Sie, ein Mann wie er könnte eine solche Sachlage akzeptieren – Trennung von seiner Frau und den kleinen Kindern, das abgeschiedene Leben in sicheren Häusern, Zimmer in drittklassigen Hotels und als Gesellschaft nur Fitneßgeräte und Höhensonnen? Dieses Vorhaben, dieser Handel, den er aus der Ferne und durch geschickten Umgang mit alten Komplizen auf die Beine gestellt hat, ist sein Weg zurück in die Freiheit und zu seiner Familie. Oder zumindest glaubt er das. Das ist die Botschaft, die er mit seinem Vorschlag schickt. Sie fragen nach den Gefahren. Für ihn werden die nächsten paar Tage kritisch. Um das zu liefern, was er versprochen hat, muß er sich sehen lassen und ein paar Risiken eingehen. Jedenfalls hat er das so geplant. Er nahm natürlich an, daß Sie automatisch zusagen würden, wenn man Sie offiziell um Mithilfe bat.« Er zuckte mit den Achseln. »Da Sie sich dazu nicht in der Lage sehen . . .«

Ich schnitt ihm das Wort ab. »Nein, Herr Schelm. Sie werden nicht erleben, daß ich wegen der Familie Zander in Tränen ausbreche. Wonach ich Sie fragte, war das mögliche

Ausmaß der Gefahr für *mich*. Welche Risiken gehe *ich* dabei ein?«

Er verharrte einen Moment, setzte sich dann wieder und trank einen Schluck Wasser. »Also gut«, sagte er, »ich will mein Bestes versuchen. Für die Rasmuk-Leute sind Sie nur in einer Hinsicht interessant: als einer, der hier ist, um den Mann aufzusuchen, für dessen Ermordung sie bezahlt werden. Sie haben keinen Anlaß, die offiziellen Gründe für Ihr Hiersein nicht zu glauben. Als professioneller Schriftsteller sind Sie auf Paciolis Kosten hierhergekommen, um Zander beim Schreiben eines Buches zu assistieren. Es ist natürlich naheliegend, daß sie versuchen werden, mit Ihrer Hilfe Zander zu finden. Miss Chihanis Job ist es, dafür zu sorgen, daß ihnen das nicht gelingt. Und Ihre Aufgabe für uns wäre es, die Verbindung zwischen Zander und meinen Leuten aufrechtzuerhalten; für ein paar kritische Tage, allenfalls eine Woche, wären Sie unser Verbindungsmann bei ihm und seinen Leuten. Natürlich würden Sie bemüht sein, im gegebenen Fall nicht in die Schußlinie zu geraten. Miss Chihani scheint eine sehr fähige Person. Wie hat sie heute abend ihre Aktionen hier Ihnen gegenüber gerechtfertigt?«

»Sie wollte mich hier raushaben, bevor die feindliche Überwachung hundertprozentig funktioniert. So ähnlich drückte sie sich jedenfalls aus.«

Er nickte. »Das hätte für ein erstes Zusammentreffen sehr gut klappen können, wenn Sie in Amerika so gut informiert worden wären, wie die das gehofft und erwartet haben. Dann würde Zander jetzt natürlich auch wissen, wie sein Vorschlag aufgenommen worden ist und ob seine ganzen Pläne zum Ziel führen werden.«

»Wohingegen er nun bis morgen oder übermorgen warten muß.«

Er sah mich scharf an. »Keine Scherze bitte, Mr. Halliday.«

»Das war kein Scherz. Wenn es nicht allzu gefährlich ist, kann ich ebensogut die ganzen fünfzigtausend mitnehmen.«

»Und es wird keinen Rückzieher geben?«

»Im Moment rechne ich jedenfalls nicht damit. Aber ich würde immer noch gerne wissen, weshalb die CIA nicht direkt mit Zander verhandeln will.«

»Ich weiß ja, daß Sie Ihrem alten CIA-Freund mißtrauen, aber was er Ihnen erzäht hat, das stimmte schon. Im Persischen Golf sind die Leute in diesen Tagen sehr empfindlich. Selbst die kleinen Potentanten haben sehr große Egos. Wenn Sie wüßten, wie groß die Zahl derer ist, die bei der Vorstellung, eine amerikanische Regierungsbehörde könnte sich Zanders Vorschlag auch nur *anhören*, toben würden, dann würden Sie einsehen, daß es nur auf diesem Umweg geht. Denn wenn nun die Geschichte durchsickert oder wenn man uns verhandeln sieht, dann können die CIA-Leute die Hand aufs Herz legen und alles leugnen. ›Vergeßt nicht‹, können sie dann sagen, ›die Südflanke der Nato liegt ganz dort unten auf dem Südlichen Wendekreis. Wenn einige unserer Nato-Verbündeten sich insgeheim mit diesem Mann namens Karlis Zander verschwören wollen, um entsprechend seinem Vorschlag ihre Ölzufuhr durch militärische Vorbereitungsmaßnahmen zu sichern, wie sollen wir sie daran hindern?‹«

»Ich verstehe schon. Das ist es also, was Zander zu verkaufen hat?«

Daraufhin erklärte er mir, um welche Abmachungen es ging. Dann erzählte er mir, wie unsere erste Antwort auf Zanders Vorschlag aussehen sollte und wie er sie von mir überbracht haben wollte. Wenn wir uns nach diesem Schritt immer noch handelseinig waren, dann konnten die Vorkehrungen für das Spitzentreffen getroffen werden, auf dem Zander beharrte. Wenn mir an den Details dieser Vorkehrungen irgend etwas nicht gefiel, sollte ich in den Botschaften, die ich rausschicken würde, davon berichten.

Als wir endlich fertig waren, war es ziemlich spät, doch beim Gang zur Tür fiel mir noch etwas ein, und ich blieb stehen.

»Da Sie sich zu meinem neuen Falloffizier ernannt haben«, sagte ich, »sollte ich vielleicht besser wissen, was mein alter heute über mich zu sagen hat.«

Er blickte verwirrt drein. »Ich glaube, ich verstehe nicht ganz . . .«

»Er sagte es zu Ihnen auf deutsch, kurz bevor er wegging. Ich habe zwei, drei Worte davon aufgeschnappt. Ich bin nur neugierig.«

»Ach ja, jetzt erinnere ich mich.« Er spitzte die Lippen und dachte angestrengt nach, bevor er weiterredete. »Der idiomatische Ausdruck läuft im Deutschen ganz anders, verstehen Sie, aber ich will versuchen, es möglichst genau zu übersetzen. Er sagte: ›Dieter, sagen Sie bloß nicht, ich hätte Sie nicht gewarnt. Der Dreckskerl ist noch ganz der alte.‹«

Sechstes Kapitel

Es war genau Mittag, als Chihani anrief. Sie verschwendete keine Zeit mit verbindlichen Floskeln.

»Kein Telefonanschluß ist sicher, Mr. Halliday, besonders der nicht, den Sie im Augenblick benutzen. Bitte denken Sie dran. Sind Sie allein in Ihrem Zimmer?«

»Ja.«

»Haben Sie das Manuskript gelesen?«

»Ja.«

»Das *ganze*? Jede Seite?«

»Die Teile, die ich allein nicht lesen konnte, sind mir inzwischen gründlich erklärt worden. Okay?«

»*Wann* sind sie erklärt worden?«

»Gestern abend, als ich hierher zurückkam. Möchten Sie wissen, wer die Erklärungen gegeben hat?«

»*Nein!* Liefern Sie keine Informationen. Beantworten Sie nur meine Fragen, und hören Sie sorgfältig zu. Ich habe nur eine neue Anweisung zusätzlich zu den alten, die Ihnen bereits gegeben worden sind. Sie sollten Ihren Paß und Ihren Zimmerschlüssel mitnehmen. Alles andere bleibt so, wie besprochen. Haben Sie verstanden?«

»Ich glaube schon.«

Sie legte auf.

Malpensa, der älteste und am wenigsten vom Nebel behinderte Flughafen Mailands, liegt fünfundvierzig Kilometer nördlich der Stadt an der Autostrada nach Varese. Taxis waren nach Auskunft des Hotelpförtners um diese Tageszeit schwer zu bekommen. Glücklicherweise kannte er jedoch den Fahrer einer Mercedes-Limousine, der ihm loyal verbunden war. Nur um dem Pförtner einen Gefallen zu tun, war dieser brave Mann bereit, seine Mittagspause zu verschieben und mich zu fahren, wohin ich wollte.

Der geforderte Fahrpreis war zwar maßlos überhöht, aber ich protestierte nur halbherzig. Der Mercedes würde mit meinen diversen Prellungen sanfter umgehen als ein Kleintaxi von der Sorte, die ich am Abend vorher kennengelernt hatte. Außerdem brauchte ich ein wenig Komfort zu meiner Beruhigung. Fünf Stunden Schlaf unter dem Einfluß von Pillen und ein stärkereiches Frühstück mit lauwarmem Kaffee hatten meine Fähigkeit zu klarem Denken wiederhergestellt. Ich erinnerte mich nun auch ganz deutlich, wie beharrlich und geschickt Schelm mich überredet hatte, eine Dummheit zu begehen. Bald danach waren mir böse Ahnungen gekommen.

Schelms Schilderung der ursprünglichen Rasd-Bande war einigermaßen zutreffend gewesen. Er hatte nicht versucht, etwas zu verharmlosen oder die überragenden Fähigkeiten herunterzuspielen, mit denen sich diese Wahnsinnigen für ihre Sache aufopferten. Aber zufällig wußte ich, daß die Organisation in Wirklichkeit nie so frisch und unverbraucht gewesen war, wie er zu glauben schien. Ich hatte zum erstenmal von ihr gehört, als ich im Libanon arbeitete, damals, als Beirut noch das Paris des Mittleren Ostens war. Der europäische Stützpunkt der Rasd war eben nach Rom verlegt worden, und man begann über ihre Todeskommandos sowohl mit Ehrfurcht als auch mit Respekt zu sprechen. Ihr charakteristisches Geschäftsgebaren hatte so ausgesehen, daß sie einen Kontrakt übernahmen und dann auf das anvisierte Opfer zugingen, um zu sehen, ob es nicht vielleicht etwas mehr zahlen wollte, als sein Feind geboten hatte, denn dann würde man ihm das Weiterleben gestatten.

Die Wahrscheinlichkeit, daß diese aufgeweckten, erfahrenen Kroaten, diese gerissenen Gangster, die Rasd in Rasmuk verwandelt hatten, sich je entscheiden würden, den Verkauf dieser arbeitssparenden Optionen einzustellen, schien gering; so gering wie die Wahrscheinlichkeit, daß Zander eine solche Option zurückgewiesen hatte, wenn ihm eine angeboten worden war. Die Hybris der Reichen kann natürlich zu einer absurden Empfindlichkeit führen, aber für einen nicht-arabischen Geschäftsmann in der Golfregion, der seine Geschäfte auf höchster Ebene abwickelt, bedeutete es nicht den geringsten Gesichtsverlust, wenn er für sich und seine Familie Protektion erkaufte. Zanders Art, sich zu verteidigen, war viel entehrender. Der Grund dafür konnte nur sein, daß er keine andere Wahl mehr hatte; wenn er sich in einem italienischen sicheren Haus samt Büro verkroch, dann war das für den Mann die einzige Möglichkeit gewesen, zu überleben und – in begrenztem Ausmaß – Geschäfte zu machen, ohne den Unterschlupf seiner Familie in Amerika preiszugeben.

Beunruhigend war auch der hohe Wert des Rasmuk-Kontrakts. Als ich im Libanon gewesen war, war allgemein bekannt gewesen, daß die Rasd das Angebot hatte, für den Gegenwert von zwanzig Millionen Schweizer Franken in Gold den libyschen Staatschef Oberst Gaddafi zu ermorden. Die Mordkommandos der Rasd hatten abgelehnt; allerdings nicht, weil der Preis zu niedrig gewesen wäre, sondern weil der Oberst selbst einer ihrer höchst geschätzten Kunden war, der ständig ihre Dienste in Anspruch nahm und außerdem immer prompt zahlte. Die Zeiten hatten sich natürlich geändert, aber selbst wenn man die Inflation berücksichtigte, waren zwanzig Millionen in Schweizer Währung immer noch ein stolzes Honorar für einen solchen Auftrag; und Zander war kein Staatsoberhaupt. Wenn das wirklich der vereinbarte Preis für seine Ermordung war, dann mußte da jemandem schon sehr viel daran gelegen sein, ihn tot zu sehen; und es mußte jemand sein, der mächtig genug war, der Führungsspitze von Rasmuk klarmachen zu können, daß dies kein Kontrakt war, den man gegen einen Aufpreis an das angehende Opfer verkaufte. Wer konnte dieser Jemand sein?

Ich glaubte nicht an Schelms Theorie von den alten Feinden, und ganz so überzeugt hatte er sich selber nicht angehört. Rache kann durchaus süß sein, aber nur, wenn der Preis angemessen ist. Außerdem, wenn unter den bekannten Feinden Zanders – ob das nun frühere Geschäftsrivalen oder betrogene Partner waren – eine Gruppe sich zusammengeschlossen hätte, um mit einem viele Millionen Dollar schweren Kontrakt gegen ihn vorzugehen, dann wären die Namen der Mitglieder dieser Gruppe alles andere als geheim. Jede Klatschbase im Mittleren Osten hätte die Geschichte gewußt. Das hier war etwas anderes. Hinter diesem Kontrakt mußte ein politisches Motiv stehen. Beispielsweise war die sogenannte ›Arabische Charta‹ der Irakis ein ausdrückliches Verbot genau jener Art eines Rüstungsprogramms, für das Zander nun im Namen seines Patrons die Trommel rührte. Meine alten Gefängnisaufseher, die *Mukhabarat* in Bagdad, wären mit Sicherheit bereit gewesen, ihn umzubringen, um diesen Aktivitäten ein Ende zu machen. Der Kontrakt, so behauptete ich, wäre sofort wirksam geworden, wenn sie auch nur das geringste von dem erfahren hätten, was er vorhatte und womit man ihn beauftragt hatte.

Schelm hatte mir geduldig zugehört, aber er war hart geblieben. Es wäre ihm nur recht, meinte er, wenn es so sein könnte, wie ich sagte; in gewisser Hinsicht hätte es seine Aufgabe leichter gemacht, wenn Zander und ich einen gemeinsamen Feind hätten; aber leider sei ich im Irrtum. Wenn ich nach einem politischen Motiv hinter dem Kontrakt suche, dann ergebe das durchaus einen Sinn, aber Bagdad könne ich mir aus dem Kopf schlagen. Hätte der irakische Nachrichtendienst gewußt, was in der Luft lag, dann hätten sie nicht Zander aufs Korn genommen, sondern seinen Patron, jene Persönlichkeit also, die wir fortan respektvoll aber diskret – darauf hatten wir uns geeinigt – nur noch den ›Herrscher‹ nennen wollten. Und die Irakis hätten sich nicht erst um die Dienste Rasmuks bemüht. Sie hatten ihre eigenen geschulten Mordkommandos, stets bereit und begierig, allein der Ehre wegen ihren Auftrag zu erfüllen.

In dem Punkt, das mußte ich zugeben, hatte er allerdings recht. Aber wer war denn nun bereit, die zwanzig Millionen auf Zanders Kopf auszusetzen? Es blieb nur noch eine mögliche Antwort übrig. Man mußte an die Prinzenfreunde des Herrschers denken und unter ihnen suchen.

Der souveräne Staat, der sich nun ›Vereinigte Arabische Emirate‹ nennt, ist eine Konföderation aus sieben Scheichtümern, die an und vor den Ufern im Süden des Persischen Golfes liegen. Bevor es zur Föderation kam, waren sie als ›Vertragsstaaten‹ unter britischer Schutzherrschaft. In den alten Tagen, bevor das Öl gefunden wurde, kam der reichste unter diesen Staaten, damals Dubai, hauptsächlich dadurch zu Geld, daß er für auswärtige Kaufleute Gold nach Indien schmuggelte. Mit der Entdeckung des Öls hat sich das alles

geändert. Selbst die kleinen ortsgebundenen Bevölkerungs-
gruppen der Wüstennomaden, Fischer und Oasenfarmer,
die früher gerade das Nötigste zum Leben hatten, haben
heute – zumindest auf dem Papier – ein höheres Pro-Kopf-
Einkommen als Westdeutsche oder New Yorker. Sie haben
heute auch eine ganze Menge anderer Dinge, darunter solche, die sie nach Meinung engstirniger Außenstehender
weder wollen noch brauchen – vier internationale Flughäfen
und fünfzig Banken, ein Kommunikationssatellitensystem
und einen europäischen Manager für den Profifußball,
gewaltige Bürohochhäuser und riesige Sportarenen, eine
Aluminium-Schmelzhütte und eine ganze Reihe der
schlimmsten und zugleich teuersten modernen Hotels der
Welt. Die Föderation zeichnet sich aber auch durch andere
Besonderheiten aus. Sie ist möglicherweise das einzige arabische Land mit seiner eigenen Bruderschaft der Anonymen
Alkoholiker, und unter den vielen Tausenden selbständiger
Unternehmer mit fremder Staatsangehörigkeit sind einige
die wohlhabendsten und unverschämtesten Betrüger, die
man sich überhaupt vorstellen kann.

Und natürlich hat die Föderation ihre sieben Prinzen und
Herrscher.

Unter ihnen gibt es gebildete Männer, die versuchen, ihre
jährlichen Milliarden weise und zum Wohl ihrer Untertanen
einzusetzen. Sie bauen Straßen und lassen Pläne für medizinische Kliniken anfertigen. Aber sie haben es nicht leicht.
Ihre Vorfahren waren Piraten, und ihre eigenen Väter
sicherten sich die Titel, die sie heute tragen, dadurch, daß sie
sowohl Verwandte und enge Freunde als auch neiderfüllte
und ehrgeizige Nachbarn umbrachten. Solche Verhaltens-
muster behaupten sich hartnäckig – wenn auch nicht immer
in Taten, so doch in Gedanken –, und daran ändert sich auch

nicht viel, wenn einer klassisches Arabisch schreiben, das *Wall Street Journal* lesen und mit einem Taschenrechner umgehen kann. Daß einer einen Herrscherkollegen ermordet, um kundzutun, daß er dessen politische und soziale Machenschaften mißbilligt, gilt heute zwar als ungehörig; daß man statt dessen aber seinen wichtigsten Berater ermordet, kann durchaus als akzeptable Alternative angesehen werden. Die Verpflichtung eines bekanntermaßen teuren Mordkommandos für diesen Job kann als feine brüderliche Geste des Bedauerns für die so entstehenden Unannehmlichkeiten verstanden werden.

Der Versuch, im Mailänder Mittagsverkehr die Beschatter von Rasmuk zu entdecken, erwies sich als Zeitverschwendung, doch als wir auf der Autostrada waren, fielen mir augenblicklich drei von ihnen auf. Es waren zwei in einem Wagen und einer auf einem Motorrad. Sie hielten ihren Abstand, und von einem zweiten Team, das gegebenenfalls einspringen konnte, war nichts zu sehen. Sie versuchten keine Tricks. Sie schenkten sich die üblichen Methoden, mit denen alte Hasen ein unerfahrenes Opfer hereinlegen, beispielsweise, indem sie es überholen und eine Zeitlang von vorne beschatten. Sie folgten uns einfach in einem gleichbleibenden Abstand. Ich durfte offenbar ruhig bemerken, daß ich verfolgt wurde, aber sie machten es mir nicht leicht, ihre Gesichter zu erkennen.

Auf den meisten Flughäfen im Westen herrscht freitags Hochbetrieb. Da Malpensa auch internationale Langstreckenflüge abfertigt, kann der Andrang dort schlimme Ausmaße annehmen. So war es auch an diesem Freitag. Sich in der Haupthalle an den Schalter zu stellen, an dem die Fahrkarten für den Malpensa–Mailand-Bus verkauft wurden, war nicht annähernd so einfach, wie Chihani das dargestellt hatte. Es ist einer in einer kleinen Gruppe von Schaltern mitten in einer Halle, die ohnehin nicht sonderlich groß ausgefallen ist. Wenn ich dem Schalter zu nahe kam, versuchte der Beamte, völlig zu Recht, mir eine Fahrkarte für den Bus zu verkaufen, oder ich wurde von jemandem abgedrängt, der tatsächlich eine Fahrkarte kaufen wollte. Ließ ich mich an den Nachbarschalter weiterschieben, mußte ich mich eines Mannes erwehren, der mir ein Auto vermieten wollte. Und wenn ich etwas weiter von dem Schalter zurücktrat, wurde ich zu einem Hindernis, das ständig von gehetzten Reisenden mit glasigen Augen und kantigem Handgepäck auf dem Weg zu ihrem Flugsteig gerammt oder zur Seite geschubst wurde.

Der Verfolger, der das Motorrad gefahren hatte, tauchte als erster in der Halle auf. Ich erkannte ihn an seinem Sturzhelm. Aber ich wußte, daß einer der Männer aus dem Auto inzwischen ebenfalls in die Halle gekommen sein mußte, denn das Visier des Sturzhelmes wandte sich immer wieder von mir ab und jemandem zu, den ich nicht sehen konnte und der drüben auf der anderen Seite der in Schlangen vor den Abfertigungsschaltern stehenden Passagiere sein mußte, irgendwo unter dem Schild, das den Weg zu den Ticketschaltern wies. Ich konnte unmöglich erkennen, was er dort machte, und konnte mir kaum die Zeit nehmen, zu überlegen, ob das überhaupt eine Rolle spielte. Gerade als ich zum zweitenmal einem kleinen Jungen auswich, der einen Kofferkuli im Kreis herumschob, entdeckte ich Chihanis stämmige junge Assistentin, die aus der Richtung der TWA-eigenen Abfertigungszone mit strammen Schritten auf mich zumarschiert kam.

Sie trug ausgerechnet einen Cowboyhut aus Stroh mit aufgebogener Krempe, eine Drillichweste und ein rotes

147

Baumwollhemd über Jeans. Eine handgearbeitete Lederta-
sche rundete das Gesamtbild ab. Sie sah aus wie ein überge-
wichtiges Schulkind, das sich für ein Theaterstück verkleidet
hat. Als sie an mir vorbeiging und ich mich umdrehte, um
ihr zu folgen, erteilte sie aus dem Mundwinkel, der mir am
nächsten war, mit gedämpfter Stimme knappe Befehle.

»Miernack«, sagte sie. »Schenell, schenell. Miernack.
Los.«

Einen Moment lang war ich völlig verwirrt und glaubte,
sie beschimpfe mich. So klang es jedenfalls. Zum Glück
ergänzte sie ihre Befehle durch Gesten, so daß ich sie begriff.
»Miernack« hieß »mir nach«. Sie sagte mir, ich solle mitkommen und nicht lange rumtrödeln.

Sie selbst ging inzwischen fast im Laufschritt. Ich warf
einen Blick zurück und sah, wie sich der Sturzhelm in meine
Richtung bewegte. Weit kam er nicht. Ein leerer Rollstuhl,
vorwärts gestoßen von dem Armfesseljungen mit Alitalia-
Mütze und Schulterklappen, erwischte ihn in den Kniekeh-
len und riß ihn von den Beinen. Mehr sah ich nicht mehr von
ihm. Meine Begleiterin stieß immer noch ihr »Schenell,
schenell« aus, klang nun aber noch dringlicher. Bei einem
Blick nach unten sah ich, daß sie die ganze Zeit schon
versucht hatte, mir eine Bordkarte in die Hand zu drücken.
Ein Schild sagte uns auf englisch, daß wir uns den »International Departures Gates 1–10« näherten, und ein Hinweis
bei der Paßkontrolle ermahnte uns, zusammen mit dem
Reisepaß auch die Bordkarte vorzuzeigen. Ich sah gerade
noch, daß die Bordkarte von einer britischen Fluggesellschaft war, ehe ich sie zusammen mit meinem Paß herzeigen
mußte. Dann waren wir durch und sahen uns einer Sicher-
heitskontrolle gegenüber, wo streng darauf geachtet wurde,
daß jeder Passagier nur ein Gepäckstück hatte.

Ich hatte kein Gepäck, das sie hätten durchsuchen können, und so brauchte ich lediglich durch die Sicherheitsschleuse zu gehen. Meine Begleiterin stieß auf der anderen Seite wieder zu mir, nachdem sie ihre Tasche wieder an sich genommen hatte.

»Und wohin jetzt?« fragte ich. »Nach London?«

Sie starrte unruhig in die schmalen Gänge der Paßkontrolle, die jenseits des Sicherheitskontrollbereichs hinter uns immer noch zu sehen waren. Sekunden später sah ich den Jungen mit dem Rollstuhl dort auftauchen. Er gab uns mit der Hand ein unauffälliges Zeichen und ging dann auf eine zwischen einigen Toiletten liegende Tür zu, an der das Rollstuhlsymbol angebracht war.

»Er hat Hauptschlüssel. Wir gehen. Sie folgen. Schenell.«

Sie war schon wieder in Bewegung und riß beim Gehen den Cowboyhut herunter. Vor uns auf der anderen Seite der Abflughalle lagen die Türen zu den einzelnen Flugsteigen. Zuerst schien sie den Zollfreien Laden anzusteuern, doch dann schwenkte sie plötzlich rechts ab und ging auf eine Tür zu, in die ein kleines Fenster eingebaut war. Ein Schild mahnte in vier Sprachen: ZUGANG NUR FÜR FLUGHAFENPERSONAL. Ein leichter Stoß, und die Tür ging auf. Der Junge in der Alitalia-Uniform wartete schon auf der anderen Seite, den Hauptschlüssel in der ausgestreckten Hand, um sofort hinter uns abzuschließen.

»Mir folgen«, sagte er.

Wir waren in einem Gang, mit Türen zu verschiedenen Büros auf der einen Seite und den Lagerräumen des Zollfreien Ladens auf der anderen. Zu den Hintergrundgeräuschen gehörten Flugzeuglärm, das Klingeln eines nicht besetzten Telefons und das Klappern eines Fernschreibers. Am Ende des Ganges ging es zwei oder drei Stufen nach unten. Dann schloß uns der Hauptschlüssel eine weitere Tür auf.

Wir traten ins Freie. Zu unserer Linken war das Stahlgerüst, das den überdachten Zugang zum Flughafenrestaurant trug und zugleich den Versorgungsfahrzeugen als Unterstand diente. Zur Rechten, abseits von der Hauptrollbahn, lag eine asphaltierte Fläche, die mit gelben Linien unterteilt war und den Angestellten als Parkplatz diente. Die Düsen eines Flugzeugs, das sich anschickte, zur Startbahn zu rollen, heulten auf, als wir in flottem Tempo zwischen den geparkten Wagen durchgingen.

Vor uns lag, genau in unserer Richtung, ein offenes Tor in einem Maschendrahtzaun, aber ich sah, daß wir aus dem Schutz der parkenden Autos heraus mußten, um dorthin zu kommen. Wir waren ein seltsames Dreigespann. Es schien unwahrscheinlich, daß wir hier, ohne schützende Menschenmengen, allein auf Grund der Alitalia-Uniform des Jungen unbeanstandet durchkommen würden, wenn Sicherheitsposten uns entdeckten. Aber ich hatte Chihani unrecht getan. Als wir gerade im Begriff waren, den Schutz der geparkten Autos zu verlassen, fuhr ein roter Alfasud aus einer der Parknischen am anderen Ende des Platzes und kam dann rückwärts mit hoher Geschwindigkeit auf uns zugefahren. Sie selbst saß am Steuer.

Noch im Fahren stieß sie die Tür auf der Beifahrerseite weit auf, die zwei jungen Leute kletterten rasch auf die Rücksitze, und ich setzte mich neben sie. Während sie gemächlich auf die den Flughafen begrenzende Ringstraße zufuhr, bekam sie von hinten einen wortreichen Bericht zu hören. Er schien sie zufriedenzustellen. Sie nickte zustimmend, ließ aber die Gelegenheit nicht aus, ein ernstes Wort zu meiner Erbauung einzuflechten.

»Haben Sie den Feind gesehen, Mr. Halliday? Haben Sie gesehen, wie nahe die an Sie herangekommen sind?«

»Ich habe drei von ihnen gesehen. Dieser zweite Mann, der nach dem Burschen mit dem Sturzhelm hereinkam? Was machte denn der da in der Halle?«

Sie befragte erst die zwei anderen, bevor sie antwortete. »Mit größter Wahrscheinlichkeit versuchte er, ein Flugticket zu kaufen, um durch die Abfertigung zu kommen. Als die sahen, daß Sie Richtung Flughafen fuhren, müssen sie Angst bekommen haben, sie könnten Sie aus den Augen verlieren. Ein Ticket war ihre einzige Chance, in Ihrer Nähe zu bleiben. Die kombinieren sehr schnell. Vielleicht sehen Sie jetzt, warum unsere Sicherheitsvorkehrungen so streng sein müssen?«

»Wußten Sie, daß Passagiere neuerdings außer dem Reisepaß auch eine Bordkarte brauchen?«

»Natürlich. Es ist eine neue Sicherheitsvorschrift auf Flughäfen.«

»Waren das echte Bordkarten, oder haben Sie einen Vorrat an Blankokarten für solche Gelegenheiten?«

»Bei dem Feind«, sagte sie spitz, »verwendet man einen neuen Trick nur einmal. Selbstverständlich waren die Karten echt. Die Abflugzeit dieses britischen Fluges nach Manchester paßte uns genau ins Konzept. Es gab zwar einen Flug nach Warschau, der uns zeitlich noch besser gepaßt hätte, aber dann hätten wir für jeden unserer Pässe ein polnisches Visum gebraucht, um Bordkarten zu bekommen.«

»Trotzdem, Manchester muß eine ganze Menge gekostet haben.«

Langsam kam ihr der Verdacht, ich könnte sie auf den Arm nehmen. »Es waren Standby-Tickets, Touristenklasse«, sagte sie kurz. »Und nun werden wir alle den

Sicherheitsleuten freundlich und gelassen zulächeln. Jawohl, selbst Sie, Mr. Halliday.«

Wir näherten uns der Kontrollstelle an der Ringstraße. Die gestreifte Schranke war geschlossen, und zwei uniformierte Männer musterten uns eingehend aus ihrer Kabine heraus. Der Wagen kam fast zum Stehen, während Chihani mit einem gewinnenden Lächeln den Männern ein amtlich aussehendes Stück Plastik hinhielt, und dann ging die Schranke hoch und wir durften passieren.

Ich deutete auf das Plastikding. »Ist das auch echt?«

»Nein, das ist die Polaroid-Kopie eines Passes, den wir uns vor einigen Tagen von einem der Angestellten des Zollfreien Ladens geborgt haben. Ich dachte mir, wir könnten Verwendung dafür haben. Wir liehen uns auch seinen Schlüssel für eine Weile aus. Er war billiger als das Ticket nach Manchester.«

Als wir die Flughafenstraße hinter uns hatten, fuhr sie schneller, und zwar in einer Richtung, die uns von der Autostrada wegführte. Bald kamen wir an einem alten Fabrikgebäude aus roten Ziegelsteinen vorbei, an dessen der Straße zugekehrten Fassade in riesigen Buchstaben der Name CAPRONI aufgepinselt war. Ein paar hundert Meter danach bog sie auf eine Nebenstraße ein, deren unbefestigter Rand eben breit genug war, daß man darauf parken konnte. Sie gab den zweien auf dem Rücksitz eine Reihe von Anweisungen, während sie von der Straße herunterfuhr und anhielt.

»Aussteigen bitte, Mr. Halliday.«

Ich gehorchte prompt. »Was jetzt?«

»Wir tauschen die Nummernschilder«, sagte sie und ging nach hinten, um die Hecktür aufzuschließen. Sie waren gut gedrillt. Der Junge, der seine Alitalia-Requisiten bereits abgelegt hatte, bockte den Wagen auf und tat – der Vorbeifahrenden wegen – so, als wechsle er ein Rad. Das Mädchen tauschte die Nummernschilder aus. Dabei schirmte Chihani sie ab, indem sie sich gegen den Wagen lehnte und eine ausgebreitete Straßenkarte studierte. Italienischen Autonummern sind Initialen vorangestellt, die den Ort der Zulassung bezeichnen. Wir hatten bisher TO für Turin gehabt. Nun wechselten wir zu GE für Genua.

»Was bezwecken Sie damit?« fragte ich.

»Diese Leute, die versucht haben, Ihnen zu folgen, sind einer strengen Disziplin unterworfen. Sie werden es nicht wagen, zurückzukehren und von einem glatten Fehlschlag zu berichten. Sie müssen wenigstens darstellen können, weshalb und wie es zu dem Fehlschlag gekommen ist. Und es sind keine Dummköpfe. Sie werden schon dahintergekommen sein, auf welchem Weg wir den Flughafen verlassen haben. Dann werden Sie auch herausgefunden haben, daß der Sicherheitsposten an der Kontrollstelle, die wir passiert haben, jedes kommende und gehende Fahrzeug registriert. Für diese Polizisten ist das eine langweilige Routineangelegenheit, und sie werden nicht besonders gut bezahlt. Glauben Sie, die werden einem Mann, der ihnen mit zehntausend Lire winkt, einen Blick in ihre Aufzeichnungen verweigern?«

»Wohl kaum.« Ich dachte zwar, daß sie den Gegnern eine schnellere Reaktionszeit zutraute, als die wahrscheinlich besaßen, behielt das aber für mich. Ihre Pläne zur Abschüttlung der Verfolger, die ich aus Mailand mitgebracht hatte, waren jedenfalls aufgegangen. Ich war für den Feind vielleicht nicht die eigentliche Zielscheibe, aber ich würde – wenigstens ein paar Tage lang – einige Zeit im Zielgebiet verbringen. Ich sollte loben und nicht nörgeln. »Die jungen Leute hier haben gut gearbeitet«, sagte ich. »Ihre Anweisungen waren bestimmt nicht ganz leicht durchzuführen. Sie mußten mit Köpfchen arbeiten.«

Sie nickte. »Sie sind vom Patron ausgebildet worden. Er hat auch mich ausgebildet. Wir denken wie mit einem Kopf. Wir sehen alles mit den gleichen Augen.«

»Mit ›Patron‹ meinen Sie Mr. Zander?«

»Natürlich. Sie sollten auch ihre Namen wissen. Das da ist Mokhtar, der gerade die Radmuttern anzieht. Das Mädchen nennen wir Jasmin.«

»Das ist aber nicht ihr richtiger Name?«

»O nein, wir verwenden nie unsere richtigen Namen.«

»Ist die Sprache, die Sie untereinander sprechen, eine Art von Arabisch?«

»Sie wissen doch ganz genau, daß es das nicht ist.« Dann zuckte sie mit den Achseln. »Ich weiß zwar nicht, warum Sie das wissen wollen, aber bitte, es ist eine Berbersprache.«

Fünf Minuten später waren wir wieder unterwegs.

Zunächst nahmen wir Kurs auf einen Ort namens Busto Arsizio. Dann fuhren wir auf die Autostrada A 8 zu und nahmen eine Auffahrt, die nach Norden führte. Ein Schild sagte uns, daß wir in Richtung Sesto C. und Arona fuhren.

»Hier auf dieser Strecke«, sagte sie, »würden sie uns aufspüren, wenn wir noch das Turiner Nummernschild hätten. Dazu wäre nicht mehr erforderlich als zwei Männer mit wachen Augen und ein bißchen Glück.«

Ich widersprach ihr nicht. »Wo fahren wir hin? In welcher Gegend liegt denn das sichere Haus?«

Ich rechnete eigentlich mit einer weiteren Abfuhr, in der Art von: das braucht Sie nicht zu interessieren. Zu meiner Überraschung gab sie mir eine Antwort. »Stresa am Lago Maggiore.«

»Wer hat das ausgesucht?«

»Es war eine gemeinsame Entscheidung. Die Verkehrsverbindungen sind dort sehr gut. Wir sind in der Nähe eines internationalen Flughafens. Die schweizerische und die französische Grenze sind beide bequem mit dem Auto zu erreichen. Es gibt sogar Schnellzüge, wenn man das will. Es ist ein blühendes kleinbürgerliches Städtchen. Was jedoch dem Patron besonders zusagte, war, daß er darüber lachen konnte. Schon allein der Name.«

»Sorry. Das versteh ich nicht. Den Witz, meine ich.«

»Stresa war der Ort, an dem zwei der absurdesten internationalen Konferenzen während der 30er Jahre stattfanden. 1932 trafen sich fünfzehn große Nationen, um wirtschaftliche Zusammenarbeit für ganz Europa zu vereinbaren. Und sie fuhren in dem Glauben nach Hause, sie hätten sich tatsächlich geeinigt. 1935 waren es dann Frankreich, Großbritannien und Italien – die nannten sich selbst Die Großen Drei, das muß man sich mal vorstellen –, die sich trafen, um zu verhindern, daß die Nazis Deutschland wieder aufrüsteten. Er glaubt, unter dem Vorsitz Mussolinis müsse das die absurdeste aller Konferenzen gewesen sein. Ich weiß es nicht. Ich war noch nicht geboren.«

»Zander war da selber noch ein Teenager. Seine Familie war zu der Zeit wahrscheinlich für die Nazis. Hält er internationale Konferenzen immer noch für einen Witz?«

»Er glaubt, Geheimdiplomatie würde der Welt besser bekommen.«

»Viele Berufsdiplomaten sind derselben Meinung.«

»Und Sie? Sie halten das für falsch?«

»Nein. Ich glaube nur nicht, daß Geheimnisse – gleich welcher Art – heute noch eine große Chance haben, Geheimnisse zu bleiben. Jedenfalls nicht sehr lange. Sie sind die Sicherheitsexpertin. Was meinen Sie?«

»Manche Dinge lassen sich lange genug geheimhalten.«
Ihre Lippen wurden schmaler. »Sie *müssen* geheim bleiben.«

»Wahrscheinlich haben Sie recht. Und was ist Stresa heute für ein Ort?«

»Oh, es ist sehr malerisch.« Es klang jedoch nicht, als ob sie das interessierte. Ihre Gedanken waren noch bei den Geheimnissen.

Sesto C., das sich als Sesto Calende entpuppte, war alles andere als malerisch. Das gleiche galt für Arona. Es gelang mir jedoch, den Bohlenweg vom Abend vorher zu identifizieren. Es war eine abgenutzte Hohlträger-Brücke über einen Bach in der Nähe von Arona. Die heftigen Stöße kamen entweder von unförmigen Verbindungsstücken oder, und das war wahrscheinlicher, von stählernen Höckern, die man absichtlich dort befestigt hatte, damit der Verkehr gezwungen war, sehr langsam zu fahren.

Bald begann ich zu unserer Rechten den Lago Maggiore zu sehen, blaue Streifen zwischen den hohen Mauern der massigen alten Villen, die das Seeufer säumen. Als wir durch Belgirate fuhren,. holte Chihani das Funkgerät aus dem Handschuhfach und reichte es über ihre Schulter nach hinten zu Mokhtar. Er unterzog sich für sie der Prozedur des Rückmeldens. Das einzige, was anders war als am Abend vorher, war für mich die Stimme, die sich am anderen Ende meldete; es war diesmal keine Frauen-, sondern eine Männerstimme.

Stresa sieht ein bißchen aus wie Cannes vor der Ära der Hochhausbauer und Showbusiness-Festivals. Es hat zwar den einen oder anderen architektonischen Fehltritt hinnehmen müssen, so etwa ein Kongreßzentrum, und der Corso Umberto Primo muß als Parkplatz für entschieden zu viele Pauschalreisen-Omnibusse herhalten, aber der vorherrschende Stil ist nach wie vor *belle époque à l'italienne.* Die Souvenirläden liegen immer noch unauffällig hinter den überladenen Grand Hotels, die auf den See und seine verzauberten Inseln hinunterblicken. Im letzten Moment, bevor wir nach links auf die Pflastersteine abbogen, erwischte ich noch einen kurzen Blick auf die Isola Bella. Und dann waren wir in einer offenbar älteren und nicht gerade reizvollen Wohngegend. Gebäude wurden abgerissen. Unmittelbar vor dem Bahngleis bogen wir in eine Straße ein, in der es einen Klempner, einen Sattler und einen Fernsehmechaniker gab, die ihre Werkstätten in ehemaligen Läden hatten, ferner einen Möbeltischler, der sein Holz in einem ehemaligen Garten stapelte, und ein Fachgeschäft für Autoersatzteile in einer ehemaligen Mietstallung.

Es war eine Sackgasse. Hinter hohen Gittern stand dort am Ende ein finsteres altes Gebäude, auf dessen Stuckfassade immer noch die Umrisse der reich verzierten Buchstaben zu sehen waren, die dort einmal befestigt gewesen waren. ALBERGO DORIA sagten diese gespenstischen Spuren voll Rostflecken, *senza ristorante.* Wir hatten das sichere Haus erreicht.

In das Gitter waren zwei Tore eingelassen. Als wir über den Gehweg und in den Hof holperten, sah ich, daß an einem Hartholzbrett an einem der Tore eine Bronzetafel hing. Eine Inschrift erklärte feierlich, daß das nun eine Einrichtung der Pax-Stiftung war, das INTERLINGUA INSTITUTE OF COMMUNICATIONS. Es ließ die ganze Umgebung noch schäbiger aussehen.

»Was ist die Pax-Stiftung?« fragte ich. »Gibt es die wirklich?«

»Gewiß gibt es die. Sie wurde vor acht Jahren im Staat Delaware als gemeinnützige Einrichtung zugelassen. Sie unterstützt das Institut und vergibt jährliche Stipendien an Fremdsprachenlehrer aus den Entwicklungsländern, besonders aus Nordafrika. Der Stifter glaubt, daß der Unterricht in den modernen Sprachen, insbesondere denen des Westens, an erster Stelle stehen muß. Zuerst Sprachen. Wissenschaft und Technik haben es dann leichter, weil die betreffenden Bücher zugänglich werden.«

»Wenn Sie vom Stifter sprechen, meinen Sie Karlis Zander oder Dr. Luccio, nehm ich an.«

»Warum nicht? Daß die jungen Leute eine gute Ausbildung erhalten, ist ihm ein großes Anliegen. Er unterhält hier ein Büro, wie Sie gesehen haben.«

»Aber jetzt, da das Institut seine Pflicht als sicheres Haus tut, beherbergt es ja wohl keine künftigen Sprachlehrer.«

»Offenkundig nicht. Das ist ein weiterer Pluspunkt gegenüber dem Feind. Für die letzte Studentengruppe mußten wir anders disponieren. Es ist ein Jammer, daß der Stifter sich für Italien entschieden hat. In der Schweiz wären wir sicherer gewesen.«

»Aber auch unter schärferer Überwachung. Stimmt's? Wie können Sie sicher sein, daß der Feind den Stifter nicht mit der Stiftung in Verbindung bringt?«

Wir waren inzwischen ausgestiegen. Sie warf Mokhtar den Wagenschlüssel zu und dachte kurz nach, bevor sie antwortete.

»Wie könnten sie? Der Name des Stifters in den gesetzlichen Unterlagen ist keiner von denen, die Ihnen oder dem Feind bekannt sind. Hier ist unser Status als wohltätige Stiftung aus dem Ausland längst anerkannt.« Sie hatte wieder angefangen, aus dem Buch zu zitieren. »Unsere Besucher, Studenten und andere, waren schon immer ruhige und wohlerzogene Leute. Wir machen keinen Ärger, und wir

158

erregen keinen Anstoß. Wir kaufen alles, was wir brauchen, bei den Leuten im Ort, und wir bezahlen bar. Aber wir bleiben für uns, und wir bleiben nach außen uninteressant. Sie haben die Abdrücke der alten Buchstaben auf der Außenmauer gesehen. Sicher, wir könnten sie überstreichen. Frisch gestrichen würde alles draußen besser aussehen. Wir würden aber auch die Aufmerksamkeit auf uns lenken und Neugier erwecken. Bevor das hier vor sechzig oder siebzig Jahren ein mieses Hotel wurde, war es die Wochenendvilla eines Mailänder Seidenhändlers. So lange, bis ihm das letzte der großen Hotels, die sie unten am See bauten, den Blick auf den See ruinierte. Man sagt, daß er an einem gebrochenen Herzen gestorben sei. Wir möchten solche alten Geschichten nicht wieder aufleben lassen, nur weil wir aus diesem Haus wieder eine Villa machen. Es ist besser, wenn es weiterhin wie das miese Hotel aussieht, das unbeachtet am Ende einer uninteressanten kleinen Sackgasse liegt.«

Als sie vor mir her ins Haus ging, kam mir plötzlich im Hinblick auf das Buch, aus dem sie ständig zitierte, ein Verdacht: sie verfaßte es selbst.

Das fette Mädchen mit den blaugetönten Brillengläsern war nicht im Dienst. Am Empfang saß diesmal eine imposantere Gestalt, ein gutaussehender, streng wirkender Mann um die Fünfzig. Zu seinem dunkelgrauen Anzug trug er ein makelloses weißes Hemd und eine perlgraue Seidenkrawatte. Er streifte mich mit einem gleichgültigen Blick und nickte Chihani kurz zu.

»Sie haben sich Zeit gelassen«, sagte er auf französisch. »Er hat schon ein paarmal nach Ihnen gefragt. Man hat mit dem Lunch auf Sie gewartet. Was war denn? Gab es Probleme?«

»Keine Probleme, Jean-Pierre. Mr. Halliday mußte sich einen Wagen mit Chauffeur besorgen. Er hat sich um zwanzig Minuten verspätet. Vergessen Sie nicht, es ist Freitag.«

Jean-Pierre wandte sich an mich. »Haben Sie irgendeine Waffe bei sich?« fragte er. Sein Englisch war gut, aber sorgsam bedacht.

»Nein«, sagte ich. »Möchten Sie mich durchsuchen?«

Er hatte eine vorwitzige Oberlippe, die ungeduldig zuckte. »Ich frage nur, um uns beiden eine peinliche Situation zu ersparen, Mr. Halliday. Wir haben oben Metalldetektoren, vor dem Eingang zum Penthouse. Ach ja, Sie haben doch wohl den Zimmerschlüssel aus Ihrem Hotel dabei. Dürfte ich den bitte haben?«

Ich überließ ihm den Schlüssel. Er gab ihn an Chihani weiter, entließ sie mit einer beiläufigen Handbewegung und kam dann hinter der Theke hervor. »Kommen Sie bitte mit, Mr. Halliday.«

In seinem Verhalten und in seinem ganzen Äußeren war er der seriöse Direktor eines feudalen Grandhotels, der sich persönlich um einen eben angekommenen prominenten Gast kümmert. Das einzige, was überhaupt nicht in dieses Bild paßte, wurde kurz sichtbar, als er die an Scharnieren befestigte Schranke aufklappte, um nach vorn zu kommen. Auf dem Bord unmittelbar unter der Theke lag ein Selbstladegewehr mit abgesägtem Lauf neben einer offenen Schachtel 20er-Munition.

Ich hatte mich schon darauf eingestellt, wieder die Treppe benützen zu müssen, aber statt dessen führte er mich auf der anderen Seite der kleinen Lobby durch einen hinter einem Vorhang liegenden Bogengang. Zu Hotelzeiten mußte der Raum, den wir jetzt betraten, eine Art Schreibzimmer oder Aufenthaltsraum gewesen sein. Die geblümte Tapete war noch da, doch das Ganze war nun als Unterrichtsraum eingerichtet, zwölf oder vierzehn Pulte, ein Gestell mit einer Schiefertafel, ein Plattenspieler mit zwei Lautsprechern. Ein Ausgang hinter der Tafel führte zu einem kurzen Korridor. An dessen Ende war etwas, was wie die Tür zu einem kleinen Wandschrank aussah.

Er schloß die Tür mit einem seriös aussehenden modernen Schlüssel auf, und wir standen vor einem schmiedeeisernen Gitter und einem Aufzug – einem Modell, von dem ich geglaubt hatte, es sei längst ausgestorben, selbst in Europa. Es sah aus wie ein Vogelkäfig und hatte Platz für zwei schlanke Personen, von denen eine einen großen Kontrollhebel betätigen mußte. Er schob das Gitter zur Seite und forderte mich auf, hineinzugehen.

Ich blickte ihn unschlüssig an und wurde mit einem frostigen Lächeln beehrt. »Dieser Aufzug wurde eingebaut, bevor das Haus ein Hotel war«, sagte er. »Jedenfalls hat man mir das erzählt. Es heißt, daß der Besitzer herzkrank war. Das Hotel benützte ihn dann als Speiseaufzug für Gäste, die auf ihrem Zimmer frühstücken wollten. Wir haben ihn überprüfen lassen. Die Ingenieure stellten überrascht und mit einigem Stolz fest, daß er sicher funktioniert.«

Ich trat hinein. Im gleichen Moment sackte der Boden mit einem dumpfen Schlag ab. Es ging nicht weit nach unten, aber es schreckte mich auf.

»Das ist normal«, sagte Jean-Pierre, »eine Sicherheitseinrichtung.«

Er gesellte sich zu mir, zog die äußere Tür zu und schloß sie ab, verschloß das Gitter und betätigte den Hebel. Wacklig stiegen wir auf, passierten zwei stahlbewehrte Schachttüren und hielten bei einer dritten an. Sie hatte ein Weitwinkelguckloch, zwei Schlösser und einen Klingelknopf, den man durch das Gitter des Aufzugs hindurch betätigen konnte, wenn man wußte, wie.

Es war der Familienvater persönlich, der die Stahltür aufschloß, um uns einzulassen.

Siebtes Kapitel

Die erste Überraschung war seine äußere Erscheinung. Verschwunden war der Frotteemantel. Heute hatte er beschlossen, sich fein zu machen.

Er trug ein dunkelblaues seidenes Hemd, am Kragen weit offen, so daß die Goldkette mit dem Louisdor gut zur Geltung kam, weiße Gabardinehosen mit einem darauf abgestimmten geflochtenen Gürtel aus Glanzleder und schwarze Slipper aus Krokodilleder. Die Schnallen an den Schuhen waren eben noch klein genug, um einen vermuten zu lassen, sie könnten aus echtem Gold sein. Er sah aus wie ein alternder Playboy, der eben ein kleines Vermögen an der Via Condotti ausgegeben hat oder sich anschickt, ein nicht so kleines Vermögen in einer Boutique in Beverly Hills zu verdienen.

Das zweite Kuriosum war die Innenausstattung. Nummer 17 unten, das Büro mit dem Gymnastikraum, war solide und zweckmäßig eingerichtet gewesen. Hier im obersten Geschoß war ein ganz anderer Designer am Werk gewesen; einer von denen, die die Innenräume von Wohnwagen und ähnlichen Dingen gestalten und versuchen, ihnen den Anschein von etwas zu geben, was sie nicht sind. Hier hatte der Designer versucht, Zanders ›Penthouse‹ wie eine Berghütte aussehen zu lassen.

Als eine Möglichkeit, aus einem Wirrwarr von kleinen Räumen unter einem niederen Mansardendach ein Appartement zu machen, hatte sich die Idee wahrscheinlich gut angehört, besonders in den Ohren eines Mannes, der in aller Eile und für einen längeren Aufenthalt einen Schlupfwinkel brauchte. Es mußten keine Wände eingerissen oder neu verputzt werden. Der größte Teil der neuen Inneneinrichtung konnte aus Sperrholzplatten und genormten Einbauteilen vorfabriziert und dann ohne viel Aufwand oder größere Dreckarbeiten in wenigen Tagen installiert werden. Gängige Artikel wie Bodenfliesen aus Kunststoff und unechte Dachbalken waren überall zu verwenden. Die Skizzen dafür hatten möglicherweise sogar einen Eindruck von Behaglichkeit vermittelt. Die Sache selbst hatte den ganzen Charme – und etwas vom Geruch – eines Ausstellungsraumes in einem billigen Möbelhaus. Zanders teure Garderobe war dort auf fast absurde Weise fehl am Platz. Er schien es zu wissen, und die Augen über dem einfältigen Lächeln machten deutlich, daß ein Kommentar nicht erwünscht war.

Sein Versuch, herzlich und liebenswürdig zu erscheinen, glückte nicht so recht. »Heute«, sagte er und hob beide Hände zum Gruß, »brauchen wir nicht über ein altes Manuskript zu reden, was, mein Freund?«

»Da haben Sie wohl recht. War eigentlich das ganze frei erfunden, oder war ein Teil davon echt?«

»Vielleicht sage ich Ihnen das einmal, wenn wir uns besser kennen. Aber jetzt kommen Sie erst mal rein, alle beide.« Wir folgten ihm durch einen Türrahmen, der offensichtlich nur die Funktion hatte, die von Jean-Pierre erwähnten Metalldetektoren zu verdecken. Dahinter lag eine Bar, die in ein Eßzimmer überging.

In der Bar blieb er stehen. »Sollen wir erst essen, bevor wir uns unterhalten?« fragte er. »Guido hat sich viel Mühe gegeben und uns ein Ossobuco gemacht.«

»Ganz wie Sie meinen, Mr. Zander.«

»Gut.« Auf der Bar stand eine Messingglocke. Er klingelte und ging dann mit großen Schritten weiter ins Eßzimmer. An dem rustikalen Tisch mit seiner Spritzlackplatte war für drei gedeckt.

»Jean-Pierre ißt mit uns«, erklärte Zander. »Er ist der Europadirektor der Pax-Stiftung und als solcher für unseren ganzen Betrieb hier verantwortlich. Sie können in seiner Gegenwart frei sprechen. Es ist heute warm hier oben, Mr. Halliday. Möchten Sie Ihr Jackett ablegen?«

»Ich finde es ganz angenehm so, danke.« Und das stimmte. Er war es, der ins Schwitzen geriet. Es war nicht das Mittagessen, was er wollte. Er wollte vielmehr wissen, wie die Antwort aussah, die ich ihm brachte, und er wollte nicht erst danach fragen müssen. Aus seiner Privatküche kamen erste Gerüche, und ich fühlte mich plötzlich hungrig. »Eins stört mich noch«, sagte ich. »Ich habe Monsieur Jean-Pierres vollen Namen nicht mitbekommen. Wenn er für Ihren Betrieb hier verantwortlich ist, dann bin ich der Meinung, daß diese Tatsache in das erste Fernschreiben gehört, das Sie, wie ich hoffe, später für mich aufgeben werden.«

Jean-Pierre hatte an einem Beistelltisch aus Kiefernholz den Wein aufgemacht. Er fuhr auf der Stelle herum.

»Mein Name«, sagte er, »ist Jean-Pierre Vielle, aber es wäre ein großer Fehler, die Namen der Stiftung und ihres Europadirektors in Verhandlungen dieser Art zu erwähnen.«

»Aber ja, natürlich«, sagte Zander.

»Der Name der Stiftung steht für Frieden, Patron.«

»Das ist mir bewußt, Jean-Pierre.« Zander klang ein wenig gereizt. »Aber wir werden sicher alle diese Fragen später erörtern. Jetzt wollen wir hier erst mal Platz nehmen und essen. Sie hier zu meiner Rechten, Mr. Halliday.«

Das Essen servierten das Mädchen mit den blaugetönten Brillengläsern und Guido, der Koch, ein angespannt wirkender junger Mann, der heftig schwitzte und unverständliche Laute von sich gab, während er um uns herumschwirrte. Keiner von ihnen war im Servieren geübt, und beide hatten offensichtlich Angst, Fehler zu machen, aber sie kamen ganz gut zurecht. Das Essen war gut, der Wein genießbar. Kaffee wurde nicht serviert. Als der Tisch abgeräumt war, forderte Zander Vielle auf, eine zweite Flasche Wein zu öffnen und so hinzustellen, daß wir uns selbst bedienen konnten. Dann lehnte er sich zurück, die Hände ausgestreckt, frisch geschrubbt, bereit, das Skalpell anzusetzen.

»Also, dann, Mr. Halliday«, sagte er, »ich nehme an, wenn die Antwort auf die von mir gemachten Vorschläge ihrem Wesen nach negativ ausgefallen wäre, dann wären Sie wohl nicht hier. Nein?«

»Wohl kaum, nein.«

»Deshalb wäre es interessant, von Ihnen jetzt Genaueres über die Zustimmung zu hören. Bevor wir aber dazu kommen, müssen Sie mir zuerst eine Frage von großer Wichtigkeit beantworten. Mit wem habe ich es zu tun? Solange ich das nicht weiß, ist es sinnlos, daß Sie auch nur ein weiteres Wort sagen. Stimmen Sie mir zu?«

Schelm hatte mich vor Zanders Verhandlungsmethoden gewarnt. Für die Leute im Golf waren sie offenbar brutal und ohne Finesse. Außerdem waren sie sehr gefürchtet. Im Westen hatten sie häufiger – wenn auch nicht immer – Heiterkeit hervorgerufen. Sie waren voraussagbar. Er begann immer damit, daß er die Initiative ergriff – ganz gleich, ob seine Position dazu stark genug war oder nicht –

und seine Gegenspieler mit Großtuerei und sinnlosen rhetorischen Fragen berannte. Die Gegenwehr bestand darin, daß man die Fragen ignorierte und sich stur an das eigene Konzept hielt. Zander wurde dann scheinbar ganz einsichtig und vernünftig. Und von dem Punkt an mußte man dann erst richtig aufpassen.

Ich begann also damit, daß ich mich stur an Schelms Konzept hielt. Ich holte sogar einen Zettel mit Notizen heraus – Schelm hatte von einem *aide-mémoire* gesprochen –, um sicherzugehen, daß ich nichts Falsches sagte.

Ich begann: »Die Antwort, die ich auf Anweisung an Sie weitergebe, Mr. Zander, ist nicht unbedingt eine Zustimmung.«

»Wenn es keine Zustimmung ist«, fauchte er, »wozu vergeuden wir dann unsere Zeit?«

»Mr. Zander, die Antwort, die ich auf Anweisung an Sie weitergebe, lautet so. Ich zitiere: ›Wir sind an den Vorschlägen, die Sie in Ihrem vertraulichen Memorandum umreißen, ausreichend interessiert, um weiter darüber zu diskutieren, vorausgesetzt, daß bestimmte Fragen, die sich daraus ergeben, eine befriedigende Antwort finden.‹ Zitat Ende.«

Die Arme sanken, und die Augen wurden eiskalt. »Wenn das keine totale und umfassende Ablehnung ist, dann kommt es einer solchen jedenfalls gefährlich nahe«, sagte er vorsichtig, doch dann wurde seine Stimme plötzlich wieder laut. »Hören wir auf mit diesem Unsinn, ja? Ja? Hören wir *auf* damit. Wer ist der Narr, der diesen hochgestochenen Quatsch schreibt? Mit wem habe ich es zu tun? Reden Sie. Wen benützt denn die CIA als Strohmann in dieser Operation? *Wissen* Sie's denn nicht?«

»Die CIA ist nicht beteiligt, Mr. Zander.« Ich kehrte zu meinem Konzept zurück. »Ich knüpfe die Verbindung zwischen Ihnen und dem Gemeinsamen Büro der Nato-Nachrichtendienste. Die agieren nicht als Strohmann. Die sprechen für sich selbst. Aber vielleicht erinnern Sie sich freundlicherweise daran, daß die USA ein Mitglied der Nato sind.«

Von Vielle kam ein sarkastisches kurzes Lachen. »*Tiens!* Was für Geheimnisse! Wir werden verwöhnt.«

Zander brachte ihn mit einem Blick zum Verstummen. »Auf welcher Ebene, Mr. Halliday, soll ich mich denn mit den Gemeinsamen Nachrichtendiensten der Nato auseinandersetzen? Mit der Putzfrau vielleicht? Oder dem Laufjungen? Wissen Sie das?«

»Zunächst läuft diese Verbindung über den Direktor der Gemeinsamen Nachrichtendienste. Falls das vorgeschlagene erste Treffen mit dem Herrscher stattfindet, wird die Nato durch den Militärischen Stellvertreter des Oberbefehlshabers der Nato Strike Force South vertreten sein. Der Oberbefehlshaber ist ein Admiral, sein Militärischer Stellvertreter ein Generalleutnant.«

»Würde man ihm das Entscheidungsrecht einräumen?«

Die Art und Weise, wie sie nun beide die Bewegungen meines Kehlkopfs zu verfolgen schienen, anstatt mir einfach zuzuhören, verursachte mir einiges Unbehagen. Der Zeitpunkt war gekommen, wo ich an den anderen Aspekt der Anordnungen, die ich bekommen hatte, denken mußte: ich hatte die Erlaubnis, selber zu entscheiden, mit welchem Grad an Höflichkeit ich gewisse wesentliche Punkte vorbringen wollte, war aber verpflichtet, sie entschlossen, eindeutig und möglichst früh vorzubringen, selbst wenn ich schreien mußte, um mir Gehör zu verschaffen. Ich schenkte mir etwas Wein nach, um Zeit für eine rasche Rekapitulation zu gewinnen, und lehnte mich dann mit einem leisen, aber unüberhörbar verärgerten Seufzer zurück.

»Bevor wir anfangen über Entscheidungen zu reden, Mr. Zander, ja bevor wir auch nur anfangen können, in dieser heiklen Angelegenheit über das zu verhandeln, was dann letztlich vielleicht eine Entscheidung erfordert, wird die Nato klare Antworten auf einige sehr wichtige Fragen hören wollen. Es wird Wert auf klare Verhältnisse gelegt, Mr. Zander.«

Vielle fuhr wieder dazwischen. »Hat man Ihnen uneingeschränkte Vollmachten gegeben?« fragte er.

»Nein, natürlich nicht.«

»Dann äußert der Bote lediglich seine persönlichen Meinungen zu dem, was seine Gebieter denken.«

»Meine Meinungen stehen nicht zur Debatte.« Ich wandte mich an Zander. »Ich habe die Anweisung, auf Ihre schriftlichen Vorschläge mündlich zu antworten. Wollen Sie nun diese Antworten hören oder nicht?«

Die Augen funkelten böse, aber er zuckte mit den Achseln. »Gespräche auf niederer Ebene sind in Angelegenheiten von größter Wichtigkeit normalerweise reine Zeitverschwendung. Wenn Sie aber beauftragt sind, gewisse Mitteilungen zu machen, dann ist es wohl am besten, wir hören sie uns an.«

»Richtig. Also zunächst einmal ist festzuhalten, daß Ihr Auftraggeber in dieser Sache – der Herrscher, wie wir ihn nach einer Absprache nennen – in ein Verteidigungsbündnis besonderer Art mit dem Westen einzutreten wünscht, wenn nicht direkt mit den Vereinigten Staaten, dann mit einem oder mehreren der Verbündeten Amerikas. Er bietet ausdrücklich an, diesen Verbündeten einen Militär- und Flottenstützpunkt auf einem Territorium bauen zu lassen, das in seinem persönlichen, prinzlichen Machtbereich liegt. Dieses Gebiet liegt an der Straße von Hormus und ist als Bucht von

Arba bekannt. Den Bau eines solchen Stützpunktes würden die Sowjets natürlich sowohl mit Überwachungssatelliten als auch mit Aufklärungsflugzeugen von ihren Luftstützpunkten in Südjemen beobachten. Nach Ihren Angaben glaubt der Herrscher, daß sich zumindest in den frühen Stadien des Projektes dessen eigentlicher Zweck verschleiern läßt, indem man zur Tarnung Dockanlagen für Containerschiffe in der Bucht von Abra errichtet und zu deren Versorgung Lagerhäuser am Kap Abra. Ist das soweit richtig?«

»Eine Anlage zur Meerwasserentsalzung müßte ebenfalls gebaut werden.«

»Das ist inbegriffen. Was klar definiert werden muß, ist der Bereich der Übereinstimmung. Der Herrscher ist der Ansicht, ein solcher Stützpunkt, der unter dem Schutz des reaktivierten RAF-Stützpunkts auf der omanischen Insel Al Masira operieren würde, könnte viel dazu beitragen, die jüngsten sowjetischen Aktivitäten in Äthiopien, Sokotra und Südjemen auszugleichen. Ich habe zu berichten, daß die Meinung des Herrschers geteilt wird und daß die betreffenden Planer der Nato bereit sind, auf die Vorschläge des Herrschers mit einer höchst wohlwollenden und positiven Einstellung zu reagieren. Das Ersuchen um eine prompte und eindeutige Antwort findet ebenfalls volles Verständnis.«

Zander starrte kritisch abwägend auf die Nagelhaut an seinem rechten Zeigefinger. »Wenigstens sind es keine kompletten Narren.«

»Es sind überhaupt keine Narren, Mr. Zander. Wie gesagt, sie wollen einige Punkte klargestellt haben. Und bevor wir die Sache weiter vorantreiben, haben sie gewisse Vorbehalte anzumelden.«

»Wegen der Maßnahmen zur Tarnung und Täuschung, ohne Zweifel. Was gefällt ihnen nicht?«

»Diese Maßnahmen würden nicht funktionieren, und selbst wenn erreicht werden könnte, daß sie funktionieren, dann wären sie trotzdem nicht wünschenswert. Im Golf sollte man Stärke zeigen und sich nicht verstecken.«

Die Augen lächelten ein wenig. »Das ist auch meine Meinung. Ich habe dem Herrscher gleich gesagt, daß sie sein Täuschungsmanöver nicht gut finden würden. Es ist kein wichtiger Punkt. Was hat ihnen sonst noch mißfallen?«

»Als ich von Vorbehalten sprach, Mr. Zander, ging es mir nicht um unwichtige Punkte.«

»Was für größere Vorbehalte können Sie schon haben? Vorbehalte wogegen?«

»Zum Beispiel dagegen, daß *Sie* in dieser Angelegenheit für den Herrscher tätig sind.«

Die Augen wurden ausdruckslos. »Ich mache das auf seine persönliche Bitte hin.«

»Das ist nicht unbekannt. Sie haben schon bei vielen Gelegenheiten, bei geschäftlichen Transaktionen, für den Herrscher gehandelt. Hier liegt, wie Ihnen klar sein muß, die Schwierigkeit darin, daß jede ernsthafte Diskussion über die Errichtung eines militärischen Stützpunktes an der Bucht von Abra – oder an jedem anderen Ort in den Vereinigten Arabischen Emiraten – normalerweise zuerst einmal über diplomatische Kanäle mit dem Außen- und Verteidigungsministerium der UAE geführt werden würde, und danach würden die Staatschefs und Regierungen miteinander reden. Es gibt in den UAE noch sechs weitere Herrscher. Was würden sie wohl von einer derart wichtigen Verhandlung halten, die unilateral und hinter ihrem Rücken geführt wird?«

»Die würden das alles begrüßen.«

»Als der Westen vor ein paar Jahren nach Stützpunkten

im Golf suchte, wurde die Bucht von Abra nicht angeboten. Nirgends im Golf wurde etwas angeboten.«

»Die Leute im Golf wollten sich aus den Konfrontationen der Supermächte heraushalten. Sie wollten das sein, was Ihre Presse blockfrei nennt.«

»Was ist geschehen, daß ihre Einstellung sich geändert hat?«

Vielle machte seinem Anteil an ihrer gemeinsamen Empörung mit einem Schnauben Luft, während Zander nur die Hände hob und mich durchdringend anstarrte. »Das fragen Sie noch?« herrschte er mich an. »Jetzt, wo die Sowjets den Golf vollkommen eingekreist haben? Wo ihre raketenbestückten Schiffe die Wasserstraßen beherrschen? Wo kubanische und ostdeutsche Kampfverbände im Jemen stationiert sind? Sind das für Sie noch keine ausreichenden Gründe dafür, daß sich Einstellungen ändern?«

»Nein, Mr. Zander, denn diese Dinge sind nicht neu. Diese militärischen Anstrengungen, von denen Sie reden, begannen schon vor Jahren, als es noch einen Schah im Iran gab und noch bevor Afghanistan eine russische Kolonie wurde. Die Tatsache, daß einige der prosowjetischen Bodenstreitkräfte und Techniker in der Region inzwischen Kubaner und Ostdeutsche sind, mag eine gewisse Veränderung bedeuten, aber es ist keine sehr bedeutende Veränderung. Kubaner und Ostdeutsche kommen meistens mit den Einheimischen etwas besser aus als die Russen, das ist der einzige Unterschied.«

»Sie machen sich etwas vor, Mr. Halliday, oder Sie haben sich von anderen etwas vormachen lassen. Ist Ihnen denn nicht klar, daß neue chemische und biologische Waffen in die Region gebracht worden sind? Ist auch das für Sie keine sehr bedeutende Veränderung?«

»Das hängt davon ab, wie lange diese neuen Waffen schon dort sind und wie lange man schon von ihrer Anwesenheit weiß. Und was verstehen Sie unter ›neu‹? Neu für wen?«

»Neu für den Herrscher, neu und höchst anstößig.«

»*Er* ist es also, der seine Einstellung geändert hat. Aber was ist mit der Einstellung seiner sechs Kollegen? Sie behaupten, die würden den Stützpunkt in der Bucht von Abra begrüßen. Wenn das so ist, warum handelt er dann auf eigene Faust? Sie verstehen sicher den Grund für unsere Besorgnis. Wir im Westen beziehen heute mehr Öl von den UAE als je zuvor vom Iran, selbst als die Produktion dort auf vollen Touren lief. Unsere Beziehung zu den UAE ist eine äußerst heikle und wichtige Sache. Deshalb noch einmal unsere Frage: warum müssen wir in dieser sehr ernsten Angelegenheit die Verhandlungen so führen, wie Sie vorschlagen? Erstens, werden Sie antworten, weil die Bucht von Abra im traditionellen Hoheitsgebiet der Familie des Herrschers liegt, so daß er bevollmächtigt ist, für alle zu handeln. Das können wir verstehen. Warum aber, wenn er für alle handelt, bedarf es dann zu den Verhandlungen mit ihm dieses ganzen Versteckspiels, das Sie in Ihren Vorschlägen genau darstellen? Was gibt es denn in diesem österreichischen Haus des Herrschers zu sagen oder zu diskutieren, das sich nicht bequemer und sicherer in einer der UAE-Botschaften oder an einem zu vereinbarenden Konferenzort auf neutralem Boden sagen ließe?«

Er rollte die Augen gegen Vielle. »Und Ihre superklugen, allwissenden Nato-Herren fragen sich zweifellos auch, warum der Herrscher ausgerechnet mich, einen Mann, auf den ein hohes Kopfgeld ausgesetzt ist, damit beauftragt, in einer so heiklen Angelegenheit für ihn tätig zu werden.«

»Stimmt, darüber machen sie sich auch Gedanken. Natürlich waren Sie schon sehr oft in geschäftlichen Dingen für ihn tätig. Aber warum, so fragen sie sich, läßt sich Zander auf diese Sache ein? Wenn ein Stützpunkt in der Bucht von Abra gebaut werden soll, dann wären die Verträge nicht von der Sorte, mit der er sich sonst befaßt. Es wären knallharte Rüstungsaufträge mit fest vereinbarter Gewinnspanne. Und deshalb fragen sie sich: ›Was springt dabei wohl für Zander raus?‹«

Er schien verblüfft. »Und mein Ansuchen in Abschnitt fünf der Vorlage? Wird das ignoriert?«

»Man ist der Meinung, das müsse unvollständig sein. Sie ersuchen darin um die US-amerikanische oder kanadische Staatsbürgerschaft.«

»*Und* um die zu meinem Schutz erforderlichen neuen Papiere und die Unterstützung, die normalerweise ein sowjetischer Überläufer in den Westen erhält, nachdem er ausgepackt hat. Vergessen Sie das nicht.«

»Ein so vermögender Mann? Kann das sein Ernst sein? Das ist alles, was er haben will? Daß man ihm hilft, Rasmuk loszuwerden? Das sind ihre Fragen, Mr. Zander.«

»Dann haben sie keine Ahnung vom Mukhabarat-Zentrum, und ich gebe mich mit Narren ab«, fauchte er.

Ich sagte nichts und wartete. Er trank einen kleinen Schluck Wein und massierte sich dann das Genick. Die Augen wurden ruhiger. Er sagte: »Der Herrscher versteht sehr gut, daß ich mich nach Frieden und Ungestörtheit sehne. Es ist eine Sehnsucht, die er mit mir teilt. Sie fragen: ›Weshalb Österreich?‹ Kennen Sie Judenburg in der Steiermark und die Berge unmittelbar im Norden davon?«

»Ich bin da schon durchgefahren, glaube ich, auf der Straße nach Klagenfurt. Ich kann nicht sagen, daß mir

Judenburg als einer der attraktiven Orte Österreichs in Erinnerung geblieben ist.

»Im Mittelalter wurden in dieser Gegend zwei Jahrhunderte lang Silberminen betrieben. Das Haus, das der Herrscher gekauft hat, steht über dem Hauptzugang zu einer dieser alten Minen. Gebaut hat es im letzten Jahrhundert ein österreichischer Arzt, der auch Amateurarchäologe war. Er verbrachte viele Jahre seines Lebens mit der Erforschung der Grubenanlagen unter seinem Haus und errichtete ein kleines Privatmuseum, in dem er die dort gefundenen Gerätschaften und Relikte zeigte. Er starb neunzehnhundertvierzehn. Ein Enkel, der das Haus und das dazugehörige Grundstück erbte, ließ es herunterkommen. Der Grundbesitz war landwirtschaftlich nicht zu nutzen. Aus Sicherheitsgründen wurde der Zugang zur Mine verschlossen. Doch dann, vor etwa zwanzig Jahren, wurde in einer anderen Silbermine im nahegelegenen Oberzeiring eine wichtige Entdeckung gemacht. Die Luft in diesen alten Bergwerken ist sehr sauber und völlig frei von Blütenstaub. In Oberzeiring begannen sie, die Mine zur Behandlung gewisser Formen von Asthma, Bronchitis und Sinusitis einzusetzen. Die Patienten besuchen die Klinik über der Mine und gehen dann täglich für eine bestimmte Zeit zur Behandlung nach unten. Der Herrscher leidet selber an Sinusitis. In Oberzeiring fand er eine wirksame Behandlungsmöglichkeit. Er besah sich diese andere Mine, über der ein Haus stand. Der Besitzer war froh, an jemanden verkaufen zu können, der das erforderliche Kapital hatte, um die Mine wieder zu öffnen und alles abzusichern. Der Herrscher hat die Absicht, an die Stelle des alten Hauses eine moderne Klinik hinzubauen, wo die Leute aus dem Golf hingehen und sich kostenlos behandeln lassen können.« Er machte eine Pause und fügte nach einigem

Nachdenken hinzu: »Natürlich hat der Herrscher eine Reihe von Ängsten und Problemen. Es ist nicht nur die Sinusitis.«

»Ja. Ich wurde angewiesen, nach den Ängsten des Herrschers zu fragen. Äußern sie sich derzeit in einer ganz bestimmten Weise?«

»Wie ich Ihnen schon gesagt habe, ist er sehr beunruhigt darüber, daß Waffen zur chemischen Kriegführung in die Golfregion verlagert worden sind. Aber lassen Sie mich ein für alle Male die Vorbehalte ausräumen, die auf Ihrer Seite wegen des Protokolls für diese Konferenz bestehen.« Er hob die Hände und sah sie prüfend an, als wolle er sich vergewissern, daß sie absolut sauber waren. »Es gibt da«, fuhr er schließlich fort, »eine Wahrheit, die Sie begreifen und an die Sie sich halten müssen. Es geht darum, daß ihr im Westen – mit ganz wenigen Ausnahmen – einfach unfähig seid, die arabische Mentalität zu begreifen. Deshalb brauchen eure Geschäftsleute Menschen wie mich, die für sie dolmetschen, und zwar nicht einfach Worte dolmetschen, sondern bestimmte Haltungen und Gemütszustände. Ich spreche ein anderes Englisch als Sie. Das werden Sie festgestellt haben.«

»Ja. Sie sprechen ein britisches Englisch, Mr. Zander, mit einem ganz bestimmten Akzent zwar, aber im wesentlichen ist es ein britisches Englisch.«

»Ich habe es von einem britischen Offizier gelernt, mit dem ich vor vielen Jahren in Jordanien zusammengearbeitet habe. Er war ein guter Soldat, wie im übrigen auch ich damals, sehr gut vor allem in der Ausbildung, und zwar für den Einsatz an der Front und nicht fürs Kasernenleben. Daneben war er aber auch ein Mann von Bildung, ein Arabist. Er brachte mir alles über den Wüstenaraber bei, und er brachte mir alles über Männer wie den Herrscher bei. Über Leute wie Sie brauchte er mir nichts beizubringen. Ich hatte bereits all das gelernt, was ich über den Westen wissen mußte. Er führte mich in die arabische Mentalität ein. Ihnen hat man wahrscheinlich erzählt, der Herrscher sei ein Verrückter. Habe ich recht?«

»Man hat mir erzählt, daß er manchmal exzentrisch sein kann und daß er sich große Sorgen um seine Gesundheit macht, insbesondere um die Folgen des Altwerdens.«

»Seine neurotische Furcht vor Impotenz? Haben Sie darüber die Köpfe zusammengesteckt und gelacht? Haben sie Ihnen von seinen seltsamen Erlebnissen in La Clinique de la Prairie in der Schweiz erzählt?«

»Nein. Auch daß er an Sinusitis leidet, wurde nicht erwähnt.«

Das entsprach durchaus der Wahrheit. Was Schelm tatsächlich gesagt hatte, war, daß der Herrscher als paranoider Schizophrener diagnostiziert worden sei, daß er sich aber wahrscheinlich nicht zu so einem gefährlichen Fall entwickeln würde wie vor ihm sein Vater. Der alte Scheich hatte im Golf eine gewisse Berühmtheit erlangt und seine britischen Schutzherren in große Verlegenheit gebracht, als er einen höchst angesehenen und sehr wichtigen ägyptischen Geschäftsmann umbrachte. Der unglückselige Ägypter hatte zu einer Audienz beim Scheich einen Brooks-Brothers-Anzug statt des weißen *dishdasha*-Umhangs getragen. Der Scheich war der Überzeugung gewesen, daß nur Engländer Anzüge trugen. Sein Mißtrauen war geweckt, verständlich vielleicht, wenn man weiß, daß er als Kind mit angesehen hatte, wie vier seiner älteren Familienmitglieder bei öffentlichen Audienzen ermordet wurden. Jedenfalls hatte der Ägypter in die Brusttasche gegriffen, um ein aus Kairo mitgebrachtes Empfehlungsschreiben herauszuziehen, und da hatte der Scheich sofort einen Revolver gezückt und geschossen. Er war ein ausgezeichneter Schütze gewesen, und der britische Armeerevolver, Marke Smith and Wesson, hatte den Kopf des Ägypters so zugerichtet, daß er nicht mehr zu erkennen war. Der Sohn des Scheichs, der Herrscher, war zwar nicht so schießwütig, hatte aber oft seltsame Eingebungen und gewisse Gewohnheiten, die in einigen westlichen Metropolen zu Schwierigkeiten mit der Polizei geführt hatten.

»Er hat einen großen, ganz persönlichen Stolz«, sagte Zander, »genau wie die anderen. Es sind würdevolle und sehr sensible Männer. Der Herrscher gehört nicht zu denen mit einem großen Reichtum an Bodenschätzen in ihrem privaten Territorium. Er ist natürlich am kollektiven Reichtum der Föderation beteiligt, aber seine private Kaufkraft geht nicht in die Milliarden. Seine Herrscherbrüder wissen das. Was tun sie also? Unter Menschen, denen die Würde mehr bedeutet als das Leben, kann es nur eine Antwort geben. Sie drücken ihr brüderliches Verständnis auf praktische Weise aus. Das Projekt in der Bucht von Abra wird allen zugute kommen. Es wird der Föderation einen dringend benötigten Abwehrschirm unter einem einheitlichen Kommando bringen. Sie haben inzwischen erkannt, *wie* richtig das ist. Das Gleichgewicht der Supermächte im Golf muß zugunsten des Westens und zum nachhaltigen Vorteil der ganzen Golfregion reguliert werden. Ihre Nato-Experten wissen das so gut wie ich. Und trotzdem kommen sie mit diesen kleinlichen Fragen zum Protokoll. Brüderliches Verstehen, das ist die Antwort für sie. Warum sollte dem Herrscher von seinen Brüdern das Privilig – das er *rechtmäßig geerbt* hat, vergessen Sie das nicht – verweigert werden, über die Zukunft der Bucht von Abra zu verhandeln? Eh? O nein, sie sind großzügig, und sie sind weise. Sie versagen sich ihm nicht. Er hat ihren Segen und den Segen Gottes.«

»Und was ist mit dem Segen Saudiarabiens? Hat er den auch?« fragte ich.

Das war eine der Fragen gewesen, die Schelm am dringendsten beantwortet haben wollte. Der Herrscher, hatte er mir erklärt, müsse für das Projekt in der Bucht von Abra zumindest die stillschweigende Billigung der UAE eingeholt haben. »Andernfalls«, hatte er gesagt, »würde nicht mal dieser verantwortungslose wilde Mann einen solchen Vorstoß gewagt haben. Warum haben die ihm freie Hand gelassen? Es gibt nur eine Erklärung: sie fürchten, daß die Saudis, wenn sie davon hören, Einspruch erheben werden. Sie könnten etwas gegen eine ausländische Militärbasis an der Bucht von Abra einzuwenden haben. In dem Fall werden sie die Amerikaner unter Druck setzen und dazu bringen, daß sie das Projekt abwürgen. Wenn sie den Herrscher die Vorgespräche führen lassen, dann vielleicht in der Absicht, sich selbst vor einem Gesichtsverlust zu bewahren. Wenn alles gutgeht, werden die UAE die Sache absegnen und in die Hand nehmen. Wenn die Saudis dagegen sind und dies sehr energisch verkünden, dann ist es allein der Herrscher, der dumm dasteht. Wenn wir wüßten, ob die Saudis gefragt worden sind oder nicht, dann würde uns das bei der Überlegung weiterhelfen, wie wir den Herrscher anfassen sollen, falls der Preis, den er haben will, allzusehr aus dem Rahmen fällt. Bitte, Mr. Halliday, versuchen Sie das für uns herauszubringen.«

Nun gut, ich hatte es versucht. Ich hatte gefragt.

Zanders Antwort bestand darin, daß er abrupt aufstand und seine Lungen aufblähte, als sei es plötzlich eine zu große Anstrengung für ihn, die Atemluft mit einem Menschen zu teilen, der imstande war, eine dermaßen unverschämte Frage zu stellen. »Jean-Pierre«, sagte er, »nehmen Sie bitte den Wein mit ins Wohnzimmer? Wir müssen sehen, ob wir unseren Freund hier dazu überreden können, sich an seine eigenen Worte zu erinnern. Er wollte doch keine Fragen stellen, oder?«

»Nein, Patron. Er wollte eine mündliche Antwort auf unsere schriftlichen Vorschläge geben.«

»Genau. Er hatte eine Botschaft zu übermitteln. Hier rüber, Mr. Halliday.«

Er führte mich in ein Zimmer mit einem großen gekachelten Kaminsims, rustikalen Stühlen mit blauen gerippten Sitzkissen, viel gallegrüner Holztäfelung und gußeisernen Standardlampen mit Pergamentschirmen.

Die beiden spielten ihre Nummer weiter, als sei ich nicht mehr da. Ich setzte mich auf einen der häßlicheren Stühle.

»Er hat nicht behauptet, man habe ihm uneingeschränkte Vollmachten gegeben«, sagte Vielle.

»Nicht direkt, nein. Das müssen wir ihm zugute halten.«

»Andererseits . . .«

»Ganz richtig«, sagte Vielle. »Andererseits *ist* er lange Journalist gewesen.«

»Und hat deshalb die Angewohnheit der alten Journalistenfüchse, vorauszusetzen, oder so zu tun, als setze er voraus, daß *seine* Bitte um Auskunft dem geringeren Sterblichen stets Befehl ist«, sagte Zander langsam und feierlich; »und Befehle sind augenblicklich zu befolgen, *zack zack*!« Und dabei schnalzte er ziemlich laut mit den Fingern.

Es entstand eine Pause. Sie schienen nun zu erwarten, daß ich an ihrer Unterhaltung wieder teilnahm. Ich ließ sie noch ein wenig länger warten und sagte dann: »Das ist wirklich ein ganz besonders häßliches Zimmer.«

Nur Vielle sah überrascht aus. Zanders Augen lächelten

kaum merklich, und er nickte. »Ich benütze es sowenig wie möglich«, sagte er. »Es tut mir leid, Ihnen sagen zu müssen, daß auch Ihr Schlafzimmer in einem ähnlichen Stil eingerichtet ist. Der Vertreter des Designers nannte den Stil ›folklorique‹. Aber anderes entschädigt einen wieder. Hier oben auf dieser Etage funktionieren alle mechanischen Dinge einwandfrei, einschließlich der sanitären Installationen. Ihre Kleider und anderen Dinge werden in Kürze aus Mailand eintreffen. Wir werden alles tun, damit Sie sich hier wohl fühlen.«

»Wer kümmert sich um die Hotelrechnung?«

»Das Hotel wird die Rechnung an Pacioli schicken. Das war ohnehin so ausgemacht.«

»Ich kann also anfangen, das Fernschreiben zu konzipieren, das Sie für mich abschicken werden, nicht wahr?«

»Ich nehme an, Sie würden dazu gerne ins Büro runtergehen.«

»Keine Eile, Mr. Zander. Die werden sich ab fünf Uhr bereit halten. Es ist erst vier. Ich möchte kurz noch einmal auf die weisen, großzügigen Brüder des Herrschers zurückkommen, und auf die Mission, die sie ihm anvertraut haben. Er macht sich, sagen Sie, mit ihrem und Gottes Segen daran, die Zukunft der Bucht von Abra zu gestalten. Okay. Aber ich verstehe immer noch nicht, weshalb er in eine alte österreichische Silbermine gehen muß, um mit den Vertretern der Nato zusammenzutreffen – falls wir bis zu dem Punkt kommen. Macht ihm seine Sinusitis zu schaffen? Ich meine, welche Überlegungen stehen dahinter?«

»Er geht dorthin, weil es sein Besitz ist«, sagte er entschieden, »und weil es für ihn ein logischer Treffpunkt ist. Er ist während der wärmeren Jahreszeit einige.Male in Österreich gewesen, zu Besprechungen mit den Ingenieuren, die die

Mine sicher machen sollen, und mit dem Architekten, der die Klinik bauen soll. Dieses nächste Treffen wurde vor einem Monat ausgemacht. Vielleicht noch wichtiger könnte für uns hier die Tatsache sein, daß wir durch die Mine und das Klinik-Projekt in der Lage sind, unsere eigenen strengen Sicherheitsauflagen zu erfüllen. Für die Reise dorthin haben wir eine sichere Tarnung. Ihre Chefs können an dem Treffen inkognito ohne Risiko teilnehmen. Ich schlage vor, sie reisen mit Papieren, die sie als ausländische Mediziner ausweisen. Sie wollten einen neutralen Boden. Was könnte neutraler sein als Österreich? Außerdem eignet es sich bestens für den Vorwand mit dem Fernsehinterview, das Sie liefern werden.«

Ich unterbrach ihn mit einer Geste. »Wenn ich vielleicht an der Stelle mal einhaken dürfte, Mr. Zander. Das ist mir noch nicht ganz klar. Die Geschichte sieht also so aus, daß ich den Herrscher für das amerikanische Fernsehen interviewe und zu seinem wunderbaren neuen Behandlungszentrum samt Klinik befrage. In Wirklichkeit ist es so, daß wir die Fahrzeuge und den Namen einer regulären TV-Aufnahmecrew mieten und dazu benutzen, sicher zu und von dem Treffpunkt zu kommen. Habe ich das richtig verstanden?«

»Genau. Wir verwenden zu unserer Tarnung den Apparat eines herkömmlichen mobilen Aufnahmeteams.«

»Und wo wird dieses Team herkommen?«

»Frankreich. Aber keine Sorge. Simone hat das gründlich recherchiert. Alle diese mobilen Fernsehteams in Europa sind sich praktisch gleich. In dem kleinen Lastwagen oder Kastenwagen, der die Ausrüstung enthält, sind zwei Techniker, einer für die Kamera und einer für den Ton, dazu ein Assistent, der gewöhnlich auch der Fahrer ist. Im Begleitwagen sitzen der Regisseur, ein Produktionsassistent und möglicherweise ein Texter oder Interviewer, falls das nicht der Regisseur selbst ist. Einige dieser Teams gehören Fernsehgesellschaften oder Produktionsfirmen an, aber viele arbeiten freiberuflich. Sie alle sind Mitglieder einer neuen und höchst privilegierten Klasse. Sie gehen hin, wohin sie wollen, überschreiten Grenzen nach Belieben und kommen an Orte und in Gebiete, wo normale Menschen aufgehalten werden. Ihr Medium beschützt sie. Solange man in einem Auto fährt, an dessen Seite der Name einer Fernsehgesellschaft steht, oder auch nur der Name eines Senders oder eines Regionalstudios, dann fragt ein Polizist nur nach dem Namen des Programms, das aufgezeichnet werden soll, damit er seiner Frau davon erzählen kann. Es ist eine hervorragende Tarnung. Stimmen Sie mir nicht zu?«

»Wer wird in dem Wagen sitzen?« fragte ich.

»Ich selbst als Regisseur, Sie als der bekannte amerikanische Interviewer und Simone als Fahrerin, Kamera-Assistentin und Skriptgirl.«

»Kommt Jean-Pierre auch mit?«

»Er wird für den Materialwagen zuständig sein. Warum fragen Sie?«

»Wenn Sie ihn als Techniker ausgeben wollen, braucht er einen Bart und ein Paar alte Jeans.«

Keinem von ihnen schien das einen Kommentar wert. Es herrschte Schweigen, während Zander den Rest des Weines einschenkte. Dann sagte er: »Haben Sie zu dem Plan irgendwelche konstruktiven Anmerkungen zu machen, Mr. Halliday?«

»Sie könnten mit der Lokalpresse und den Leuten vom Funk Probleme bekommen. Die Geschichte mag nicht neu sein, aber ein Berichterstatterteam vom Fernsehen sorgt immer für einige Aufregung. Und noch etwas. Wie Sie sagen, ist das Vor-Ort-Interview ein konventioneller Beitrag zu den Nachrichten oder zum Zeitgeschehen, aber nehmen wir einmal an, Wien ist von der Idee, daß ausländisches Interesse an der Geschichte besteht, so angetan, daß es das Interview sehen und teilweise vielleicht sogar selber verwenden will. Wie wollen Sie ablehnen? Es ist ihr Land.«

»Das Interview findet auf englisch statt und ist für Amerika bestimmt.«

»Sie könnten es trotzdem sehen wollen. Wen stört's schon, daß es englisch ist? Man kann immer eine deutsche Übersetzung drüberlegen. Es wäre peinlich, wenn die herausfänden, daß Sie gar kein Interview vorzuzeigen haben.«

»Wir würden einfach sagen, die Sache sei zur Entscheidung an New York weitergegeben worden. Was die lokale Presse betrifft, so ist die persönliche Begleitmannschaft des Herrschers längst daran gewöhnt, solche Leute wegzuschicken.«

»Ich verstehe.« Es war klar, daß er zu diesem Thema nichts mehr hören wollte, und so ließ ich es erst einmal auf sich beruhen. »Wo liegt denn diese Mine des Herrschers?«

»In den Bergen, zwanzig Kilometer von Judenburg entfernt. Das ist eine sehr schöne Gegend dort oben. Wir werden uns allerdings ein paar Autominuten weit weg in einem Gasthaus bei St. Veit einquartieren. Am Abend vor dem Treffen, genauer gesagt. Ihre Verhandlungsdelegation sollte, wie in meinem Plan vorgeschlagen, in Velden übernachten. Es gibt dort eine Menge Zimmer für Touristen, und unter Touristen sollten sie weiter nicht auffallen. Und Sie können vom Gasthaus aus dort hinkommen, falls man Sie persönlich sehen will. Im Augenblick geht es für uns nur darum, Datum und Uhrzeit der Zusammenkunft bestätigt zu bekommen. Es sollte ein Zeitpunkt sein, der etwas vor ihrer Audienz beim Herrscher liegt. Ich schlage vor: am nächsten Dienstag, vormittags um elf Uhr.«

Und wir konnten annehmen oder alles vergessen. Ich sagte: »Ja, Mr. Zander.«

Das Fernschreiben an Schelm zu entwerfen, war eine tückische Aufgabe, und nicht nur, weil ich mich an die zur Authentisierung erforderlichen Code-Wörter ebenso erinnern mußte wie an die Art und Weise, wie sie einzubauen waren. Auf meinem Notizblock entstand schließlich folgendes:

LINDWURM VON BOB. SITUATION WIE VON IHNEN VORAUSGE-
SAGT. FRAGEN LAUT ANWEISUNG GESTELLT ABER KEINE DAVON
EINDEUTIG BEANTWORTET. FREIER AUSTAUSCH NUR AUF HÖCH-
STER EBENE MÖGLICH. SILBERPREIS UNVERÄNDERT. TREFFEN
VORGESCHLAGEN FÜR 11.00 UHR NÄCHSTEN DIENSTAG AM
BEKANNTEN ORT. WIR KÖNNTEN MONTAGABEND DORT SEIN.
DANN BLIEBE MIR ZEIT FÜR PERSÖNLICHE BERICHTERSTATTUNG.
FALLS EINVERSTANDEN ERBITTE UMGEHEND IHRE LINDWURM
HOTEL TELEFONNUMMER. MACHE FOLGENDE ANREGUNG. EMP-
FEHLE DRINGEND ZWEITES AUFNAHMETEAM 16MM UND/ODER
VIDEO FÜR DEN FALL DASS LOKALSENDER ODER FERNSEHGE-
SELLSCHAFT ECHTES INTERESSE ZEIGT.

Ich schaute auf meine Uhr. Es war fast fünf. »Niemand kann meine Handschrift lesen außer mir«, sagte ich. »Ich muß das abtippen. Ich würde jetzt gerne ins Büro runtergehen, wenn es Ihnen recht ist.«

Im Aufzug war nur Platz für zwei. Vielle sagte, er nehme die Treppe. Im Aufzug sagte Zander: »Wird es uns gestattet sein, die Mitteilung zu lesen?«

Es war seine erste wirklich törichte Bemerkung und für mich der erste Hinweis auf die Belastungen, denen er ausgesetzt war und die er bisher so gut überspielt hatte. Ich antwortete so beiläufig und unbekümmert, wie ich nur konnte.

»Aber ja, natürlich. Ich kann ohnehin keinen Fernschreiber bedienen. Das wird jemand für mich erledigen müssen.«

»Jean-Pierre macht das oft. Wo geht denn die Mitteilung hin?«

»Nach Ulm in Westdeutschland. Ich schreibe dann die Nummer des Anschlusses oben drüber.«

Als ich die Mitteilung getippt hatte, gab ich sie ihm und beobachtete ihn beim Lesen. So richtig gefiel ihm das alles nicht, das war offenkundig, aber auf seinen energischen Widerspruch stieß nur der letzte Satz mit meiner Anregung, für ein echtes Aufnahmeteam zu sorgen. »Das ist absurd und überflüssig«, protestierte er.

Ich zuckte mit den Achseln. »Sie mögen recht haben. Aber es kann ja wohl nicht schaden, die andere Seite dazu zu hören, oder?«

Er zögerte, nickte dann, und Vielle machte sich an die Arbeit. Wir nahmen Platz und sahen ihm zu.

In meinem Beruf kommt es oft vor, daß sich meine persönliche Einstellung zu einem Kunden während der gemeinsamen Arbeit radikal und manchmal ganz plötzlich ändert. Achtung für die Ehrlichkeit eines Mannes wird da vielleicht in wenigen Minuten zur Bewunderung für die gekonnte Heuchelei. Großspurigkeit wird möglicherweise tagelang hingenommen, ehe die dahinter verborgene Schüchternheit deutlich sichtbar wird. Solche Wandlungen sind natürlich ganz normal. Man akzeptiert vielleicht den Klienten zunächst einmal so, wie er sich selber einschätzt, aber nur in seltenen Fällen bleibt es dabei bis zum Ende der Zusammenarbeit. Zuneigung und Abneigung haben wenig damit zu tun. Man bemüht sich um Einsichten, und wenn auch diejenigen, die man gewinnt, den Job nicht in jedem Fall erleichtern, so kann man doch immer damit rechnen, die eine oder andere Überraschung serviert zu bekommen.

Nun war Zander gewiß kein Klient, aber bestimmte Denkprozesse kann man nie ganz abschalten. Während wir dasaßen und auf die Geräusche des Fernschreibers hörten, änderte ich meine Meinung über ihn, oder zumindest war da ein Beginn in dieser Richtung. Zuallererst hatte ich mich vor ihm gefürchtet. Wenn man solche seelischen Narben mit sich herumträgt wie ich, dann ist das sicher verständlich. Doch dann, an diesem Nachmittag, hatte er mich verwirrt. Seit dieser seltsamen Frage im Aufzug, die gleichsam die Verpackung an einer Ecke etwas angehoben hatte, begann ich zu ahnen, was dort möglicherweise zu finden sein könnte, wenn es mir gelänge, mich ein wenig tiefer vorzuarbeiten. Ich brauchte nicht mehr zu tun, als ihn das zu fragen, was ich Schelm hätte fragen sollen.

»Mr. Zander, wie sind Sie daraufgekommen, daß das Mukhabarat-Zentrum den Auftrag übernommen hatte, Sie zu töten?«

Er zog die Augenbrauen hoch und bekam einen starren Blick. Er versuchte, leicht überrascht auszusehen, aber seine Augen verrieten ihn. Die Frage hatte ihn aufgerüttelt, und er versuchte Zeit zu gewinnen, bevor er antwortete. »Ich dachte, man hätte Sie über alles informiert«, sagte er nach einer Weile.

»Vielleicht wurde diese Information ausgelassen.«

»Wahrscheinlich hielten sie sich strikt an die mit der Operation zusammenhängenden Informationen, die ich ihnen gab. Aber sie wissen bestimmt alles über die Anschläge auf mein Leben. Der erste kam vor einem halben Jahr in Paris. Zwei junge Rotznasen mit einer Pistole, die im entscheidenden Moment klemmte. Ich kam gerade zusammen mit Jean-Pierre aus dessen Büro. Ich trat dem, der die Pistole hatte, die Rippen ein. Wir versuchten den anderen zum Reden zu bringen, aber wir bekamen nur die übliche Geschichte zu hören. Man hatte ihnen das Geld angeboten, die Hälfte davon gleich ausbezahlt und ihnen die Pistole gegeben. Sie wußten nicht, wer es war, für den sie arbeiteten. Wir übergaben sie dann der Polizei. Der zweite Anschlag in Rom hätte schwerwiegender sein können. Die Granate explodierte zwar, aber das Mädchen, das sie warf, war zu ängstlich bestrebt, sie loszuwerden, bevor sie krepierte. Ich hatte gerade noch Zeit, mich zur Seite zu werfen, und kam mit einem kleinen Schaden am Trommelfell davon. Das war direkt vor meiner Hotelsuite in Rom. Ihr Glück, daß sie entkam. Zwei Wochen später ließ mich der Herrscher zu sich kommen. Er war es, der mich auf Grund von Informationen seiner Nachrichtenleute wissen ließ, daß das Mukhabarat-Zentrum eingewilligt hatte, für einen gewaltigen Betrag den Kontrakt von den Stümpern zu übernehmen. Er hatte außerdem gehört, daß sie die Absicht hätten, nicht nur mich, sondern auch meine Familie zu jagen.«

»Wußte er, wer den Preis aussetzte?«

»Ich war nicht so unklug, zu fragen. Auf eine solche Frage würde nicht einmal der Herrscher eine ehrliche Antwort bekommen.« Er blickte mich verstohlen von der Seite an. »Warum sollte Sie das interessieren? Stellen Sie sich einfach vor, daß es die Iraki sind, die bezahlen – *falls* sie Ergebnisse sehen.« Er verscheuchte den Gedanken mit einer Handbewegung. »Ich hatte mit dem Herrscher ohnehin wichtigere Dinge zu besprechen.«

»Die Bucht von Abra?«

»Das war das wichtigste, ja.«

Vielle drehte sich um. »Da kommt die Antwort, Patron.«
Wir gingen zum Fernschreiber hinüber und warteten. Die
Antwort lautete:

BOB VON LINDWURM. IHREN BERICHT NUMMER EINS EMPFAN-
GEN. MIT TREFFPUNKT DATUM UND UHRZEIT EINVERSTANDEN.
TELEFONNUMMER MONTAG LINDWURM VORWAHL PLUS 26557.
BEZÜGLICH ANREGUNG STIMMEN ZU ECHTES AUFNAHMETEAM
ERWÜNSCHT. KÖNNTE REGULÄRES TEAM DER GEMIETETEN
GERÄTE ZUM TREFFEN BESTELLT WERDEN OHNE GEFAHR FÜR
WESENTLICHE ZIELE DER OPERATION LINDWURM. FRAGE.
ERWARTEN ANTWORT.

Vielle hatte einen Einwand. »Lindwurm ist der Code-
Name der Operation«, beschwerte er sich. »Warum benützen sie das als Telefonnummer?«

»Lindwurm bedeutet Drache«, sagte Zander, »und ein
Drache ist das Stadtwappen von Klagenfurt. Velden, wo sie
sich einquartieren werden, gehört zum Bezirk Klagenfurt.
Deshalb setzen sie dort Lindwurm ein, um die Telefonvor-
wahl anzudeuten, die Mr. Halliday braucht. *Das* stört mich
nicht an der Mitteilung.« Seine Augen durchbohrten mich.
»Was mich stört, ist, daß sie Ihnen hinsichtlich der Änderung des Plans so rasch zustimmen. Haben Sie das vielleicht
schon gestern abend mit ihnen besprochen?«

»Nein. Man hat mir nur einen allgemeinen Umriß des von
Ihnen vorgeschlagenen Plans gegeben. Und jetzt, wo ich ihn
näher ansehe, erkenne ich einen Schwachpunkt. Der sollte
meiner Meinung nach behoben werden.«

»Und ich halte diese Korrektur nicht für notwendig.«

»Das kommt nur daher, daß Sie nicht wissen, wie die
Leute im Fernsehgeschäft denken und funktionieren. Ich
weiß zwar nicht viel, aber doch mehr als Sie. Wenn Sie
beispielsweise glauben, ein für die Nachrichten oder das

Zeitgeschehen zuständiger Fernsehproduzent in Wien werde sich still und ohne Widerrede mit der Auskunft zufriedengeben, irgend jemand in New York müsse erst seine Zustimmung geben, bevor er ein gerade eben in Österreich abgedrehtes Interview ansehen könne, dann träumen Sie gewaltig. Er wird wissen wollen, wer in New York eigentlich das Sagen habe. Wenn Sie lügen, weiß er das innerhalb von Minuten. Wenn Sie ihm ausweichen, nützt das ebensowenig. So oder so glaubt er, er sei da einer heißen Sache auf der Spur. Bevor Sie noch irgend etwas dagegen tun können, fliegt Ihre Tarnung auf, und der Herrscher ist in einer sehr ernsten Verlegenheit.«

»Sie tragen zu dick auf, Mr. Halliday.« Aber die Augen flackerten.

»Vielleicht nicht mal dick genug. Hören Sie, Mr. Zander, lassen Sie uns doch wenigstens über den Vorschlag der anderen Seite nachdenken. Was ist mit diesem französischen Team, von dem Sie das ganze Gerät mieten? Was ist mit denen ausgemacht?«

Die Augen suchten in meinen nach Zeichen von Hinterlist, bevor er antwortete. »Wir übernehmen die zwei Fahrzeuge und die Grundausrüstung am Sonntag.«

»Wo?«

»Sie werden es in Genf übergeben«, sagte Vielle.

»Warum können Sie nicht für die Techniker eine zusätzliche Abmachung treffen? Die sollen für sich mit dem Wagen oder der Bahn nach Klagenfurt fahren. Dort holen Sie sie ab und bringen sie am Dienstagnachmittag zur Mine, wenn die privaten Gespräche mit dem Herrscher beendet oder unterbrochen sind. Dann bauen wir rasch auf und drehen ein echtes Interview. Nicht viel; ich stelle dem Herrscher ein paar idiotische Fragen und bekomme von ihm ein paar weise, goldene Antworten. Ende. Ihre Tarnung ist wasserdicht. Sie sind aus allem raus. Warum nicht?«

Zander blickte Vielle an. »Ihre Meinung, Jean-Pierre?«

Vielle schüttelte den Kopf. »Es ist dazu zu spät. Die beiden Techniker, auf die es ankäme, werden nicht mehr verfügbar sein. Sie haben ihren Anteil der Entschädigung, die wir zahlten, genommen und sind nach Mexiko in die Ferien gefahren. Es schien nur von Vorteil, daß sie sich für uns nicht interessierten und sich über die unverhofften Ferien freuten. Die Fahrer werden es sein, die das Zeug in Genf an mich übergeben. Nur der Produzent wird sie begleiten, um die geschäftlichen Dinge zu regeln.«

»Dann bitten wir die andere Seite, uns auszuhelfen«, sagte ich und setzte mich wieder an die Schreibmaschine.

»Was wollen Sie ihnen sagen?« fragte Zander.

Ich überlegte einen Moment. »Wie wär's damit: ›Reguläre Crew nicht verfügbar. Sie werden ersucht, ein unabhängiges Team in Deutschland, in der Schweiz oder in Österreich zu besorgen, für Film- oder Video-Interview Dienstagnachmittag am Treffpunkt.‹ Es ist nicht nötig, etwas wegen der Sicherheitsmaßnahmen zu sagen. Der Aspekt ist ihnen inzwischen wohl bewußt.«

Er nickte, also tippte ich die Mitteilung und Vielle gab sie in den Fernschreiber. Zander setzte sich hinter seinen Schreibtisch und starrte zu mir herüber, als sei er bemüht, eine ziemlich komplizierte Frage zu formulieren.

»Sie haben mich beeindruckt, Mr. Halliday«, sagte er schließlich.

»Ach ja?«

»Sie haben etwas erkannt, was Ihnen, der mit der Mentalität leitender Fernsehleute gut vertraut ist, ein schwacher Punkt in unseren Plänen schien. Sie haben darauf aufmerksam gemacht. Sie haben außerdem mit einiger Beharrlichkeit dafür plädiert, diese Schwachstelle auszumerzen. Warum? Sie sind als Verbindungsmann für ein paar Tage angestellt worden, zur Stützung einer Tarnaktion, in deren Rahmen ein Fernsehteam ein Interview mit einem Araber machen soll, der Grundbesitz in Österreich erworben hat. Wenn diejenigen, die Sie angestellt haben, unfähig sind, diese Tarnaktion ordentlich durchzuführen, warum sollte Sie das kümmern? Dabei fällt Ihnen doch kein Zacken aus der Krone.«

»Nein, mir nicht. Das stimmt.«

»Könnte es sein, daß Sie sich einen erfolgreichen Verlauf der Operation wünschen?«

»Wie Sie schon sagten, ich bin angestellt worden. Und ich werde, woran mich Miss Chihani gestern abend recht eindringlich erinnert hat, gut bezahlt, um eine sehr bescheidene Arbeit zu verrichten.«

Die Augen lachten mich an. »Das ist keine Antwort, Mr. Halliday. Ihr Berufsstolz steht bei dem, was Sie für uns tun sollen, gar nicht auf dem Spiel. Nein! Gleichwohl fange ich langsam an zu glauben, daß Sie uns den Erfolg wünschen, und nicht nur, weil es gegen alte Feinde geht, die Ihnen heute noch den Schlaf rauben.«

»Nein?«

»Nein. Sonst hätten Sie mit mir darüber geredet und mich nach den Namen von Leuten in Bagdad gefragt, die mir bekannt sein könnten und die mich hassen. Statt dessen überlegen Sie, wie sich unsere Chancen in Österreich verbessern lassen.« Er stieß einen tiefen Seufzer aus und hielt dann seine Hände hoch, um sie genau ansehen zu können. »Ich weiß zwar nicht, warum«, redete er langsam weiter, »aber ich glaube, Sie sind *für* uns. Kann das sein, Mr.

Halliday? Kann es sein, daß Sie wirklich für uns sind, daß wir Sie für unsere Sache gewonnen haben?«

Ich dachte einen Augenblick lang an Paciolis Chauffeur und wollte schon sagen, was ich dachte. Dann entschied ich mich aber gegen den Versuch, mir selber was vorzumachen. Zander hatte bis zu einem gewissen Grad recht. Ich wollte, daß die Operation durchgeführt wurde. Ich wollte nicht, daß sie wegen stümperhafter Fehler danebenging. Andererseits war ich nicht gerade ›für‹ ihn, so wie er das meinte.

Die Männer und Frauen, die mich in meiner Arbeit am meisten interessieren, das waren schon immer die zähen Typen, die Überlebenden. Sympathisch waren sie mir nur selten, aber darauf schien es nicht anzukommen. Zander begann mich sehr stark zu interessieren. Das lag daran, daß ich nun zu ahnen begann, was das für ein Mann war. Selbst das wenige, was ich über seine Vergangenheit wußte, machte ihn – auch nach strengen, nicht nur die bloße Ausdauer bewertenden Maßstäben – zu einem bemerkenswerten Überlebenden. Natürlich hatte er auch physische Kraft und eine Menge Mut gehabt, aber es war sein Verstand gewesen, der wirklich gezählt hatte, sein Verstand und seine Fähigkeit, sich Kulturformen anzupassen, die total anders waren als das, was ihn in seiner Jugend und seinem frühen Mannesalter geprägt hatte. Es war eine bemerkenswerte Leistung gewesen. Doch nun hatte ich den Verdacht, daß er inzwischen ein Überlebender war, der nicht mehr an der Erkenntnis vorbeikam, daß mit der Zeit auch ihm die Luft ausgehen würde. Er hatte angefangen unsicher zu werden. Es bringt mir keine Ehre ein, es zu sagen, aber das war es, was mich in bezug auf ihn so neugierig gemacht hatte. Ich wollte sehen, wie er sich verhalten und was passieren würde, wenn er straucheln und stürzen sollte.

Mit dem einfältigen Lächeln auf den Lippen und der Frage in den Augen wartete er immer noch auf meinen Treueid, mit dem ich seine Sache zu der meinen machte. Ich lächelte bedauernd.

»Nein, Mr. Zander«, sagte ich, »Sie haben mich nicht für Ihre Sache gewonnen. Ich glaube, ich bin das geworden, was Ihr alter britischer Offiziersfreund einen schlechten Verlierer genannt hätte. Ich habe es einfach satt, auf der Seite der Verlierer zu stehen. Wenn es für mich eine Möglichkeit gibt, irgendeine Möglichkeit, dazu beizutragen, daß Sie nicht verlieren, dann können Sie sich vollkommen auf mich verlassen.«

Mittlerweile kam Schelms Antwort über den Fernschreiber. Sie lautete:

BOB VON LINDWURM. IHRE NUMMER ZWEI ERHALTEN UND VERSTANDEN. AUFNAHMETEAM WIRD BESORGT UND ERHÄLT DIE ANWEISUNG SICH ZU EINER NOCH AUSZUMACHENDEN ZEIT IN DER NÄHE DES TREFFPUNKTS BEI UNS ZU MELDEN. ERBITTEN BALDIGST IHRE VORAUSSICHTLICHE ABFAHRTSZEIT MORGEN UND MELDUNG VON IHREM ÜBERNACHTUNGSORT SONNTAG SOBALD SIE DORT SIND DAMIT MITTEILUNGEN AUSGETAUSCHT WERDEN KÖNNEN. BITTE UM BESTÄTIGUNG.

Achtes Kapitel

Am Samstagnachmittag machten wir uns nach Genf auf, wir fuhren in zwei Gruppen, die auf unterschiedlichen Wegen Italien verlassen sollten. Chihani nahm Mokhtar und Jasmin im VW-Bus mit, zusammen mit allen größeren Gepäckstücken und mit Guido als Fahrer. Sie fuhren Richtung Norden durch die Alpen in die Schweiz und brachen sofort nach einem frühen Mittagessen auf.

Zander und ich fuhren in dem Alfasud, gefahren von Vielle, und ich stellte erfreut fest, daß meine tags zuvor gemachte Bemerkung über die äußere Erscheinung von Fernsehleuten gewisse Früchte getragen hatte. Vielle trug eine sportliche Strickjacke aus Alpakawolle über einem gelben Hemd, dessen Schnitt vermuten ließ, daß er es sich von dem fetten Mädchen mit den blaugetönten Brillengläsern geliehen hatte. Zander hatte sich von dem Unternehmen dazu inspirieren lassen, eine Wildlederjacke mit zusätzlichen Lederpolstern an beiden Schultern zu tragen, und dazu einen weißen Rollkragenpullover aus Seide. Ich hatte das an, was ich eigentlich immer anhabe, und hatte das Gefühl, selbst noch für einen Interviewer zu vornehm gekleidet zu sein.

Wir hatten die leichtere Route, und so fuhren wir erst eine Stunde nach den anderen los. Zuerst ging es in südlicher Richtung nach Novara und dann auf der Autostrada nach Norden über die Abzweigung bei Ivrea. Die Schweiz erreichten wir durch den langen St.-Bernard-Tunnel. Auf der italienischen Seite des Tunnels warfen sie von außen einen flüchtigen Blick auf unsere Pässe, aber den Schweizern war selbst das zuviel Arbeit. Mir fiel auf, daß Zander und Vielle französische Pässe hatten.

Das Motel, das für unsere erste Übernachtung ausgewählt worden war, kam ganz kurz vor Genf, nicht weit von Coppet. Chihanis Gruppe war vor uns angekommen und hatte sich bereits eingeschrieben. Zu dem Motel gehörte eine Brasserie mit Bar, und es wurde ausgemacht, daß wir Chihani in der Bar treffen würden, sobald wir uns frisch gemacht hatten. Allerdings hatte sie erst noch etwas zu fragen. »Die jungen Leute«, sagte sie, hätten auf der Herfahrt eine Diskothek entdeckt und um Erlaubnis gebeten, dort ein paar Stunden zu verbringen. Sie sei dafür, ihnen die Erlaubnis zu geben. Sie würden kurz nach elf wieder zurück sein.

Zander stimmte ihr zu. »Sie haben in den letzten Tagen gute Arbeit geleistet«, sagte er. »Warum sollten sie sich nicht ein bißchen amüsieren? Vielleicht findet Mokhtar eine kleine Schweizerin, die ihm gefällt.«

An uns Ältere hingegen legte Chihani ganz andere Maßstäbe an. Wir saßen bei Weißwein in der Bar, als das Theater losging. Vielle war der Auslöser, als er Zander an ein gutes Restaurant in Genf erinnerte, das sie beide kannten.

»Cuisine de minceur«, erklärte er mir eifrig; »Saucen von erlesenem Geschmack. Das würde auch Ihnen zusagen, Mr. Halliday, das versichere ich Ihnen.« Er wandte sich wieder an Zander. »Warum rufe ich nicht an und lasse einen Tisch reservieren, Patron?«

Ich wußte bereits, daß Vielle Chihani nicht mochte, und hatte vermutet, daß er auf ihre Beziehung zu Zander, wie immer die aussah, ebenso eifersüchtig war wie auf die Autorität, die Zander ihr in Sicherheitsfragen übertragen hatte. Es war auch klar, daß Vielle den Tisch für drei reservieren lassen wollte. Für sie galt die Einladung nicht. Aber ich glaube nicht, daß sie das überhaupt bemerkte. Ihre Reaktion kam geradewegs aus dem Buch.

»Nein! Auf keinen Fall, Patron. Warum allein dem Magen zuliebe unnötige und absurde Risiken eingehen?«

Zander warf einen kurzen Blick auf Vielle und sah sich dann in der Bar um. Außer ihnen war niemand in dem Raum, und der Barkeeper, der zugleich Kellner in der Brasserie war, war gerade draußen, um sich um die Fondue oder die Raclettes zu kümmern. Wir konnten uns mehr oder weniger frei aussprechen. Vielle vergeudete keine Zeit.

Er begann mit den schwerfälligen sarkastischen Bemerkungen, so charakteristisch für die ersten Stadien eines französischen Wutanfalls. »Ich bitte um Verzeihung, Madame. Ich bitte Sie vielmals um Entschuldigung, Madame. Es war mir nicht im geringsten bewußt, daß ich mir die Freiheit herausgenommen hatte, Sie in irgendeiner Sache anzureden, geschweige denn, Sie wegen eines Restaurants um Rat zu fragen, in dem ich mit Freunden zu speisen gedenke. Bitte verzeihen Sie mir, Madame. Ich hatte nicht die leiseste Ahnung, daß Sie vermuten könnten, ich würde Sie erst um Erlaubnis bitten, bevor ich etwas unternehme, oder ich würde in *irgendeiner* Sache Ihren geschätzten Rat einholen!«

Chihani blickte nicht einmal in Vielles Richtung. Sie hatte Zander im Auge behalten. Mit einer plötzlichen Handbewegung zog sie meine Aufmerksamkeit auf sich, als sie ihm antwortete. Sie war gelassen und ihrer selbst ganz sicher.

»Patron, Sie reisen mit falschem Namen und mit einem

Paß, der zwar gut, aber nicht perfekt ist. Ihr Gesicht kennt man in Genf. Es ist auch in dem erwähnten Restaurant wohlbekannt. Die Wahrscheinlichkeit, daß Sie erkannt werden, ist groß. Dieses Lokal wird auch viel von älteren Journalisten mit Spesenkonten besucht. Mr. Halliday könnte leicht erkannt und ausgefragt werden, weshalb er in Genf ist und nicht in New York oder Pennsylvania. Es wären sicherlich freundschaftliche Fragen, und er könnte sich irgendeine Geschichte ausdenken, aber wie soll er seine Tischgefährten vorstellen? Als Monsieur Iks und Monsieur Igrek? Nein. Die erlesenen Saucen können bis später warten. Wir sollten hier essen, einfach und diskret, und uns dann auf unsere Zimmer zurückziehen.«

»Madame ist so freundlich, Befehle bezüglich unseres Wohlbefindens zu erteilen«, begann Vielle grimmig, aber sie unterbrach ihn einfach, indem sie mit ihrem Glas auf den Tisch schlug.

»Die Befehle haben nichts mit Ihrem Wohlbefinden zu tun«, schnaubte sie; »es geht um die Sicherheit der Operation. Dafür hat man mir die Verantwortung übertragen. Wenn Sie selbst, Jean-Pierre, in dieses Restaurant gehen wollen, hält Sie nichts auf. Lassen Sie sich einen Tisch reservieren und rufen Sie ein Taxi. Wenn man *Sie* erkennt, spielt das keine Rolle. Sie haben Ihren eigenen Namen und Ihren Paß, und niemand wird es interessieren, weshalb sie dort sind. Dafür könnte es ein Dutzend Gründe geben, und sie wären alle belanglos. Also dann, gehen Sie schon. Guten Appetit. Aber muten Sie mir nicht zu, die ganze Operation zu gefährden.«

Vielle war rot vor Zorn. »Madame«, sagte er, »ich mute Ihnen überhaupt nichts zu, nur, daß Sie schweigen und . . .«

Er brach ab, um kurz zu schlucken, und Zander nützte

das geschickt aus. »Trotzdem, Jean-Pierre, wahrscheinlich ist etwas dran an dem, was Simone sagt.«

Seine Stimme klang bedauernd und tröstlich, aber ich sah, daß ihm die Szene Spaß machte. Unter den Industriekapitänen, die ich im Laufe der Zeit einigermaßen gut kennengelernt habe, hat es immer als guter, sauberer Spaß gegolten, bei Streitereien zwischen konkurrierenden Untergebenen den Schiedsrichter zu spielen. Und wenn ein dienstälterer Untergebener von einem vergleichsweise jüngeren herausgefordert wird, um so besser. Dann steht mehr auf dem Spiel. Die Wogen schlagen höher. Und vielleicht fließt Blut.

»An dem, was sie sagt, ist *immer* etwas dran«, sagte Vielle bitter. »Dieses Etwas ist ihr Versuch, sich zur Geltung zu bringen. Wie? Indem sie Gefühle der Zuneigung innerhalb der Familie ausnützt und indem sie jedes Problem, sogar das der Auswahl eines Restaurants, auf ein Sicherheitsproblem reduziert. Und sie hat die Frechheit, mir mit Verantwortung daherzukommen, mir, der seit zwanzig Jahren ihr Kollege ist.«

Zanders Augen lachten fröhlich. »Aber sie *hat* nun mal dafür die Verantwortung, Jean-Pierre. Sie ist ihr übertragen worden. Mein lieber alter Freund, Sie haben dieser Abmachung selbst zugestimmt.«

»Vielleicht«, sagte Chihani artig, »hat Jean-Pierre das Gefühl, ich sei von dem Thema besessen, ich sei zu ernst geworden.«

Es war eine geschickte Falle, und Vielle stolperte prompt hinein. »Nein, Simone, meiner Meinung nach sind Sie nur ernst, weil Sie darin ein Mittel sehen, sich wichtig zu machen.«

»Wollen Sie damit sagen, *wir* – ich meine nicht Sie, Jean-Pierre, ich meine diejenigen von uns, deren Leben in Gefahr ist – sollten die Sicherheit nicht ernst nehmen?« fragte sie mit einem Blick auf Zander. »Soll ich wegen eines Tisches telefonieren, Patron?«

Aber er war des Spiels langsam überdrüssig. Er wandte sich an mich. »Sie haben noch nichts gesagt, Mr. Halliday. Haben Sie irgendwelche Überlegungen zu unserer Sicherheit angestellt?«

Ich hatte, doch dabei ging es nicht vorwiegend um Restaurants. Chihanis Analyse der Risiken in Genf hatte mich an ein Sicherheitsrisiko erinnert, das wir demnächst eingehen würden und von dem sie noch nichts wußte. Als ich tags zuvor Zander überredet hatte, daß wir ein echtes Fernsehteam brauchten, um unsere Tarnung gegenüber den Österreichern aufrechterhalten zu können, war sie mit Mokhtar und Jasmin in Mailand gewesen, um ihre Helfershelfer in dem Hotel zu entlohnen und mein Gepäck abzuholen. Und als an diesem Vormittag Schelm über den Fernschreiber die Nachricht durchgegeben hatte, daß ein unabhängiges holländisches Team im Anschluß an einen Termin in Jugoslawien am Dienstag am Lindwurm-Treffpunkt zu uns stoßen würde, da war sie bereits losgefahren und auf dem Weg nach Genf. Diese Änderung im Programm war vielleicht nicht sehr schwerwiegend, aber irgend jemand sollte sie informieren. Vielle würde es nicht tun. Vielleicht Zander. Im übrigen äußerte sie sich vernünftiger als der undisziplinierte Vielle. Ich sagte das auch mit aller Entschiedenheit.

»Aus meiner Sicht, Mr. Zander, wäre es der Gipfel der Torheit, dieses Restaurant aufzusuchen. Miss Chihani hat absolut recht, wenn sie sagt, daß man mich dort erkennen könnte. Ich weiß von mindestens vier alten Freunden, die an einem Samstagabend dort sein könnten, und alle an einem

Tisch. Mindestens zwei von ihnen würden sich freuen, mich zu sehen, und würden wissen wollen, was mich nach Genf bringt. Es wäre sehr schwer für mich, ihnen eine Lüge so zu erzählen, daß sie mir glauben würden. Ich ziehe jedenfalls die Brasserie hier vor.«

Vielle stieß erregt den Atem aus, doch Zander überstimmte ihn, und damit schien der Fall erledigt. Aber noch nicht ganz.

Als ich im Bett lag und auszurechnen versuchte, wieviel Uhr es jetzt wohl in Bucks County war, und mir überlegte, ob ich die Schlaftabletten jetzt gleich nehmen oder lieber warten und noch ein paar Stunden wachliegen sollte, da hörte ich, wie ganz behutsam ein Schlüssel in das Schloß an meiner Zimmertür gesteckt wurde. Der Schlüssel drehte sich. Die Tür öffnete sich einen Spalt weit.

Das war beunruhigend, da ich die Tür von innen verschlossen hatte. Ich hatte mich dann noch einmal vergewissert, daß sie auch wirklich zu war, und anschließend meinen Schlüssel auf die Kommode gelegt. Ich dachte, wie sehr müssen sich die Verhältnisse in der Schweiz verändert haben, wenn man nun auch dort in seinem Motelzimmer überfallen werden konnte. Ich überlegte mir auch, was – außer einem zusätzlichen Kopfkissen – griffbereit in meiner Reichweite als Waffe zu gebrauchen war. Es gab keine Nachttischlampe, nur Wandleuchten, und der Eindringling war nun im Zimmer. Die Tür ging leise zu.

»Noch wach?« Es war ein Flüstern.

»Ja.«

Die Jalousien waren geschlossen und die Vorhänge zu. Es war sehr dunkel. Ich ahnte mehr, als daß ich sah, wie sie näher kam und stehenblieb.

»Ich wollte Ihnen dafür danken, daß Sie mich heute abend

unterstützten«, sagte sie; »Sie waren eine sehr große Hilfe.«
Sie redete immer noch im Flüsterton.

»Ich sagte nur, was ich dachte. Sie hatten völlig recht.
Jean-Pierre lag völlig daneben. Und benahm sich idiotisch.
Klauen Sie eigentlich überall Hauptschlüssel, wo Sie hin-
kommen?«

»Hier ist das nicht nötig. In Häusern wie diesem liegen am
Empfang in dem Fach für ein Doppelzimmer immer zwei
Schlüssel.«

Ich brauchte ein, zwei Sekunden, bis ich begriff, daß sie
aus ihren Hosen stieg, daß sie gerade erst geduscht hatte und
daß die Seife, nach der sie duftete, nichts mit dem von der
Direktion kostenlos zur Verfügung gestellten *bain-moussant*
zu tun hatte. Als sie sich vollends ausgezogen hatte, glitt sie
zu mir unter die Decke. Es wurde nichts mehr gesagt. Viel
mehr schien nicht mehr zu sagen zu sein. Ich wurde für
gutes Betragen belohnt.

Es muß etwa halb zwölf gewesen sein, als die jungen
Leute von der Disco zurückkamen. Es hörte sich an, als
hätten auch sie sich gut amüsiert. Sobald es draußen ruhig
geworden war, zog sie sich an und ging. Ich hatte keine
Schwierigkeiten mehr mit dem Einschlafen.

Die Vereinbarungen zur Übernahme der Fahrzeuge von
dem französischen Fernsehteam hatte Vielles Pariser Büro
getroffen, über das offenbar die meisten europäischen
Geschäfte der verschiedenen Zander-Organisationen liefen.
Die Übergabe sollte um zehn Uhr dreißig auf dem Besucher-
parkplatz des Palais des Nations stattfinden. Dort würde der
französische Produzent den noch ausstehenden Teil der
Pachtgebühr bar in westdeutschen Mark ausbezahlt bekommen und außerdem – als rückzahlbare Kaution – einen
nachdatierten Scheck in Schweizer Franken erhalten, ausge-

stellt von der Genfer Niederlassung der American Express International Bank. Er würde die Fahrzeuge und das dazugehörige Gerät liefern und dazu die grünen Versicherungskarten, auf denen die Namen zusätzlicher autorisierter Fahrer vermerkt sein mußten. Um zehn machte sich Vielle mit einer dicken Aktentasche auf den Weg, gefahren von Chihani in dem Alfasud. Die jungen Leute folgten im VW-Bus.

Der Alfasud kehrte um Mittag zurück. Vielle saß am Steuer, und er war sehr schlecht gelaunt. Nach seinen Angaben war ihm der französische Produzent auf ganz schäbige Weise mit kleinlicher Geldgier und massivem Mißtrauen begegnet. Dieser kleine Gauner hatte versucht, die ausgemachte Pachtgebühr in die Höhe zu treiben, er hatte sich über die Abmachungen hinweggesetzt und einfach den größten Teil der Kameraausrüstung zurückbehalten und hatte dann auch noch die Unverfrorenheit, die Gültigkeit des nachdatierten Schecks anzuzweifeln, in der Hoffnung, noch mehr Bargeld herauszuschlagen. Vielle hatte dem Burschen erst klarmachen müssen, daß er guten Freunden in Paris nur einen Wink zu geben brauchte, um ihn zu ruinieren, und zwar sowohl als unabhängigen Filmemacher als auch mit gewissen Methoden physischer Demütigung. Erst dann hatte der Kerl Vernunft angenommen. Das alles hatte eine Menge Zeit gekostet. Jedenfalls standen die Fahrzeuge nun auf einem Rastplatz neben den in östlicher Richtung führenden Fahrbahnen der Autoroute bei Begnins. Der Bus stand in dem Parkgebäude in Cointrin. Je früher wir uns daran machten, die verlorene Zeit hereinzuholen, sagte er, desto besser.

Die TV-Fahrzeuge waren ein Citroën-Kastenwagen und ein Peugeot-Kombi. Der Kastenwagen war so umgebaut worden, daß er nun drei vollwertige Liegesitze hatte, die als

Schlafkojen zu benützen waren. Dahinter waren in Fächern und Schränken und Haltegurten all die Dinge verstaut, die mir wie die übliche Ausstattung eines mobilen TV-Aufnahmeteams vorkamen: die abgenützten Behälter der Kameras und Filmmagazine, die Stative, die Scheinwerfer mit ihren Stativen, die Kisten mit den Aggregaten, die Kabelkästen und die Hochleistungskabel. Auf einem Dachständer befanden sich eine zusammenklappbare Bühne und, darauf festgeschnallt, ein Paar Stehleitern. An beiden Seiten des Kastenwagens befand sich ein Emblem, das einen stilisierten Vogel darstellte, und dazu die Worte ORTOfilm ORTOfilm in schwarzen Buchstaben auf orangefarbenem Hintergrund. Darunter stand in sehr kleinen Buchstaben die Firmenbezeichnung – Productions Radio-TV Ortofilm S. A. Paris. Der Kombi trug an den Seiten die gleichen Aufschriften. Mir ging durch den Kopf, daß der Ortolan deshalb ins Firmenemblem aufgenommen wurde, weil seine Anfangssilbe an jenes Akronym erinnert, das vom staatlichen französischen Fernsehen benützt wird.

»Wie finden Sie es, wie sieht es aus?« fragte Zander.

»Überzeugend. Es sieht echt aus. Warum sollte es auch nicht? Es *ist* echt.«

»Ja.« Er deutete auf die Kamerabehälter. »Die sind leider leer. Wir können nur hoffen, daß uns die Österreicher nicht zu genau überprüfen.«

»Kein Gesetz verbietet uns, ohne Kameraausrüstung zu reisen. Wenn sie neugierige Fragen stellen, könnten Sie sagen, Sie hätten vor, die Ausrüstung in Wien zu mieten.«

»Könnten wir sie denn mieten?«

»Ich weiß nicht. Wahrscheinlich schon. Warum denn nicht? Sind Ihre Papiere in Ordnung?«

»O ja. Außer Ihnen haben wir alle französische Pässe. Wir

führen keine Schmuggelware mit. Wir hoffen, daß man uns für das hält, was wir scheinen, ein Fernsehteam aus Paris mit einem amerikanischen Journalisten, das in Österreich ein aktuelles Interview aufnehmen will.«

»Wo werden wir heute übernachten? Sie vergessen doch nicht, daß ich einen Fernschreibanschluß brauche?«

»Sie werden ihn bekommen, Mr. Halliday. Und ich hoffe, *Sie* vergessen nicht, daß ich erwarte, von diesem Militärischen Stellvertreter des Oberbefehlshabers der Nato Strike Force South den Namen zu erfahren. Ich muß dem Herrscher *vor* dem Zusammentreffen versichern können, daß er es nicht mit einem Hochstapler, mit irgendeinem kleinen Würstchen, zu tun haben wird.«

»Das ist klar. Sie bekommen den Namen.«

»Ich hoffe, es wird der richtige sein. Die heutige Nacht verbringen wir, glaube ich, in der Nähe von Zug. Und morgen früh werden wir dann über die österreichische Grenze gehen. Am Montagvormittag ist der Verkehr im allgemeinen nicht so stark. Aha, da kommt Simone.«

Sie hatte den Alfasud zusammen mit dem VW-Bus in die Garage gebracht und war anschließend mit Guido in dem Kombi zurückgefahren. Inzwischen war es halb zwei geworden. Zander entschied, daß wir auf das Mittagessen verzichten müßten. Zuviel Zeit sei bereits verlorengegangen. Der Kombi, gesteuert von Simone, sollte unter seiner Führung und mit mir auf dem Rücksitz vorausfahren, der Kastenwagen dichtauf folgen. Eine kleine Pause für Kaffee und Sandwiches könnten wir uns vielleicht irgendwo hinter Bern leisten, wenn Zürich nicht mehr allzu weit weg sei.

Tatsächlich legten wir zwei Pausen ein, und beide Male bekamen wir nichts zu essen oder zu trinken. Das erstemal hielten wir an einer großen Raststätte mit mehreren Tankstellen, Getränkeautomaten, einem Selbstbedienungsrestaurant, einem Laden mit allerlei Krimskrams und einer Menge Parkplätze. Aus irgendeinem unerfindlichen Grund schien das bei den einheimischen Sonntagsfahrern und ihren Familien ein beliebter Rastplatz zu sein. In dem Laden und im Restaurant herrschte Hochbetrieb, aber viele Leute hatten dort einfach ihren Wagen abgestellt und gingen auf dem Gelände spazieren, als sei das hier eine besonders schöne Gegend.

Wir fuhren zuerst an eine der Tankstellen, denn der französische Produzent hatte es versäumt, nach seiner Anfahrt aus Paris die Tanks wieder vollzumachen. Bis wir beide Tanks und die Reservekanister gefüllt hatten, hatte sich eine Menschenmenge um uns versammelt. Zunächst einmal glotzten sie nur, doch dann begannen sie in den Kastenwagen zu spähen und Fragen zu stellen. Vielle ging auf die Toilette. Zander mußte sich den Fragen stellen – die meisten waren sowieso auf deutsch – und stand bald im Mittelpunkt der Aufmerksamkeit. Das hatte er nicht erwartet, und es paßte ihm gar nicht. Als wir auf das Restaurant zugingen, folgte uns die Menge. Sobald er das merkte, machte er kehrt. Er hatte die Nase voll.

»Wir können nicht hierbleiben«, sagte er zu Chihani. »Sag Jean-Pierre Bescheid. Wenn nicht noch jemand rasch die Toilette benutzen will, fahren wir sofort weiter.«

Als wir wieder auf der Straße waren, drehte er sich nach mir um. »Sind die hier alle verrückt?« wollte er wissen.

»Was haben sie denn gefragt?«

»Verrücktes Zeug. Was für ein Programm machen wir? Wie heißt es? Ist es auch für die Sender in der deutschsprachigen Schweiz oder nur für die französische Schweiz und Frankreich? Das ist naheliegend. Ich sage, es gibt einen

Dokumentarfilm über Asthma. Das hätte ich mir genausogut sparen können. Sie fragen pausenlos weiter. Woher kommen wir? Wohin gehen wir? Was macht Simone? Ist sie eine Schauspielerin? Bin *ich* ein Star? Wer sind Sie? Warum tragen Sie eine Krawatte und ich nicht? Die hören gar nicht auf das, was man sagt. Die wollen nur reden und ihre blöden Gesichter zeigen. Die Eltern sind so schlimm wie die Kinder. Sind Sie Amerikaner? Aus welcher Gegend Deutschlands komme ich, mit diesem merkwürdigen Akzent? Warum habe ich arabische Mitarbeiter? Tatsächlich, auch das haben sie gefragt. Einer von diesen Leuten hörte Mokhtar mit Jasmin sprechen und hielt das für Arabisch. Sind Sie ein berühmter Star, der früher in Cowboyfilmen mitspielte, oder sind Sie der Kameramann? Bin ich Monsieur Orto persönlich? Zürich ist gar nicht weit, und hier laufen alle diese verrückten Leute herum.«

»Sie haben nur die Öffentlichkeit kennengelernt, Mr. Zander, das ist alles. Sie sollten sich freuen.«

»Wie meinen Sie das? Worüber sollte ich mich freuen?«

»Auf die Uneingeweihten wirken wir offenbar wie Mitglieder jener neuen und privilegierten Klasse, von der Sie mir erzählten.«

»Mir geht es um eine sichere Tarnung und nicht um die Auseinandersetzung mit solchen Schwachköpfen.«

»Sie sollten sich an den Gedanken gewöhnen, daß das in diesem Fall manchmal ein und dasselbe ist. Sie haben heute nachmittag Glück gehabt, Mr. Zander. Sie wissen jetzt besser, womit Sie zu rechnen haben, und Sie haben es an einem Ort herausgefunden, wo es keine Rolle spielte, was irgend jemand über Sie und Ihre Reaktionen dachte oder sagte. Betrachten Sie es als einen Probedurchlauf.«

»Einen was?«

»Ein Auftreten vor einer Kamera, die zwar läuft, in die aber kein Film eingelegt worden ist. Eine Gefechtsübung ohne scharfe Munition.«

Die Augen wurden hart. »Wer nicht mit scharfer Munition schießt, wird nie ein erfahrener Kämpfer«, sagte er und blickte von mir weg auf die Straße. »Vielleicht ist es am besten so«, fügte er düster hinzu, »daß nur noch ein einziger Kampf auszutragen ist.«

Danach schwieg er lange. Ich konnte mir schon denken, was in ihm vorging. Er war es gewohnt, Erfolg zu haben. Eine Menge sorgfältiger und komplizierter Überlegungen war in diese Operation eingeflossen, und bisher hatte alles glänzend geklappt. Und plötzlich mußte er es hinnehmen, daß sein raffinierter Plan möglicherweise einen Fehler enthielt und daß ihm an irgendeiner Stelle eine falsche Beurteilung unterlaufen sein mußte. Er versuchte nun, sie zu identifizieren und ausfindig zu machen. Danach würde er den Irrtum entweder wiedergutmachen oder neutralisieren. Aber wo sollte er anfangen, danach zu suchen?

Ich wußte es. Und ich wußte außerdem, daß ich ihm noch so beredt klarmachen konnte, wo er den Fehler gemacht hatte – er würde mir niemals glauben.

An dem, was er über Fernsehteams gesagt hatte, war durchaus etwas Wahres gewesen. Viele von ihnen – darunter manchmal auch einige der selbständigen Teams – genossen heutzutage oft Freiheiten und Privilegien von der Art, wie sie früher nur akkreditierten Korrespondenten der großen Zeitungen zugestanden wurden. Mobile Teams, die Zugang zu den großen Fernsehgesellschaften und zu den TV-Satellitensystemen hatten, konnten in Krisenzeiten sogar noch allmächtiger agieren und hatten dann so etwas wie einen übernationalen Status. Das waren dann die Crews, vor denen die modernen Netschajews am liebsten ihre Geschichten nach grobschlächtigen Drehbüchern inszenierten, Geschichten, in denen Schurkerei enthüllt wurde, gerechter Zorn sich austobte, Unschuld durch die läuternden Flammen der Gewalt wiederhergestellt und volkstümlicher, simpler Gerechtigkeit Genüge getan wurde, von Leuten, die auf diese Einfachheit mächtig stolz waren. Bei solchen Gelegenheiten mit Millionen von Zuschauern wurden diese Crews und der von ihnen bediente Apparat unantastbar.

Zander hatte das natürlich begriffen, aber er hatte es nur von außen begriffen, als einer aus dem Publikum. Sicher, er hatte Vermutungen darüber angestellt, wie man sich wohl auf der anderen Seite der Kamera fühlte, aber sie waren nicht zutreffend genug gewesen. Was er für die Elemente einer sicheren Tarnung angesehen hatte – die Fernseh-Embleme, die nachsichtigen Leute vom Zoll, die hilfreichen Beamten, die schützende Polizei –, waren in Wirklichkeit nur Begleiterscheinungen von etwas ganz anderem. Selbst ein normalerweise gleichgültiger Mensch drehte sich danach um. Die echten Crews waren sich des lebhaften Interesses, das sie weckten, sehr wohl bewußt und begegneten ihm größtenteils mit professioneller Gleichgültigkeit. Unsere bunte Truppe von Mimen konnte nur mürrisch dreinblicken oder verlegen grinsen.

Unmittelbar vor Zürich kamen wir an eine große Tankstelle, ohne einen Rastplatz und ohne ein Restaurant. Zander wies Chihani an, auf den Vorplatz zu fahren und vollzutanken. Dann stieg er aus und ging nach hinten zu dem Kastenwagen. Er und Vielle unterhielten sich kurz, bevor sie auf das Büro des Tankstellenpächters zugingen, vermutlich um zu telefonieren. Ich sah, wie Chihani sie beobachtete, aber als sie die Benzinrechnung bezahlt hatte, machte sie keine Anstalten, ihnen nachzugehen. Statt dessen stieg sie wieder ins Auto und drehte sich um, um mit mir zu reden.

»Es war die Fragerei, die mich überrascht hat«, sagte sie. »Haben Sie das erwartet?«

»Nein. Es ist zwar Sonntagnachmittag, und diese Leute auf dem Rastplatz hatten nichts Besseres zu tun. Aber ich glaube nicht, daß damit alles erklärt ist. Die Fragen, oder jedenfalls einige davon, waren ziemlich idiotisch, das ist schon richtig. Aber ganz so blöd sind die Leute wirklich nicht. Es lag an uns selber.«

»Daß sie so blöd waren?«

»Nein, aber wir gaben ihnen offensichtlich das Gefühl, daß irgendwas mit uns nicht stimmte. Und sie hatten recht. Da stimmte überhaupt nichts. Wissen Sie, wie sich ein echtes Team verhalten hätte? Die hätten ihre Fahrzeuge abgeschlossen und wären zu Kaffee und Sandwiches ins Restaurant gegangen. Ein paar Leute hätten sich wahrscheinlich um sie geschart. Die wären ignoriert worden. Alles was ein Frager zur Antwort bekommen hätte, wäre ein leerer Blick oder ein Achselzucken oder ein ›comprends pas‹ gewesen. Bei einem hartnäckigen Frager würde die Crew einfach unter sich reden und ihn ausschließen. Wir haben nicht nur geduldig Fragen beantwortet, sondern die jungen Leute schnatterten und kicherten zudem, als seien sie auf einem Picknick. Kein Wunder, daß die Fragen idiotisch wurden. *Wir* waren idiotisch. Ich schlage vor, daß die jungen Leute beim nächsten Halt so tun, als schliefen sie. Bei anderen Gelegenheiten sollten sie die Köpfe unten halten. Auf keinen Fall sollten sie den Eindruck erwecken, als amüsierten sie sich. Jean-Pierre sollte den Kastenwagen fahren und versuchen, ausschließlich französisch zu sprechen.«

»Ich werde es dem Patron sagen.« Sie lächelte ein wenig. »Es ist sehr unprofessionell. Bestimmt leiden Sie darunter.«

»Ich würde noch mehr leiden, wenn ich glaubte, diese Tarnung sei Ihre Idee gewesen. Ich glaube es aber nicht.«

»Ich war dagegen. Es war eine gute Tarnung für Sie, aber nicht für uns. Aber schließlich täusche ich mich auch manchmal. Ich war auch gegen den Überfall auf Paciolis Leibwächter. Ich hielt es für ...« Sie zuckte mit den Achseln.

»Brutal und überflüssig?«

Sie schien überrascht. »Nein, ich hielt es für einen Fehler. Druck sollte immer direkt ausgeübt werden. Der Syncom-Mann in Rom ließ die Verzögerung zu. Ihn hätte man sich vornehmen müssen.«

»Man hat mir gesagt, längere Kontakte mit der arabischen Welt hätten oft zur Folge, daß Denkprozesse komplizierter werden. Bei Ihnen scheint das Denken noch ziemlich geradlinig.«

Sie warf mir einen ihrer schrägen Blicke zu. »Ich bin keine Araberin und nur zur Hälfte Berberin. Sie denken dabei an den Patron. Er ist es, der die Wüstenaraber mag. Er kann manchmal sogar den Herrscher mögen.«

»Sie tun es nicht und können es nicht?«

»Es gibt dort unten auch kultivierte Männer«, sagte sie, »aber er –«, sie machte mit der linken Hand eine Geste, als schüttle sie Wassertropfen von den Fingern ab, »ihm geh ich nach Möglichkeit aus dem Weg. Der Patron weiß das.«

»Hat Ihnen der Patron erzählt, daß am Dienstag in der Nähe des Treffpunktes ein holländisches Fernsehteam zu uns stoßen wird, und zwar ein echtes?«

Sie starrte mich an. »Wovon reden Sie denn da?«

Beim Zuhören spitzte sie die Lippen und atmete ein paarmal tief durch. Dann verdeutlichte sie ihren Ärger mit einem kurzen Knurren und zitierte wieder aus dem Buch. »Wenn eine Tarnung Talente oder Fähigkeiten voraussetzt, die der Betreffende oder die Betreffenden weder besitzen noch leicht erwerben können, dann ist diese Tarnung von Natur aus schwach. Die gute Tarnung erfordert fast gar keine Verstellung.«

»Ich bin sicher, Sie haben recht.«

»Und eine allzu komplizierte Tarnung läuft Gefahr, sich selber zu Fall zu bringen. Ich mache Ihnen wegen dieser Komplikation keinen Vorwurf, mein Freund. Ihre Überlegung war richtig. Es ist besser, als mit den österreichischen Medien Ärger zu bekommen. Wo ist das holländische Team jetzt?«

»Auf dem Weg nach Norden, von irgendwoher in Jugoslawien. Genau weiß ich es nicht. Aber ich hätte noch einen Vorschlag zu machen. Möchten Sie ihn hören?«

»Meinetwegen.«

»Warum lassen wir nicht Jean-Pierre, die jungen Leute und all das Gerümpel, das wir mitschleppen, einfach zurück? Wir setzen sie irgendwo in Zürich ab und fliegen dann morgen nach Wien. Dort mieten wir einen Wagen und fahren zu dem Gasthaus bei St. Veit, wo wir nach Aussage des Patrons vor dem Treffen übernachten. Dann sind wir unsere Probleme los und können uns auf das Treffen konzentrieren.«

»Unmöglich.«

»Wieso?«

Sie hatte viel Geduld mit mir. »Weil das nicht der Plan ist, den der Herrscher im voraus gebilligt hat. Selbst die Bitte um geringfügige Veränderungen würde tiefen Argwohn auslösen. Sie kennen ihn nicht.«

»In Ihrer Darstellung hört er sich an wie sein Vater.«

»Aha, von dem haben Sie auch gehört. Nun, der Sohn würde wohl kaum seinen eigenen Revolver ziehen und uns abknallen, aber Ihre Freunde würden ihn nicht zu sehen bekommen. Er würde mitsamt seiner Begleitung verschwinden und im Privatjet nach London oder Paris fliegen. Die Vorbereitung eines neuen Treffens würde viele Wochen beanspruchen. Der Patron könnte eine so grundlegende Änderung der Pläne nicht erwägen.«

»Schätzchen, an diesen Verhandlungen nehmen zwei Seiten teil. Warum sollte allein der Herrscher das Sagen haben?«

»Dafür gibt's keinen Grund, wenn die andere Seite bereit ist, die Bucht von Abra vorläufig zu vergessen.«

»Vergessen *Sie* da nicht etwas? Was ist denn mit diesem holländischen Team, das anreist, und mit dem Interview, das ich machen werde? Sind das für Sie keine Änderungen der Pläne?«

»Die einzige Änderung ist die, daß nun bei dem Interview ein Film oder Videoband in der Kamera sein wird. Bisher war es nur ein – wie nannten Sie das noch mal?«

»Ein Probedurchlauf?«

»Genau. Ein Probedurchlauf nach dem geheimen Treffen, um hinterher eine einfachere Erklärung für all das Kommen und Gehen zu haben.« Ich beugte mich vor und stützte mich mit den Ellenbogen auf die Rückenlehne des leeren Sitzes neben ihr. Sie langte herüber und tätschelte kurz meine Hände. »Mein Freund, Sie dürfen nicht den Fehler machen und davon ausgehen, daß diese Leute automatisch zuhören, wenn ein vernünftiger Kopf ihnen einen vernünftigen Vorschlag macht. Nur ein paar davon sind vernünftige und normale Männer. Manchmal habe ich das Gefühl, daß nicht mal der Patron vollkommen normal ist.«

Sie sagte diese letzten paar Worte so beiläufig, daß ich im ersten Moment gar nicht richtig registrierte, wie merkwürdig sie waren. In der Zwischenzeit hatte sie die Tür auf der Fahrerseite aufgemacht und stieg aus. Zander und Vielle kamen gerade zurück; sie gingen auf den Kastenwagen zu, und Zander winkte sie zu sich.

Sie stiegen alle in den Kastenwagen und blieben ein paar Minuten dort, ehe dann sie und Zander zum Kombi zurückkamen.

»Ich habe beschlossen, daß wir getrennt weiterfahren werden«, sagte er zu mir, während er einstieg. »Dann werden wir weniger Aufmerksamkeit erregen. Simone hat uns von Ihren kritischen Bemerkungen über unser Verhalten und unsere Disziplin berichtet. Wir haben Ihre Punkte vorgemerkt und werden Ihren Rat befolgen. Jean-Pierre wird den Kastenwagen fahren, und die jungen Leute werden die neuen Anordnungen beachten. Sie werden die Nacht in einem Motel auf der anderen Seite von Zürich in der Nähe des Flughafens verbringen. Wir drei haben nun Zimmer in einem Hotel in derselben Gegend. Es ist eines dieser neuen Tagungszentren und hat einen Fernschreiberanschluß. Jean-Pierre wird mit dem Taxi zu uns rüberfahren, damit wir uns später besprechen können.«

Danach sagte er nichts mehr, bis wir im Hotel waren.

Es hatte ein neuartiges Aussehen – nämlich das eines Haufens aus übereinandergestapelten Eierkartons aus dem Supermarkt, nur daß sie aus Beton und nicht aus Pappmaché waren. Neuartig war es auch noch in anderer Hinsicht. Wenn man sich erst angemeldet hatte, war man sich selbst überlassen. Man suchte sich sein Zimmer selbst, trug sein Gepäck selbst, mixte sich seinen Drink selbst und holte sich seine Betten selbst aus dem Schrank. Aufs Zimmer wurde einem nichts gebracht. Wenn man etwas haben wollte, das es im Zimmer nicht gab, rief man den Empfang an und erhielt Auskunft, wo es zu finden war. Auf diese Weise fand ich jemanden, der bereit war, mir einen kleinen Raum mit einem Fernschreiber zu vermieten und mir zu zeigen, wie er funktionierte.

Ich rief Ulm an und gab den Namen und die Nummer des Hotels durch. Als Antwort bekam ich noch einmal die Telefonnummer in Velden, die ich anrufen sollte, wenn ich in dem Gasthaus bei St. Veit war. Man gab mir auch den Namen des Mannes, nach dem ich fragen sollte. Ich sollte nach Herrn Kurt Mesner fragen. Bitte um Bestätigung.

Zander sah in mir mehr und mehr *seinen* Mann, nicht ihren, und er überwachte diesen Nachrichtenaustausch voll Eifersucht. Außerdem wurde er ungeduldig. »Wen interessiert es schon, was für Decknamen die verwenden?« fragte er gereizt. »Erkundigen Sie sich nach dem Namen, den *wir* wollen, den wir wissen müssen.«

Das tat ich auch, aber nicht, weil ich ihm gehorchte, sondern weil das zufällig der nächste Punkt auf der Liste der zu erledigenden Dinge war, die Schelm mir für mein aidemémoire gegeben hatte.

LINDWURM VON BOB. ERBITTE NAMEN DES CHEFUNTERHÄNDLERS.

Die Antwort kam sofort zurück.

BOB VON LINDWURM. NAME DES UNTERHÄNDLERS IST NEWELL. WIEDERHOLE NEWELL. BITTE UM GEGENPROBE ZUR BESTÄTIGUNG DER RICHTIGEN SCHREIBWEISE DES NAMENS.

Ich befolgte die Anweisung und drehte mich dann nach Zander um. »Sagt Ihnen der Name irgendwas?« fragte ich.

»Das werde ich bald wissen, wenn Jean-Pierre eintrifft. Wo *ist* er denn?«

»Er versucht von einem Motel aus in der Nähe des Flughafens an einem Sonntagabend ein Taxi zu bekommen, nehme ich an. Was wollen Sie als Antwort zurückschikken?«

»Sagen Sie, daß ich innerhalb einer Stunde meine Zustimmung oder Ablehnung durchgeben werde.«

»Warum sollten Sie ablehnen? Mit welcher Begründung?«

»Wenn dieser Newell kein Lieutenant-General im Stab der Nato ist, wie Sie mir eingeredet haben, dann werde ich ablehnen. Und wenn wir unter den Fotografien hoher Nato-Offiziere in unseren Dossiers kein Bild von diesem Newell haben, das es mir erlaubt, ihn auf den ersten Blick zu identifizieren, dann werde ich ablehnen. Der Herrscher wird sich darauf verlassen, daß ich mich persönlich dafür verbürge, daß dieser Mann auch tatsächlich der ist, als der er sich ausgibt.«

Ich hatte allerdings nicht vor, das Wort ›Ablehnung‹ zu gebrauchen. Ich schrieb:

BOB AN LINDWURM. NAME WIRD ÜBERPRÜFT. MELDE MICH INNERHALB EINER STUNDE FALLS RÜCKFRAGE. ANDERNFALLS NICHT.

Zehn Minuten danach kam Vielle mit seiner Aktentasche an und wurde von Zander hastig die Treppe raufgeschoben. Jedes Zimmer hatte einen verschlossenen Kühlschrank mit kleinen Flaschen Wein, Hochprozentigem und Alkoholfreiem, die der Gast entnehmen konnte, wenn er seinen Zimmerschlüssel benutzte und einverstanden war, daß die Kosten dafür auf seine Rechnung gesetzt wurden. Chihani und ich wurden von Zander angewiesen, aus unseren Kühlschränken Whisky und Soda zu holen und dann auf sein Zimmer nachzukommen.

Als wir eintrafen, hatte Vielle bereits die Karte für Lieutenant-General Sir Patrick Newell, KCB, CBE, DSO, MC, aus der Nato-Kartei gezogen, und Zander befaßte sich eingehend mit einer Fotografie des Mannes. Vielle las laut von der Karte ab.

»Geboren: 1931. Ausbildung: Wellington College und Royal Military Academy in Sandhurst. Ging zu den Royal Regiment Fusiliers, wechselte später zu The Parachute Regiment. Kriegsdienst in Korea, Malakka, Zypern, Aden. Dann sind Beförderungen mit dem jeweiligen Datum angegeben und eine Abkürzung aus drei Buchstaben – p. s. c.«

»Das heißt, daß er den Kurs auf der britischen Generalstabsakademie in Camberly bestanden hat«, sagte Zander. »Was es sonst noch über ihn aussagen könnte, weiß ich nicht.«

»Hier stehen auch verschiedene Aufträge und Kommandos, die er übernommen hat. Einige dieser Abkürzungen verstehe ich nicht.«

»Die einzige«, sagte ich, »die zählt, ist doch gewiß die letzte. Militärischer Stellvertreter des Oberbefehlshabers der Nato Strike Force South.«

Zander blickte auf. »Das werden Sie hier nicht finden. Diese Angaben stammen aus veröffentlichten Quellen. Militärischer Stellvertreter ist nur eine Umschreibung für den Nachrichtendienst des Nato-Militärausschusses. Nato veröffentlicht keine Namen von ranghohen Offizieren, die im Rahmen ihrer Aufgaben vertrauliche Berichte an den Militärausschuß und den Ständigen Rat abliefern müssen.« Er blickte wieder die Fotografie an und gab sie dann an mich weiter. »Interessantes Gesicht. Durch und durch Soldat, aber man sieht auch den englischen Gentleman.«

Chihani reichte mir einen Drink. Sie spähte mir über die Schulter, um das Bild zu sehen.

Es war eine Schwarzweißaufnahme, wahrscheinlich während eines Manövers in Deutschland aufgenommen. Er stand neben einem Panzerspähwagen und unterhielt sich mit einem anderen uniformierten Mann, der weiter im Vordergrund stand und größtenteils unscharf war, und er hatte einen Kartenbehälter vor sich an den Panzerturm gelehnt. Der General trug ein Barett und einen britischen Armeepullover. Ich konnte Zander darin zustimmen, daß das Gesicht unter dem Barett einem Soldaten gehörte und daß er möglicherweise ein Engländer war, aber ich fand gar nicht, daß er wie ein Gentleman aussah. Vielleicht hatte der Mann im Vordergrund, der Major, dem er die Streifen abriß, irgendeinen unentschuldbaren Schnitzer dadurch zu entschuldigen versucht, daß er eine noch weniger entschuldbare Lügengeschichte erzählte, aber für mich sah der General Newell auf diesem Bild wie ein miesgelaunter, rachsüchtiger, sadistischer Dreckskerl von der Art aus, die man in jeder Armee findet.

»Ein starkes Gesicht«, sagte Chihani. »Sehr gute Knochen. Und diese Falten über den Augen. Er lächelt viel. Das sieht man.«

Ich spürte plötzlich, daß es ein langer Tag gewesen war.

Neuntes Kapitel

Wir frühstückten früh am Morgen im Hotelrestaurant, dann schickte Simone Zander und mich auf unsere Zimmer zurück. Sie wollte die Rechnungen bezahlen und alle Gespräche, soweit sie sich nicht vermeiden ließen, für uns führen. Von nun an würde es strenge Sicherheitskontrollen geben. Sie würde es beispielsweise nicht dulden, daß jemand, um Zeitungen zu kaufen, oder aus irgendeinem anderen Grund, in der Hotelhalle herumtrödelte. Sie würde den Kombi vom Parkplatz holen und draußen an einer geeigneten Stelle halten. Dann, und erst dann, wenn sie mit dem Wagen bereit stand, würden wir telefonisch angewiesen werden, mit unserem Gepäck herunterzukommen und einzusteigen.

Solange wir noch im Hotel waren, hielt sich Zander an diese Anweisungen, aber sobald wir wieder im Auto saßen und nach Osten fuhren, wollte er einen Bericht.

»Keine Probleme«, war alles, was sie sagte.

»Was ist denn das für eine Antwort? Hat man *das* nicht bemerkt?« Er schlug mit der Faust gegen die Tür an seiner Seite. »Den Fernsehnamen an der Seite?«

»Natürlich haben sie das bemerkt. Es erregte großes Interesse. Der Hoteldirektor fragte mich, wer ihr beide seid.«

»Was hast du ihm gesagt?«

»Ich sagte, daß ihr vorübergehend als Produktionsassistenten für einen französischen Produzenten und Regisseur arbeitet, derzeit damit beschäftigt, im Auftrag einer amerikanischen Fluggesellschaft Werbespots für Pauschalreisen zu drehen, und ich sagte ihm auch, daß ihr innerhalb der Firma unwichtig seid.«

»Gut«, sagte er und wiederholte dann das Wort. »*Gut.*«

Seinem Ton fehlte die Überzeugung. Es gefiel ihm gar nicht, als unwichtig dargestellt zu werden, selbst wenn es aus guten Sicherheitsgründen geschah. Er mußte wirklich, dachte ich, den Augenblick herbeisehnen, wo ein Gedankenaustausch über das Projekt in der Bucht von Abra ihn sowohl von seiner Vergangenheit als auch von der Aufmerksamkeit des Mukhabarat-Zentrums befreien würde.

An der österreichischen Grenze hatten wir keine Schwierigkeiten, aber einen Kilometer weiter, in dem Grenzort selbst, gerieten wir in eine Schwierigkeit ganz besonderer Art. Die Straße gabelte sich, und offenbar wurde rechter Hand auf der Hauptdurchgangsstraße die Straßendecke erneuert. An der Abzweigung zeigte ein kleines handgeschriebenes Schild eine *Umleitung* an, aber kein Pfeil gab an, in welcher Richtung man zu fahren hatte. Statt dessen hing unter dem Schild ein Stück Pappdeckel mit einer Skizze. Die sah aus, als stamme sie von einem vierjährigen Kind, das im Kindergarten mit Fingerfarben herumgespielt hatte. Offenbar wurde mitgeteilt, daß es zwei Möglichkeiten gab, durchzukommen – geradeaus oder über die Umleitung. Für die geradeaus führende Straße zeigte die Skizze ein Rechteck mit vier Rädern, für die Umleitungsstrecke ein Rechteck mit vier Rädern und ein Fahrrad. Wenn man also auf vier Rädern fuhr, so schien es, hatte man die Wahl, entweder geradeaus über die Furchen und losen Steine zu fahren oder aber die

Reifen zu schonen und zusammen mit den Fahrrädern auf der ebeneren Straße die Stadt zu verlassen.

Die meisten fuhren geradeaus. Die Polizei lauerte gleich hinter der Kurve, etwa zweihundert Meter nach dieser handgefertigten ›Karte‹. Autos mit österreichischen Nummernschildern wurden zurückgeschickt und auf die Umleitung verwiesen. Geradeaus war nur für Lastwagen, so bekam man zu hören. Diejenigen unter uns, die ausländische Kennzeichen hatten, mußten am Rand der Straße in einer Schlange warten, während die Polizei von einem zum anderen ging und Bußgelder kassierte. Es schien für sie eine vertraute Routineangelegenheit. Während jeder Fahrer an den Straßenrand gewinkt wurde, brüllte der Polizist »*Reisepaß*«. Wenn er dann den Paß des Fahrers in der Hand hatte, brüllte er »*Strafe einhundert Schilling*« oder, da wir französische Kennzeichen hatten, »*Amende de cent Schillings*« und ging weg. Der Fahrer mußte seinen Paß mit hundert Schilling zurückkaufen. Einige – so auch Simone – wehrten sich mit dem Argument, das Schild sei irreführend, aber Widerrede führte nicht weiter. Sie hörten nicht hin. Ein holländischer Fahrer vor uns hatte kein österreichisches Geld und war gezwungen, einen Reisescheck einzulösen; er brauchte nur über die Straße zu gehen, denn genau gegenüber der Polizeifalle lag eine Wechselstube, und der Gauner, der sie betrieb, zahlte fünfundzwanzig Prozent unter dem üblichen Wechselkurs. Zum Glück hatten wir österreichisches Geld dabei.

»Zahl schon, Simone«, sagte Zander, »und laß uns weiterfahren. Sicher, es ist glatter Betrug, und so was funktioniert nur in einem Grenzort, wo immer ausländische Touristen durchkommen, die es eilig haben. Ist euch aufgefallen, daß hier weit und breit keine Arbeiter oder Maschinen zu sehen sind? Hochinteressant. Es stört die auch gar nicht, daß wir sie durchschauen. Denen ist es gleich, was wir von ihnen als Polizisten halten. Also laß uns zahlen und weiterfahren.«

Sie zahlte die hundert Schilling und erhielt zusammen mit ihrem Paß eine unterschriebene Quittung. Sie gab die Quittung an Zander weiter, der einen Blick drauf warf, amüsiert auflachte und sie mir nach hinten reichte. Oben drüber stand *Organstrafverfügung*, und es war eine offizielle, numerierte Quittung über zehn Schilling. Die Unterschrift war natürlich unleserlich.

»Willkommen im glücklichen Österreich«, knurrte Simone, während sie mit dem Lenkrad kämpfte, um den Kombi auf die Umleitungsstraße zurückzuzwingen.

»Wozu sich ärgern?« fragte Zander. »Sie haben dir eine amtliche Quittung gegeben. Und vergiß nicht, was du in Geschichte gelernt hast. Österreich war oft schon fast so antisemitisch wie Rußland.«

»Was hat denn Antisemitismus damit zu tun?«

»In den Augen dieser Polizisten sehen vielleicht alle Fremden jüdisch aus.«

»Patron, das ist doch Unsinn.«

»Vielleicht«, sagte er verträumt; »aber denk mal einen Augenblick an Judenburg. Kannst du dir irgendein anderes Land in Europa denken, das einen Ort so nennen würde und sich nie – nicht mal in der zweiten Hälfte des zwanzigsten Jahrhunderts – die Mühe machen würde, den Namen zu ändern?«

»Der Herrscher müßte dort sehr glücklich sein.«

»Worauf du dich verlassen kannst, meine Liebe. Er fängt sogar an, ihnen zu verzeihen, daß der Begründer des modernen Zionismus ein österreichischer Jude war.«

Ich beobachtete seine Augen im Rückspiegel, und er

ertappte mich dabei. Die Augen blitzten. Wenn es ihm Spaß machte, sie auf den Arm zu nehmen, so genoß er es gleichermaßen, mich zu verwirren.

»Nein, Mr. Halliday«, sagte er, »ich bin kein Jude. Und ich gehöre auch keiner ethnischen Minderheit an. Nein. Für mich gibt es eine ganz besondere Art der Unerwünschtheit, eine ganz besondere Kategorie. Ich bin jedes Landes, jedes Volkes blutiger Ausländer.«

»Jedermanns blutiger Ausländer? Das hört sich an, als hätten Sie's von Ihrem britischen Offiziersfreund gelernt, dem gebildeten Arabisten.«

»Natürlich habe ich das!« Die Augen strahlten triumphierend. »Und es war schon damals altmodisch. Das hat er mir selber gesagt. Aber mir gefällt es trotzdem, auch wenn Ihre Version vielleicht besser ist. Jedermanns blutiger Ausländer«, wiederholte er und brach dann in Gelächter aus.

Es war das erstemal, daß ich ihn laut und befreit über etwas lachen hörte, was ihn wirklich zu amüsieren schien. Doch es war ein seltsames Geräusch, mehr wie ein stilles Weinen.

Wir hatten mit Vielles Gruppe ausgemacht, sie in Feldkirch zu treffen, und sie waren bereits da, als wir ankamen. Der Kastenwagen war durch die Polizeifalle gewinkt worden, und sie hatten keinerlei Schwierigkeiten gehabt. Die jungen Leute benahmen sich sehr umsichtig, und Vielle selbst hatte eine nützliche Entdeckung gemacht. In dem Kastenwagen gab es einen gut isolierten Schrank für Lebensmittel und Getränke. Mit Eis aus ihren Motelzimmern und einer flotten Einkaufstour in Feldkirch zur Überbrückung der Wartezeit, hatten wir Proviant genug, um für den Rest des Tages nicht mehr auf die Touristenfallen angewiesen zu sein. Um elf waren wir in Innsbruck. Von dort fuhren wir

Richtung Kufstein, bevor wir uns auf den Weg nach Süden machten und die Berge und Tunnels in Angriff nahmen. Um fünf fuhren wir durch Villach, und eine Stunde später waren wir im Gasthaus Dr. Wohak.

Ich fand über Dr. Wohak nie etwas heraus, außer daß er tot war und daß er derjenige gewesen war, der eine Ansammlung von landwirtschaftlichen Gebäuden aus dem neunzehnten Jahrhundert zu einem attraktiven Hotel umgebaut hatte. Durch einen imposanten Eingang im Stil einer Tordurchfahrt kam man in einen zentralen Innenhof, hinter dem noch einmal zwei kleinere Hofräume lagen. Die Mauern waren aus Stein, einem grauen, aber sehr lebendig wirkenden Stein. Nach der Niedlichkeit Tirols war dieser ganze Gebäudekomplex wie eine wohltuende Erfrischung.

Der Mann am Empfang sprach englisch. Sobald ich auf meinem Zimmer war, rief ich nach unten und bat ihn, mir die Nummer in Velden zu geben. Dort meldete sich die Stimme einer Hoteltelefonistin.

»Herr Kurt Mesner?«

»Einen Augenblick, bitte.«

»Mesner.« Es war Schelm.

»Wir sind da.«

»Dann sollten wir ein bißchen plaudern, Sie und ich. Vielleicht gehen Sie mit mir essen? Wenn ich Ihnen, sagen wir, in einer Stunde einen Wagen schicke, ist das dann zu früh?«

»Nein, aber unser Freund meldet langsam Besitzansprüche auf mich an.«

»Das können wir auch. Sagen Sie ihm, der Chefunterhändler wolle Sie möglichst bald sehen, um Sie rechtzeitig vor dem Treffen identifizieren zu können. Er verlangte schließlich auch einen Namen und ein Gesicht zur Identifi-

224

zierung. Nun verlangen wir eben das gleiche. Wenn er Schwierigkeiten macht, können Sie ihm das sagen.«

Wie sich dann herausstellte, brauchte ich Zander an dem Tag gar nichts mehr zu sagen. Ich machte mich frisch, zog mich um und dachte eben daran, runter in die Bar zu gehen, als jemand heftig an meine Tür klopfte. Es war Simone. Sie schob sich wortlos an mir vorbei und schloß hinter sich schnell die Tür ab.

»Wir haben Schwierigkeiten«, sagte sie, ein wenig außer Atem.

»Die Lokalpresse? Ich sagte Ihnen ja, die würden auftauchen.«

»Es ist nicht die Lokalpresse. Viel schlimmer. Es ist Funk und Fernsehen.«

»Schon?«

»Der Hoteldirektor hier ist scharf auf Publicity. Sobald er ein Fernsehteam sieht, schlägt sein Herz höher. Und dann entdeckt er auch noch, daß Sie ein amerikanischer Journalist sind.«

»Wie?«

»Durch die Visa in Ihrem Paß. Daraufhin fragt er Jean-Pierre, der hier als französischer Chef von Ortofilm aufgetreten ist, weshalb wir hier sind und was wir vorhaben. Jean-Pierre erzählt ihm die abgesprochene Geschichte. Wir sind hier, um den Herrscher in seiner für ihre Heilkraft berühmten Mine zu besuchen und für eine amerikanische Fernsehgesellschaft zu interviewen.« Sie hob beide Hände. »Es hätte nicht schlimmer kommen können.«

»Hat Jean-Pierre seinen Text vergessen?«

»Er sagte das, was für ihn vorbereitet worden war.«

»Dann kann ich Ihnen nicht folgen. Was ist schiefgelaufen?«

Sie setzte sich abrupt hin. »Zu viele Dinge sind schiefgelaufen, und der Herrscher hat es nicht für nötig gehalten, uns über diese Dinge zu informieren, obwohl sie den von *ihm selbst* gewählten Ort für das Treffen gefährden.«

»Was für Dinge denn?«

»Es sind so viele.« Sie stand auf und zählte sie, während sie wie ein Panther im Zimmer umherging, an ihren Fingern ab. »Erstens gibt es in Österreich ein Gesetz, das die Errichtung neuer Bauten in den Bergen und Hochtälern einschränkt. Es geht um die Erhaltung der natürlichen Schönheiten, um den Schutz der Umwelt. Ein neues Haus darf nur dort gebaut werden, wo ein altes gestanden hat. Wenn also jemand in einer schönen Landschaft bauen will, kauft er zuerst ein altes Haus.«

»Was ja der Herrscher getan hat.«

»Aber nicht in der Absicht, ein gewöhnliches Haus zu bauen.«

»Ich verstehe. Die Behörden wenden sich gegen seinen Plan, statt dessen eine Klinik zu bauen.«

»Nein. Die Behörden wenden sich vielmehr gegen seine Weigerung, ihnen das, was er plant, zur Genehmigung vorzulegen. Zweitens beharrt er darauf, französische Bergbauingenieure zur Überwachung der verschiedenen Arbeiten ins Land zu holen; da werden die tiefliegenden Stollen restauriert, elektrische Pumpen installiert und alles wird sicherer gemacht. Drittens will er eine offizielle Inspektion der Mine nicht mehr zulassen. Viertens hat er bisher für die Klinik über der Mine fünf Architekten angestellt. Vier von ihnen hat er entlassen. Alle sind Ausländer gewesen, ein Italiener, drei Deutsche, und der jetzige ist Schweizer. Von seinem Entwurf ist noch nichts bekannt, aber einer der gefeuerten Deutschen hat mit der deutschen Presse gesprochen. Was er sagte, war, der Herrscher wolle keine Klinik, sondern eine Art Palast. Er sagte außerdem, was vielleicht inmitten einer Wüste sehr romantisch aussehen würde, wäre für Petrucher äußerst anstößig und absurd.«

»Petrucher? Heißt so das Dorf?«

»Nein, so heißt die Mine. Johannes Peter Petrucher war jener Amateurarchäologe, der die aufgegebene Mine kaufte und das Haus und Museum baute, das der Herrscher einreißen wird. Bis zum nächsten Dorf sind es zwei Kilometer. Petrucher liegt ziemlich isoliert. Ich habe Bilder davon gesehen. Es sind eine Menge Bäume und dieses alte Gebäude an einem Hang. Ein ausgesucht schöner Fleck ist das bestimmt nicht.«

»Aber die Behörden tun so, als ob es das *wäre,* weil dieser Ausländer, der Herrscher, sich weigert, die Bestimmungen einzuhalten und seine Pläne einzureichen, bevor er zu bauen beginnt. Ja, ich verstehe langsam. Ich wette, er hätte zu Beginn jedes beliebige Bündel an Plänen einreichen können, um sie dann später in aller Stille abzuändern. Aber das ist wohl nicht der Stil des Herrschers.«

»Hat Ihnen der Patron nicht von seinem Stolz erzählt?«

»Er ist hier nicht im Golf. Warum gehen sie mit ihm nicht vor Gericht?«

»Er beschäftigt fünf Wiener Rechtsanwälte. Außerdem hält er sich einen Juraprofessor, der zwei OPEC-Länder vom Golf in Menschenrechtsfragen vor dem Internationalen Gerichtshof vertreten hat.«

»Was haben Menschenrechte mit dieser Geschichte zu tun?«

»Der Herrscher behauptet, daß sich die Regierung des österreichischen Bundeslandes Steiermark in sein Privatleben einmischt oder einzumischen versucht. Insbesondere weigert er sich, anzuerkennen, daß die Medien – ob Fernsehen, Rundfunk oder Presse, spielt keine Rolle – irgendein Recht haben, ihm, seinen Bediensteten oder anderen Angestellten oder seinen Rechtsvertretern Fragen zum Thema seines persönlichen Besitzes zu stellen, ganz gleich, wo sich dieser Besitz befinden mag. Er hat alle Bitten um Statements und Interviews abgeschlagen. Das hat einen großen Skandal ausgelöst und ist sogar im Bundesrat in Wien zur Sprache gekommen. Warum läßt man es zu, daß dieser Ölscheich die Gesetze mißachtet? Wenn er nichts zu verbergen hat, warum bleibt er dann stumm und entzieht sich berechtigten Fragen? Könnte es sein, daß diese Klinik, die er angeblich bauen will, ganz anderen und unmoralischen Zwecken dienen soll? Die ganze Affäre hat viel Mißtrauen geweckt und in manchen politischen Kreisen großen Ärger hervorgerufen.«

»Und dann kommen wir hier an und verkünden lässig, daß *wir* im Begriff sind, etwas zu tun, was sonst niemand geschafft hat, nämlich den Herrscher fürs Fernsehen zu interviewen. Das ist ja großartig! Wie reagiert der Hoteldirektor?«

»Er ist natürlich entzückt. Er telefoniert mit dem lokalen Rundfunksender. Die telefonieren mit dem österreichischen Funk- und Fernsehdienst in Wien. ORF, der österreichische Rundfunk, wird angerufen. Nach einiger Zeit ruft der ORF zurück. Die haben herausgefunden, daß Sie Schriftsteller von Beruf sind und einen gewissen Namen haben. Also müssen *Sie* interviewt werden. Sofort. Noch heute abend. Ein Interviewer aus dem Ressort Zeitgeschehen ist bereits unterwegs, um alles vorzubereiten. Eine mobile Fernsehcrew des ORF wird in Kürze folgen. Sehen Sie das Problem?«

»Ich sehe kein Problem. Es wird eines dieser Nicht-Interviews. Bedaure, ich habe Ihnen nichts zu sagen. Ich kenne den Herrscher nicht. Deshalb bin ich hier. Um ihn kennenzulernen. Ja, ich habe davon gehört, daß er Ärger wegen seiner Mine hat. Wenn Sie mir dazu irgendwas erzählen können, wäre ich dankbar.«

Sie gab mir ein pfiffiges Lächeln. »Ach so! Aber wenn Sie ihn nicht wegen des Minenskandals interviewen, *Herr Halliday*, was kann dann der Zweck Ihres Interviews sein? Was ist es sonst für eine Neuigkeit aus dem Munde dieser interessanten arabischen Persönlichkeit, auf die Amerika so sehnlichst wartet?«

»Der Herrscher wird als eine zunehmend bedeutsame Figur in der Politik um den Golf angesehen.«

»Das wollen Sie denen sagen, damit sie es zitieren können? Das wollen Sie denen tatsächlich in die Mikrofone diktieren?«

»Ich werde wahrscheinlich versuchen, es ein wenig besser zu formulieren, aber es ist alles, was ich sagen kann, bis ich den Herrscher tatsächlich kennengelernt habe.«

»Es ist immer noch zuviel.« Das war kein Spaß mehr, sie sah ziemlich grimmig aus. »Es darf keine Publicity geben.«

»Hören Sie mal«, sagte ich, »ein Wagen aus Velden ist hierher unterwegs, um mich zum Essen abzuholen. Wenn ein Interviewer mit einem Aufnahmeteam aus Wien sich auf den Weg hierher gemacht hat, dann warten die vielleicht schon auf mich, wenn ich zurückkomme. Wahrscheinlich wird es demnächst auch mit Telefonanrufen von den Funkleuten losgehen. Ich kann nicht nichts sagen. Keine Geschichte, meine Herren, und kein Kommentar? Glauben Sie mir, das klappt nicht. Die werden dann nur wütend auf einen. Man muß ihnen *irgendwas* geben.«

»Jedenfalls darf Ihr Name nicht öffentlich genannt werden, solange der Patron hier ist.«

»Weil Rasmuk in Italien zuhören könnte?«

»Weil sie natürlich *hier* zuhören könnten.«

Das Telefon klingelte. Ich wollte gerade sagen, es sei besser, wenn sie hingehe, aber sie hatte bereits den Hörer in der Hand, bevor ich noch den Mund aufmachen konnte.

Es war der Mann am Empfang, der nur sagen wollte, ein Wagen von Lindwurm sei für mich angekommen. Ich sagte ihr, sie sollte ausrichten, ich käme gleich runter, und überlegte dann einen Augenblick.

»Wo ist der Patron?« fragte ich schließlich. »Bleibt er diskret auf seinem Zimmer?«

»Nein. Er ist bereits zum Herrscher bestellt worden. Er soll ihm noch vor der Konferenz Bericht erstatten.« Sie zog einen zusammengefalteten Umschlag aus der Tasche ihres Hemdes. »Er hat Ihnen die Anweisungen für morgen aufgeschrieben.«

Ich steckte die Mitteilung ungelesen weg. »Wird er heute abend noch zurückkommen?«

»Das glaube ich nicht. Der Herrscher hat ein Chalet, das er und seine Begleitung benützen, wenn er die Petrucher-Mine aufsucht, um sich mit Architekten und Ingenieuren zu besprechen. Dort wird der Patron übernachten. Wir sind angewiesen, morgen früh mit den Fahrzeugen und der Crew zur Petrucher zu fahren und ihn dort zu treffen. Nicht später als zehn, sagte er.«

»Es ist vielleicht ganz gut, daß er nicht hier sein wird. Sie und Jean-Pierre werden sich mit den Leuten vom ORF und all den anderen Medien auseinandersetzen müssen, wenn die hier eintreffen.«

»Aber Sie sagten doch, das sei unmöglich.«

»Es ist unmöglich, dem Problem auszuweichen. Möglicherweise können wir es hinausschieben. Jean-Pierre sollte dem ORF-Mann als erstes und ganz *inoffiziell* erzählen, ich sei im Auftrag einer New Yorker Fernsehgesellschaft hier, um ein Interview mit dem Herrscher zu machen. Warum ich? Ich bin ein politischer Schriftsteller und Interviewer, der zufällig in der Nähe in Italien war, um an einem Buch zu arbeiten. Welche Fernsehgesellschaft? Jean-Pierre bedauert, aber das sagt er nicht. Warum? Weil es der Gesellschaft – auch wenn ihr dieses Interview *versprochen* worden ist – auf Grund früherer Erfahrungen mit dem Herrscher ratsam erscheint, nicht blind seinem Wort zu vertrauen. Das werden ihm die ORF-Leute bestimmt abkaufen. Deshalb, fährt Jean-Pierre fort, habe er die Anweisung, kein Wort zu sagen, solange er nicht aus erster Hand weiß, daß der Herrscher tatsächlich sein Wort gehalten hat. Und in dem Zusammenhang sollte er auch betonen, daß jede unbedachte Bemerkung über das Interview, noch bevor es wirklich stattgefunden habe, die ganze Sache platzen lassen könnte. Wenn aber das Interview so ablaufe wie geplant, *dann* könne er ihnen mit allerlei Einzelheiten dienen. Er müsse es natürlich noch mit New York abklären, aber er sehe eigentlich keinen Grund, weshalb nicht die Leute vom ORF – falls sie das wollten – den Film selber gleich hier entwickeln und sich ihre eigene Kopie machen sollten.«

»Werden sie ihm glauben?«

»Wahrscheinlich, wenn Sie ihm helfen. Sie müssen als die Assistentin auftreten, die bei diesem Projekt für die Recherchen zuständig ist. Sie sollten alle für die Einheimischen interessanten Aspekte der ganzen Vorgänge um die Mine recherchiert haben und hellauf begeistert erscheinen. Die Gesellschaft in New York wird *entzückt* davon sein, und natürlich auch von Ihnen, die das alles ausgegraben hat. Sie müssen sich also vorstellen, Sie arbeiteten wirklich an einer für Sie neuen Geschichte über einen verrückten Ölscheich, der sich in den österreichischen Alpen einen Wüstenpalast bauen will – wissen Sie, wie Sie da vorgehen würden?«

»Sagen Sie es mir.«

»Sie würden aus den ORF-Leuten herauskitzeln, was Sie nur können. Sie würden versuchen, auch noch das letzte bißchen an Information aus ihnen herauszuholen. Sie würden alle Details über dieses österreichische Gesetz wissen wollen. Sie würden Vorschläge für unangenehme Fragen von ihnen haben wollen, die Sie für das Interview mit dem Herrscher an mich weiterleiten könnten, damit ich mehr habe als nur die harmlosen politischen Themen. Sie würden gar nicht mehr aufhören und die ORF-Leute langweilen. Und Sie würden sie außerdem unruhig machen. Wenn Sie deren beste Fragen an mich weiterleiten, dann bin ich nachher derjenige, der die ganzen Lorbeeren bekommt, nicht wahr?«

Sie hatte wieder Mut gefaßt. »Ja, jetzt verstehe ich. Gegenangriff an der Stelle, wo ihre Eitelkeit anfängt. Ich werde mein Bestes tun. Wann werden Sie zurück sein?«

»Ich weiß nicht. Nicht sehr spät, nehme ich an. Wenn man Sie fragt, wo ich bin, sagen Sie, ich sei mit dem Taxi weggefahren, um eine Bar zu besuchen, wo ich meine Lieblingsmarke unter den amerikanischen Whiskys bekomme. Sie könnten meinetwegen verbittert sein. Sie sind es, die die ganze Arbeit leistet. Ich bin nur der Nichtsnutz, der ein Spitzenhonorar dafür bekommt, daß er die Fragen stellt, die Sie sich vorher ausdenken. So etwas glauben sie gerne. Mit etwas Glück werden sie auch Jean-Pierre geglaubt haben und einfach hoffen, den Film in die Hände

zu kriegen. Lassen Sie aber ihn zuerst reden. Ich nehme an,
er macht mit. Was meinen Sie?«

»Ja, wenn ich ihm sage, daß das Ihre Vorschläge sind. Es
macht ihm vielleicht sogar Spaß.«

»Hauptsache, er läßt sich nicht einschüchtern. Sie sollten
unfreundlich und mißtrauisch wirken.«

»Das kann ich ohne weiteres.«

Ich lächelte. »Ja, ich weiß.«

Der Wagen, den mir Schelm von Velden aus geschickt
hatte, war ein Avis-Mietwagen, gefahren von einem verschlossenen jungen Mann, der während der Fahrt ganze
sechs Worte herausbrachte. Er fragte mich, ob ich Mr.
Halliday sei, und forderte mich dann auf, bitte einzusteigen.
Vermutlich war er einer von Schelms Nachwuchsleuten.

Den Vorhof des Hotels in Velden, in dem Schelm abge-
stiegen war, betrat man durch einen herrlichen Barock-
Torbogen. Das dahinterliegende Hotel hielt dann allerdings
nicht das, was dieser Zugang versprach. Es gab sich alle
Mühe, so auszusehen, als sei es einst das vornehme Haus
gewesen, dessen Torbogen davor stand, und wollte immer
noch nicht zugeben, daß es von Anfang an ein Hotel gewesen war. Es war jedoch viel komfortabler, als das vornehme
Haus gewesen wäre. Es strahlte etwas angenehm Teures aus,
und die Leute, die es leiteten, schienen das Wort ›Selbstbe-
dienung‹ noch nicht gehört zu haben. Schelms Zimmer war
groß und hatte Platz genug sowohl für bequeme Lehnsessel
als auch ein Bett und ein Tablett mit Getränken auf einem
Beistelltisch.

Während er mir einen Drink mixte, deutete er mit einer
Kopfbewegung auf eine Tür, die sein Zimmer mit dem
Nachbarzimmer verband. »Der General wird sich zu uns
setzen«, sagte er. »Wenn es Ihnen nichts ausmacht, Bob,

hätte ich gerne, daß er von Anfang an mithört, was Sie uns zu sagen haben. Dann brauchen Sie nachher nichts zu wiederholen, und wir haben eine Menge zu bereden, bevor wir morgen zu dem Treffen gehen.«

»Wie ist er?«

»Charmant, und ich würde ein anderes Wort gebrauchen, wenn ich wirklich meinte, er sei ein oberflächlicher Charmeur. Sie werden sich gut mit ihm verstehen. Zander hat ein Dossier über ihn, nehme ich an?«

»Nur veröffentlichtes Material, und auch davon nicht sehr viel.«

»Wurde dort erwähnt, daß er zwei Jahre als Berater in Oman verbracht hat und daß er ein ganz ordentliches Golf-Arabisch spricht?«

»Wenn das drin stand, haben sie es mir jedenfalls nicht vorgelesen. Alles was ich zu sehen bekam, war ein Schwarz-weißfoto, das sie von ihm hatten.«

»Ah ja.«

Er ging zu der Verbindungstür und öffnete sie, ohne vorher anzuklopfen. »Bob ist hier, Patrick, wenn Sie jetzt rüberkommen möchten«, sagte er.

In Farbe und in Zivil sah General Newell ganz anders aus als auf dem Bild, das mir am Abend vorher gezeigt worden war. Er war von mittlerer Größe und ziemlich dunkler Hautfarbe, angegrauten und ein wenig unordentlichen dunklen Haaren und – wie Simone auf Anhieb festgestellt hatte – attraktiven Lachfältchen um die Augen. Er war – wenn man nicht zufällig diese andere Version seines Gesichts gesehen hatte – offensichtlich ein viel zu lockerer und gutherziger Typ, als daß er irgend jemandem die Streifen abreißen würde. Er sah für sein Alter auch bemerkenswert gesund aus. Sein Anzug war mindestens fünfzehn Jahre alt und paßte ihm immer noch gut. Es war einer dieser Londoner Anzüge, marineblauer Nadelstreifen mit Weste, die immer so aussehen, als sei schon einmal in ihnen geschlafen worden, aber nie so, als seien sie frisch gebügelt. Dazu trug er ein gestreiftes Hemd, dessen Kragenspitzen etwas durchgescheuert waren, und eine zu einem kleinen Knoten gebundene blaue Krawatte.

Als wir uns die Hand gaben, sagte er: »Schön, Sie kennenzulernen, Bob.«

»Danke, Herr General.«

»Habe natürlich viel von Ihnen gehört. Eins vorweg.« Er zögerte und faßte dann einen Entschluß, wie er es sagen würde. »Ich nehme mir die Freiheit heraus, Sie Bob zu nennen, weil das Ihr Verkehrsname für diese Operation ist. Ich möchte aber einen Vorschlag machen. Wenn Sie mich Patrick nennen und wir uns alle mit dem Vornamen anreden, haben wir es nachher leichter, wenn wir zum Essen hinuntergehen. Wir können dann über unsere Angelegenheiten weiterreden, ohne daß der Kellner aufhorcht, nur weil einer von uns General ist. Was meinen Sie dazu, Dieter?«

»Gute Idee. Fangen wir aber vorne an. Bob hat die Fotografie von Ihnen gesehen, anhand derer Sie identifiziert werden sollen. Wir wollen jede Panne vermeiden, Bob. Hätten Sie nach diesem Bild Patrick erkannt?«

»Die obere Gesichtshälfte stimmt überein. Die untere Hälfte ist völlig anders. Auf dem Bild, das die haben, Patrick, sehen Sie – ich sage das nicht gern – so aus, als schickten Sie sich eben an, einen unglückseligen Major mit den bloßen Zähnen in Stücke zu reißen.«

Er nickte gutmütig. »Ich weiß, von welchem Bild Sie sprechen. Ein Pressefotograf hat das in der Nähe von Lauenburg aufgenommen. Schlechte Gewohnheit, so aus der Haut zu fahren. Eine Zeitlang dachte ich, das sei vorbei, aber gelegentlich überkommt es mich auch heute noch. Ein Jammer, daß sie gerade *das* Bild nehmen mußten. Wenn heutzutage Fotografen in der Nähe sind, bemühe ich mich immer, den Mund zuzulassen.«

»Ich werde Chihani warnen. Sie ist die Sicherheitsexpertin. Es waren ohnehin Ihre Augen, die ihr gefielen. Sie wird sich an den Augen orientieren.«

»Dann ist das also geklärt«, sagte Schelm. »Etwas anderes, Bob: Wir sind erst ein paar Stunden hier, aber das Hotelpersonal redet bereits darüber, daß ein französisches Fernsehteam in der Gegend ist und daß der Herrscher in seiner alten Silbermine interviewt werden soll. Es sieht so aus, als sei Ihre Bitte um eine zweite Crew mehr als berechtigt gewesen.«

»Selbst mit einer zweiten Crew wird dieser Treffpunkt morgen etwa so abgeschirmt und sicher sein wie der Central Park in New York«, sagte ich. »Sie haben gehört, wie umstritten in der Öffentlichkeit diese Klinik ist, die er bauen will?«

»Wir hatten davon erfahren, bevor wir herkamen.« Er reichte dem General einen Drink. »Danach wollten wir natürlich einen anderen Treffpunkt haben. Wir bemühten uns darum und wurden erst am Samstagvormittag, kurz bevor Sie nach Genf fuhren, abschlägig beschieden. Hat man Ihnen davon erzählt?«

»Nein, aber das überrascht mich nicht. Zander glaubt, wie er mir wörtlich sagte, er habe mich für seine Sache gewonnen; er glaubt, ich sei nun auf seiner Seite und arbeite für seinen Erfolg. Er würde mich in diesem Stadium, kurz vor der entscheidenden Schlacht, nicht beunruhigen wollen.«

»*Sind* Sie beunruhigt? Schließlich möchten auch wir den Erfolg, wenn auch nicht unbedingt die Version, die ihm vorschwebt. Glauben Sie, Sie können mit diesen PR-Komplikationen fertigwerden? Und vor allen Dingen: Sind Sie sicher, daß Sie uns da heraushalten können?«

»Um da nicht hineingezogen zu werden, wäre es für Sie am besten, Sie besorgten sich Presseausweise. Die Österreicher werden die Konkurrenz aus dem Ausland mit allen Mitteln hinauszuboxen versuchen. Es ist *ihre* Geschichte. Ob ich mit den Schwierigkeiten fertigwerde? Das werde ich wohl müssen. Bisher scheinen die ganzen Probleme von den Fernsehleuten zu kommen.« Ich gab ihnen eine kurze Zusammenfassung der Vorfälle im Gasthaus und meiner Instruktionen für Simone.

»Wird es gutgehen, was meinen Sie?«

»Wenn Vielle mitspielt. Unglücklicherweise verstehen sich die beiden nicht sehr gut.«

»Wissen Sie auch, warum?«

»Sie gehören wohl beide zu denen, die immer in Sorge sind. Vielle ist pausenlos um seine Würde besorgt. Ihre Sorge gilt der Sicherheit.«

»Mag sein, aber das ist nicht alles, Bob. Sie ist die Tochter des Chefs.«

»Zanders Tochter?«

»Aus seiner zweiten Ehe, mit der Frau, die im Algerienkrieg umkam. Brochet nannte er sich wohl damals. Diese jungen Berber-Rowdys sind ebenfalls seine Kinder, wenn auch nur adoptiert. Er hat sie ausgebildet. Ich hätte Ihnen diese Hintergrundinformationen schon früher gegeben, aber sie kommen gerade erst rein. Wir haben eine Menge Leute darauf angesetzt. Die Familie in Amerika hat übrigens Spanisch als Zweitsprache.«

»Nun ja, jedenfalls haben Sie die Erklärung für Vielle und seine Eifersucht geliefert.« Ich trank etwas Scotch und kam zu dem Schluß, daß ich mehr wissen mußte. »Was die Fernsehgeschichte angeht«, sagte ich, »so kommen wir da wohl am besten raus, wenn ich das Interview mit dem Herrscher mache, es ohne Umwege den ORF-Leuten aushändige und dann hoffe, daß sie das dankbar genug stimmt, um sie über all die Lügen hinwegsehen zu lassen, mit denen sie gefüttert worden sind. Worüber ich jetzt gerne etwas mehr hören würde, das ist diese holländische Crew. Wer sind Sie? Wann kommen sie her?«

Schelm blickte in sein Notizbuch. »Die Firma heißt Viser-Damrak TV Film –«, er buchstabierte es, »und sie kommen aus Eindhoven. Der Regisseur heißt Dick Kluvers. Ich weiß nicht genau, wie man das schreibt. Die Nacht verbringen sie in Triest, morgen gegen Mittag werden sie hier sein. Sie werden sich bei einem meiner Leute hier in diesem Hotel melden und sich Instruktionen und eine genaue Wegbeschreibung geben lassen. Was Sie mir da aber über die Leute vom ORF erzählen, läßt mich vermuten, daß weitere Probleme auf uns zukommen.« Er stand auf. »Patrick, kann ich das Telefon in Ihrem Zimmer benutzen? Ich muß da etwas überprüfen.«

Der General gab ihm mit einer Handbewegung die Erlaubnis. Schelm schloß die Verbindungstür hinter sich, als er rausging.

Der General rutschte noch tiefer in seinen Sessel und gab mir ein freundliches Lächeln. »Netter Bursche, dieser Dieter. Gibt einem das Gefühl, daß er sein Geschäft versteht. Stimmt vermutlich auch. Dieser Zander hat bestimmt Ihr berufliches Interesse geweckt. Bei mir ist es jedenfalls so.«

»Sie wollen damit sagen, wie kommt ein guter Soldat vom Schlage Zanders an eine so undurchsichtige Aufgabe, für Leute wie den Herrscher Geschäfte zu tätigen?«

»Großer Gott, nein! Gute Soldaten geraten in alle möglichen undurchsichtigen Situationen. Nehmen Sie nur mich und meinen Job. Der gute Soldat Zander stand in einem Befreiungskrieg auf der Seite des Siegers und schloß nützliche Freundschaften. *Der* Teil ist unproblematisch. Nein, was ich – jedenfalls am Anfang – nicht verstehen konnte, war, wie er überhaupt erst zu einem guten Soldaten *geworden* ist. Von der Abwehr zum Führungsoffizier in der Legion ist es ein weiter Weg. Wie hat er den bewältigt? Und *warum*?«

Ohne dabei etwas zu denken, wiederholte ich die Erklärung, die mir mein Freund von der Presseagentur damals gegeben hatte, als ich Zanders Brief erhielt. »Er war nie etwas anderes als Soldat gewesen.«

Der General starrte mich an, als hätte ich den Verstand verloren. »Also in der Abwehr lernte er bestimmt nicht, was ein Soldat ist.«

»Nach meinen Quellen erhielt er eine Spezialausbildung bei der Infanterie.«

»Spezialausbildung bei der Infanterie, daß ich nicht lache. Es war eine jener Stiefelglanz-Einheiten, die sich auf den zeremoniellen Drill für Ehrengarden spezialisierten. Eine dieser Kasernen, wo sie in schwarzen Kalbslederstiefeln umherstolzierten. Es ist leicht zu verstehen, warum er dort als geeigneter Mann angesehen wurde. Er ist ein baltischer Deutscher, der seine Loyalität zu Führer und Vaterland dadurch nachwies, daß er vor den Sowjets floh, um sich dem glorreichen Kampf anzuschließen. Er ist zweifellos auch ein gutaussehender Bursche mit der richtigen arischen Hautfarbe. Aber zum Soldaten wird man in der Umgebung nicht. Schließlich fanden sie natürlich eine bessere Verwendung für ihn und seine Sprachen. Da bildeten sie ihn dann zum Funker aus. Als er zur Abwehr kam, gaben sie ihm die Aufgabe, feindliche Funksprüche abzuhören. Später wurde er bei Verhören der Kriegsgefangenen eingesetzt. Das ist zwar nicht gerade ein Schreibtischjob, aber fraglos einer, den man im Sitzen ausübt. Soll ich Ihnen meine Theorie über seine Verwandlung zum Soldaten erzählen? Vielleicht können Sie ihn bei Gelegenheit sogar selber danach fragen.«

»Er ist kein Mann, der gern über sich selber redet oder Fragen beantwortet.«

»Wenn meine Theorie stimmt, würde es ihm nicht das geringste ausmachen, über den russischen Winter von vierundvierzig und fünfundvierzig zu reden. Sie glauben mir nicht? Überlegen Sie mal. Die Wehrmacht zog sich überall an ihrer nördlichen russischen Front nach Polen zurück. Die Russen waren bereits in Ostpreußen. Die Deutschen machten keine Gefangenen mehr, die man verhören mußte; was machte also Zander? Vergessen Sie nicht, er ist noch jung, gerade Anfang Zwanzig, und er ist Unteroffizier mit festem Rang. Nach drei Jahren in seinem Job und an dieser Front war er wohl Feldwebel, würde ich sagen. Nun fehlte es dem deutschen Heer inzwischen überall an Verstärkung, und die Ersatztruppen, die man ihnen schickte, waren von zweifelhafter Qualität. Die einen waren zu alt, die anderen zu jung, da waren die zurückgekehrten Verwundeten, müde und demoralisierte Männer. Man darf auch nicht vergessen, daß die russische Front mittlerweile viele Strafversetzte aufzunehmen hatte, Einheiten, denen Fehlverhalten oder mangelnde Kriegsbegeisterung an anderen Fronten vorgeworfen wurde. In dieser Lage taten die deutschen Befehlshaber das,

was Befehlshaber immer tun, wenn sie dringend kampf-
fähige Truppen benötigen: sie holen sich die Jungen und
die Tauglichen aus Spezialisteneinheiten, Fernmeldetruppen
und nichtkämpfenden Abteilungen und setzen sie als Ver-
stärkungen ein, gewöhnlich zum Auffüllen gemischter
Ersatztruppen aus alten und neuen Soldaten, die noch nicht
die Zeit gehabt haben, einander kennenzulernen. Wissen
Sie, was ich meine?«

»Ich weiß.«

»Dann werden Sie bestimmt auch wissen, was ein langer
Rückzug bedeutet. Das müssen Sie als Kriegsberichterstatter
mitbekommen haben. Ein Rückzug bringt das Beste und das
Schlimmste in den Menschen zum Vorschein. Und para-
doxerweise ist das eine Situation, in der manche Männer ihre
Führerqualitäten entdecken. Ich meine nicht, daß sie einen
Wettlauf in die Sicherheit anführen, sondern ich rede von
ihrer Fähigkeit, aus einer überstürzten Flucht einen geord-
neten Rückzug mit Nachhutgefechten zu machen und dabei
die Verluste niedrig zu halten. Ich glaube, das ist es, was mit
Zander passiert sein muß. Ich glaube, er hat in diesen letzten
paar Monaten soldatische Eigenschaften in sich gefunden,
von denen er keine Ahnung gehabt hatte. Er entdeckte das
Geheimnis der Menschenführung im Kampf. Er entdeckte,
daß er Gehorsam fordern konnte, daß er Leute dazu bringen
konnte, Dinge zu tun, vor denen sie Angst hatten, einfach
dadurch, daß er sie überzeugte, es lohne sich wirklich für
sie, wenn *er* Achtung vor *ihnen* empfinde. Es war das aus
dieser Entdeckung gewonnene Selbstvertrauen, das ihn in
die Legion eintreten ließ. Er verstand seinen Job, also suchte
er nach Arbeit, diesmal bei einem möglichen Sieger. Ich
wette, so ist das damals gewesen.«

»Sie könnten recht haben. Ich sehe in ihm einen Mann,

der sich aufs Überleben versteht. Als Soldat hat er nur die Seite des Verlierers kennengelernt. Erst die russische Front, dann Dien Bien Phu. Als Zivilist ist es ihm besser ergangen. Bisher jedenfalls.«

»Hat er irgend etwas über diesen Silberminenquatsch gesagt? Glaubt er daran?«

»Er gibt natürlich die Version des Herrschers wieder. Demnach ist sie ein Wundermittel gegen Asthma, Bronchitis, Sinusitis und ein paar andere Dinge. Oberzeiring hat es vorgemacht.«

Der General betrachtete seinen Drink, als frage er sich, warum er sich überhaupt mit dem Zeug abgab. »Ich habe einen Sanitätsoffizier in Brüssel danach gefragt«, sagte er, »und der ging ganz auf Gegenposition. Er sagte, wenn es einem Asthma-Kranken wirklich helfe, bei einer gleichbleibenden Temperatur von acht Grad Celsius und einer Luftfeuchtigkeit von fünfundneunzig Prozent Wassertropfen ins Genick zu bekommen, dann sei für ihn Liverpool an einem feuchten Märzsonntag genau der richtige Ort. Er kommt zufällig aus Liverpool.«

»Und was ist mit der Erfolgsquote in Oberzeiring? Hatte er dafür irgendeine Erklärung?«

»Keine direkte Heilwirkung. Wie er sagte, ist Asthma oft eine psychosomatische Angelegenheit. Therapien nach dem Prinzip Zurück-in-den-Mutterleib können eine Zeitlang Erfolg haben, besonders bei älteren Patienten, die bereits alles andere versucht haben.«

»Ob der Herrscher wohl tatsächlich an Sinusitis leidet?«

Er sah mich an. »Das haben Sie sich also auch schon gefragt, eh? Und wenn er keine Probleme mit seinen Nebenhöhlen hat, was will er dann mit der alten Mine? Fällt Ihnen dazu was ein?«

Mir kam da tatsächlich ein Gedanke, aber just in dem Moment kam Schelm vom Telefonieren zurück.

»Ich muß Sie um Entschuldigung bitten, Bob«, verkündete er. »Ich hoffe, Sie sehen es mir nach.«

»Was ist passiert?«

»Nach Ihren Aussagen verlangt Simone Chihanis Sicherheitsplan, daß Ihr Name und Ihr Aufenthaltsort nie nach außen dringen, um Rasmuk nicht die Chance zu geben, Zander aufzuspüren.«

»Das war seinerzeit in Mailand auch Ihre Meinung.«

»Richtig. Aber ich hätte in diesem Punkt Anweisungen geben müssen. Es ist etwas durchgesickert, nicht viel zwar, aber es ist besser, Sie wissen darüber Bescheid. Das von Ihnen erbetene zweite Aufnahmeteam zu besorgen wurde schwieriger, als wir erwartet hatten. Es lag daran, daß wir sie so kurzfristig brauchten. Schließlich fanden meine Leute diese holländische Crew in Jugoslawien, die rechtzeitig frei sein würde. Das nächste Problem war, sie zu dem Job zu überreden. Sie haben in den jugoslawischen Bergen einen Dokumentarfilm gedreht und über zwei Monate lang spartanisch gelebt. Sie hatten die Nase voll. Mit Geld waren sie nicht zu locken. Man mußte sie überreden. Wir sagten ihnen, der von ihnen zu drehende Film werde international freigegeben werden.«

Ich seufzte. »Durch eine ungenannte amerikanische Fernsehgesellschaft?«

»Das blieb wenigstens ungesagt. Aber bei diesen Bemühungen, die Holländer zu überreden, wurde Ihr Name erwähnt. Das war es, was ich überprüfen wollte, ob Ihr Name tatsächlich genannt worden ist. Er *ist* genannt worden, und es tut mir leid. Ich halte es für keine sehr schlimme Panne, aber die sitzen heute abend zweifellos in einer

Kneipe in Triest, um ein paar Glas zu trinken. Wenn nun irgendein Kneipenhocker, der mit Klatschgeschichten Geschäfte macht, dafür sorgt, daß sie gesprächig werden, dann könnten wir morgen Ärger bekommen.«

Der General fuhr scharf dazwischen. »Was ist das für ein Angebot, Dieter?« fragte er barsch. »Welche Möglichkeiten bieten Sie dem Mann an? Wollen Sie ihn vielleicht fragen, ob er einen Rückzieher machen will, weil jemand aus Ihrem Stab nicht dichtgehalten hat? Ich würde das nicht tun. Er könnte ja sagen und drauf pfeifen, daß man ihn dann möglicherweise für einen Spielverderber hält. Wenn dieses holländische Team morgen ein Rasmuk-Mordkommando im Schlepptau haben sollte, dann wäre nicht nur Zander dran. Ich würde Bob die Frage lieber so stellen: Wenn ein paar heimwehkranke Holländer ausgehen und sich in einem Triester Nachtklub vollaufen lassen, in welcher Sprache werden sie dann wohl eher Klatschgeschichten erzählen – italienisch oder holländisch? Vorausgesetzt natürlich, es ist dann überhaupt noch einer dabei, der zusammenhängend reden kann. Also, ich würde sagen, holländisch. Was meinen Sie, Bob?«

»Ich glaube nicht, daß das so wichtig ist«, sagte ich. »Allerdings hatte ich auch ein, zwei Tage Zeit, über dieses Problem der Bedrohung Zanders nachzudenken.«

»Und *wir* vielleicht nicht?« fragte Schelm pikiert. »Oder wollen Sie sagen, wenn wir den Aufenthaltsort des Mannes an eine holländische Fernsehcrew verraten können, dann seien wir auch imstande, ihn an Rasmuk direkt zu verraten?«

Ich zuckte mit den Achseln. »Auf mich wütend zu werden bringt nichts, Dieter. Ich bin derjenige, der sich nach den Risiken erkundigt hat. Wissen Sie noch? Und Sie haben sie mir geschildert. Ich bin der Meinung, Sie haben die Fakten falsch gedeutet.«

Der General ging wieder dazwischen. »Ich hoffe, Sie spielen nicht Versteck mit uns, Bob? Sie sagen uns doch, *wie* die Fakten falsch gedeutet wurden, nicht wahr? Ich bin auf neue Erkenntnisse ebenso erpicht wie Dieter, das versichere ich Ihnen.«

»Sie halten Ihre Zähne nicht mehr bedeckt, Patrick«, sagte ich. »Ich werde Ihnen genau erklären, was ich meine. Durch den Zwang der Umstände habe ich die bekannten Tatsachen aus einem etwas anderen Blickwinkel betrachtet. Ich muß da etwas wissen, Dieter. Seit wann haben Sie mit dieser ganzen Geschichte zu tun? Wie lange beschäftigen Sie sich schon damit, Sie persönlich?«

»Fast einen Monat. Natürlich habe ich zu vielen Informationen Zugang gehabt. Was genau wollen Sie wissen?«

»Den Zeitpunkt, an dem der Kontrakt zur Ermordung Zanders an das Mukhabarat-Zentrum ging. Sie sagten mir damals, Sie wüßten nicht, von wem das Geld kommt.«

»Das weiß ich immer noch nicht.«

»Wissen Sie, wer Zander darüber informierte, daß das Mukhabarat-Zentrum den Kontrakt übernommen hatte?«

»Nein.«

»Wissen Sie von den zwei fehlgeschlagenen Anschlägen auf sein Leben?«

»Man hat mir davon erzählt. Sie schienen für diese Operation nicht relevant.«

»Das kann ich verstehen. Beide waren ausgesprochen dilettantisch. Das erstemal sind es ein paar Halbwüchsige mit einer Pistole, die klemmt. Das zweitemal ist es ein Mädchen mit einer Handgranate, die so früh geworfen wird, daß ihm Zeit bleibt, sich zur Seite zu rollen. Muß ihm aber einen Schreck eingejagt haben. Ich glaube, Rasmuk – oder das Mukhabarat-Zentrum, wie er es beharrlich nennt – steckt hinter diesen beiden Versuchen.«

Schelm behielt mich nun genau im Auge. »Wieso glauben Sie denn das, Bob?«

»Weil der Herrscher unmittelbar nach dem zweiten Anschlag Zander zu sich kommen ließ und ihm sagte, er dürfe keine weiteren Risiken mehr eingehen, das Mukhabarat-Zentrum habe einen Kontrakt angenommen, nicht nur ihn, sondern auch seine Familie zu vernichten.«

Schelm verschüttete seinen Drink. »Der *Herrscher* hat ihn gewarnt?«

»Das sagte mir jedenfalls Zander, und ich glaubte ihm. Die Warnung kam vom Herrscher, und Zander reagierte prompt. Das war der Zeitpunkt, an dem er untertauchte und seine Familie in Sicherheit brachte. Halbwüchsige mit Granaten können ihm nicht viel anhaben, aber das Mukhabarat-Zentrum ist etwas anderes. Von da an arbeitete er also im geheimen für den Herrscher und bereitete die Verhandlungen über das Abra-Projekt vor.« Ich machte eine Pause. »Geben Sie mir noch was zu trinken?«

Schelm nahm mein Glas. »Sie wollen uns doch hoffentlich nicht einreden, daß es gar keinen Kontrakt gegen Zander gibt. Da würden Sie sich gründlich irren.«

»Ich will Ihnen nur klarmachen, daß der Kontrakt einige ungewöhnliche Klauseln enthält.«

»Reden Sie weiter«, sagte der General.

»Als ich am letzten Freitag meine Instruktionen befolgte und nach Malpensa rausfuhr, wurde ich beschattet. Miss Chihani schüttelte – sehr gekonnt, wie mir schien – die Verfolger ab.«

Schelm gab mir einen neuen Drink. »Das haben Sie uns bereits erzählt.«

»Was ich Ihnen noch nicht erzählt habe, ist, wie diese Beschattungsaktion aufgezogen wurde. Ich bin für sie wichtig, stimmt's? Ich bin derjenige, der Rasmuk zu Zanders Versteck führen wird, so daß sie kurzen Prozeß mit ihm machen können. Dafür hatten sie drei Männer eingesetzt, die sich obendrein noch sehr auffällig benahmen. Von einem Reserveteam, das hätte einspringen können, war nichts zu sehen. Ob mehr Männer Chihanis Pläne hätten durchkreuzen können, spielt in diesem Zusammenhang keine Rolle. Ich hielt es jedenfalls für eine gesicherte Erkenntnis, daß man zu einer gründlichen Beschattungsaktion Mannschaften braucht, die wenigstens acht Mann umfassen und sich in der Verfolgung ablösen. Was ist denn nur mit der allmächtigen Rasmuk-Organisation? Wissen die das denn nicht? Fehlt es ihnen vielleicht an Leuten oder an Bargeld?«

»Wie lautet *Ihre* Antwort, Bob?«

»Ich glaube, sie spielten einfach ihren Part, um Zander und seine Leute weiterhin im Glauben zu belassen, sie seien unmittelbar bedroht. Auf die Weise würde er so lange isoliert und versteckt bleiben, bis die Verhandlungen über die Bucht von Abra eröffnet waren, die Gespräche über Gespräche, die auf morgen angesetzt sind. In dem Augenblick, Patrick, wo der Herrscher Sie auffordert, ihm gegenüber Platz zu nehmen, wird Zander entbehrlich werden. Danach kann Rasmuk jederzeit nach Belieben zuschlagen.«

»Großer Gott!« sagte der General leise.

Aber Schelm war noch nicht überzeugt. »Sie sagen, wir haben die Fakten falsch gedeutet.«

»Oder andere haben das für Sie getan. Dieter, bei dem Briefing neulich im Hotel sagten Sie mir, nach Meinung der Experten sei nicht mal der Herrscher verrückt genug, Sie wegen des Projektes in der Bucht von Abra anzusprechen, ohne vorher die stillschweigende Billigung seiner UAE-Brüder eingeholt zu haben. Nun, ich bin der Meinung, Ihre Experten haben ihn falsch eingeschätzt, sie haben ihm zuviel Vernunft zugebilligt. Das war ein Fehler. Er hat seinen Vorstoß von niemandem absegnen lassen, außer von seinem eigenen merkwürdigen Ich. Um sich aber gegen die bösen Verleumdungen seiner Feinde abzusichern – und alle Männer von wahrer Größe haben Feinde, nicht wahr –, hat er sich eine wunderschöne Lüge ausgedacht. Sie geht so: Während er hier nichts ahnend in Österreich sitzt, zur Behandlung seiner Nebenhöhlenentzündung und um mit Architekten über die Klinik zu reden, die er für sein Volk bauen will, kommt ein amerikanischer Fernsehreporter mit einem Kamerateam an, um ihn über dieses Projekt zu interviewen. Der Interviewer ist erwartet worden. Nicht erwartet worden war, daß mit ihm drei andere Personen eintrafen, die mit dem Fernsehen nichts zu tun hatten. Der erste von denen, meine Brüder, war ein Mann, den einige von euch zweifellos gut kennen. Er ist der europäische Unternehmer, der sich unter anderem auch Zander nennt. Solche Männer sind manchmal von Nutzen, und auch ich habe gelegentlich seine Dienste beansprucht. Normalerweise betritt er jedoch nicht unaufgefordert mein Haus. Die zwei Männer in seiner Begleitung stellte er mir als einen westdeutschen hohen Diplomaten und einen britischen Lieutenant-General vor, beide derzeit in den Diensten der Nato. Die Gesetze der Gastfreundschaft zwangen mich, sie zu empfangen. Stellt euch nun meine Überraschung vor, als sich diese Nato-Vertreter anschickten, mir einen vertraulichen Vorschlag zu unterbreiten. Sie wollen, sagen sie, mit mir über die Errichtung eines großen Hafens und weiterer Einrichtungen auf meinem Territorium in der Bucht von Abra diskutieren. Sie reden von dem großen Nutzen, den ein solches Unternehmen den Ärmeren in meinem Volk bringen würde. Ich höre mir höflich und, wie ich hoffe, mit Würde ihre Vorschläge an. Ich sage, daß ich mir die Sache überlegen werde, mache aber keine Versprechungen. Dann berichte ich unverzüglich meinen Brüdern von dieser Geschichte und frage sie im Namen meines Volkes um ihren brüderlichen Rat.« Ich blickte von Schelm zum General. »Wer weiß denn nachher, daß es nicht so abgelaufen ist? Nur ein einziger Mann, dem man in den UAE glauben würde – Zander.«

»*Uns* würde man vielleicht glauben«, sagte Schelm.

»Wenn Patricks Militärausschuß beschließt, daß er die Bucht von Abra will, werden Sie den Mund nicht aufmachen, Dieter. Und Sie werden dafür sorgen, daß auch ich nicht rede.«

»Was ist mit der Begleitung des Herrschers? Wenn Sie recht haben, wird er auch sie alle beseitigen müssen.«

»Ich würde mir über seine Begleitung nicht zu viele Gedanken machen, Dieter«, sagte der General. »Das werden nur Leute sein, die längst gelernt haben, nichts wahrzunehmen. Ich weiß nicht, ob Sie schon mal dabei waren, wie einem Mann die Zunge herausgeschnitten wurde. Die haben das mit einiger Sicherheit schon erlebt. Der Betroffene gibt einige höchst befremdliche Laute von sich, glauben Sie mir, und er tut das oft noch ziemlich lange, bevor er verblutet oder erstickt. Wenn Bobs Theorie stimmt, ist Zander tatsächlich der einzige Zeuge, den der Herrscher zu fürchten hat. Er weiß, daß der Herrscher seine prinzlichen Brüder hintergangen hat, und er wird das in allen Details wissen, wenn er je danach gefragt wird. Er weiß wahrscheinlich auch, was der Herrscher unter dem Tisch zu seiner privaten Entschädigung verlangen wird.« Er warf mir einen Blick zu. »Haben Sie irgendwelche Vorstellungen, was das sein könnte?«

Ich dachte nach. »Eine der augenblicklichen Ängste des Herrschers gilt den chemischen und biologischen Waffen, die den Verfall seiner Zeugungskraft beschleunigen könnten. Möglicherweise verlangt Zander besondere Schutzmaßnahmen. Wahrscheinlich wird er auch eine gewaltige, sofort in bar zu begleichende Geldforderung auf den Tisch legen. Ich glaube nämlich nicht, daß das Mukhabarat-Zentrum Lust hat, ihm einen langfristigen Kredit zu gewähren. Sonst fallen mir keine spezifischen Wünsche ein, die er äußern könnte.«

Schelm hatte die ganze Zeit ein Stück Eis über den Boden seines leeren Glases hüpfen lassen. »Wenn Sie recht haben, Bob«, sagte er, »und möglicherweise haben Sie recht, glauben Sie dann, daß Zander die Dinge auch so sieht?«

»Bis vor kurzem hatte er, glaube ich, nur einen bohrenden Verdacht und sah sich vor. Wie ich Patrick schon sagte, ist Zander für mich ein Mann, der sich aufs Überleben versteht. Aber nun läuft ihm die Zeit davon, er verliert sein Selbstvertrauen und fragt sich, ob er nicht angefangen hat, sich mehr auf sein Glück als auf seinen Verstand zu verlassen. Gestern auf dem Weg nach Zürich redete er davon, daß noch ein einziger Kampf auszutragen sei. Heute war er irgendwie in einer eigenartigen Stimmung. Ich glaube, jetzt stellt er sich endlich der Tatsache, daß man ihn hereingelegt hat.« Ich nahm den Zettel, den Simone mir gegeben hatte, aus der Tasche und gab ihn Schelm. »Es ist eine Mitteilung von Zander. Seine Tochter hat sie mir gegeben, bevor ich hierherfuhr. Ich las sie unterwegs. Es ist seine Handschrift. Er schreibt gerne in Druckbuchstaben, mit einem Filzstift.«

Auf ein Kopfnicken des Generals hin las Schelm laut vor.

»*Wenn das Treffen morgen erfolgreich sein soll, kommt es*

entscheidend darauf an, daß die Art meiner bescheidenen
persönlichen Belohnung dafür, daß ich dieses Projekt in die
Wege geleitet und die Betroffenen an den Verhandlungstisch
gebracht habe, NICHT *ich wiederhole* NICHT *geschildert oder*
auch nur entfernt angedeutet wird. Machen Sie das freund-
licherweise Ihren Kollegen aufs eindringlichste klar.‹ Na
also, das scheint die endgültige Bestätigung.«

Der General brummte. »Er will vor dem Herrscher
geheimhalten, daß man ihm – wenn ihm das Glück treu
bleibt – wie einem Überläufer helfen wird, mitsamt seiner
Familie irgendwo in Nordamerika unterzutauchen. Kann
ich verstehen. Ist das auch Ihre Lesart?«

»Ja«, sagte Schelm; »nur frage ich mich, was er dann dem
Herrscher tatsächlich als Lohn genannt hat, den er von uns
für seine Mühen erhält.«

»Das kann ich Ihnen verraten«, sagte ich. »Frieden und
Ungestörtheit. Der Herrscher zeigte viel Verständnis, als
Zander ihm das sagte. Ich nehme an, er dachte, für den
armen alten Zander könne Frieden und Ungestörtheit nur
Geld bedeuten.«

Der General warf mir einen kühlen Blick zu. »Sie saugen
sich das doch nicht etwa aus den Fingern, Bob? Klingt ein
bißchen literarisch.«

»Wenn Sie meinen, ein bißchen phantasievoll, dann
stimme ich Ihnen zu. Aber Frieden und Ungestörtheit sind
Zanders eigene Worte für das, was er will. Er ist kein
einfacher Soldat, Patrick, so wenig wie Sie.«

Schelm grinste. »Bob ist ein wenig dünnhäutig. Ich hab
Sie ja gewarnt, Patrick.« Er blickte auf seine Uhr. »Es ist
eigentlich Zeit, zum Essen runterzugehen, aber wenn niemand was dagegen hat, mache ich mir erst noch einen
Drink.«

Doch als er an dem Beistelltisch war, blieb er untätig vor den Getränken stehen. »Warum«, fragte er uns, »mußte der Herrscher betrügen? Wir verkauften den Saudis ein komplettes Abwehrsystem gegen biologische und chemische Kriegführung. Die UAE würden auf Anfrage sofort eins bekommen. Der Herrscher könnte eines ganz für sich allein haben. Was ist das nur, was er von uns haben will und nur zu bekommen glaubt, wenn er einseitige Verhandlungen führt und uns die Bucht von Abra als Köder hinwirft?«

»Ich habe dort unten zwar schon manch sonderbaren Typ kennengelernt«, sagte der General, »aber dieser Bursche scheint in der Tat völlig ausgeflippt. Er muß doch wissen, daß es Dinge gibt, die er *nie* von uns bekommen kann, und wenn er uns noch so viele Abras anbietet. Haben Sie die Möglichkeit erwogen, Dieter, daß es etwas sein könnte, von dem er in letzter Zeit gelesen oder geträumt hat oder das er in einem Film über irgendwelche Vorkommnisse im Weltraum gesehen hat?«

Schelm knallte Eiswürfel in sein Glas. »Etwas, was in Wirklichkeit gar nicht existiert, Patrick? Das wäre nicht schlecht. Wenn er ein teures Spielzeug haben wollte, könnten wir ihm eins bauen oder eine Fälschung andrehen. Aber ich glaube nicht, daß sich der Herrscher was aus Spielzeugen macht.«

»Und die Silbermine?«

»Das ist kein Spielzeug, Patrick. Das haben Sie selber schon gesagt. Nein, ich fürchte, es sind nur zwei grundlegende Dinge, die der Herrscher will – ein langes Leben für sich und den sofortigen Tod für seine Feinde. Was Bob uns erzählt hat, macht deutlich, daß wir diesen Wahnsinnigen nicht ernst genug genommen haben. Den interessiert es überhaupt nicht, wen er aus dem Weg räumen muß, um zu bekommen, was er haben will. Und eins weiß ich jetzt schon: Zugegeben, es gibt Dinge, die er nie von uns haben kann. Aber was die Bucht von Abra betrifft, so ist es mit Sicherheit die Sterbeabteilung, in der er auf unsere Kosten einkaufen will.«

Zehntes Kapitel

Ich wurde von demselben Fahrer ins Gasthaus zurückgefahren, der mich hergebracht hatte. Auf der Rückfahrt sagte er kein einziges Wort. Das war mir nur recht. Ich hatte eine Menge zu überlegen und im Gedächtnis zu behalten, und diesmal half mir dabei kein aide-mémoire. Wenn sich Schelm zum Thema Sicherheit äußerte, wurde er Simone Chihani Zander bemerkenswert ähnlich.

Von dem Zeitpunkt, an dem wir zum Essen hinuntergegangen waren, hatte es – zumindest für mich – nur noch einen einzigen Augenblick leichter Entspannung gegeben, und zwar beim Kaffee. Der General hatte davon geredet, wie er das Treffen mit dem Herrscher abzuwickeln beabsichtigte. Er wollte versuchen, so wenig wie möglich zu sagen, und die andere Seite dazu ermuntern, möglichst gesprächig zu sein. Er hatte sich über die Englischkenntnisse des Herrschers erkundigt und erfahren, sie seien – obwohl er die Grammatik beherrsche und einen guten Akzent habe – begrenzt, »hat ein Mayfair-Vokabular«. Der Herrscher und Zander würden zweifellos arabisch miteinander reden. Der General würde so tun, als verstehe er nichts, und dabei hoffen, daß man ihm das abnahm.

»Dann zu Ihnen, Bob«, fuhr er fort. »Wie gut sprechen Sie Arabisch?«

»Ich kann gerade das, was man in einem irakischen Gefängnis braucht.«

»Wieviel ist das?«

Ich dachte kurz nach und gab ihm dann eine Kostprobe.

Für einen Moment ließ er den Unterkiefer hängen, und er blickte sich verstohlen im Restaurant um, um festzustellen, ob sich jemand nach uns umgedreht hatte. Das war offenbar nicht der Fall. Er wandte sich an Schelm. »Haben Sie das verstanden, Dieter?«

»Kein Wort.«

Der General senkte die Stimme. »Was er sagte, ging mehr oder weniger so: ›Wenn du deinen Eimer leeren willst, bevor wir es dir erlauben, Spion, dann mußt du schon selber die ganze Pisse saufen und die Scheiße fressen.‹ Oder etwas in der Richtung jedenfalls. Ich komme mit ihrem Slang nicht so gut zurecht.«

»Scheint ziemlich eindeutig«, sagte Schelm.

»Ich kann Ihnen noch mehr idiomatische Wendungen geben, wenn Sie wollen«, bot ich großzügig an. »›Stell dich mit den Fersen gegen die Wand, Sohn des Drecks, und rühr dich nicht von der Stelle, bis man dich dazu auffordert. Wenn du hinfällst oder zu sehr zu zittern beginnst, dann müssen wir uns für deine Beine etwas anderes einfallen lassen.‹«

»Vielen Dank, Bob; ich glaube, wir haben verstanden. Ihr Akzent ist schon sehr seltsam, selbst für irakisches Arabisch. Ich glaube nicht, daß Sie mehr als einen gelegentlichen Brocken verstehen werden, wenn sich der Herrscher und Zander unterhalten. Wenn Sie tatsächlich etwas verstehen, lassen Sie sich aber nichts anmerken. Okay?«

»Sicher, Patrick. Ich glaube allerdings nicht, daß ich in diese Verlegenheit kommen werde, Sie vielleicht? Ich werde zu dem Treffen wohl ebensowenig zugelassen werden wie

Jean-Pierre. Das letzte, was der Herrscher haben will, sind zusätzliche Zeugen.«

Er runzelte die Stirn. »Vergessen Sie da nicht Ihr eigenes Szenario? Es kann bei dem Treffen so viele Zeugen geben, wie in dem Raum Platz haben. Der Herrscher wird die Geschichte so erzählen, daß Zander das Treffen für seine Freunde und Geldgeber von der Nato unter dem Vorwand, es sei nur ein einfaches Fernseh-Interview, arrangiert hat, ohne zuvor des Herrschers Erlaubnis einzuholen. Wir mögen zwar wissen, daß diese Geschichte nicht stimmt, aber warum sollten wir diese Tatsache bekanntmachen? Selbst wenn es dem Herrscher gelingen sollte, uns aufs Kreuz zu legen, uns wie Idioten aussehen zu lassen, würde es uns nichts einbringen, ihn bloßzustellen. Und außerdem: wer würde uns schon glauben? Zander ist der einzige, der die Katze aus dem Sack lassen könnte, und er wird nicht mehr lange Gelegenheit dazu haben. Er wird entweder tot oder aus dem Verkehr gezogen sein. Ich neige dazu, das letztere zu hoffen. Er mag kein einfacher Soldat sein, aber er hat Schneid.«

»Werden Sie ihm anbieten, er könne mit Ihnen kommen?«

»Ja, wenn ich den Eindruck habe, er könnte das Angebot annehmen. Wenn er mitgenommen werden will, werden wir ihn selbstverständlich mit nach Deutschland nehmen. Danach wäre natürlich Dieters Behörde zuständig. Aber wahrscheinlich wird er seine eigenen Leute nicht hier zurücklassen wollen und riskieren, daß man es ihnen vergilt. Sein ursprünglicher Plan sah ja vor, auch danach die Ortofilm-Tarnung beizubehalten.«

»Die ist möglicherweise jetzt schon aufgeflogen.«

Wie recht ich hatte, wußte ich da noch nicht.

Als das Gasthaus in Sichtweite war, sagte ich dem Fahrer,

er solle anhalten, ich würde den Rest der Strecke zu Fuß gehen. Er nickte und machte die Scheinwerfer aus, während er an den Straßenrand fuhr. Beim Aussteigen sagte ich danke. Zur Erwiderung hob er nur stumm die Hand. Während ich dann auf das Gasthaus zuging, wendete er erst langsam, bevor er die Scheinwerfer wieder anmachte. Er hätte meine Ankunft nicht unauffälliger gestalten können.

Ich hatte schon früher am Tag festgestellt, daß das Haus zwei Eingänge hatte. Wenn man seinen Zimmerschlüssel dabeihatte, konnte man vom Parkplatz aus direkt ins Haus und zu der Treppe gelangen, ohne erst durch die Eingangshalle gehen zu müssen. Genau das tat ich. Beim Anblick eines Mercedes mit einem ORF-Presseausweis hinter der Windschutzscheibe, direkt neben den Ortofilm-Fahrzeugen geparkt, beglückwünschte ich mich zu meiner Weitsicht.

Doch damit war es vorbei, als ich die Treppe oben war. Das Gasthaus war eines jener Hotels mit Nischen in den Gängen. Ausgestattet waren sie jeweils mit zwei Stühlen mit leiterähnlichen Lehnen und einem kleinen Tisch, auf dem eine Topfpflanze stand. Als ich zur ersten Nische kam und gerade auf meine Zimmertür zugehen wollte, erhob sich ein zottiger junger Mann von einem der Stühle. Er trug einen blauen Blazer mit silbernen Knöpfen und graue Hosen.

»Mr. Halliday«, sagte er, »mein Name ist Christian Rainer. Ich komme vom ORF Wien, Abteilung Zeitgeschehen. Könnte ich Sie vielleicht kurz sprechen.«

»Ich wollte gerade schlafen gehen, Herr Rainer.«

Er nickte, als habe er gewußt, daß mir nichts Besseres einfallen würde. »Ja. Trotzdem glaube ich, Sie sollten sich Zeit für ein kleines Gespräch nehmen. Es könnte uns beiden Vorteile bringen.«

»Wenn es um das morgige Interview geht, für das man

mich verpflichtet hat, dann glaube ich nicht, daß ich Ihnen etwas Brauchbares erzählen kann. Sie haben mit Monsieur Vielle gesprochen?«

»Und mit Madame Chihani. Ich würde ja vorschlagen, daß wir zum Reden in die Weinstube runtergehen, aber die ist jetzt geschlossen. Darf ich statt dessen mein Zimmer anbieten?«

»Wenn Sie etwas zu sagen haben, das nicht zu lange dauert, Herr Rainer, können wir uns dann nicht für ein paar Minuten hierher setzen?«

»Na schön.« Er nahm wieder Platz. »Aber ich fürchte, für das, was ich zu sagen habe, werden zwei Minuten kaum ausreichen.«

Ich setzte mich ihm gegenüber. Die Stühle waren so unbequem, wie sie aussahen. »Sie könnten es mit einer Kurzfassung versuchen«, sagte ich.

Seine hellen braunen Augen, die mich über die Geranie hinweg prüfend ansahen, ließen mich wissen, daß er ein erfolgreicher Produzent und kein Laufbursche war und daß er es nicht nötig hatte, billige Sprüche von freiberuflichen Reportern hinzunehmen, ganz gleich, für wie verehrungswürdig die sich halten mochten. »Haben Sie schon mal mit dieser Ortofilm zusammengearbeitet?« fragte er schroff.

»Nein.«

»Aber wir. Sie arbeiteten bei zwei kleineren Projekten für uns in Belgien. Beide Male machten wir schlechte Erfahrungen und werden sie nicht wieder nehmen. Nichts gegen die technische Qualität ihrer Arbeit. Die Crew ist gut. Es war ihre Geschäftsleitung. Ich glaube, ›durchtrieben‹ ist das richtige Wort.«

Ich nickte. Auch Vielle waren die Ortofilm-Leute durchtrieben vorgekommen. »Na schön, Sie arbeiten nicht mehr mit ihnen zusammen. Andere tun's. Wo ist denn Ihr Problem, Herr Rainer? War Vielle vielleicht in irgendeiner Weise durchtrieben?«

»Nein, Mr. Halliday. Monsieur Vielle ist schlicht unfähig. Ist Ihnen eigentlich klar, daß er nicht mal weiß, ob er morgen mit Film oder Videoband arbeitet? Er weiß auch nicht, ob er für den Fall, daß in der Mine selbst gefilmt werden wird, genügend Lampen zur Ausleuchtung hat. Schließlich sagt er, Sie machten das Interview und führten gleichzeitig Regie. So kann man vielleicht ein Straßeninterview machen, aber in einer Situation wie dieser, wo der Befragte eine schwierige und kontroverse Persönlichkeit aus dem Ausland ist, kommt der Interviewer – und mag er auch noch so erfahren sein – nicht ohne Unterstützung aus. Sie können sich mit dem Regisseur darüber beraten, *wie* das Interview am besten aufzunehmen ist und was aus technischen Gründen mit hereingenommen werden sollte, aber man kann das nicht einfach den Kameraleuten und Tontechnikern überlassen. Ganz gleich, wie gut sie sind, es ist ihnen gegenüber einfach nicht fair. Die haben schließlich ihre eigenen Aufgaben zu bewältigen.«

Jedes Wort traf zu, aber es war an der Zeit, seinen Redefluß zu bremsen. »Sie haben ganz recht, Herr Rainer«, sagte ich. »Monsieur Vielle ist ein Buchhalter und kein Mann der Produktion. Aber das ist noch nicht einmal das Schlimmste. Wie Sie sagten, ist die Crew der Ortofilm gut. Nun erfahre ich vor drei Tagen, daß diese von Ihnen erwähnte Crew zur Zeit in Mexiko ist. Ausgerechnet in Mexiko. Und hierher schicken sie uns ein B-Team. Ich war nicht bereit, das hinzunehmen, und das sagte ich dann auch den Leuten, die mich bezahlen. Offenbar können sie aus rechtlichen Gründen den Vertrag mit der Ortofilm nicht kündigen. Außerdem ist deren Madame Chihani, die die Recherchen macht, ausgesprochen gut, und sie hat den größten Teil der vorbereitenden Arbeiten abgeschlossen. Ich habe allerdings darauf bestanden, daß ein anderes Team, mit einem Regisseur, das Interview dreht.«

»Der ORF wäre da gerne bereit auszuhelfen«, sagte er rasch. »Sie können eins unserer Teams nehmen. Kein Problem.«

»Ein ganz erhebliches Problem sogar, Herr Rainer. Ihr Team würde man gar nicht erst in die Nähe des Herrschers lassen. Ich kann das überhaupt nicht beeinflussen. Die wahrscheinlichste Folge wäre, daß der Herrscher auch mich wegschicken und das Interview absagen würde.«

»›Der Herrscher‹, Mr. Halliday? So nennen Sie ihn also?«

»Das amüsiert Sie? Er *ist* ein Herrscher, warum ihn also nicht so nennen?«

»Wissen Sie, was für ein Mann er ist?«

»Meine Vorstellung von dem Interview ist die, daß das Fernsehpublikum eine Chance haben soll, sich selber ein Urteil über den Mann zu bilden. Ob sie tatsächlich auch sehen, was für ein Mann das ist, hängt von mehreren Dingen ab. Wie geschickt er sich in einer solchen Situation verhält, weiß ich nicht. Er hat es sich angewöhnt, jede Publicity zu meiden.«

»Aus gutem Grund. Woher bekommen Sie Ihr fachmännisches Team?«

»Aus Holland. Viser-Damrak aus Eindhoven. Der Regisseur ist ein Mann namens Dick Kluvers.«

»Ich kenne ihn. Guter Mann. Aber er und sein Team sind in Jugoslawien, bei Aufnahmen für einen Dokumentarfilm. Da bin ich mir zufällig sicher.«

»Nicht mehr, Herr Rainer. Sie haben ihre Dreharbeiten

dort vor ein paar Tagen abgeschlossen. Sie sind heute abend in Triest. Sie werden morgen gegen Mittag hier sein. Der Film, den Sie bekommen, wird technisch einwandfrei sein. Über den Punkt brauchen Sie sich keine Gedanken zu machen. Ich nehme an, Vielle hat Sie gebeten, das Entwikkeln zu übernehmen? Und Sie haben zugestimmt? Gut. Wenn Sie also, sagen wir, ab vier morgen nachmittag einen Wagen bereitstehen haben, wird Kluvers zusehen, daß Sie den Film bekommen, sobald alles in der Kiste ist. Wir werden das Resultat natürlich kurz ansehen wollen.«

»Das wird sich in Graz machen lassen.«

»Bestens. Ich überlasse es dann Ihnen und Kluvers, die Geschichte fertigzumachen.« Ich wollte aufstehen, aber er streckte die Hand aus und legte sie mir auf den Arm.

»Sie werden mir doch ein bißchen was über die Fragen erzählen, die Sie ihm stellen werden, Mr. Halliday?«

Dafür verdiente er nun wirklich eine Abfuhr. Aber ich bemühte mich, einigermaßen gelassen zu bleiben. »Herr Rainer, wie soll ich wissen, welche Fragen ich ihm stellen werde? Ich mache meine Interviews nicht so, daß ich Fragen von einem Notizblock ablese. Ich informiere mich vorher so gut wie möglich über mein Gegenüber. Ich unterhalte mich ein bißchen mit ihm, bevor die Kamera eingeschaltet ist. Gewöhnlich beginnt sich dabei eine Struktur für das Interview herauszukristallisieren. Im Grunde versuche ich zu erreichen, daß sich der Mann selber interviewt. Ich rede dabei möglichst wenig und stelle ein Minimum an Fragen.«

Wenn er bemerkt hatte, daß ich dazu übergegangen war, meine Weisheiten von einem der höchstbezahlten Interviewer im Geschäft zu beziehen, so ließ er sich jedenfalls nichts anmerken. Er nickte nur. »Ich glaube, Sie sagten vorhin, daß Madame Chihani mit ihren Recherchen eine große Hilfe für

Sie ist. Ich muß sagen, ich fand sie auch sehr aufnahmefähig und äußerst wendig.«

»Das freut mich. Aber Sie sind sicher erfahren genug, zu wissen, Herr Rainer, daß eine Streiterei zwischen dem Herrscher und einer österreichischen Regierungsstelle wegen der Baugenehmigung für eine Klinik kaum dazu angetan ist, das Interesse eines amerikanischen Publikums längere Zeit wachzuhalten. Die möchten lieber wissen, wie es um seine Bereitschaft steht, in Fragen der Verteidigung mit dem Westen zusammenzuarbeiten. Ich möchte nicht, daß Sie nachher von dem, was Sie zu sehen bekommen, enttäuscht sind.«

Er nahm seine Hand von meinem Arm, und wir standen beide auf. Er sagte: »Ich habe nicht gefragt, wer Sie mit diesem Interview beauftragt hat, und ich werde auch jetzt nicht fragen. Wenn es tatsächlich eine PR-Aktion für diesen Herrscher sein soll und eine große Gesellschaft wie die Syncom-Sentinel die Rechnung begleicht, dann sind Sie sicher gut beraten, wenn Sie anstreben, daß er sich selber interviewt. Wenn Sie aber etwas zu produzieren hoffen, das der Gesellschaft nutzt und einen gewissen Nachrichtenwert hat, dann müssen Sie ihm wenigstens mit *einer* unangenehmen Frage die Zunge lösen.«

»Sie hätten dafür natürlich einen Vorschlag.«

»Natürlich. Das würde so aussehen: Hier in Österreich bauen Sie, Herr Herrscher, eine Klinik, in der Erkrankungen der Atemwege behandelt werden sollen. Stimmt das? Gut. Und ist Ihnen bekannt, daß manche Leute hier sagen, in Wirklichkeit sei es gar keine Klinik, sondern ein riesiger privater Atombunker? Und daß es andere, Ihnen weniger freundlich gesonnene Kritiker gibt, die sagen, Sie bauten nicht nur einen Atombunker, sondern eine *Festung*, allein dazu bestimmt, von Ihnen persönlich im Dritten Weltkrieg benutzt zu werden? Wie würden Sie auf solche Vorwürfe reagieren, Herr Herrscher?«

»Herr Rainer«, sagte ich freundlich, »wenn ich der Herrscher oder auch nur ein kleiner Politiker wäre, müßte ich Ihnen als erstes sagen, daß Sie keine Fragen stellen, sondern eine Rede halten.«

Er wurde tatsächlich rot. »Ich kann Ihnen versichern, Mr. Halliday, daß ich unter normalen Umständen genau das zu einem meiner eigenen Reporter sagen würde, wenn der sich so verhielte. Ich wollte auch nur kurz einige der Gründe für die Ressentiments darstellen, die man hier diesem Mann entgegenbringt.«

»Gibt es noch andere Gründe?«

»Er beschäftigt keine Österreicher.«

»Und was ist mit den Wachposten an der Mine? Werden die nicht von einer Wiener Firma gestellt?«

Er rümpfte die Nase. »Ehemalige Polizisten mit Pistolen und Antiterror-Ausrüstung, Tränengas. Vor ein paar Monaten wurde davon geredet, Studenten planten Aktionen gegen die Mine. Daraus wurde nichts, aber die Wachposten blieben. Von einer Beschäftigung für Österreicher kann man da wohl kaum reden. Ich denke vielmehr an die Fachkräfte, die Architekten, die Ingenieure, die Experten und Spezialisten – er hat sie alle aus dem Ausland hergeholt. Man fragt sich natürlich, warum.«

»Ist es denn heutzutage verboten, Herr Rainer, eine Festung in Österreich zu bauen?«

»In dem Moment schon, wo Sie dieses Bauwerk als eine Klinik zur Behandlung von Erkrankungen der Atemwege ausgeben und sich weigern, Ihre Baupläne den zuständigen Behörden zur Genehmigung vorzulegen.«

»Wie soll er denn österreichische Arbeitskräfte einstellen, wenn er gar keine Baugenehmigung hat? Wenn ich der Herrscher wäre, würde ich Ihnen vielleicht zu verstehen geben, daß diese Feindseligkeit gegen ihn in erster Linie eine Reaktion auf seine Rasse ist. Die bigotten Einheimischen mögen keine Ölscheichs. Und dieses Gerede von einer Festung für den Dritten Weltkrieg, also das hört sich an, als seien es nicht ernst zu nehmende Klatschgeschichten.«

Er reagierte mit einer spöttischen kleinen Verbeugung. »Ein sehr guter Versuch, mich wütend zu machen, Mr. Halliday. Wenn die Syncom-Sentinel Sie ausgewählt hat, um dieses wirklich unerfreuliche Image aufzubessern, dann war das eine gute Wahl. Einen Augenblick lang war ich fast überzeugt, daß Sie selbst glauben, was Sie sagen. Und Sie haben völlig recht, wenn Sie meinen, daß es eine Menge Klatschgeschichten gibt. Leider stützen sie sich auf eine große Zahl äußerst stichhaltiger Beweise. Fragen Sie Madame Chihani nach den Quellen, ich habe ihr all die Einzelheiten genannt. Es könnte Sie überraschen. Ich habe ein Zimmer hier und werde selber darauf warten, morgen Ihren Film zum Entwickeln entgegennehmen zu können. Doch jetzt möchte ich Sie nicht länger von Ihrem Bett fernhalten. Schlafen Sie gut, Sir.«

Ich sagte gute Nacht und ging über den Flur zu meinem Zimmer. Meinen Schlüssel brauchte ich nicht herauszuholen. Als ich an der Tür war, öffnete Simone sie von innen.

»Sie haben das alles gehört?« fragte ich.

»Ja. Ich habe Wein mit heraufgebracht, bevor sie unten schlossen. Ich dachte mir, Sie könnten Durst haben. Er müßte eigentlich noch kalt sein.«

»Vielen Dank, Simone, ich fürchte, Sie hatten einen ziemlich anstrengenden Abend.«

»Jean-Pierre traf es noch härter. Es mißfällt ihm gewaltig, wie ein Idiot dazustehen, und dieser Mann war nicht gerade nett zu ihm. Außerdem hat er recht, wenn er von Beweisen gegen den Herrscher spricht. Ein französischer Ingenieur hat geplaudert. Der Herrscher will einen strahlensicheren Bunker, den er gegen alle, die dort Zuflucht suchen, verteidigen kann, auch gegen einen Massenansturm der einheimischen Bevölkerung. Der Patron weiß natürlich über diese Dinge Bescheid. Er war es, der die Spezialpumpen und anderen Geräte besorgt hat, die man zum Trockenlegen der tiefliegenden überfluteten Teile der Mine benötigt. Jeder, der versuchen wollte, in die Klinik einzudringen, wenn der Herrscher sie selbst braucht, würde an den Zäunen sterben oder sie gar nicht erst erreichen. Ich will lieber nicht darüber nachdenken. Wie ist die Besprechung in Velden gelaufen? Ist alles in Ordnung?«

»Es war alles sehr freundschaftlich.«

Sie gab mir ein Glas Wein. »Sind sie bereit, dem Patron zu geben, was er für sich und für uns alle verlangt hat?«

»O ja. Das wurde nicht in Frage gestellt. Es gibt einige technische Probleme, aber die werden wir noch lösen müssen.«

»Aber im Prinzip herrscht vollkommene Übereinstimmung?«

»Absolut.«

»Nur darauf kommt es an.« Sie begann aus ihren Hosen zu steigen.

»Wie gesagt, es war sehr freundschaftlich.« Ich nippte an dem lauwarmen Wein. »Der Chefunterhändler ist ein moderner Berufssoldat. Ich glaube, er und Ihr Vater werden sich gut verstehen.«

Sie stand plötzlich regungslos da, halb aus der Hose, auf einem Bein. »Mit meinem Vater meinen Sie den Patron?«

»Man sagte mir, er sei Ihr Vater. Ist er das nicht?«

»Wir wollen ihn bitte auch in Zukunft Patron nennen.«

»Sicherheit?«

»Eher Gewohnheit wahrscheinlich. Aber auch Sicherheit, ja.« Sie zog sich weiter aus.

»Man wunderte sich«, sagte ich, »über die Sicherheitsvorkehrungen hier. Insbesondere über Ihr dringendes Anliegen, meinen Namen aus allem herauszuhalten.«

»Haben Sie ihnen denn nicht erklärt, daß Rasmuk von Ihrem Hiersein nichts erfahren darf?«

»Nein. Ich habe ihnen erklärt, daß Rasmuk bereits weiß, wo wir sind. Sie wissen es, weil der Herrscher sie bestimmt auf dem laufenden hält. Wann ist dem Patron klargeworden, daß es der Herrscher war, der für seine Ermordung bezahlte?«

Sie schleuderte ihre Hosen durch das Zimmer und setzte sich auf das Bett. »Wer hat Ihnen das gesagt?« fragte sie streng.

»Niemand. Ich bin selber draufgekommen. Ich dachte eigentlich, der Patron müßte das auch sehen.«

Sie zuckte mit den Achseln. »Er weigerte sich lange Zeit, es sich selbst oder mir einzugestehen. Nun weiß er es ganz genau, das stimmt, aber inzwischen ist es sicherer – sicherer für uns alle –, so zu tun, als wüßten wir's nicht. Je länger die glauben, daß wir Schafe sind, die den Weg zum Schlachthof nicht erkennen und die Zeichen nicht lesen können, desto besser sind wir dran. Dann stehen unsere Chancen besser, sie zu überraschen.«

»Wann ist *Ihnen* der erste Verdacht gekommen?«

»Als der Herrscher einen neuen Ort für das Treffen haben wollte. Ursprünglich sollte es in einer Villa bei Stresa stattfinden. Und dann plötzlich hier. Ich sah einfach keinen Sinn hinter dieser Änderung. Langsam fing ich an, logisch darüber nachzudenken, vielleicht ähnlich wie Sie, aber nur zögernd und widerwillig. Es gab nur einen Menschen, der sich in größerer Sicherheit glauben konnte, wenn der Patron tot war. Der Patron selbst wollte mir anfangs nicht zuhören. Er hörte auf Jean-Pierre, der den Herrscher noch nicht mal mit eigenen Augen gesehen hat. Aber wir brauchten alle unsere Zeit. Obwohl wir den Herrscher gut kennen, brauchten wir Wochen, ehe wir ihm das zutrauten. Die einzige Vorsichtsmaßnahme, die der Patron ergriff, bestand darin, daß er als seinen Preis für die Bucht von Abra einen sicheren Zufluchtsort für uns verlangte.«

»Heute abend wurde die Möglichkeit erörtert, dem Patron morgen sofortigen persönlichen Schutz zu gewähren. Ein Wort von ihm würde genügen.«

»Wie würde dieser Schutz aussehen?«

»Er könnte mit ihnen nach Deutschland zurückfahren. Dort würde man ihm die höchste Sicherheitsstufe einräumen, besser geht's nicht.«

»Was haben Sie ihnen gesagt?«

»Die wußten es auch ohne mein Dazutun. Sie meinten, da die Fahrt nur ihm angeboten werden könnte, würde er wohl ablehnen, denn er würde nicht riskieren, Sie und die jungen Leute als mögliche Geiseln zurückzulassen. Ich sagte, meiner Meinung nach sei es nicht möglich, ihn umzustimmen. War das richtig?«

»Er würde nie allein fahren und uns hier lassen. Jean-Pierre hat nichts zu befürchten. Dasselbe gilt für Guido und die anderen in Stresa. Sie gehören nicht zu seiner eigentlichen Familie, sind nicht von seinem Blut. Aber er wird darauf bestehen, daß wir vier berücksichtigt werden, wenn irgendwelche Schutzmaßnahmen angeboten werden.«

»Das ist schwierig. Österreich ist neutral und in dem Punkt ausgesprochen empfindlich. Diese Nato-Leute sind inoffiziell hier und nur, weil der Herrscher sich an keinem anderen Ort mit ihnen treffen wollte. Sie gehen fast schon zu weit, wenn sie dem Patron eine Fahrt bis zur deutschen Grenze und deutschen Schutz anbieten. In ihren Pässen steht nicht, wer sie wirklich sind. Wenn sie euch vier wirkungsvoll abschirmen wollten, müßten sie mit einer bewaffneten Begleitmannschaft zu einem Hubschrauber fahren, der ohne korrekte Abfertigung auf irgendeinem abgelegenen Acker landen und abheben würde. Eine Schießerei mit Rasmuk wäre durchaus möglich. Sie können es nicht riskieren, derartige Extravaganzen den Österreichern erklären zu müssen.«

»Das ist allen Beteiligten klar, auch dem Herrscher. Es war von Anfang an klar. Der Herrscher sagte, an anderen Orten befürchte er gewaltsame Maßnahmen von seiten der CIA. Aber ja, mein Freund, Sie dürfen lachen, nur nicht zu kräftig. Die Rasmuk-Leute können gewalttätig werden, wo immer sie wollen.«

»Glaubt der Patron immer noch, daß uns die Ortofilm-Tarnung ausreichend decken wird?«

»Er weiß, daß sie das nicht tun wird, und er wirft sich vor, daß er wie ein fauler alter Mann denkt. Er sieht nun, daß Ortofilm im Grunde schlimmer ist als überhaupt keine Tarnung. Anhand der Ortofilm-Fahrzeuge sind wir leicht als Zielscheibe zu identifizieren. Der Herrscher braucht nur in dem Moment, in dem wir ihn morgen verlassen, seinen Ersten Sekretär ans Telefon zu schicken. Was haben Ihre Leute vorzuschlagen?«

»Einen Treffpunkt gleich hinter der österreichischen Grenze. Eine Stelle, die sie hundertprozentig absichern könnten. Sie könnten das mit einem Telefongespräch bewerkstelligen.«

»Wo an der österreichischen Grenze?«

»Tarvisio in Italien. Mit dem Auto etwa eineinhalb Stunden von hier. Aber wir müßten es bis dahin ohne Hilfe schaffen.«

»Und sobald wir die Petrucher verlassen, wird sich ein Rasmuk-Kommando hinter uns klemmen.«

»Die werden nicht losschlagen, solange der Herrscher noch zu nahe ist. Die warten den rechten Augenblick ab.«

»Lange bestimmt nicht. *Die* nehmen auf die österreichische Neutralität keine Rücksicht.«

Später, als wir still im Bett lagen, sagte ich: »Haben wir ausreichend Geld zur Verfügung?«

»Wofür?«

»Warum sollten wir nicht einen Hubschrauber chartern?«

»Ich habe die Chartergesellschaften heute abend angerufen. Es sind zwei, und es gibt einen Flugplatz, nicht weit von hier, von dem aus sie uns an jeden Ort innerhalb ihrer Reichweite fliegen würden.«

»Na also ...«

»Unglücklicherweise liegt dieser Flugplatz drei Kilometer nördlich von Klagenfurt. Wir müßten also nicht nur die siebzig Kilometer von der Petrucher hierher zurückfahren, sondern darüber hinaus weitere fünfzehn Kilometer bis zu dem Flugplatz. Chartermaschinen dürfen nicht ohne Sonderzulassung – die wir nicht bekommen könnten – an nicht genehmigten Orten landen. Und überhaupt, was würden die Rasmuk-Leute wohl tun, wenn wir auf einen Flugplatz oder ein offenes Feld zugingen, von dem uns offensichtlich ein Hubschrauber abholen könnte?«

»Blitzschnell zuschlagen?«

»Ich glaube schon. Haben Sie noch andere Ideen?«

»Ich wüßte da eine Möglichkeit, aber ich muß erst noch ein wenig darüber nachdenken, bevor ich sie rauslasse. Was meinen Sie: wie sieht wohl der Herrscher mittlerweile dieses Fernsehinterview, das ich zu machen habe? Sie haben doch gesagt, daß er es nicht mag, wenn Pläne geändert werden. Wie hat ihm der Patron bloß diese Änderung verkauft? Und hat er sie restlos akzeptiert? Sicher, das Interview wird nach wie vor gebraucht, als Tarnung für sein großes Treffen im Hinterzimmer. Aber wie wird er an die Sache herangehen? Wird er nun mit einem echten oder vorgetäuschten Interview rechnen, oder mit einer Mischung aus beiden? Können Sie das abschätzen?«

Sie starrte zur Decke. »Mehr als das. Ich kann es ganz genau sagen. Wenn die Vorbereitungen für die Dreharbeiten und das Interview mit viel Zeremoniell und großem Ernst gemacht werden, wenn er dabei im Mittelpunkt steht und alle an seinen Lippen hängen, um sich ja kein Wort von ihm entgehen zu lassen, dann betrachtet er das Ganze als real. Hilft Ihnen das weiter?«

»Sehr.«

»Dann lassen Sie mich noch deutlicher werden. Wie lange macht es einem kleinen Jungen Spaß, mit einem Spielzeug-Maschinengewehr zu spielen? Ich will es Ihnen sagen: nur solange es laut genug knallt, um die Szene, die der Junge gerade durchspielt, real erscheinen zu lassen. Der Herrscher ist da genauso.« Sie wandte mir ihr Gesicht zu und sah mich an. »Nicht soviel nachdenken. Schlafen ist jetzt viel wichtiger.« Sie lächelte. »Und um Ihnen böse Träume zu ersparen, will ich Ihnen etwas streng Geheimes anvertrauen. In dem Ortofilm-Kastenwagen haben wir vier gute Sturmgewehre und jede Menge Munition versteckt. Wir haben das alles von Stresa mitgebracht.«

»Keine Träume, sagen Sie?«

»Keine *bösen* Träume. Die Möglichkeit, mein Lieber, daß wir mit einem Rasmuk-Team um unser Leben kämpfen und ein paar von ihnen würden töten müssen, war immer gegeben. Und ich glaube, jetzt ist dieser Fall eingetreten.«

Aus ihrem Mund klang das irgendwie wie ein gemischtes Doppel im Tennis, auf einem Rasenplatz im Mai, aber mir fielen nicht die passenden Worte ein, mit denen ich es ihr hätte sagen können. Sobald sie weg war, holte ich aus der Schreibtischschublade die Mappe, die ich dort gesehen hatte und die Ansichtskarten von dem Gasthaus und Briefpapier enthielt. Dann setzte ich mich hin und schrieb Christian Rainer einen Brief.

Die erste Seite ging so:

Lieber Herr Rainer,

ich schreibe Ihnen diesen Brief um ein Uhr morgens und werde dafür sorgen, daß er Ihnen zum Frühstück gebracht wird.

Nach unserem Gespräch heute abend und nach dem, was Mme. Chihani mir zu sagen hatte, sehe ich mich gezwungen, meine Einstellung zu dem Petrucher-Interview neu zu überdenken. Ich glaube nun, daß Sie recht haben und daß ich mich irrte.

Dieser Mann, der alle Kontakte zu den Medien meidet, tut das mit dem Argument, daß seine Privatsphäre geschützt werden muß und daß ihm Publicity, die seiner Person gilt, zuwider ist. Seine wirkliche Absicht liegt auf der Hand: er will allen unfreundlichen Fragen aus dem Wege gehen, die ihn zu der Entscheidung zwingen könnten, entweder das einem Schuldgeständnis gleichkommende Schweigen aufrechtzuerhalten oder aber zu versuchen, etwas zu verteidigen, was gar nicht zu verteidigen ist. Wenn er nun aber einem Interviewer wie dem Amerikaner Halliday gegenübersteht, der ihm als wohlwollend angekündigt worden ist, läßt er sich möglicherweise dazu verleiten, seine Sicht der Dinge mit jenem unbekümmerten Mangel an Zurückhaltung darzustellen, der oft die Wahrheit erkennen läßt, ohne daß es der Betreffende merkt. Das ergibt oft spannendes Fernsehen. Der respektvolle, entgegenkommende Interviewer hat mit seinen wenigen sorgfältig formulierten Suggestivfragen oft genug Erfolg gehabt, wo härter zupackende Frager gescheitert sind. Dank dem Zeitunterschied zwischen hier und New York konnte ich meinen Produzenten dort erreichen und mich vergewissern, daß er mit der neu vorgeschlagenen Richtung einverstanden ist.

Leider sind praktische Schwierigkeiten aufgetaucht, die mir bei unserer Unterhaltung heute abend noch nicht bekannt waren. Wie man mir sagt, wird unsere Truppe mitsamt ihren Fahrzeugen mittlerweile streng überwacht, und zwar von einer internationalen (nicht österreichischen) Spezialorganisation, die dieser paranoide Herrscher eigens angeheuert hat, und diese Überwachung läuft weiter, solange wir innerhalb der Grenzen Ihres Landes sind. Unter diesen Umständen scheint es mir ratsam, unsere Abmachungen zu ändern und Ihnen den Film auf anderem Weg zur Entwicklung auszuhändigen. Es wäre ideal, wenn wir unsere Bewacher glauben machen könnten, der ORF sei mit seinem Bemühen, an den Film heranzukommen, gescheitert. Das würde Ihnen den Ärger mit den Rechtsanwälten des Herrschers in Wien ersparen, die bestimmt versuchen würden, den Film durch Gerichtsbeschluß beschlagnahmen zu lassen,

*bevor Sie noch eine Chance hätten, ihn zu senden. Deshalb
wird die Ortofilm-Truppe (und mit ihr der von den Holländern gedrehte Film) die Petrucher-Mine morgen nachmittag
möglichst früh verlassen und über Villach und den Grenzpo-
sten Arnoldstein geradewegs nach Italien fahren. Ich schlage
vor, daß wir bei der tatsächlichen Übergabe der Filmdose
wie folgt vorgehen.*

Um zwei war ich fertig. Dann rief ich Barbara in ihrer
Wohnung in New York an. Ich hatte keine Angst, daß
Rainer meine Ferngespräche überwachen würde. Man
konnte von dem Apparat im Zimmer direkt durchwählen,
und er konnte allenfalls – wenn er sich überhaupt die Mühe
machte – die Höhe meiner Telefongebühren auf der Hotelrechnung feststellen.

Zu Barbara sagte ich, nach ein paar Belanglosigkeiten: »Es
wird Sie interessieren, daß ich morgen ein Fernsehinterview
mit einem Ölscheich machen werde, der sich ein österreichisches Bergwerk mit heilenden Kräften gekauft hat.«

»Ein was?«

»Schon gut. Sind Sie immer noch mit diesem Produzenten
befreundet, der sich mit *First of the Week* damals um seinen
Job gebracht hat?«

»Leidlich. Ich habe immer die Ansicht vertreten, daß es
nicht ausschließlich Ihre Schuld war. Jetzt arbeitet er für
das nicht-kommerzielle Fernsehen und führt ein besseres
Leben.«

»Würde er gern etwas umsonst bekommen?«

»Robert? Reden jetzt *Sie* oder diese Memoiren?«

»Es hat nichts mit den Memoiren zu tun. Er braucht nur
einen Anruf vom ORF entgegenzunehmen. Das ist das
österreichische Fernsehen in Wien. Der Anrufer ist ein

Produzent aus der Abteilung für Zeitgeschehen und heißt Christian Rainer. Er wird folgendes zu sagen haben.«

Es war halb drei, als ich mich wieder ins Bett legte.

Das Frühstück kam um halb acht, und ich gab dem Zimmermädchen den Brief und bat sie, ihn in Rainers Zimmer zu bringen. Minuten später rief er an.

»Eine sehr angenehme Überraschung so früh am Morgen, Mr. Halliday.« Er sagte es allerdings sehr vorsichtig.

»Freut mich, daß Sie es so sehen. Was ist mit den Details der Übergabe? Sind Sie einverstanden?«

»Wenn Sie sie wirklich für erforderlich halten. Aber wir werden erst mal das Geschäftliche regeln müssen. Ich brauche den Namen Ihres Chefs in New York.«

»In Ordnung. Wie ich sagte, habe ich bereits angerufen und die Situation erklärt. Es ist ein PBS-Projekt, und der zuständige Produzent erwartet Ihren Anruf noch im Laufe des Vormittags, New Yorker Ortszeit natürlich. Ich gebe Ihnen gleich den Namen und die Telefonnummer. Lassen Sie mich aber erst noch was von ihm bestellen. Er möchte den entwickelten Film per Luftpost auf der schnellsten Ihnen bekannten Route zugeschickt bekommen, und es interessiert ihn nicht, ob ich ihn vorher noch zu sehen bekomme oder nicht. Er möchte ihn so schnell wie nur irgend möglich in die Hände bekommen.«

»Das verstehe ich sehr gut.« Und das tat er auch. Wäre die Situation umgekehrt gewesen, dann hätte er unter allen Umständen den entwickelten Film in seinem eigenen Schneideraum haben wollen und sich einen Dreck um die Interessen anderer gekümmert.

»Er schlägt vor«, fuhr ich fort, »daß Sie sich um das Geschäftliche und die Kostenrechnung kümmern, sobald er den Film hat.«

»Na schön. Ich werde also dafür sorgen, daß wir unsere Rolle in Ihrem Plan zur Übergabe des Films spielen. Darf ich noch etwas Persönliches anfügen, Mr. Halliday?«

»Aber sicher.«

»Sie werden es mir hoffentlich nicht übelnehmen, wenn ich Ihnen sage, daß die Berichte, die wir von Ihnen als Interviewer bekommen haben, durchwachsen waren, wie man so sagt.«

»Sie meinen, die meisten waren schlecht?«

»Die meisten, aber nicht alle. Was ich zu sagen habe, ist nur eine kleine Anregung für Sie. Ich habe festgestellt, daß einige der für mich arbeitenden Interviewer mehr erreichen, wenn sie vorher nicht proben. Ich könnte mir denken, daß es Ihnen ähnlich geht.«

»Glauben Sie, daß das umgekehrt auch für den gilt, der interviewt wird?«

»Da bin ich mir sicher.«

»Und was vermuten Sie da im Hinblick auf den Herrscher?«

»Da gibt's nichts zu vermuten. Er hat bisher geschwiegen. Die erste Schwierigkeit wird sein, ihn zum Reden zu bringen. Wenn Ihnen das gelingt, werden Sie Mühe haben, ihn zu bremsen. Möglicherweise brauchen Sie eine Menge Filmmaterial. Richten Sie das Dick Kluvers von mir aus.«

Eine letzte Klippe war noch zu überwinden. Als ich mit Simone und Jean-Pierre ungestört in dem Ortofilm-Kombi saß, erzählte ich ihnen, was ich mit Rainer ausgemacht hatte.

»Es könnte das entscheidende Gefecht ein klein wenig hinauszögern«, sagte Simone ruhig. »Normalerweise gilt in solchen Angelegenheiten: je später, desto besser. Ich würde sagen, es ist eine gute Idee.«

»Nur der Patron kann das entscheiden«, sagte Jean-Pierre mit Nachdruck.

»Okay. Dann soll Simone ihn anrufen. Sie können sich in ihrer Berbersprache unterhalten. Ich wette, daß keiner in der Begleitung des Herrschers verstehen wird, was sie sagen.«

»Ausgeschlossen.« Er sah jetzt blaß und gequält aus. »Wenn er beim Herrscher ist, warten wir darauf, daß wir – genau wie der Patron selbst – gerufen werden, wie Hunde. Wenn wir den Patron in diesem Augenblick anrufen, sagen wir ihnen praktisch, daß wir ihre Niedertracht durchschaut haben.«

»Dann müssen wir eben ohne ihn entscheiden, wie vernünftige Männer und Frauen, die keine Lust haben, als wehrlose Zielscheiben herumzusitzen. Hören Sie zu, Jean-Pierre. Wenn wir statt der auffälligen Ortofilm-Fahrzeuge gepanzerte Mannschaftswagen hätten, dann würde ich sagen, gut, kommen Sie mit. Aber es gibt keinen guten Grund, weshalb Sie und Guido diese Risiken eingehen sollten. Sie bleiben in dem Kastenwagen und folgen uns nur bis an die Grenze. Dort halten Sie an. Einverstanden?«

Er blickte mir in die Augen. »Und wie sieht *Ihre* Situation inzwischen aus? Auf welchem Weg beabsichtigen *Sie* nach Hause zu fahren, Mr. Halliday?«

»Ich werde dafür bezahlt, daß ich die Rolle des Vermittlers spiele und ein Interview mit dem Herrscher mache. Ich werde mit Ortofilm ankommen. Ganz klar, daß ich mit Ortofilm abreisen sollte.«

»Sie könnten zusammen mit Ihren Nato-Freunden wegfahren«, sagte Simone. »Es würde Sie nichts davon abhalten, ein solches Angebot anzunehmen, und es würde die nicht in Verlegenheit bringen, das Angebot zu machen.«

»Meine Abmachung mit Rainer besagt, daß ich den Film ihm persönlich an der Grenze übergebe.«

»Na schön. Wenn wir es schaffen, bis zur Grenze zu kommen und den Film zu übergeben, dann können Sie sich von uns trennen.«

»Ich werde abwarten, wie alles läuft, und mich später entscheiden.«

»Das kommt gar nicht in Frage«, sagte Jean-Pierre entschieden. »Sie verlangen von mir, in Abwesenheit des Patrons Entscheidungen zu akzeptieren, und ich bin im Prinzip einverstanden. Aber wo und wann Sie sich von uns trennen, das ist eine Frage, die der Patron selber entscheiden muß. Es ist jetzt nach neun. Zeit, daß wir aufbrechen.«

»Ich muß erst noch Velden anrufen.«

»Die Rechnungen sind schon bezahlt. Muß es unbedingt sein?«

»Ja. Ich benütze das Münztelefon in der Eingangshalle. Ja, ich mache so schnell ich kann.«

Schelm hörte sich meinen Plan für die Fahrt zur Grenze schweigend und ohne sonderliche Begeisterung an, aber er versuchte nicht, mich davon abzubringen.

»Es könnte funktionieren«, sagte er. »Ich hoffe, es geht gut.«

»Können Ihre Freunde auf der anderen Seite nicht ein bißchen näher an die Grenze heranrücken als nur bis Tarvisio?«

»Ich habe sie bereits darum gebeten. Wie Sie mir sagten, ist der Ortofilm-Kombi deutlich markiert und leicht zu erkennen. Es ist ausgemacht, daß die Carabinieri eine vorübergehende Straßensperre errichten, auf einem geraden Straßenstück im Norden eines Dorfes namens Coccau-alto. Das ist kaum vier Kilometer von der Grenze entfernt, und es ist eine vielbefahrene Straße. Die tun uns einen großen Gefallen. Der Fahrer des Kombis muß folgendes tun: Es ist ein Wintersportgebiet, und genau an der Stelle zweigt rechts ein kleines Sträßchen ab, das während der Saison zu einem Sessellift führt. Sobald der Fahrer das Stopzeichen der Carabinieri sieht, muß er von der Hauptstraße herunter und in dieses Nebensträßchen einbiegen und dann anhalten.«

»Was dann?«

»Alle Personen in dem Kombi werden sofort in die Kaserne der Carabinieri gebracht. Was danach mit ihnen geschieht, braucht Sie nicht zu interessieren, Bob.«

»Wie viele Carabinieri werden dort sein, und was für Fahrzeuge werden sie benutzen?«

»Derlei Einzelheiten sind mir nicht genannt worden. Warum wollen Sie das wissen?«

»Jeeps wären nicht gut, und einige dieser Kastenwagen, wie die Carabinieri sie fahren, sind reichlich dünnwandig. Wenn auf die geschossen wird, möchte ich nicht gern drinsitzen.«

»Die Antiterror-Brigade der Carabinieri gehört zu den erfahrensten in ganz Europa. Aber wenn Sie halbwegs vernünftig sind, Bob, werden Sie zu dem Zeitpunkt auf einer anderen Route auf dem Weg nach Mailand sein. Niemand wird auf Sie schießen. Ich möchte annehmen, daß bei Pacioli inzwischen ein zweiter Scheck auf Sie wartet.«

»Um die Schecks kümmert sich meine Agentin, Herr Mesner. Dann also bis später.«

Der Hoteldirektor stand am Empfang und gab sich höchst leutselig. Er weigerte sich, für das Gespräch Geld zu nehmen. Ich sagte ihm, wenn sich irgendeine Möglichkeit für mich ergebe, im Verlauf meiner Zeitungs- und Funkinterviews beiläufig das Gasthaus Dr. Wohak einzubauen, dann könne er fest mit mir rechnen.

Mokhtar und Jasmin saßen hinten im Kombi und kauten etwas, das rosarot aussah. Sie wirkten gelangweilt. Die vergangenen zwei Tage waren für sie nicht gerade unterhaltsam gewesen. Ihre besonderen Fertigkeiten waren nicht gefragt gewesen. Sie hatten lediglich ehrfurchtgebietend dreinblicken und sich ruhig verhalten müssen. Die einzigen Süßigkeiten, die es am Ort zu kaufen gab, waren nicht von der Sorte, die sie wirklich mochten.

»Ich hab da noch etwas vergessen«, sagte ich, während ich vorne neben Simone einstieg. »Sie sagten doch, im Kastenwagen seien Gewehre und Munition versteckt. Der wird aber nur bis zur Grenze mitkommen.«

»Ich habe das nicht vergessen«, sagte sie. »Es ist jetzt alles hier drin. Unter dem Gepäck hinter den Rücksitzen. Die jungen Leute haben am frühen Morgen die Gewehre gereinigt. Riechen Sie denn das Öl nicht?«

Jetzt, nachdem sie es erwähnt hatte, fand ich tatsächlich, daß es nach Öl roch – und ich hatte geglaubt, es seien die österreichischen Süßigkeiten.

Elftes Kapitel

Das Pölstal erstreckt sich von der Straße Klagenfurt–Wien aus nach Norden, etwa fünf Kilometer westlich von Judenburg. Heute besteht es weitgehend aus Weideland mit keilförmigen dunklen Nadelholz-Schonungen an den Hängen, aber im zwölften Jahrhundert war ein vielleicht fünfundzwanzig Kilometer langer Abschnitt des Tales mit der Stadt Möderbrugg als Mittelpunkt schon lange ein Bergbau- und Industriegebiet. Wie lange, kann niemand genau sagen, aber da in der Talsohle einst eine vielbenutzte römische Straße verlief, müssen die Ausstriche der silberhaltigen Blei- und Zinkerze in den Kalkalpen schon vor dem Mittelalter bekannt gewesen sein, lange bevor die zu ihrem Abbau erforderlichen Techniken den Einheimischen zur Verfügung standen. Wahrscheinlich waren es Sachsen, die diese Techniken schließlich einführten. Sie waren im frühen Mittelalter die großen Bergbauexperten. Im vierzehnten Jahrhundert kam es jedoch in einigen der tieferen Minen zu ausgedehnten Überflutungen, und im fünfzehnten waren dann die zugänglichen Bodenschätze zum größten Teil verschwunden. Mit ihnen gingen die Familien der Bergarbeiter, der Schmelzer, der Kupellierer und der Silberschmiede, aber auch die der Hilfskräfte aus den Erzmühlen und der Arbeiter ›mit Eisen und Schlegel‹, deren Schläge einst durch das ganze Tal gehallt waren. Die bildsaubere grüne und braune Landschaft, durch die wir nun fuhren, sah aus, als sei sie eigens für eine teure Spielzeug-Eisenbahn modelliert worden.

Die Zufahrt zum Petrucher-Besitz ging über eine unauffällige Abzweigung auf der linken Straßenseite zwischen Unterzeiring und Möderbrugg. Das erstemal fuhr Simone daran vorbei, ohne etwas gesehen zu haben, und wir mußten umdrehen. Der einzige Wegweiser war ein kleines, in Brandmalerei gestaltetes Brett, das an einen jungen Baum genagelt war. Darauf stand: PETRUCHER – *Zutritt verboten*.

Es war ein steiler, sich nach oben windender Weg mit hohen, dichten Büschen zu beiden Seiten, so daß die Sichtweite auf ein paar Meter begrenzt war. Wir fuhren langsam den unbefestigten Weg hoch, in dem schwere Lastwagen tiefe Furchen hinterlassen hatten. Dann, nach einer Haarnadelkurve, wurde die Fahrbahn breiter, und wir waren auf Asphalt. Außerdem sahen wir uns geschlossenen Toren in einem hohen Zaun gegenüber. Den oberen Abschluß des Zauns bildeten Rollen aus Stacheldraht, und allerlei Hinweise untersagten den Zutritt, warnten vor Gefahren und drohten mit Strafen. Drei Wachposten in einer grauen Uniform und ein knurrender Hund beobachteten uns durch den Maschendraht. Einer der Männer konsultierte einen Zettel und nickte dann den anderen zu. Der Hundeführer brachte seinen Schützling dazu, ein wenig zurückzuweichen, damit seine Kollegen die Tore öffnen konnten. Dann wurden wir durchgewinkt. Der Hund fing wieder an zu knurren, als hinter uns der Kastenwagen durchfuhr.

»Jean-Pierre wird das gar nicht gefallen«, sagte Simone. »Er hat Angst vor abgerichteten Hunden.«

»Also der da hat mich auch nicht gerade begeistert. Was mich allerdings mehr beunruhigt, ist, daß wir schon so lange keinen Kontakt mehr mit dem Patron haben. Wer gibt diesen Typen am Tor die Anweisung, das holländische Team reinzulassen? Was wird aus den Abmachungen, die ich mit Rainer getroffen habe? Wer erzählt ihm die Sache mit den Carabinieri?«

Es war Chihani, die antwortete. »Der Umgang mit diesen Nato-Leuten hat Sie aufdringlich gemacht«, sagte sie schnippisch. »Alles, was Sie im Augenblick zu interessieren hat, ist Ihr Interview mit dem Herrscher. Sie reden ihn übrigens mit ›Eure Hoheit‹ an.«

Wo es um den Patron ging, war es augenscheinlich nicht nur Jean-Pierre, der eifersüchtig werden konnte. »Mit einem schlichten ›Eure Hoheit‹? Ich werde dran denken«, sagte ich.

Nun konnte ich über einer Wand aus Bäumen das steile Dach des Petrucher-Hauses sehen. Der Fahrweg bog scharf nach links ab, und dann waren wir auf einer von Planierraupen eingeebneten Lichtung, auf der zwei jener langen, schmalen Behelfsbauten standen, die Bauunternehmer gewöhnlich als Büros, Kantinen oder Umkleideräume hinstellen. Dahinter stand eine Reihe geparkter Autos. Der große Buick mit dem Zürcher Kennzeichen mußte der Wagen des Schweizer Architekten sein. Ein Opel und ein Taunus, die beide ein österreichisches, mit einem W beginnendes Kennzeichen hatten, wurden wahrscheinlich von den Wachposten gefahren. Ein wenig abseits davon standen drei weiße Wagen, alle nagelneu. Es waren zwei BMWs der 7er-Reihe und eine Limousine vom Typ Mercedes 600. Alle drei hatten provisorische westdeutsche Zollnummern. Ein weiterer Wachposten mit einem Hund winkte uns auf den Parkplatz neben dem Buick.

Ich konnte nun das ganze Haus sehen. Es stand auf einer Art Felsvorsprung am Fuß eines Berghanges, an dem es regelrecht zu kleben schien. Das war natürlich nicht der Fall, aber Simone, die alles über die Petrucher in Erfahrung gebracht hatte, hatte auch diesen Effekt erklärt. Fast alle alten Minen im Tal hatten als kleine Tagebau-Betriebe begonnen und sich auf die Ausstriche an den Hängen konzentriert. Als man den Erzadern immer weiter in den Berg hinein gefolgt war, hatten sich die ursprünglichen Löcher im Boden in Stollen verwandelt, horizontale Korridore in den Berghang hinein. Das Graben von Schächten in diesen Korridoren war die dritte Stufe gewesen, und damit hatten stets die Probleme der Entwässerung, Entlüftung, Abstützung und Förderung begonnen. So erpicht war Dr. Petrucher darauf gewesen, die uralten Wunder seiner Mine zu erforschen, daß er sein Haus auf Fundamente gebaut hatte, die in den bewaldeten Hang hinausragten. Auf die Weise war es ihm möglich gewesen, den Stollenzugang unmittelbar in seinem Wohnzimmer zu haben. Die Folge war natürlich, daß sämtliche Fenster auf der Vorderseite des Hauses lagen. Für einen Mann, der sich so sehr mit seinem Hobby identifizierte, war das bestimmt kein zu hoher Preis gewesen. Seine Frau muß ihn entweder sehr gemocht haben, oder aber sie hatte auch einen leichten Spleen.

Links vom Haupthaus befand sich ein kleiner Anbau, an dessen Seitenwand jemand – vielleicht Petruchers Enkel – in Frakturschrift das Wort MUSEUM gepinselt hatte. Es war kaum noch sichtbar. Als Simone den Wagen geparkt und den Motor abgestellt hatte, zog sich der Wachposten mit dem Hund zurück, um seinem Vorgesetzten Platz zu machen, einer martialischen Gestalt mit einem Offizieren vorbehaltenen, auf Hochglanz polierten Schwertkoppel, an dem ein Revolver hing. Er sagte auf deutsch etwas zu mir, was ich nicht verstand. Simone antwortete und dolmetschte.

»Der Patron möchte mich im Haus sprechen«, sagte sie beim Aussteigen. »Sie und Jean-Pierre, ihr könnt hier bleiben oder euch ins Museum setzen, wie ihr wollt. Umherwandern ist nicht erlaubt. Die jungen Leute bleiben bei den Fahrzeugen.« Sie wiederholte die Anweisungen, damit auch Mokhtar und Jasmin sie verstehen konnten, und ging dann hinüber zum Lieferwagen, um mit Jean-Pierre zu sprechen, bevor sie dem Sicherheitschef zunickte, daß sie bereit war, sich ins Haus führen zu lassen.

Ich stieg aus dem Kombi und ging hinüber zu Jean-Pierre.

»Kommen Sie mit ins Museum?« fragte ich.

»Danke, nein.« Mit einem bedeutungsvollen Blick streifte er den Wachposten mit dem Hund. »Die haben zwei solcher Bestien hier, vielleicht noch mehr. Diese Männer glauben zwar, sie hätten sie unter Kontrolle, aber ich habe erlebt, was passieren kann, wenn irgend etwas schiefgeht. Dann fließt eine Menge Blut, und alle sagen, so etwas sei noch nie vorgekommen.«

»So denken manche Leute auch über Sitzgurte in Autos – daß sie sich als gefährlich erweisen können, meine ich. Falls es da drin etwas Lohnendes zu sehen gibt, erzähle ich es Ihnen später.«

Das Museum war ein großer quadratischer Raum mit gemauerten Wänden, zwei Flügelfenstern, einer schweren hölzernen Tür und einem mit Fliesen ausgelegten Boden. Von der Decke hing eine Petroleumlampe. Es sah nicht so aus, als sei sie in letzter Zeit gereinigt oder angezündet worden, aber es war immer noch Petroleum drin. Das ließ den ganzen Raum leicht nach vergangenen Tagen riechen. Die Ausstellungsstücke waren größtenteils in zwei Glasvitrinen. Andere, die für die Vitrinen zu groß oder zu schwer waren, standen an einer der fensterlosen Wände.

Ich blickte zuerst in die Vitrinen. Neben jedem Objekt lag ein vergilbtes Schildchen mit einer in Sepiatinte geschriebenen Erklärung. Die eine Vitrine enthielt nichts als Skelette, die in der Mine gefunden worden waren. Sie waren vorwiegend von kleinen Säugetieren – Katzen, Hunden und unterschiedlich großen Nagetieren –, aber auch ein oder zwei Vögel waren dabei, außerdem ein unvollständiges menschliches Skelett. Ich gab mir große Mühe, die dazugehörige Beschreibung zu entziffern, aber die Schrift und meine mangelhaften Deutschkenntnisse ließen mich scheitern. In der anderen Vitrine waren die Werkzeuge untergebracht. Auch sie waren aus den Tiefen der Mine geholt worden, und es waren, wie zu erwarten, fast ausnahmslos Handwerkzeuge, denen nur der hölzerne Griff oder Stiel fehlte. Es gab da Pickel, Schaufeln, Hämmer und Keile, und sie waren – wie ich rasch herausfand – chronologisch geordnet. Dr. Petrucher hatte beispielsweise den Pickeln Annäherungsdaten beigegeben, die sich über drei Jahrhunderte erstreckten. Zunächst begriff ich nicht, wie das gemacht worden war. Die Pickel schienen alle identisch, wenn man von kleinen Abweichungen in der Größe und in der Art ihrer Krümmung absah. Die Unterschiede hätten mit der simplen Feststellung erklärt werden können, daß sie nicht alle von demselben Werkzeugmacher stammten. Dann bemerkte ich jedoch, daß neben den Kärtchen mit dem Datum jeweils eine Münze lag. In einem anderen Teil der Vitrine befand sich eine ganze Sammlung alter Münzen. Dr. Petruchers Datierungssystem beruhte auf folgerichtigem archäologischem Denken. Wenn man ein Objekt findet, das sich – wie etwa eine Münze – einigermaßen sicher datieren läßt, dann ist die Wahrscheinlichkeit meistens groß, daß andere dort gefundene Objekte aus derselben Zeit stammen. Ich betrachtete die übrigen Ausstellungsstücke mit gewachsenem Respekt. An der Wand fand ich Teile einer alten Förderhaspel, einen kleinen Eisenschlitten und einen Eimer, der offenbar aus Rindsleder war, denn in der Beschreibung konnte ich etwas von einem ›Ochsen‹ entziffern.

Das interessanteste Objekt im Museum war jedoch Dr. Petruchers Versuch, eine Karte von der Mine anzufertigen. Es hing an der Stirnwand, und zwar so hoch, daß ich mich auf einen Stuhl stellen mußte, um es genau ansehen zu können. Es sah aus wie die Querschnittzeichnung von einem riesigen Schwamm. Der Doktor war auch ein begabter Zeichner gewesen, und am Rand des Schwammes hatte er in Zeichnungen dargestellt, wie seiner Meinung nach diese alten Bergarbeiter bei ihrer Arbeit ausgesehen haben mußten. In den tiefer liegenden Stollen, so schien es, hatten sie im allgemeinen im Liegen gearbeitet; in winzigen Tunnels, flach auf dem Bauch oder auf der Seite liegend, hatten sie auf den überhängenden Kalkstein eingehackt. Stehen konnte man in dem Schwamm nur in den höher gelegenen Stollen, wo die mit Erz gefüllten Körbe hochgezogen worden waren, oder am Fuß der Lüftungsschächte, die von oben in den Berg getrieben worden waren. Es gab auch die Zeichnung einer Entwässerungspumpe; sie bestand aus vielen Schaufeln oder Schöpfkellen, die auf eine lange rotierende Kette montiert waren, und die untere Schleife dieser Kette blieb im tiefen Schachtsumpf unter Wasser. Dr. Petrucher hatte auch versucht, die Größe der unterirdischen Anlagen auszurechnen, obschon ihm offensichtlich die Schwierigkeit, über bloße Schätzungen hinauszugehen, zu schaffen gemacht hatte. Da kam ihm allerdings seine Ausbildung als Mediziner zugute, denn dadurch wußte er, wie man bloße Vermutungen überzeugend an den Mann brachte. Er räumte zwar ein, daß es Vermutungen waren, aber er tat das auf lateinisch. *Magnitudo quod cogitari potest,* hatte er in zierlichen Schnörkeln bescheiden über seine Schätzungen geschrieben. Übersetzt aus dem Lateinischen sahen sie folgendermaßen aus: *Größte meßbare Tiefe* – 280 Meter, *Größte Breite* – 400 Meter, *Luftvolumen im Innern, wenn nicht überflutet* – 8 Millionen Kubikmeter, *Luftvolumen im Innern bei maximaler Überflutung* (1904) – 2 Millionen Kubikmeter.

»Und was halten Sie von alldem, Mr. Halliday?« fragte Zander.

Ich hatte die große Tür offen gelassen, um mehr Licht zu haben, aber auch so war er sehr leise hereingekommen. Seine Hände waren in der ›Frisch-geschrubbt‹-Position, die ich inzwischen als Anzeichen schneller Gedankengänge erkannte, und die Augen lächelten zu mir herauf. Was mich verblüffte, war, daß er ein Hemd mit Krawatte und einen wunderschön geschnittenen grauen Mohairanzug trug.

»Was ich von dieser Mine halte? Sie kommt mir vor wie ein Schwamm«, sagte ich.

»Denken Sie lieber an eine Lunge, Mr. Halliday, dann wird Ihnen alles klarwerden.«

Ich stieg von dem Stuhl herunter. »Simone hat Sie ins Bild gesetzt? Sie sind mit den Plänen einverstanden?«

»Was Sie gemacht haben, war wirklich sehr gut, Mr. Halliday, und Sie haben sehr hart für uns gearbeitet. Ich sagte Ihnen ja, Sie seien für uns. Jetzt sehen Sie's, ich hatte recht. Der Gedanke, die österreichischen Fernsehleute als eine Art Eskorte zu benutzen, war sehr hübsch.«

»Hübsch sagen Sie? Heißt das, daß der Plan Ihrer Meinung nach nicht funktionieren wird?«

»Bis zu einem bestimmten Punkt wird er, glaube ich, ganz gut funktionieren.« Die besondere Art seines einfältigen

Lächelns ließ das weniger gönnerhaft erscheinen, als es sich anhörte.

»Wenn er so lange funktioniert, daß wir unversehrt bis zur italienischen Grenze kommen, dann hat er, würde ich sagen, erstaunlich gut funktioniert.«

»Vielleicht«, sagte er zerstreut.

»Vielleicht was?« Ich begann mich zu ärgern.

»Vielleicht haben die gar nicht vor, in Österreich zuzuschlagen. Ich glaube, ich würde es an ihrer Stelle nicht versuchen. Ein reibungsloser Rückzug ist für die äußerst wichtig.«

»Dann brauchen wir eigentlich gar keine Eskorte? Wollen Sie das damit sagen?«

»Nein, nein, Mr. Halliday. Die Eskorte wird sehr nützlich sein. Sie wird ihnen sagen, daß wir meinen, eine zu brauchen, und daß wir glauben, wir hätten ihre Absichten durchschaut. Wir werden das nutzen, was sie für eine natürliche Abwehrstellung halten. Machen Sie sich keine Gedanken. Sie haben keinen Grund, sich Vorwürfe zu machen.«

»Ich hatte nicht die Absicht, mir Vorwürfe zu machen.«

»Gut, gut.« Jede weitere Erörterung von Plänen zur Auseinandersetzung mit einem Rasmuk-Team hätte ihn offensichtlich gelangweilt. Mit einer abrupten Handbewegung wechselte er das Thema. »Im Augenblick ist es für Ihr Interview mit Seiner Hoheit wichtig, daß Sie verstehen, welche besondere Bedeutung diese Mine für ihn hat.«

»Bedeutung als Atombunker, meinen Sie.«

»Bedeutung als strahlensicherer Atombunker, gewiß. Aber es geht auch um den Wert der Mine als Schutz gegen biochemische Kampfmittel.«

»Ich fragte nur, weil Sie mir erst kürzlich einredeten, es gehe hier um eine Klinik wie in Oberzeiring, Mr. Zander.«

Er wischte das mit einer Handkante weg, so wie ich ihn andere unangenehme oder unerwünschte Gedanken hatte wegwischen sehen.

»Das war kürzlich«, sagte er. »Heute brauchen Sie Fakten. Denken Sie zunächst einmal an die geographische Lage. Österreich ist ein neutrales Land und wird höchstwahrscheinlich keinem direkten Angriff ausgesetzt werden. Die einzigen Gefahren für Österreich werden im endgültigen Weltkrieg von der Zerstörung seiner Nachbarn herrühren. Der Wind kommt in dieser Gegend vorwiegend aus dem Westen, so daß an den Osthängen hier irgendwelche Strahlungen wahrscheinlich nur in kleineren Dosierungen auftreten würden. Nun zur Mine selbst. Sie haben sich die Größenangaben des alten Petrucher angesehen. Was ist Ihnen dazu eingefallen? Was hat Sie daran interessiert?«

»Ich sagte mir, wenn das Erz nicht einen ziemlich hohen Silbergehalt gehabt hätte, hätte sich im Mittelalter niemand die Mühe gemacht, das alles herauszukratzen. Die Schmelzöfen müssen ziemlich unrentabel gearbeitet haben.«

»Aber da *war* eine Menge Silber drin, und sie *haben* das Erz herausgeholt, und da war sehr viel mehr zu holen gewesen, als Dr. Petrucher sich je vorstellte. Die ganze Grube hat heute, da auch die tiefsten Teile trockengelegt sind, etwa vierzig Prozent mehr Luftvolumen, als Dr. Petruchers Berechnungen ergaben. Ich sagte Ihnen ja, Sie müssen sich das Ganze als eine Lunge vorstellen, Mr. Halliday.«

»Ja, das sagten Sie.«

»Also gut. Wenn der endgültige Weltkrieg ausbricht und die beiden Seiten angefangen haben, in großem Maßstab Kernwaffen und biochemische Kampfmittel einzusetzen,

wie werden Sie dann versuchen, mit der Bedrohung fertigzuwerden?«

»Ich werde mich betrinken, nehm ich an.«

»Ich meine das ernst, Mr. Halliday. Würden Sie nicht
vielleicht Schutzkleidung anlegen und später dann, wenn die
Filter in der Gesichtsmaske den Dienst versagen, versuchen,
die Luft anzuhalten?«

»Wer macht denn jetzt die Witze? Ich nehme an, mit
einem Taucheranzug und genügend Luftflaschen wäre mir
geholfen – falls ich mir das Essen und Trinken abgewöhnen
könnte.«

»Und wenn Sie den entsprechenden Vorrat an Frischluft-
flaschen hätten. Wieviel Zeit geben wir Ihnen? Eine
Woche?«

»Vielen Dank. Aber das reicht nicht, oder?«

»Nein. Sechs Monate müßten Sie mindestens haben, bevor wieder harmlose Atemluft verfügbar wäre. Diese Mine
hier würde Ihnen und zwanzig Freunden oder Bediensteten
mindestens acht Monate lang einen reichlichen Vorrat an
sauberer, leicht einzuatmender und nicht verseuchter Luft
zur Verfügung stellen.«

»Wie soll das funktionieren?« Ich zeigte auf den
Schwamm an der Wand. »Was kommt durch die Lüftungsschächte herein? Verseuchte Luft? Nein, denn die würden
sie vermutlich dicht machen. Was ist mit den Pumpen? Was
hält sie in Gang? Notgeneratoren? Woher kommt die Luft
und der Treibstoff, die sie in acht Monaten verbrauchen?
Und was ist mit Pannen? Haben Sie Ersatz da?«

Aber er fuchtelte ungeduldig mit den Händen. »Bitte,
bitte, ich sage Ihnen doch, Sie sollen sich das Ganze als eine
Lunge vorstellen. Solange die Pumpen dafür sorgen, daß in
den Schächten da unten kein Wasser ist, hat die Mine

gleichsam tief eingeatmet, und dieser Atemzug besteht aus fast zwölf Millionen Kubikmetern reiner Luft. Nun tritt der große Notfall ein. Es könnte schon morgen sein. Der Strom fällt aus. Die Pumpen stehen still. Langsam, ganz langsam werden die untersten Teile der Mine anfangen, sich mit Wasser zu füllen, und während sie langsam überflutet werden, verdrängt das Wasser die Luft und drückt sie durch die Lüftungsschächte nach draußen. Die werden zur Sicherheit natürlich mit Rückschlagventilen und Filtern versehen sein, aber während die Mine allmählich überflutet wird, geht der Luftstrom ständig und gleichmäßig nach *außen*. Die gesamte Mine ist dann wie eine ausatmende Lunge, nur daß dieses Ausatmen – wegen ihrer gewaltigen Größe – acht Monate dauert. Selbst wenn das Stromnetz schnell wieder funktionsfähig ist, bleiben die Pumpen ausgeschaltet. Sie bleiben ausgeschaltet, damit das saubere Wasser aus den tief liegenden Quellen weiterhin hereinströmen kann und dabei die frische und reine Luft verdrängt und in die oberen Stollen drückt, wo Menschen sie atmen können.«

»Wer hat sich das ausgedacht? Der Herrscher?«

Das einfältige Lächeln verlor seine Starre. »Der Herrscher hat einen äußerst wachen Verstand, wie Ihnen ziemlich rasch klargeworden zu sein scheint, aber von Naturwissenschaft und Technik hat er nur oberflächliche Kenntnisse. Er hat die Mine als eine einfachere Art von Zufluchtsort gekauft, zum Schutz vor Bakterien und Chemikalien, die seine prinzliche Manneskraft angreifen könnten. Er hatte im wesentlichen die gleichen Vorstellungen, die Sie gerade eben geäußert haben: er wollte die Lüftungsschächte verschließen und zusehen, daß er mit seinen Vorräten an Lebensmitteln, Trinkwasser in Flaschen und Aphrodisiaka über die Runden kam. Diese anderen, interessanteren Möglichkeiten unterbreitete ihm der Bergbauingenieur, der ihn als erster hier beriet.«

»Derselbe, der alles den Medien ausplauderte?«

»Nein. Er ging weg, weil ihm nicht gefiel, wie die Ergebnisse seiner Arbeit verwendet wurden. Er glaubte an die Geschichte mit der Klinik. Als er herausbekam, daß das nur ein Vorwand war, zog er sich zurück. Aber er machte keinen Skandal. Der Mann, der auf ihn folgte, war anders. Sie dürfen nicht glauben, daß diese Idee technisch irgendwie bemerkenswert oder originell sei. Es geht einfach darum, daß man die Schwerkraft für sich arbeiten läßt. Stellen Sie sich ein Trockendock vor. Zuerst pumpen Sie das Wasser heraus, damit Sie Ihr Schiff reparieren können. Wenn Sie dann das Schiff wieder flottmachen wollen, stellen Sie die Pumpen ab, öffnen die Klappen, und das Wasser fließt herein. Dem Herrscher fiel es jedoch manchmal schwer, das zu begreifen. Es kam der Moment, da dieser zweite Ingenieur seiner Hoheit mit unzureichendem Respekt begegnete. Er wurde gefeuert, und er ging im Zorn.«

»Was hat er getan? Den Herrscher für blöd erklärt?«

»Er sagte, in Gegenwart anderer, Seine Hoheit habe nicht die geringste Ahnung von Hydraulik. Sehr töricht. Welche Genugtuung bringt das schon, wenn man – nur weil man gereizt ist – das Offenkundige ausspricht. Tatsächlich hatte Seine Hoheit versucht zu verstehen, warum andere nicht mit anderen alten Minen machen konnten, was er mit dieser hier machte.«

»Sagen Sie bloß nicht, er dachte an zivile Verteidigung für alle.«

»Nein, er dachte, es könnte irgendwie profitabel sein, die Idee an seine Herrscher-Brüder zu verkaufen. In Wirklichkeit könnten nur sehr wenige alte Minen auf diese Weise genutzt werden. Wenn sie nicht mehr betrieben werden, stürzen die meisten von ihnen bald ein. Zufällig sind ein paar der alten Bergwerke in den Kalkalpen hier eher wie natürliche Höhlen.«

»Besteht die Möglichkeit, daß ich mich rasch mal unten umsehe, bevor das holländische Team eintrifft? Wenn irgend möglich, würde ich das Interview gerne unten in der Mine machen.«

»Das ist vielleicht schon möglich, aber daß Sie sich jetzt unten umsehen, geht auf keinen Fall.« Die Verbindlichkeit war aus dem Lächeln verschwunden. »Seine Hoheit ist heute sehr vorsichtig. Um den Eingang der Mine zu erreichen, müßten Sie durch den Raum gehen, in dem er sich mit dem Architekten berät. Sie würden zusammentreffen, und das wäre falsch. Er wird Sie das erstemal sehen, wenn ich Sie – und im Hintergrund Ihre Begleiter, die Nato-Repräsentanten – zu einer Audienz hereinführe, bei der auch die von ihm bestimmten Zeugen, der Erste Sekretär und der Finanzberater, zugegen sein werden. Haben Sie verstanden?«

»Klar. Nichts ist vorher abgesprochen worden. Das Ganze ist eine große Überraschung.«

»Jawohl, Mr. Halliday.« Er blickte mich durchdringend an. »Und wir tun und sagen nichts, was diesem Eindruck widersprechen könnte. Er ist allweise und allwissend, und wir behandeln ihn mit dem Respekt, der ihm seiner Meinung nach zusteht.«

»Und wir ignorieren vorübergehend die Tatsache, daß er ein allmächtiger blutrünstiger Killer ist. Ich verstehe.«

»Nein, Sie verstehen *nicht*, Mr. Halliday.« Die Augen funkelten mich an. »Wir ignorieren das nicht. Wir vergessen es. Auf die Weise kann ich vielleicht die Chance, daß meine Familie und ich am Leben bleiben, ein wenig verbessern.

Solange er uns für ahnungslos hält, haben wir eine kleine Chance. Wir könnten sie vielleicht immer noch überraschen. Aber nur, wenn wir ahnungslos erscheinen. Der Ahnungslose hat Respekt, vergessen Sie das nicht. Daß Sie hinterhältiges Taktieren mißbilligen, ja verabscheuen, ist unwichtig und kommt im Augenblick ungelegen. Wollen Sie das, bitte, vergessen.« Er blickte auf seine Uhr. »Hoffentlich werden sich Ihre Nato-Freunde nicht verspäten.«

»Es bleibt noch eine ganze Viertelstunde, Mr. Zander. Lassen Sie uns also noch nicht anfangen an den Nägeln zu kauen. Sie fordern mich auf, etwas zu vergessen. Also gut. Aber vergessen bitte auch Sie nicht, daß ich später ein Interview zu machen habe. Und es wird eine viel ernsthaftere Angelegenheit sein müssen als das flotte, leichte Frage-und-Antwort-Spiel, von dem neulich in Stresa die Rede war. Ich muß den Herrscher zum Reden bringen, und ich will mir nicht zuviel über Hydraulik anhören. Ich will *den* Mann zeigen, als der er gerne gesehen werden möchte, und dann kurz aufleuchten lassen, was für ein gerissener Fuchs sich hinter dieser Maske verbirgt.«

»Ich wünsche Ihnen viel Glück, Mr. Halliday.«

Ich ging auf sein Lächeln nicht ein. »Sie können mehr tun, Patron«, sagte ich. »Welche Gegenleistung wird er Ihrer Meinung nach für die Bucht von Abra verlangen? Welchen Preis wird er fordern, und in welcher Währung? Kampfflugzeuge? Panzer? Eine Flotte maßgeschneiderter Boeings? Einen privaten Flugzeugträger? Den Mond?«

Er dachte darüber nach. »Ich glaube, er wird einen unmöglichen Preis verlangen, ja, aber wie unmöglich es sein wird, durch Verhandlungen etwas Mögliches daraus zu machen, weiß ich wirklich nicht. Ich habe ja, wie Sie wissen, nicht mehr sein uneingeschränktes Vertrauen. Außerdem könnte etwas, was ich in meiner altmodischen Art für unmöglich halte, von jüngeren Leuten vielleicht anders beurteilt werden. Die mögen glauben, man brauche nur die richtigen Vorsichtsmaßregeln zu treffen und könne dann fast jeden Preis scheinbar akzeptieren.«

»*Scheinbar* akzeptieren?« Nun war ich sicher, daß er wußte, wie der geforderte Preis aussehen würde.

Die Augen sahen, daß ich begriffen hatte, und lächelten. »Die Hydraulik ist nicht das einzige Thema, bei dem Seine Hoheit Unkenntnis an den Tag legen kann. Wenn man es schlau genug anpackt, wird Seine Hoheit eine Zeitlang an Magie glauben. Aber ich muß Sie warnen. Glauben Sie nicht, daß er einfältig ist. Wenn Sie anfangen, Fragen über die Bucht von Abra zu stellen, wenn Sie in Gegenwart des Fernsehteams das Projekt auch nur erwähnen, bekommen Sie keine Antworten und kein Interview. Reden Sie über die Mine, reden Sie über den Ärger mit seinen Klinikplänen, reden Sie meinetwegen über Sinusitis. Dann bekommen Sie möglicherweise Antworten.«

Draußen hatten plötzlich die Wachhunde zu bellen angefangen. Zander blickte wieder auf die Uhr. »Ich glaube, Ihre Freunde sind ein paar Minuten früher da als erwartet«, sagte er und ging hinaus, um zu sehen, ob er recht hatte.

Ich folgte ihm langsam und schloß hinter mir die Tür zum Museum.

Rainer hatte gesagt, er glaube, daß ich einer jener Interviewer sein könnte, die besser sind, wenn sie vorher nicht proben. Nun ja, es war eine interessante Theorie, und während ich noch dastand und überlegte, ob ich die Tür verriegeln oder diese Aufgabe einem der Wachposten überlassen sollte, ging es mir durch den Kopf, daß ich eigentlich eine hervorragende Gelegenheit hatte, diese Theorie auf die

Probe zu stellen. In diesem Augenblick hatte ich noch nicht einmal eine gute Eröffnungsfrage, die ich dem Herrscher stellen konnte, wenn die Kamera in Aktion trat. Ich würde ihn den Zuschauern vorstellen, und dann würden wir vielleicht dasitzen, einander anblicken und uns räuspern. Vielleicht würde er schließlich aus Langeweile anfangen, mich zu interviewen. Was würde der gute kluge Mr. Rainer sagen, wenn er ein, zwei Rollen davon bekäme?

Simone und Zander standen neben dem Kombi der Ortofilm, flankiert von zwei Wachposten. Ein älterer, stahlgrauer Porsche, mit Schelm am Steuer, kam den Weg heraufgefahren. Der Wagen hatte belgische Kennzeichen. Er parkte neben dem Kombi. Schelm und der General stiegen langsam aus und sahen sich dabei um. Simone drehte sich ärgerlich nach mir um, denn ich vernachlässigte meine Pflichten. Ich ging also hinüber und machte sie miteinander bekannt.

»Miss Chihani und Mr. Zander, darf ich General Newell und Herrn Mesner vorstellen.«

Der General schenkte Simone ein höfliches Lächeln und nickte Zander freundlich zu. Zander reagierte mit einer knappen, steifen Verbeugung. Ich fragte mich, wie der General wohl Zanders einfältiges Lächeln interpretierte. Schelm irritierte es offenbar, denn als er redete, klang er gereizt.

»Ich nehme an«, sagte er nach kurzem Schweigen, »Mr. Zander akzeptiert Mr. Hallidays Angaben. Wir werden uns nicht über irgend jemandes Identität streiten müssen, hoffe ich.«

»Nein, das dürfte sich erübrigen.« Zander zeigte ihm für einen kurzen Moment, wie die Augen sich verhärten konnten. »Die Tatsache, daß Sie nicht Mesner heißen, sondern

Schelm, spielt überhaupt keine Rolle. General Newell ist gewiß echt. Ist das auch deine Meinung, Simone?«

»Absolut.«

»Dann schlage ich vor, wir gehen näher an das Haus heran, damit man sehen kann, daß wir da sind und warten. Seine Hoheit hat gerade eine Besprechung mit seinem Architekten, aber diese Audienz wird nicht mehr lange dauern, und wir haben Protokollfragen zu erörtern. Wir gehen hier entlang, bitte, Herr General.«

Er und der General gingen im Gleichschritt nebeneinander her, und wir anderen folgten ihnen auf dem Weg zum Haus hinauf. »Und wie geht es Seiner Hoheit immer?« hörte ich den General fragen. »Hat er immer noch diesen Landru-Bart?«

»Einen Landru-Bart, Herr General? Was ist das denn?«

»Sie müssen Bilder von Landru gesehen haben. Vor unserer Zeit natürlich, aber er war sehr berühmt. Ein französischer Massenmörder, der eine Menge Frauen umbrachte, um an ihr Geld zu kommen. Starb schließlich unter der Guillotine, und ganz zu Recht, aber er hatte ein interessantes Gesicht. Große, traurige Augen und einen langen schwarzen Bart, der so herabhing, als sei er mit Drahtschlingen an den Ohren befestigt. Verstehen Sie, was ich sagen will? So sah jedenfalls der Bart Seiner Hoheit auch aus.«

»Ein echter Bart, der falsch aussieht? Ach ja, ich verstehe. Solche Bärte gibt es häufig, finde ich. Seiner Hoheit wurde vor kurzem geraten, sich die Oberlippe rasieren zu lassen. Das Ergebnis scheint ihm zu gefallen. Aber mir war nicht bewußt, daß Sie ihm schon mal begegnet sind.«

»Begegnet bin ich ihm nicht direkt. Ich habe ihn nur vor ein paar Jahren einmal in Kairo auf dem Flughafen gesehen. Er hatte ein Düsenflugzeug – eine Lear – und einen belgischen Piloten. Es muß da irgendwie Krach gegeben haben, wie man mir erzählte. Wie lange hielt sich dieser Belgier?«

»Etwa drei Wochen. Er neigte dazu, Befehle in Frage zu stellen. Das derzeitige Flugzeug ist eine Caravelle Super B, und der Pilot ist ein Pakistani.«

»Der Befehle nicht in Frage stellt?«

»Der mit mehr Feingefühl vorgeht. Wenn ihm die Befehle auf Grund seiner Berufserfahrung mißfallen, scheint er immer in der Lage, einen Maschinenschaden zu finden, der den Start des Flugzeugs verhindert. So, für den Augenblick reicht das, glaube ich. Die persönlichen Leibwächter sprechen alle Englisch. Es ist besser, wenn sie unsere Gedanken nicht mit uns teilen.«

Die zwei arabischen Leibwächter, auf die wir zugegangen waren, standen nun noch etwa fünfzehn Meter entfernt zu beiden Seiten des mit Riegeln gesicherten Haupteingangs zu dem Haus. Sie sahen aus wie Soldaten, die billige Zivilkleidung trugen, Anzüge, die unter den Armen zu eng waren, weil dem Änderungsschneider nichts von der Maschinenpistole gesagt worden war, die sie im Dienst ständig schußbereit in Händen hielten. Als sie nun die Waffen auf uns richteten und uns gerade in der üblichen Manier auffordern wollten, stehenzubleiben und uns zu erklären, verdarb ihnen Zander den Auftritt, indem er den auf uns gerichteten Waffen den Rücken zudrehte und uns mit einer Geste aufforderte, es ihm gleichzutun.

»Ehemalige Mitglieder der Arabischen Legion mit UAE-Pässen«, erklärte er ruhig. »Bis zu einem bestimmten Punkt durchaus diszipliniert und einigermaßen beherrscht, solange ihnen simple Befehle gegeben worden sind, die sie verstehen; aber sie schießen gern. Dieser extrem dunkelhäutige Typ mit der hellblauen Krawatte behauptet von sich, er könne in zwei Sprachen von den Lippen ablesen. Ich bin fast sicher, daß er sich da was vormacht, aber ich hatte noch nie die Gelegenheit, ihn zu testen, und bin deshalb immer vorsichtig, wenn er in der Nähe ist.« Seine Augen strahlten den General an, und seine ausgestreckten Hände schienen ihm den Segen erteilen zu wollen. »Also wirklich, es tut gut, endlich mit Ihnen zusammenzukommen. Wenn ich richtig informiert bin, waren Ihre Diskussionen mit Mr. Halliday gestern abend – wie heißt es in den Communiqués? – offen und freimütig.«

»Wir haben uns auch heute morgen unterhalten«, sagte Schelm. »Ich habe veranlaßt, daß die holländische Crew so früh wie möglich herkommt, gegen Mittag. Wenn sie dann etwas warten müssen, ist das nicht zu ändern. Unsere italienischen Freunde werden so dicht an die Grenze herangehen, wie sie nur können, aber man sagt mir, daß Sie deren – und unsere – Schwierigkeiten in dieser ungewöhnlichen Situation verstehen.«

Zander bedachte ihn mit einem geringeren Lächeln, wie auch ich es mir ein- oder zweimal verdient hatte. »Ja, Herr Mesner, ich verstehe. Etwas später möchte ich allerdings diese Schwierigkeiten mit Ihnen etwas ausführlicher besprechen. Jetzt aber zur Sache. Hier ist das vereinbarte Protokoll für Ihre Audienz. Seine Hoheit erwartet heute nur eine Besuchergruppe. Sie besteht aus Mr. Halliday und seiner Fernsehcrew. Ist das verstanden? Mr. Halliday wird zuerst in Anwesenheit des Ersten Sekretärs und des Finanzberaters empfangen werden. Erfrischungen werden gereicht werden. In dieser Zeit werde ich um Erlaubnis bitten, Sie, Herr General, und Sie, Herr Mesner, vorstellen zu dürfen, und zwar als ehrenwerte, mir bekannte Gäste, die um eine Audienz bei Seiner Hoheit bitten. Sie haben ihm private und vertrauliche Vorschläge von einiger Dringlichkeit zu machen und hoffen, daß seine Anwesenheit hier in Europa wenigstens bis zu einem gewissen Grad die ungewöhnliche Art und grobe europäische Formwidrigkeit Ihres Vorgehens entschuldigen wird. Seine Hoheit wird sich belustigt und überrascht geben. Ich werde ihn davon überzeugen, daß es nicht schaden kann, auf solch exzentrisches Verhalten einzugehen, und daß ihm diese Fremden mit ihren Vorschlägen die Zeit vertreiben könnten, während die Vorbereitungen für die wichtige Begebenheit des Tages – das Fernsehinterview – von Mr. Halliday nach Rücksprache mit dem Ersten Sekretär und dem Finanzberater getroffen werden.«

»Angenommen, sie beschließen, daß sich einer von ihnen mit mir besprechen kann und daß der andere hier bleibt, um zu hören, was die exzentrischen Fremden vorzuschlagen haben?« fragte ich.

»Keiner von denen beschließt irgend etwas. Seine Hoheit gibt die Befehle. Sie gehorchen. Sie haben für heute den Befehl, mit Mr. Halliday hinunterzugehen und ihm die oberen Stollen der Mine zu zeigen. Das sind die Räumlichkeiten, in denen Patienten der neuen Klinik behandelt werden, sobald die Österreicher Vernunft annehmen und aufhören, von Baugenehmigungen und solchem Unsinn zu reden. Man wird Ihnen mitteilen, wenn es so weit ist, daß Sie drei zurückkommen können. Das wird der Fall sein, wenn Seine Hoheit dem General gesagt hat, was er will, und wenn der General all die Fragen gestellt hat, die er auch später beantworten muß, wenn er seinem Ausschuß Bericht erstattet – jedenfalls die Fragen, die ihm einfallen, während er noch im Schockzustand ist. Die Erfrischung wird im übrigen Minztee sein.«

»Wer bringt den Ball ins Rollen, in bezug auf die Bucht von Abra, meine ich?« fragte der General.

»Ich«, sagte Zander. »Sobald Mr. Halliday und die beiden anderen Herren draußen sind, werden Sie hereingeführt werden. Ich werde Sie vorstellen. Es wird Seiner Hoheit nicht schwerfallen, seine Bedingungen zu nennen. Und er wird sich nicht lange bei Vorreden aufhalten. Sie werden vergessen, daß ich da bin. Seine Hoheit ebenso. Meine letzte Aufgabe wird es sein, Sie miteinander bekannt zu machen. Danach bin ich überflüssig. Vielleicht werde ich noch aufgefordert, den – aus *seiner* Sicht – besten Kanal für weitere direkte Gespräche zwischen Ihnen und ihm zu nennen. Ich werde einen leitenden Mann der Syncom-Sentinel aus der Golfregion vorschlagen. An Ihrer Stelle würde ich diesen Vorschlag ablehnen und einen der Benelux-Botschafter in Abu Dhabi benennen.«

»Und wenn er einverstanden ist, was dann?«

»So schnell ist er mit nichts einverstanden, Herr General. Sie werden aufgefordert werden, sich eine Weile zurückzuziehen, damit *er* über *Ihren* Vorschlag nachdenken kann. Später werden Sie dann wieder hereingerufen, damit Vereinbarungen für ein weiteres Treffen erörtert werden können. Ich werde nicht anwesend sein, und Sie werden wahrscheinlich aufgefordert werden, alle Kontakte mit mir abzubrechen. Sie werden gefragt werden, was mein Preis war oder ist.«

»Halliday hat uns Ihre Nachricht zu diesem Punkt weitergegeben«, sagte Schelm. »Wir sagen ihm lediglich, daß es um eine große Geldsumme geht. Richtig?«

»Danke. Ich werde noch eine zweite, weniger wichtige Bitte vorzubringen haben, aber das kann bis später warten, bis nach Ihrer ersten Audienz. Wir werden natürlich warten müssen, während Mr. Halliday das Fernsehinterview macht. Ich werde dann mit ihm abreisen.«

»Nicht mit den Holländern? Wäre es nicht sicherer, einen raschen Wechsel vorzunehmen?« Der General hatte offensichtlich an dem guten Soldaten Zander Gefallen gefunden.

»Nein, Herr General, ich werde mit Mr. Halliday und meiner Familie weggehen. Die Hinzuziehung der Holländer ist wahrheitsgemäß erklärt worden. Unser Team war unfähig, die Holländer werden von den Österreichern akzeptiert. Das ist mit dem Ersten Sekretär geklärt worden. Die Möglichkeit weiterer Änderungen sollte gar nicht erst erwogen werden.« Er blickte auf seine Uhr. »Man wird uns jetzt jeden Augenblick rufen. Den Architekten behält Seine Hoheit nur so lange da, um nicht begierig zu erscheinen.«

»Was machen wir, solange Sie und Halliday empfangen werden?« fragte Schelm. »Sollen wir einfach hier warten?«

»Sie können auf und ab gehen und auf der anderen Seite des Parkplatzes die Aussicht bewundern. Er wird sich von Mr. Halliday nicht lange aufhalten lassen. Sie sind es, die ihm seinen Herzenswunsch erfüllen können, glauben Sie mir. Aha! Sehen Sie? Es geht los, auf die Minute.«

Die große Haustür war aufgegangen, und der Architekt kam heraus. Er war breitschultrig und rundlich und hatte eine Pappröhre mit Zeichnungen bei sich. Der Mann, der ihn bis auf die nach unten führenden Stufen begleitete, war ungeheuer fett und trug den arabischen Kopfschmuck zu seinem grauen Anzug.

»Der Mann mit dem *keffiyeh* ist der Erste Sekretär«, sagte Zander.

Völlig belanglos war diese Feststellung zwar nicht, denn der fette Mann hätte der Finanzberater oder ein anderer wichtiger Beamter des Hofes sein können, aber Zander hatte es atemlos hervorgestoßen, als sei es von großer Wichtigkeit.

Der Architekt hastete auf dem Weg zum Parkplatz mit einer höflichen deutschen Grußformel an uns vorbei. Ich tat so, als erwiderte ich den Gruß, um mich auf die Weise ein wenig drehen und erkennen zu können, was sich in Zanders Augen abspielte. Augenblicklich wünschte ich mir, ich hätte es nicht getan. Das einfältige Lächeln war zu einem Loch in Zanders Gesicht geworden, und die zusammengekniffenen Augen waren die eines Raubtiers, bereit zu töten, ja vielleicht sogar erpicht darauf. Es war angenehmer, auf die massige Gestalt des Ersten Sekretärs in der Haustür zu blicken.

Er war immer noch dabei, die Gruppe zu mustern und die einzelnen Leute zu identifizieren. Einen Augenblick später deutete er mit dem Zeigefinger auf Zander und winkte ihn mit dem Daumen derselben Hand zu sich heran.

»Bringen Sie jetzt den Amerikaner, Robert Halliday«, sagte er.

Zwölftes Kapitel

Ein an einen bewaldeten Berghang gebautes Haus, in dessen Zentrum sich der Stolleneingang einer alten Mine befindet und dessen Fenster alle an der Vorderseite liegen, bringt für den, der darin wohnen will, zwangsläufig bestimmte Nachteile mit sich. Dr. Petrucher oder sein unglückseliger Architekt hatte die Hauptschwierigkeiten so gelöst, daß er die auf zwei Stockwerke verteilten Räume jeweils in gerader Linie aneinanderreihte. Seitlich hatte er sie alle durch Türen miteinander verbunden – jeder Raum, bis auf die an den Enden liegenden, hatte also zwei Türen – , und die vertikale Verbindung hatte er mit einer eisernen Wendeltreppe in der Küche hergestellt. Bemerkenswerterweise gab es eine Toilette, aber um sie vom Wohnzimmer aus zu erreichen, mußte man im Untergeschoß durch drei Räume zu der Küche gehen, dann die Treppe hoch und zurück durch zwei Schlafzimmer. Diese Entdeckung machte ich allerdings erst später. Mein erster Eindruck vom Innern des Hauses sagte mir, daß ich in einem billigen Filmstudio hinter die Fassade einer steirischen Jagdhütte geraten war, die ziemlich nachlässig an einen Abschnitt der nachgebauten Berglandschaft gelehnt worden war, wie sie für Aufnahmen von tödlichen Zweikämpfen auf Felsvorsprüngen verwendet wurde. Im Hausflur ragte ein fest mit dem Berghang verwachsener riesiger Kalksteinbrocken in Kopfhöhe aus der rückwärtigen Mauer, so daß man im Bogen um ihn herumgehen mußte, um dann endlich ins Wohnzimmer zu gelangen.

Vor der Tür blieben wir stehen. Der Erste Sekretär war kurzatmig, und er schwitzte mächtig. Er wischte sich mit einem übergroßen Taschentuch das Gesicht ab und schaute mich dann über dessen Rand hinweg prüfend an. »Man versichert mir, daß Sie keine Waffe bei sich haben, Mr. Halliday. Ist das richtig?«

»Das ist richtig.«

»Wenn Seine Hoheit bei einer Audienz das erstemal von Ihrer Anwesenheit Notiz nimmt, sollten Sie den Kopf neigen.«

»Ich werde versuchen, daran zu denken.«

»Dann folgen Sie mir.« Mit einem der Ringe an seinen Fingern kratzte er an der Tür und wartete. Ich erwischte einen Blick aus Zanders Augen. Unverblümt sagten sie mir, ich solle bloß nicht den Narren spielen. Wenn der Erste Sekretär Seiner Hoheit sagte, ich solle mich verneigen, dann sollte ich das auch tun. Ich müsse meine unwichtige, blödsinnige Würde vergessen.

Im Zimmer läutete ein Glöckchen. Der Erste Sekretär öffnete mit elegantem Schwung. »Eure Hoheit«, verkündete er, »gemäß den Anweisungen, die Sie im Monat Shawwal Ihrem französischen Einkaufsbevollmächtigten gegeben haben, hat er Ihnen den Journalisten und Fernsehreporter Mr. Halliday hergebracht.«

Als ich zögerte und noch überlegte, ob ich wohl seitlich am Bauch des Ersten Sekretärs vorbeikommen würde, gab mir Zander einen Stups, und der Sekretär wich geringfügig zurück, um uns passieren zu lassen.

»Geben Sie acht auf die Stufe«, murmelte er.

Tatsächlich waren es zwei Stufen, und zwar von der

gebogenen Sorte, an der man sich leicht den Knöchel brechen kann. Es war ein absurdes Haus, aber in diesem einen Raum war der Grund dafür zu suchen. Auf der entlegenen Seite gab es einen großen offenen Kamin; in die Wand zur Linken war der Eingang zu dem Stollen eingebaut. Von einem massiven steinernen Architrav eingerahmt und von der Außenwelt durch zwei Flügeltüren aus Stahlblech abgeschirmt, beherrschte dieser Eingang den ganzen Raum. Der steinerne Rahmen war offensichtlich Teil des alten Hauses und war – wahrscheinlich von dem hervorragenden Steinmetz, der auch die Grabsteine auf dem örtlichen Friedhof geschaffen hatte – mit einem einfachen Muster aus Spiralen und Schnörkeln verziert worden. Hier und da war etwas abgesplittert, und Vandalen hatten versucht, an den leichter zugänglichen Stellen Initialen und andere Mitteilungen für die Nachwelt einzumeißeln, aber sonst hatte sich der Rahmen gut gehalten. Die zwei Stahltüren mit den angeschweißten Spangen und gewichtig aussehenden modernen Vorhängeschlössern waren eindeutig erst in jüngster Zeit eingebaut worden.

Der Herrscher hatte sich zu unserem Empfang zwischen den offenen Kamin und den Stolleneingang gestellt, und er hatte zu dem Anlaß arabische Kleidung angelegt. Gewand und Kopfschmuck waren vollkommen weiß. Doch von den zwei Fenstern her kam genügend Licht, und so war es möglich, das Glitzern der Goldfäden zu sehen, die in das auf seiner hohen Stirn ruhende schwarze seidene *agal* gewoben worden waren. An einem großen, bärtigen Mann mit einer guten Körperhaltung und nicht zuviel Fett kann das aus kostbaren Stoffen gemachte arabische Gewand sehr vorteilhaft aussehen. Auf der anderen Seite des Raumes sah jedenfalls der Herrscher höchst eindrucksvoll aus. Erst wenn man näher heranging, wenn man das einnehmende Gesicht mit der vorwitzigen Oberlippe und den Augen sah, die einem einredeten, niemand habe ihn je ganz verstanden, erst dann fing man an, sich seine Gedanken zu machen.

Psychopathen können natürlich gute Schauspieler sein, und sie sind schwer einzuschätzen, wenn man keine anderen Anhaltspunkte hat als die Sprüche, die sie machen, und die Gesichter, die sie ziehen können. Aber für mich war das eigentlich Sonderbare, daß es jemand mit Zanders Scharfsinn und Erfahrung hatte entgehen können, daß dieser Mann, der da vor mir stand und so würdig und huldvoll wirkte, ein hinterhältiger, mörderischer, skrupelloser Dreckskerl sein konnte, der die Absicht hatte, ihn bei der nächstbesten günstigen Gelegenheit umlegen zu lassen. Selbst die sicherheitsbewußte Simone hatte eine Zeitlang gezögert, an diese Möglichkeit zu glauben. Vielleicht hatten sie gerade deshalb, weil es so leicht war, ihn zu verachten, vergessen, wie gefährlich die Verrückten und Bösen sein können. Vielleicht hatte Schelm den springenden Punkt angesprochen, als er gesagt hatte, länger anhaltende Kontakte mit der arabischen Welt könnten bei Leuten, die aus dem Westen kommen, oft zu bizarren Denkgewohnheiten führen. Und es konnte auch sein, daß ich als der Außenstehende, der zufällig aus bloßer Unkenntnis der Fakten auf die Wahrheit gestoßen war, mir nicht einbilden durfte, ich hätte logisch gedacht und als einziger das Naheliegende erkannt.

Als wir auf den Herrscher zugingen, würdigte er Zander keines Blickes. Zu mir sagte er: »Ich heiße Sie, Mr. Halliday, in der berühmten Petrucher-Mine willkommen.« Der Akzent war britisch, die Stimmlage ein heller Tenor.

Es gelang mir, die erforderliche Verbeugung zuwege zu bringen, ohne zu übertreiben. Im Schatten des Herrschers

schnalzte ein kleiner schwarzgekleideter Mann – das mußte
der Finanzberater sein – leise mit den Fingern, und herein
kam ein dienstfreier Leibwächter mit einem zweistöckigen
Silbertablett, das an feinen Ketten hing. Auf beiden Ebenen
des Tabletts standen kleine Tassen mit Minztee. Der Herrscher nahm in einem Sessel mit hoher Lehne am Kopf-
ende eines langen Tisches Platz und gab mit einer Geste
zu verstehen, daß wir anderen uns auch setzen sollten.
Als wir alle am Tisch Platz genommen hatten und der
Tee serviert worden war, nickte mir der Herrscher kühl
zu.

»Nun, Mr. Halliday«, sagte er, »werden wir uns Ihre
Bitte anhören.«

Wovon zum Teufel redete er denn da? Was für eine Bitte?
Mein Blick ging hilfesuchend zu Zander, aber der starrte
respektvoll auf den gedachten Heiligenschein über dem
Kopf des Herrschers. Offensichtlich stellte man mich auf die
Probe, vielleicht um zu sehen, ob ich geistige Purzelbäume
schlagen konnte, ohne auf die Nase zu fallen. Also gab ich
mir Mühe und dachte an das, was mir Simone über Zeremoniell und Ernsthaftigkeit gesagt hatte.

»Was ich zu sagen habe, Eure Hoheit, ist seinem Wesen
nach eher ein Vorschlag als eine Bitte. Wie der Erste Sekretär
Ihnen eben in Erinnerung gerufen hat, haben Sie schon vor
Monaten die Anweisung gegeben, mich zu verpflichten. Der
Gedanke, daß meine Dienste hier gebraucht werden könnten, ging Eurer Hoheit sicherlich schon zu dem Zeitpunkt
durch den Kopf. Meine Vermutung oder Deutung ist, daß
Sie in Ihrer weitsichtigen Art die politischen Schwierigkeiten
voraussahen, die Ihre Entscheidung, hier für Ihrer Untertanen Gesundheit und Wohlergehen eine Klinik zu bauen,
möglicherweise auslösen würde. Ein Fernsehinterview, in

dem die Absurdität der Schwierigkeiten aufgezeigt wird, die man Ihnen hier in den Weg legt, ein kurzer Film, den Public-Service-Fernsehanstalten in Amerika und den Fernsehgesellschaften der Nachbarn Österreichs kostenlos zur Verfügung gestellt, würde gewaltige Auswirkungen haben. Sie würden den Markt der Meinungsmacher hier *beherrschen*.«

»Beherrschen? Wie?«

»Die österreichische Öffentlichkeit verfolgt nicht nur das österreichische, sondern ebensosehr das deutsche und das deutschsprachige Schweizer Fernsehen. Der ORF würde es nicht wagen, Ihrem Interview eine gute Sendezeit zu verweigern oder die Teile herauszuschneiden, die ihnen mißfallen. Und falls Sie der Meinung sein sollten, das amerikanische Publikum sei nicht an österreichischen Kliniken interessiert, möchte ich – mit Ihrer Erlaubnis – Eurer Hoheit Aufmerksamkeit auf einen Faktor in dieser Gleichung lenken, den Ihre Bescheidenheit Sie möglicherweise nicht hat sehen lassen. Der Arabische Golf ist heute von einzigartiger Bedeutung für die Welt. Doch wer ist draußen als Sprecher für die Golfstaaten zu sehen und zu hören? Leise und pro-westliche Saudis, die von Cliquen innerhalb der OPEC benannt werden. Wann, so müssen sich die Leute fragen, bekommen wir endlich einen Mann zu hören, der mit unabhängiger Stimme spricht? Was sind das eigentlich für Männer, die in diesen fernen Wüstenländern regieren? Zeit, daß *Sie* sich sehen und hören lassen, Eure Hoheit.«

Er schwieg, und schon glaubte ich, ich hätte zu dick aufgetragen. Schließlich war ich nur wegen einer von Zander erdachten Tarnaktion da, und er wußte das. Was sollte also dieses ganze plumpe Gerede über unabhängige Stimmen aus der Wüste? Die beiden Männer, mit denen er wirklich reden und konkret verhandeln wollte, warteten immer noch draußen auf ihren Einsatz.

Dann nickte er ganz kurz. »Ja, Mr. Halliday, was Sie da sagen, leuchtet mir ein. Ich stimme Ihnen zu. Unglücklicherweise muß ich mich gleich jetzt um andere und ganz unerwartete Geschäfte kümmern.«

Zander hielt es nun für an der Zeit, helfend einzuspringen. »Wenn ich so kühn sein darf, mich einzumischen, Eure Hoheit. Die unerwarteten Geschäfte sind, wie Sie uns mahnen, dringend. Aber muß das eine das andere ausschließen? Mr. Hallidays Team wird in diesen Minuten erwartet, wie man mir sagt. Doch sie werden erst noch ihre technischen Vorbereitungen treffen müssen. Das braucht Zeit. Und noch etwas. Eingedenk der Wirkung, die der Film mit Sicherheit auf die österreichischen Behörden ausüben wird, hat Mr. Halliday angeregt, das Interview in der Mine selbst, im oberen Stollen, stattfinden zu lassen.«

»Er könnte dort filmen?« Der Herrscher wandte sich an mich. »Sie könnten mich im oberen Stollen filmen? Richtig in der Mine?«

»Wenn es dort einen Netzanschluß gibt, Eure Hoheit«, sagte ich, »können wir das Interview dort aufnehmen. Ich kann Ihnen auch versprechen, wenn einer Ihrer verantwortlichen Leute mich und die Techniker in den Stollen führt, dann werden wir, während Sie Ihren dringenden Geschäften nachgehen, die Beleuchtung ausprobieren und alle anderen Vorbereitungen treffen und dann nur noch darauf warten, daß Sie Zeit haben, sich uns zur Verfügung zu stellen.«

Wieder folgte ein langes Schweigen, ehe er begann, auf arabisch Befehle zu erteilen. Ich wußte eben genug, um sagen zu können, daß es Befehle waren, konnte aber deren Bedeutung nicht folgen. Dann brach er plötzlich ab, stand auf und rauschte aus dem Zimmer, ohne mich noch einmal anzusehen.

Natürlich hatte sich in dem Augenblick, wo er aufgestanden war, alles rings um den Tisch rasch aufgerappelt, um ihm zu folgen. »Was ist schiefgegangen?« fragte ich Zander. »Es schien alles so glatt zu laufen.«

»Nichts ist schiefgegangen, bis jetzt«, sagte er. »Sie wissen nur nicht, wie Autokratie funktioniert. Ihr Vorschlag ist bei ihm angekommen, also sind neue Befehle erteilt worden. Nun wird er die Fremden, die ich mitgebracht habe, in einem anderen Raum empfangen. Nach dem kleinen Zeremoniell werden der Erste Sekretär und der Finanzberater mit den Schlüsseln zur Mine zu Ihrer Verfügung stehen. Sie brauchen hier nur ein paar Minuten zu warten, die kommen dann zu Ihnen. Sagen Sie denen, was Sie gemacht haben wollen, und sehen Sie zu, daß sich das holländische Team möglichst bald an die Arbeit macht. Schließlich haben Sie versprochen, jederzeit bereitzustehen. Es ist ratsam, dieses Versprechen zu halten. Dann bis später.«

Ich schlürfte lauwarmen Minztee, während ich von einem Fenster aus die nächsten Schritte beobachtete.

Nach einer kleinen Pause kamen Zander und der Erste Sekretär aus dem Haus. Letzterer zitierte dann den General und Schelm zu einer Audienz bei Seiner Hoheit, und er tat das mit derselben überlauten Stimme wie vorher. Die Leibwächter traten zur Seite, um sie ins Haus zu lassen, wurden aber wieder hellwach, als die Hunde jenseits des Parkplatzes für einen neuen Tumult sorgten. Ich nahm an, daß Dick Kluvers und die Viser-Damrak-Leute angekommen waren. Wieder verging einige Zeit, und dann sah ich sie den Berg heraufkommen. Sie parkten neben den Fahrzeugen der Ortofilm. Sie hatten einen etwas größeren Kastenwagen und einen kleineren PKW. Beide waren sehr viel schmutziger als unsere Autos. Ein Mann mit einem mächtigen angegrauten blonden Haarschopf und in einem alten Trainingsanzug – offensichtlich Kluvers – stieg aus dem kleinen Wagen und starrte auf Jean-Pierre und die jungen Leute in dem Orto-film-Kastenwagen. Ich war froh, als ich sah, daß Simone rasch aus dem Kombi stieg, um ihm entgegenzugehen. Jean-Pierre hätte ihn bestimmt aufgebracht, und das letzte, was ich jetzt brauchte, war ein schlechtgelaunter Regisseur. Ich konnte die Begegnung draußen nicht weiter verfolgen, denn in dem Augenblick kamen der Erste Sekretär und der Finanzberater von der Audienz im anderen Zimmer zurück und stellten sich mir zur Verfügung.

Als erstes, sagte ich, müsse ich den oberen Stollen der Mine sehen. Kein Problem. Der Erste Sekretär hatte Schlüssel und machte sich daran, die Stahltüren aufzuschließen. Hinter ihnen lag eine Art Verbindungsgang mit einem ziemlich großen Schaltbrett an der einen Wand und vielen Zeichnungen und Plänen an der anderen. Der Sekretär betätigte allerlei Schalter und schloß dann die nächste Tür auf. Er öffnete sie mit einer leicht theatralischen Geste.

Von unten kam strahlendes Licht, aber was mir am unmittelbarsten ins Bewußtsein drang, das war ein kompliziertes Gewirr aus Stahlgerüsten und -trägern. Und dann, als ich weiterging, um dem Sekretär zu folgen, begann ich die Form des Ganzen zu erfassen. Gleich am Eingang waren wir in einer Höhle, deren Boden mit gerippten Stahlplatten ausgelegt und einigermaßen eben war. Dann wurde aus der Höhle eine ziemlich große Grotte mit einer Felsendecke. Diese Decke wurde von schrägen Trägern gestützt, die alle mit Mörtel an den Fels gemauert waren. Das nächste, was man zu sehen bekam, war der Schacht der Mine. Er führte nicht senkrecht, sondern im Zickzack nach unten, durch eine höhlenähnliche Anordnung aus stützenden, aus dem Fels gehauenen Absätzen, in denen die nach unten führenden Stahltreppen verankert waren.

»Das ist alles von Seiner Hoheit gebaut worden«, sagte der Erste Sekretär voller Stolz.

»Aber doch wohl nicht ganz allein, möchte ich annehmen. Ist das der obere Stollen, der als möglicher Drehort für das Interview genannt worden ist?«

»Aber nein, Mr. Halliday. Da müssen wir erst die Stufen hinunter. Es sind einhundertundzehn. Dort unten ist erst die reine, saubere Luft.«

»Ach ja, ich verstehe.« Ich dachte einen Augenblick nach. Wo wir jetzt gerade standen, gab es ein ziemlich starkes Echo. Weiter unten mochte es noch stärker sein. Außerdem war fast ständig das Tropfen von Wasser zu hören, ein Geräusch, wie es jeden Tontechniker zutiefst betrübt. Plötzlich kam ein weiterer Ton hinzu – ein schrilles Heulen, das aus den tiefsten Tiefen der Erde zu kommen schien.

»Was ist denn das?« Ich mußte brüllen, um mir Gehör zu verschaffen.

»Die Spezialpumpen unten«, schrie er mir ins Ohr. »Sie schalten sich automatisch ein, wenn das Quellwasser unten die tiefen Gesenke überflutet.«

»Lassen die sich ein, zwei Stunden abschalten, oder ist das nicht möglich?«

Er winkte mich zurück in den Vorraum und kippte ein paar Stromunterbrecher an der Schalttafel. Das Heulen hörte augenblicklich auf. »Diese Pumpen halten die tiefen Gesenke trocken«, erklärte er, »aber sie können tagelang ausgeschaltet bleiben, ohne daß ein Schaden entsteht.«

»Trotzdem«, sagte ich, »könnte es problematisch werden,

da unten im oberen Stollen zu filmen. Ich habe gerade Mr. Kluvers mit seinem Aufnahmeteam ankommen sehen. Ich hätte gern, daß er und seine Techniker mitkommen, wenn wir in den Stollen runtergehen. Die müssen letztendlich entscheiden, was technisch möglich ist, und auf die Weise sparen wir Zeit.«

»Ich will zusehen, daß sie hergebracht werden«, sagte der Finanzberater bereitwillig und war auch schon verschwunden. Ich hatte vorher schon gemerkt, daß er die Begeisterung des Ersten Sekretärs für die Mine nicht teilte. Ich konnte zwar nicht sagen, warum, aber verständlich war es. Klaustrophobie und Angst vor tiefen Löchern in der Erde waren nur zwei von vielen triftigen Gründen, die er für seine Abneigung gegen die Petrucher hätte anführen können. Ich selbst hatte in diesem Moment einen anderen Grund: die Aussicht nämlich, Kluvers und seine Crew – müde von anstrengenden Dreharbeiten in Jugoslawien – überzeugen zu müssen, daß es sich im Hinblick auf ein wirkungsvolles Interview mit dem Herrscher lohnte, wenn sie ihre Scheinwerfer, Kabel, Stative und all das andere Gerät einhundertundzehn glitschige Stahlstufen hinunter- und dann wieder heraufschleppten, anstatt einfach im Museum zu drehen.

Die Wartezeit verkürzte mir der Erste Sekretär damit, daß er die Hauptmerkmale der Stollen und Schächte in ihrer modernen Form erklärte. Er bediente sich der Schaubilder und Pläne an der Wand des Vorraums, um die verschiedenen Punkte zu veranschaulichen. Ich hörte ihm nicht mit der gebotenen Aufmerksamkeit zu. Statt dessen überlegte ich mir, wie man das Museum interessanter machen konnte. Ich war immer noch am Überlegen, als Dick Kluvers mit seinem Kameramann und seinem Tontechniker eintraf.

Alle drei sprachen gut englisch. Kluvers war angenehm sachlich.

»Ich verstehe nicht, was das alles soll«, sagte er. »Als wir uns in Velden weisungsgemäß melden, warten dort ein Lotse und ein Typ namens Rainer auf uns. Rainer ist vom österreichischen Fernsehen und wird den Film entwickeln. Aber nicht er bezahlt uns. Und auch New York bezahlt uns nicht. Eine Bank in München bezahlt uns, und zwar bar. Läuft das bei Ihnen genau so?«

»Nein, ich werde von der Syncom-Sentinel bezahlt, per Scheck.«

»Dann habe ich wohl die besseren Bedingungen.«

»Da mögen Sie recht haben. Im Augenblick bleibt uns allerdings wenig Zeit, um über Vertragsbedingungen zu reden. Wenn Sie einverstanden sind, würde ich ganz gerne klären, ob wir dieses Interview unten in der Mine drehen können, an einem Ort, den sie den oberen Stollen nennen. Ich glaube, es könnte dort zu viele Probleme geben, aber Sie sollten es sich erst ansehen, bevor wir nach Alternativen suchen.«

»Probleme welcher Art?«

»Hauptsächlich tropfendes Wasser und Echo, aber das ist möglicherweise nicht alles. Einen Netzanschluß gibt es jedenfalls dort unten.«

Der Kameramann brummte. »Aber kommt man an den Strom auch ran? Wo doch überall das Wasser runtertropft, meine ich. In feuchten Bergwerken ist in der Regel alles, was mit Hochspannung zu tun hat, völlig unzugänglich, damit sich nicht irgendwelche Narren umbringen, wenn sie Dinge tun, die sie nicht tun sollten.«

Der Erste Sekretär mischte sich ein, um ihn zu beruhigen. »Es gibt besonders abgeschirmte Steckdosen in dem Stollen.

Sie werden für die Heizgeräte gebraucht, mit denen Seine Hoheit gelegentlich Hände und Füße wärmt. Sicher würden ihn statt dessen Ihre Scheinwerfer ausreichend wärmen.«

»Gehen wir doch einfach runter und sehen es uns an«, sagte ich. »Dann können wir so oder so entscheiden.«

Die Treppen zum oberen Stollen hinunterzugehen, war zwar interessant, aber unangenehm. Die interessanten Aspekte lieferten die Kalksteinwände mit ihren seltsamen Formen. Manchmal waren in den Wänden auch merkwürdige Löcher zu sehen. Sie waren glatt und schräg, wie Rutschbahnen. Nach Auskunft des Ersten Sekretärs hatten die Bergarbeiter sie einst als Kriechlöcher benutzt, um auch noch die letzten Reste des silberhaltigen Erzes herauszukratzen, die zu den Brechwerken transportiert werden konnten. Diese Brechwerke hatten auf der anderen Seite des Tales gestanden. Das war der Grund, weshalb keine Schlackenhaufen zurückgeblieben waren. Petrucher hatte all das niedergeschrieben. Wir sollten es lesen. Unangenehm war der Abstieg wegen der Feuchtigkeit, der Kälte und des Morasts. Mir ging durch den Kopf, daß der Doktorfreund des Generals in Brüssel recht gehabt hatte. Wenn das alles hier gegen Bronchitis und Asthma half, dann half auch die österreichische Verkehrspolizei für hohen Blutdruck.

Kluvers' dichter Haarschopf war makellos sauber, und es gefiel ihm gar nicht, daß schmutziges Wasser auf ihn herabtropfte. Während wir die dritte Treppe hinunterklapperten, brummte er, das sei alles lächerlich, aber er ging weiter. Auf der fünften Treppe konnten wir dann einen ersten Blick auf den oberen Stollen werfen.

Der beleuchtete Teil war ein etwa zwanzig Meter langer und vier Meter breiter Raum. Er hatte – hinter einem Eisengitter am Fuß der Treppe – einen Hartholzboden, der aus einzelnen Abschnitten bestand und auf Stahlträgern ruhte. Erstaunlicherweise war der Boden ganz trocken. Als wir hinkamen, konnten wir sehen, warum. Unter dem Felsengewölbe des Stollens war eine leicht gekrümmte falsche Decke eingezogen worden, die aus einem gerippten Plastikmaterial bestand. Das ganze Tropfwasser in dem Stollen wurde in Abflußrinnen gesammelt, die an den Seiten angebracht waren. In der Mitte dieses Raumes standen vier klinisch wirkende Liegestühle. Einer von ihnen war größer als die anderen und war offensichtlich dem Herrscher vorbehalten. Wichtiger war für uns im Augenblick die Tatsache, daß unter dieser Plastik-Zwischendecke das Echo sehr viel geringer war.

»Vom Ton her wäre das hier gar nicht schlecht«, sagte Kluvers.

»Das Tropfen ist trotzdem zu hören«, sagte der Tontechniker. »Das ist hier überall. Wir sind doch nicht sehr tief. Wo kommt bloß das Wasser her?«

»Es ist der Schnee vom letzten Winter, von den Bergen herunter«, erklärte der Erste Sekretär. »Es dauert viele Wochen, bis er schmilzt und hierher durchsickert. In zwei Monaten wird es schon viel trockener sein.«

Der Kameramann überprüfte die Steckdosen. »Die Beleuchtung würden wir hinkriegen«, sagte er. »Gibt es in dem Tunnel da drüben irgendein Licht? Wir wollen kein schwarzes Loch im Hintergrund.«

Der Sekretär legte einen Schalter um und ließ uns den Tunnel am anderen Ende sehen. Wenn wir hier drehen konnten, war allein schon die attraktive Umgebung einiges wert. Kluvers war offenbar auch der Ansicht.

»Wir können die Tropfengeräusche im Hintergrund dadurch erklären, daß wir zeigen, wie es da hinten auf die

Stufen tropft. Das Problem wird sein, wie wir unser Zeug hier runterschaffen.« Er blickte auf den Dreck an seinen Schuhen. »Was benutzt denn dieser Scheich, wenn er hier runterkommt? Gummistiefel?«

Bei dem Wort ›Scheich‹ war der Erste Sekretär deutlich zusammengezuckt. »Seine Hoheit der Emir«, sagte er steif, »benutzt natürlich den Aufzug, wenn er den oberen Stollen zu besuchen wünscht. Ich nehme ihn normalerweise auch. Für einen Mann in meinem Alter sind diese Stufen äußerst beschwerlich. Aber ich nahm an, die wilde Romantik des alten Eingangs würde Sie interessieren.«

»Heißt das, daß es einen Aufzug hier gibt?«

»Das habe ich Ihnen doch *gesagt*, Mr. Halliday«, seufzte er. »Sie haben ihn auf dem Plan gesehen. In dem alten Lüftungsschacht, den die Ingenieure Wetterschacht B nennen. Die Treppen und Stahlgerüste und Träger ließen sich durch den Haupteingang ins Haus schaffen. Die Ingenieure nahmen einfach die alten Holzgerüste und Stützen, die Petrucher hatte einbauen lassen, heraus und ersetzten sie durch Stahl. Als es aber darum ging, die großen Pumpen und andere schwere Geräte hereinzubringen, ließ Seine Hoheit nicht zu, daß der alte Eingang vergrößert oder beschädigt wurde. Auch die Anwälte rieten davon ab. Also wurde im Wetterschacht B ein Aufzug installiert, eine Art Lastenaufzug.«

»Es tut mir leid«, sagte ich. »Ich dachte, Sie hätten von einer Art Flaschenzug geredet. Wo ist denn dieser Aufzug? Wie kommen wir hin?«

»In dem Tunnel dort drüben, wo ich die Lichter angemacht habe. Und oben ist der Zugang an dem Schacht hinter dem Museum. Ich werde es Ihnen zeigen.«

Eine Art Lastenaufzug war es in der Tat, langsam, laut

318

und ein bißchen furchterregend, denn eine einzige Geländerstange war alles, was einen von dem Eisenbeton an den Schachtwänden trennte. Aber Kluvers' Tag war gerettet.

»In nicht mal einer Stunde können wir drehbereit sein«, sagte er. »Wie wollen Sie unten aufbauen?«

Ich erinnerte mich an Simones Instruktionen. »Es hat alles mit der größtmöglichen Feierlichkeit abzulaufen«, sagte ich. »Dieser große Stuhl muß als Thron behandelt werden. Seine Hoheit darf keinen Augenblick daran zweifeln, daß er mit seinen Worten die ganze Welt erreicht und daß die Welt jedem seiner Worte mit verhaltenem Atem lauscht. Ich werde unterwürfig und bescheiden auf einem der kleineren Stühle Platz nehmen. Wir müssen sehr behutsam mit seiner Würde umgehen. Ich möchte nicht, daß Ihr Kameramann mit Belichtungsmesser oder Maßband vor seiner Nase rumfuchtelt oder versucht, seine Haltung zu korrigieren, wenn er erst mal Platz genommen hat. Bereiten wir uns also vorher auf alles vor. Ich spiele sein Double, wenn es Ihnen etwas nützt. Wenn Sie während des Interviews eine neue Kassette einlegen müssen, berühren Sie mich kurz am Arm. Ich werde ihm sagen, er solle die Kamera ignorieren; wenn er also weiterredet, während Sie den Film wechseln, machen Sie sich keine Gedanken. Mein Problem wird es sein, ihn zum freien Reden zu bringen. Seien Sie mit der Synchronklappe möglichst leise. Ich möchte ihm nicht den Anlaß oder Vorwand dafür liefern, daß er plötzlich behauptet, er sei müde oder gelangweilt oder werde nicht mit genügender Achtung und Rücksichtnahme behandelt.«

»Für wen hält der sich eigentlich? Für *was* hält der sich eigentlich?«

»Das hoffe ich von ihm zu erfahren. Noch etwas: ich möchte gar nicht erst versuchen, ihm ein Mikrofon um den

Hals zu hängen. Wahrscheinlich würde das in seinen Augen nicht zum Image eines Prinzen passen. Verwenden Sie einen kurzen Galgen oder ein Stativ. Es macht nichts, wenn das nachher zu sehen ist.«

»Ich kann es nicht erwarten, ihn kennenzulernen.«

Daß wir so offen reden konnten, hatte seinen Grund darin, daß uns der Erste Sekretär für einen Augenblick allein gelassen hatte. Er hatte eine kleine Auseinandersetzung mit den anderen beiden Holländern, die zur Toilette wollten. Sie konnten nicht verstehen, warum sie nicht einfach wie zivilisierte Menschen durch die Haustür gehen und dort die Treppe benutzen konnten und statt dessen gebeten wurden, durch das Küchenfenster zu klettern, um so über die Wendeltreppe zu der einzigen Toilette in dem Haus zu gelangen. Als ihnen erklärt wurde, daß es keine andere Treppe gab, daß aber die provisorischen Gebäude unterhalb des Parkplatzes auch Toiletten enthielten, ergab sich eine neue Schwierigkeit. Der Tontechniker teilte Jean-Pierres Angst vor scharfen Hunden. Am Ende mußte ich den Ersten Sekretär dazu überreden, den uniformierten Sicherheitsposten die Anweisung zu geben, für die Zeit unserer Anwesenheit alle Hunde einzusperren.

Es war ein eigenartiges Gefecht, das ich gewonnen hatte, aber von da an hatte ich die Crew auf meiner Seite. Das stellte sich als echtes Plus heraus. Sie waren bereit, mir zu helfen, das Interview glatt über die Bühne zu bringen. Inzwischen hatte Simone gute Beziehungen mit dem Handlanger-Fahrer des holländischen Kastenwagens geknüpft, und es war – mit Jean-Pierres Zustimmung – beschlossen worden, die Eß- und Trinkvorräte zu einem gemeinsamen Mittagessen zusammenzuwerfen. Bald tranken wir alle italienischen Wein aus österreichischen Pappbechern und aßen

Sandwiches aus beiden Ländern. Ich vergaß beinahe den eigentlichen Grund unseres Hierseins. Aber nicht sehr lange.

Etwa um zwei Uhr ging die Haustür auf, und ich sah Zander mit dem General und Schelm herauskommen. Sie standen einen Moment da, ehe sich der Erste Sekretär zu ihnen gesellte. Es gab eine kurze Debatte, und dann blickte sich Zander um, offenbar auf der Suche nach mir. Ich stand auf, und er winkte mich her. Als ich mich der Gruppe näherte, entfernten sich der General und Schelm. Ihre Haltung schien anzudeuten, daß ihre Sitzung mit dem Herrscher etwas war, worüber sie nicht reden wollten, nicht einmal untereinander.

Als ich bei Zander war, sagte ich: »Alles in Ordnung mit den beiden?«

»Ich sagte ihnen vorher, sie würden eine Zeitlang im Schockzustand sein. Ich glaube, sie haben das nicht so ernst genommen, wie sie es hätten nehmen müssen. Herr Sekretär, Sie haben Anweisungen für Mr. Halliday?«

Der Erste Sekretär räusperte sich. Aus irgendeinem Grund machte ihn Zanders Gegenwart jetzt nervös. »Ja«, sagte er zu mir, »ich habe Vorschläge. Seine Hoheit hat sich zurückgezogen, um ein wenig zu essen und sich auszuruhen. Der Leiter Ihres Teams schien der Meinung, das Interview könne im oberen Stollen stattfinden, wenn er etwa eine Stunde für Vorbereitungen dort zur Verfügung habe. Hat er übertrieben?«

»Nein. Ich glaube sogar, die Vorbereitungen könnten notfalls abgekürzt werden.«

»Nein. Seine Hoheit sprach von einer Stunde. Treffen Sie die Vorbereitungen bitte auf dieser Basis.«

Ich blickte wieder Zander an. Er nickte liebenswürdig.

321

»Wie gesagt, Mr. Halliday, alles läuft bisher nach Plan. Der Erste Sekretär stimmt mir zu, glaube ich.«

Der Erste Sekretär schien sich unbehaglicher zu fühlen denn je, brachte aber ein Achselzucken zuwege.

»Gut«, sagte ich, »in einer Stunde werden wir bereit sein.« Aber ich mußte einfach noch mal zum General und zu Schelm hinüberblicken und wollte eben den Mund aufmachen und etwas fragen, als Zander scharf dazwischenging.

»Nein, Mr. Halliday. Diese Herren haben über ernste Dinge nachzudenken und vielleicht zu diskutieren. Sie können ihnen nicht helfen. Es ist besser, Sie lassen sie allein. Tun Sie, was *Sie* zu tun haben. Drehen Sie Ihr Interview.«

Auch die Augen sagten mir unmißverständlich, ich solle mich verdammt noch mal um meine eigenen Angelegenheiten kümmern. Also machte ich den Mund wieder zu, nickte und ging zurück zum Parkplatz.

»Wir haben fünfundvierzig Minuten, um alles vorzubereiten«, sagte ich.

»Was wird er anhaben?« fragte der Kameramann.

»Als ich ihn das letztemal sah, war es die arabische Kleidung, die ein Mann von Rang trägt.«

»Ganz *weiß*, meinen Sie? Mit dem schwarzen Stirnband? Keinerlei Farbe? Können Sie ihm nicht sagen, er soll einen Anzug und dazu den Kopfschmuck tragen, so wie der fette Mann, der uns den Aufzug gezeigt hat?«

»Wenn ich versuche, ihm irgend etwas zu sagen, wird es kein Interview geben.«

Kluvers schaltete sich ein. »Es ist das Gesicht, das Sie haben wollen, nicht wahr? Das Gesicht und den Kopfschmuck?«

»Ganz richtig.«

Der Kameramann sah verwirrt aus. »Sie wollen ihn nicht mal hereinkommen sehen? Wir verzichten einfach auf diesen interessanten Hintergrund?«

»Reden wir zuerst mal über den Vordergrund«, sagte ich. »Was ich brauche, ist zunächst mal ein Brustbild, gerade noch so, daß man sieht, daß er auf diesem eigenartigen Stuhl sitzt. Dann gehen Sie langsam näher heran, so nahe wie möglich. Wir wollen die Haare auf seinem Gesicht sehen, die Augen, die Lippen, die Zähne und die Zunge; das ist mir so wichtig wie das, was er sagt, falls er überhaupt etwas zu sagen hat. Wenn wir mit ihm fertig sind, oder er mit uns, bringen Sie den Hintergrund bei den nachgestellten Szenen ins Bild, also bei den Aufnahmen, wo ich ihm zuhöre und die zwei, drei Fragen stelle, die eine Antwort gebracht haben – falls es die überhaupt gibt.«

»Rainer sagte, wir bräuchten möglicherweise eine Menge Filmmaterial.«

»Hoffentlich hat er recht. Vielleicht stehen wir am Ende mit sehr wenig da. So oder so, Zeit, daß wir uns rühren.«

Kluvers stand auf. »Ihr hört, was er sagt. Gehn wir an die Arbeit. Wenn nichts dazwischenkommt, können wir morgen in München unser Geld abholen und übermorgen zu Hause sein.«

Sie machten drei Fahrten mit dem Aufzug. Ich holte einen Pullover aus meinem Gepäck, ging dann über die Treppen nach unten, um ihnen nicht in die Quere zu kommen, und sah zu, wie sie aufbauten. Ich dachte auch weiter darüber nach, wie ich das Interview führen konnte. Zuerst würde ich ihn natürlich vorstellen, erklären, wer ich war und wo wir waren, im Innern einer stillgelegten, tausend Jahre alten Silbermine im österreichischen Bundesland Steiermark. Eine kurze Erklärung noch, weshalb wir da waren, und dann würde ich ihm meine erste Frage stellen. »Eure Hoheit, ich würde gerne damit beginnen, daß ich Sie frage . . .«

Und an der Stelle würde der Faden reißen.

Bis etwa um drei spielte ich das Double des Herrschers, damit der Kameramann die Figur auf dem großen Stuhl ausleuchten und der Tontechniker seine Probleme lösen konnte, und diese Beschäftigung half mir, die schlimmsten Ängste zu verdrängen. Außerdem hielt sie mich warm. Wie der Erste Sekretär gesagt hatte, blieb die Temperatur in dem oberen Stollen um diese Jahreszeit Tag und Nacht bei neun Grad Celsius oder knapp darunter. Es gab zwar keinen Wind oder wahrnehmbaren Luftzug, der die Luft hätte kälter erscheinen lassen, als sie tatsächlich war, aber es war auch so kalt genug. In meinem Haus hätte der Thermostat längst die Heizung eingeschaltet.

Um drei Uhr ging ich hinüber zu dem Stuhl, von dem aus ich das Interview führen wollte, und begann auf die Uhr zu sehen. Fünf Minuten später ließ ein lautes Summen im Wetterschacht B darauf schließen, daß der Aufzug nach oben geholt wurde. Nur würde er diesmal keine Kabel und Lampen herunterbringen. Laut Simone hatte der Herrscher nur eine gute Angewohnheit: er war pünktlich. Wenn er eine Person oder eine Gruppe nicht gerade absichtlich warten lassen wollte, verspätete er sich nur selten um mehr als eine Viertelstunde. Das Summen verstummte vorübergehend und kam dann wieder näher.

Als er in dem Tunnel erschien, hörte ich den Kameramann leise fluchen und an den Lampen herumhantieren. Der Herrscher hatte seine arabische Kleidung mitsamt dem Kopfschmuck abgelegt und trug nun einen blauen Anzug mit Weste und eine dunkle Krawatte. Irgend jemand mußte ihm von der Abneigung der Fernsehleute gegen bestimmte

Farben erzählt haben, denn auch sein Hemd war blau. Tatsächlich hat der Grundsatz, daß bei Interviews ein blaues Hemd zu tragen sei, bei der modernen TV-Ausrüstung keine Gültigkeit mehr. Als Kontrast zu der fahlen Gesichtsfarbe des Herrschers war allerdings das Hellblau gut gewählt. Was mir jedoch am meisten auffiel, als ich mit einer Verbeugung auf ihn zuging, um ihn zu seinem Fernsehthron zu geleiten, war die lebhafte Färbung seiner Wangen. Ich bemerkte auch, daß der hinter ihm herwatschelnde Erste Sekretär irgendwie beklommen wirkte. Meine Gedanken fingen nun wirklich an, sich zu überschlagen.

Kluvers und ich hatten schon vorher die Möglichkeit erwogen, mit Make-up zu arbeiten, und dann beschlossen, es nicht zu riskieren. Dem Herrscher war durchaus zuzutrauen, daß er den Vorschlag, ein Make-up aufzulegen, als eine unmännliche Zumutung betrachtete. Nur wenn er anfangen sollte, unter den heißen Lampen zu schwitzen, würde jemand vorschlagen, den Schweißglanz mit etwas Puder wegzuwischen. Die Idee, daß er aus eigenem Antrieb Make-up benützen könnte, war uns nicht gekommen. Doch als er nun in das Fehllicht der Scheinwerfer trat, konnte ich erkennen, daß die Röte auf seinen Wangen kein Make-up war. Er war lediglich erregt.

Es war gewiß nicht die Aussicht, für das Fernsehen interviewt zu werden, die ihn stimulierte. Als ich mit dem Zeremoniell fortfuhr und ihm Kluvers mit Namen und den Rest der Crew pauschal vorstellte, bekam keiner von ihnen mehr als ein vages Kopfnicken. Und als Kluvers ihn bat, sich auf seinen Stuhl zu setzen, damit die Beleuchtung noch einmal kurz überprüft werden könne, wandte er sich an den Ersten Sekretär und sagte etwas auf arabisch. Ich wußte genug, um das, was er sagte, dem Sinn nach zu verstehen. Es war eine Anordnung an den Sekretär, ihm alle zwanzig Minuten zu sagen, wie spät es war. Für mich gab es nur eine mögliche Erklärung für die Art und Weise, wie er aussah und sich benahm. Er hatte sich mit irgendeinem Mittel aufgeputscht.

In diesem Augenblick entschied ich mich für einen der plumpsten Züge, mit denen sich ein Interview eröffnen läßt. Wenn der zu Interviewende irgendeinen Rang hat, versucht man, ihn hochzujubeln. Wenn er es durchgehen läßt, weil er sich geschmeichelt fühlt, hat man sich einen Vorteil verschafft; wenn er einen prompt verbessert, hat man wenigstens gleich einen Einstieg. Riskant ist es nur bei jemandem, der bereit ist, einen mit der Bemerkung bloßzustellen, man habe offensichtlich seine Hausaufgaben nicht gemacht. Dieses Risiko glaubte ich beim Herrscher ohne weiteres eingehen zu können. Und so begann ich, nachdem das »Kamera läuft« vom Kameramann und ein »Petrucher-Interview, die erste« vom Handlanger-Fahrer-Klappenmann gekommen war, meine Vorstellung nicht mit »Seine Hoheit, der Emir von« sondern mit »Seine *Königliche* Hoheit, der Emir«.

Eine Zeitlang glaubte ich, er würde es durchgehen lassen. Aber nein. Als ich den einzigen Satz begann, der mir als Auftakt eingefallen war, eine banale Frage nach seinen Gründen für den Erwerb der Mine, in der wir nun saßen, hob er eine Hand, um mich zu unterbrechen.

»Nein, Mr. Halliday«, sagte er. »Bitte nicht so stürmisch. Nicht *Königliche* Hoheit.«

»Ich bitte vielmals um Entschuldigung, Sir. Ich hatte nicht den Wunsch . . .«

Aber er schnitt mir das Wort ab. »Unsere Familie ist sehr alt und vornehm, aber nicht königlich. Diese zweifelhafte Ehre überlassen wir gerne den Königsdynastien.«

»Beispielsweise der Königsfamilie der Saudis, Eure Hoheit?«

Aber er sah die Falle. Er war nicht bereit, die Königsfamilie der Saudis in aller Öffentlichkeit als zweifelhaft zu bezeichnen. »Nein, Mr. Halliday. Ich hatte mehr an die iranische Dynastie Pahlewi gedacht«, sagte er und begann zu grinsen. »Der Vater des zweiten und letzten Schahs war ein Eseltreiber, der nicht lesen und schreiben konnte, der Soldat wurde, der die Dynastie stürzte, in deren Diensten er gestanden und von deren Geld er gelebt hatte, und am Ende nannte er sich nicht nur Schahanschah, sondern auch Vizeregent Gottes und Zentrum des Universums. Also das, finde ich, war sehr königlich.«

Er hatte, noch während er redete, angefangen, vor Vergnügen zu grunzen. Dann hustete er einmal, versuchte zu schlucken und wurde plötzlich von einem Lachkrampf geschüttelt.

Dreizehntes Kapitel

Das ging fast eine Minute lang. Ich sah, daß Kluvers, der neben dem Tontechniker kauerte, Zeichen machte, um mich zu fragen, ob sie abbrechen sollten, aber ich schüttelte den Kopf. Darauf tat er so, als schlucke er eine Pille, zog – mit Blick auf den Mann im Scheinwerferlicht – die Augenbrauen hoch und verdrehte die Augen. Ich zuckte mit den Achseln. Inzwischen war offenkundig, daß der Herrscher irgendwie high war, aber es war nicht auszumachen, wovon oder wie er sich in diesen Zustand versetzt hatte. Vielleicht konnten wir es noch herausfinden. Im Augenblick war es unwichtig. Wir hatten bereits etwas Interessantes im Kasten. Inzwischen klang das Lachen nicht mehr ganz so irre und ging langsam in ein atemloses Kichern über. Schließlich hörte es so abrupt auf, wie es angefangen hatte. Der Herrscher kam allmählich wieder zu Atem, leckte sich die Lippen und fingerte an seiner Krawatte.

Der Erste Sekretär war auf leisen Sohlen zu mir herübergekommen. »Seine Hoheit findet in der Welt manchmal zuviel zum Lachen«, flüsterte er. »Dieser Film wird natürlich mit Umsicht geschnitten werden.«

»Natürlich«, sagte ich. Und er würde in der Tat mit Umsicht geschnitten werden. Wenn er aber glaubte, Rainer oder irgendein anderer Produzent werde diese ergiebige Kostprobe der feineren Gefühle des Herrschers über die gefallenen Mächtigen und den Tod von Königen auf dem

Boden des Schneideraums zurücklassen, dann wartete eine Enttäuschung auf ihn.

Der Herrscher selbst, etwas atemlos noch, aber wieder einigermaßen gefaßt, war nun bereit, weiterzumachen. »Aber bitte, Mr. Halliday«, fügte er hinzu, »bitte lassen Sie diese amerikanischen Witze über Königsdynastien. Mein Sinn für Humor ist da überfordert.«

»Ich werde daran denken, Eure Hoheit. Vielleicht könnten wir über diese alte Silbermine reden. Sie haben sie gekauft, wenn ich das richtig verstehe, damit Sie das darüberstehende Haus durch eine Klinik ersetzen können und damit die alte Grubenanlage – so wie das jetzt schon in Oberzeiring geschieht – zur Behandlung von Erkrankungen der Atemwege genutzt werden kann. Ist das richtig?«

»Für Bronchitis und so weiter. Ja.«

»Kommen diese Krankheiten in dem trockenen, warmen Land, dessen Herrscher Sie sind, besonders häufig vor?«

»Sie kommen in der einen oder anderen Form in allen Ländern häufig vor. Das ist doch wohl allgemein bekannt.«

»Vielleicht nicht so allgemein wie erforderlich, Eure Hoheit. Ich möchte nur Ihre besonderen Kenntnisse dazu nutzen, die Zuschauer in vielen Ländern zu informieren. Sie selbst leiden an Sinusitis, soviel ich weiß.«

»Und an Allergien. In meinem Fall vermischen sich die beiden.«

»Wie viele Ärzte befinden sich in Ihrer Begleitung, Eure Hoheit?«

»Zur Zeit keiner. Später, wenn man mir erlaubt, die Klinik so zu bauen, wie ich will, werden Patienten auf die übliche Weise in die Klinik eingewiesen werden.«

»In Oberzeiring herrschen einige Bedingungen, die für diese besondere Art der Behandlung eine Kontraindikation darstellen. Haben Sie die Absicht, hier die gleichen medizinischen Praktiken anzuwenden?«

»Kontraindikation? Ich fürchte, meine Sprachkenntnisse sind unzulänglich.«

»Ganz grob gesagt, Eure Hoheit, spricht man dann von Kontraindikation, wenn unter den gegebenen Bedingungen die Behandlung eher schaden als nützen würde.«

Er versuchte ein heiteres Lächeln, das ihm nicht so recht gelang. »Ich habe eigentlich die Hoffnung, keinen Schaden anzurichten, Mr. Halliday.«

»Eure Hoheit, würden Sie einen Patienten mit Rechtshypertrophie oder einer akuten Lebererkrankung oder einem fortgeschrittenen Emphysem oder Tuberkulose als Kandidaten für eine Behandlung in Ihrer Klinik ansehen?«

Er dachte sorgfältig nach, bevor er seinen Urteilsspruch fällte. »Bei einem fortgeschrittenen Emphysem würde ich die Behandlung für sehr gut halten, und vielleicht auch bei Tb. Bei einer Lebererkrankung habe ich Zweifel.«

»In Oberzeiring, Eure Hoheit, gelten *alle* Patienten mit einer der eben erwähnten Krankheiten als *nicht* für eine derartige Behandlung geeignet. Haben Sie das nicht herausgefunden, als Sie sich dort behandeln ließen? Wurden Sie denn von keinem Arzt untersucht?«

»Sie vergessen, daß es bei mir Sinusitis und Allergien waren, die behandelt wurden. Offensichtlich haben Sie sich mit den Ärzten dort unterhalten.«

»Eure Hoheit, die ganzen Informationen, die ich eben wiederholt habe, stammen aus einem kleinen kostenlosen Faltblatt über Oberzeiring, das ich in meinem Hotelzimmer in einer Schublade gefunden habe. Der letzte Arzt, mit dem ich mich unterhalten habe, war mein Zahnarzt, zu Hause in Amerika. Wie sind Sie auf Oberzeiring gestoßen?«

»Ein Arzt in der Schweiz hat mir davon erzählt. Ich war natürlich dankbar für die Behandlung, aber mein eigenes medizinisches Interesse, das Thema, mit dem ich mich intensiv befaßt habe, wenn natürlich auch als Laie, ist das zentrale Nervensystem.«

»Das scheint eine ziemlich ungewöhnliche Art der Beschäftigung für Laien, Eure Hoheit. Hängt eine der Schwierigkeiten hinsichtlich der Baugenehmigung für Ihre Klinik hier mit der Tatsache zusammen, daß sie nicht unter der Aufsicht einer medizinischen Autorität aus Österreich stehen wird?«

»Meine Anwälte in Wien haben davon gesprochen, ja. Aber das hier würde eine Privatklinik sein.«

Ich dachte, er würde sich darüber noch weiter auslassen, aber er tat es nicht. Und so ließ ich es damit bewenden. Mir schien, ich hatte schon mehr als genug für Herrn Rainer getan. Einen am zentralen Nervensystem interessierten Laien eine Klinik leiten zu lassen, das war etwa so, als hielte sich ein allgemeines Krankenhaus einen Laien als Gehirnchirurgen. Es blieben nur noch ein paar Punkte, die ich zu meiner eigenen Befriedigung klären wollte.

»Sie wissen sicher, Eure Hoheit, daß es in diesem Bundesland und in Wien viele gibt, die einfach nicht an dieses Vorhaben glauben wollen. Die glauben nicht, daß Sie wirklich die Absicht haben, eine Klinik zu bauen.«

»Natürlich weiß ich das. Und ich werde ständig daran erinnert.«

»Diese Weigerung, Ihnen zu glauben, scheint ursprünglich eine Folge *Ihrer* Weigerung, Pläne für den beabsichtigten Umbau über der Erde der regionalen Planungsbehörde vorzulegen. Würden Sie vielleicht unseren Zuschauern Ihre Weigerung erklären?«

Er richtete einen Finger auf mich. »Keine Genehmigung

war erforderlich, als ich daranging, große Geldsummen hier unter der Erde auszugeben. Das hier war eine aufgegebene Mine, großenteils überflutet und, wo sie nicht überflutet war, gefährlich, weil die fast ein Jahrhundert alten Holzgerüste verfault waren. Ich habe das alles geändert. Ich habe Pumpen und andere Maschinen eingebaut, das Neueste und Beste. Ich habe Stahl und Beton eingebaut. Ich habe die Mine wieder sicher und benutzbar gemacht. In diesem Moment sitzen wir hier in Sicherheit. Niemand hat die Hand gehoben, um mich daran zu hindern. Doch wenn ich ein verlassenes und häßliches Haus durch einen modernen Bau ersetzen will, entworfen von einem bekannten und angesehenen Architekten, dann verweigert man mir die Genehmigung.«

»Aber, Eure Hoheit, wie soll eine Genehmigung erteilt werden, wenn nicht einmal die Pläne Ihres Architekten vorliegen?«

»Meine Pläne sehen eine Klinik vor. Wenn die sich weigern, erst einmal anzuhören, was meine Anwälte über die Erfordernis zu sagen haben, einen kleineren Bau durch einen etwas größeren zu ersetzen, was kann ich da noch tun? Wie kann ich einer gesichtslosen Bürokratie überhaupt etwas erklären?«

Ich verlagerte meinen Angriff an eine andere Front. »Ohne Zweifel ist Ihnen bewußt, Eure Hoheit, daß einer Ihrer ehemaligen Angestellten, ein Ingenieur, verschiedentlich behauptet hat, Ihre Absicht hier sei in Wirklichkeit gar nicht die vorgegebene. Ihre wahre Absicht, sagt er, sei es nicht, eine Klinik zu bauen, sondern einen privaten Atombunker für Ihre Familie und Ihre Begleitung.«

Auf die Frage hatte er gewartet. »Ehemalige Angestellte, die wegen Unfähigkeit entlassen worden sind«, sagte er lächelnd, »versuchen oft, ihre ehemaligen Arbeitgeber zu verleumden.«

Kluvers warnte mich, daß sie demnächst einen neuen Film einlegen mußten. Ich gab ihm das Okay-Zeichen, redete aber weiter, als sei nichts geschehen. Wir hatten bei seinem Lachanfall eine Menge Film verbraucht, aber ich wollte den Redefluß nicht stoppen, obschon es jetzt nur noch wenige Fragen schienen, die ich ihm stellen und die er mir beantworten oder – und das war wahrscheinlicher – denen er ausweichen würde.

»In welcher Hinsicht war er unfähig, Eure Hoheit?«

»Er hatte nicht die geringste Ahnung von Hydraulik, obwohl er darin angeblich Experte war. Ihm unterliefen schlimme Fehlberechnungen.«

Mir fiel ein, daß es dieser Mann, ein französischer Ingenieur, gewesen war, dem der Kragen geplatzt war und der dem Herrscher in Gegenwart anderer gesagt hatte, *er* habe keine Ahnung von Hydraulik. Der Herrscher war nicht der erste Arbeitgeber, der Leuten, die er rausgeschmissen hatte, hinterher seine eigenen Mängel anhängte.

»Fehlberechnungen in einem Unternehmen wie diesem hier, Eure Hoheit, können ganz schön teuer werden.«

Bis er mir einen ganzen Rattenschwanz an Zahlen genannt hatte, um zu zeigen, wie teuer alles zu stehen gekommen war, hatten wir einen neuen Film eingelegt, und die Kamera lief wieder. Die zweite Klappe war so unauffällig hingehalten worden, daß der Herrscher nichts davon zu bemerken schien. Ein Interview mit jemandem, der völlig in sich selbst vertieft ist, macht wenigstens auch ein paar Dinge leichter.

»Sehen Sie jetzt, Mr. Halliday, was seine Ignoranz mich gekostet hat? Und trotzdem blieb er dabei, mich zu beschuldigen. Der Mann muß verrückt sein.«

»Trotzdem scheinen ihm viele Leute, auch Journalisten und Kommunalpolitiker, geglaubt zu haben. Es gibt welche, die neuerdings ein Politikum daraus machen.«

Er beugte sich unverhofft vor, und ich hörte die blitzschnelle Reaktion des Kameramanns, der sich bemühte, das Gesicht des Herrschers wieder in die Mitte zu rücken und scharf einzustellen. Ich hoffte, mit Erfolg, denn die Wangen waren wieder rosig, und die Lippen zuckten vor Erregung.

»Glauben *Sie* ihm denn, Mr. Halliday?« fragte er. »Glauben *Sie* vielleicht, ich sei dumm genug, einen strahlensicheren Atombunker in dreitausend Kilometer Entfernung von meinem Palast am Golf zu bauen?«

»Eure Hoheit, ich glaube nicht, daß Fragen über dummes oder vernünftiges Verhalten in einer allgemeinen Debatte über die Zivilverteidigung gegen atomare Angriffe in irgendeiner Weise relevant sind. Ich muß dennoch zugeben, die Vorstellung, Sie könnten diese Mine als strahlensicheren Atombunker benützen, erscheint eigenartig.«

»Mehr als eigenartig, würde ich sagen. Wenn es zu einem Atomkrieg kommen sollte, dann werden wir – so habe ich mir sagen lassen – vielleicht eine halbe Stunde vorher gewarnt. Wie soll ich in dreißig Minuten vom Golf hierherkommen?«

»Das ist mir auch schon durch den Kopf gegangen, Eure Hoheit. Aber wie gesagt, mit Vernunft hat das im Grunde nichts zu tun. Zu der Frage, wie ein Atomkrieg beginnen könnte, habe ich schon eine ganze Reihe verschiedener Szenarios gehört. Ich habe Leute sagen hören, daß der Beginn *jedes* größeren Krieges unter Beteiligung der Supermächte – selbst wenn sie auf die altmodische Art nur mit Panzern und Flugzeugen anfangen – für alle diejenigen, die Zugang zu irgendeinem Atombunker haben, das Signal sein würde, sich auf dem schnellsten Wege dorthin zu begeben. Auch mit dem Flugzeug. Ich versuche natürlich objektiv zu sein, und das ist bei dem Thema nicht möglich. Die Bedrohung durch einen Atomkrieg zieht verschiedene Leute in verschiedene Richtungen.«

»Und Sie?« wollte er wissen. »Wohin zieht die Aussicht auf einen Atomkrieg Sie, Mr. Halliday?«

»Eure Hoheit, ich fürchte, ich bin einer von denen, die nicht viel darüber nachdenken. Wenn es zwischen den Supermächten zu einem Krieg mit Kernwaffen kommt, dann werden – selbst bei einem begrenzten Konflikt – die meisten von uns in den dicht bevölkerten Gebieten des Westens tot sein oder innerhalb der ersten Stunde sterben.«

»Selbst wenn mit dem ersten Verhütungsschlag die Fähigkeit der anderen Seite zum ersten *und* zweiten Schlag zunichte gemacht wird?«

»Ich weiß nicht viel über die augenblicklich bevorzugten strategischen Ziele, Eure Hoheit. Ich weiß nicht, was zuerst drankommt, die Silos oder die Großstädte oder die U-Boote. Ich glaube allerdings, daß in jedem Atomkrieg diejenigen, die die ersten paar Stunden *überleben*, die Pechvögel sein werden.«

»Ich stimme Ihnen zu. Aber ich glaube nicht, daß es zu Ihrem Atomkrieg kommen wird, Mr. Halliday. Ich glaube, daß das Gleichgewicht des Schreckens sich halten wird. Die Sowjets und die Amerikaner werden sich weiterhin anstarren, und die kleinen Bombenbauer werden nervös ihre Umgebung im Auge behalten. Was ich fürchte, ist der neue konventionelle Krieg.«

»Helikoptergeschütze und Napalm, Eure Hoheit?«

»Das sind die Waffen der modernen Dschungel- und Kolonialkriege, der Buschkriege der Dritten Welt. Überwiegend jedenfalls. Wenn ich vom neuen konventionellen Krieg spreche, dann denke ich an die chemischen Waffen. *Nicht* die biologischen. Biologischer Fallout kann so tödlich sein wie der von Kernwaffen. Dagegen sind die neuen chemischen Waffen kontrollierbar. Mit ihnen kann man seinen Feind töten, ohne zu riskieren, daß man sich dabei selber umbringt. Man kann gezielt töten, wo immer man will, und dann die Verschmutzung beseitigen, alles wieder sicher machen. Man braucht dazu nur das nötige Wissen.«

»Im Zweiten Weltkrieg hatten beide Seiten dieses Wissen, Eure Hoheit. Und doch setzte keine Seite irgendwelche Kampfgase oder chemischen Waffen ein, obschon sie sie herstellten und zur Verfügung hatten.«

Er schnalzte verächtlich mit den Fingern. »Ich rede nicht von solchen Dingen wie Phosgen. Das waren Kindereien. Ich zähle nicht einmal Tabun zur Kategorie moderner chemischer Waffen. Ich rede vielmehr von . . .« Er unterbrach sich und senkte geziert den Kopf. »Aber nein, es ist vielleicht besser, wenn ich nicht von diesen Dingen rede. Ich habe nicht den Wunsch, den Leuten Angst zu machen.«

»Wir hier, Eure Hoheit, haben natürlich nicht den Wunsch, uns in geheime Angelegenheiten einzumischen oder die Leute zu beunruhigen. Ich bin sicher, daß Sie in Ihrer Stellung als Herrscher viele Geheimnisse kennen, deren Enthüllung weder der Sicherheit dienen noch im öffentlichen Interesse liegen würde. Das steht außer Frage, und ich würde nie von Ihnen verlangen, daß Sie uns derartige Geheimnisse anvertrauen.«

Die Dicktuerei wirkte. Ich konnte fast sehen, wie in ihm der Wunsch, mich zu beeindrucken, mit dem unbehaglichen Gefühl kämpfte, es sei vielleicht doch besser, das Thema zu wechseln. Irgend etwas erregte und beflügelte ihn, und er wollte es mit jemandem teilen, der ihm verständnisvoll zuhörte. Ich glaube, er hatte völlig vergessen, daß er vor einer Filmkamera und einem Mikrofon saß. Er suchte nach einem Ausweg aus seiner Schwierigkeit. Plötzlich glaubte er, einen Weg zu sehen.

»Natürlich«, sagte er vorsichtig, »sind nicht alle diese Dinge geheim. Vieles davon ist allgemein bekannt. Haben Sie zum Beispiel von der Gruppe der Phosphorsäureester gehört, die man Cholinesterase-Blocker nennt?«

»Nein, Eure Hoheit, das kann ich nicht von mir behaupten.«

Ich beobachtete jedoch genau, was in seinem Gesicht vorging, und hatte das Gefühl, daß ich an dieser Stelle nicht abbrechen und auf eine Erklärung von ihm warten durfte, denn sonst würde er wieder vorsichtig werden. Also machte ich einen kleinen Scherz auf meine Kosten. »Aber lassen Sie mich raten. Wäre es korrekt, zu sagen, daß sie im Hinblick auf den Menschen eine Kontraindikation darstellen?«

Er begriff es nicht sofort, aber als der Groschen gefallen war, dachte ich schon, wir würden einen weiteren hysterischen Anfall erleben. Das dröhnende Lachen ging jedoch rasch in ein Kichern über. »Mein Gott, ja«, sagte er schließlich. »Eine Kontraindikation, das kann wohl sagen. Die amerikanischen und britischen Streitkräfte nennen sie Nervengase und tun so, als seien das für sie keine potentiellen Waffen. Das ist natürlich – wie sagt man doch gleich? – Quatsch mit Soße, und sie haben sich Vorräte von einem Gas zugelegt, das sie Sarin nennen. Sie nennen es so, weil die chemische Bezeichnung sehr kompliziert ist. Sarin ist lediglich ein Code-Name. Die sowjetische Version davon nennen sie Soman. Das soll noch stärker und noch fürchterlicher sein. Warum sie überhaupt noch etwas Stärkeres brauchen, weiß ich nicht. Beide Gase greifen das zentrale Nervensystem an. Man nimmt an, daß ein einziges Tröpfchen von einem Milligramm Sarin, von einem gesunden Erwachsenen eingeatmet, zur Lähmung und in weniger als einer Minute zum Tod führt. Aber es braucht nicht eingeatmet zu werden. Jeder Hautkontakt mit einem solchen Tröpfchen Sarin ist tödlich; über die Atemwege geht es nur schneller.«

»Sie sagen, *man nimmt an,* daß diese Nervengase so tödlich sind, Eure Hoheit. Dabei haben Sie selbst sich ausgiebig mit dem zentralen Nervensystem befaßt. Heißt das, daß am militärischen Wert dieser Gase noch Zweifel bestehen? Wissen Sie nicht mit *Sicherheit,* daß sie tödlich sind?«

Er beeilte sich, mich zu beruhigen. »O doch, Mr. Halliday, mit absoluter Sicherheit. Es hat Testreihen gegeben. Sarin und Soman haben Menschenaffen, Schafe und andere Säugetiere praktisch auf der Stelle getötet. Krämpfe, Lähmung, Tod. Das ist der Ablauf. Nur von Menschen fehlen uns noch gesicherte Testergebnisse. Das einzige, was wir bisher von den Auswirkungen auf Menschen wissen, geht auf Unfälle zurück. Und da ist bis jetzt nur sehr wenig durchgesickert. Sowohl in den Vereinigten Staaten als auch in Großbritannien haben die Behörden solche Pannen erfolgreich vertuscht. Das wenige, was durchgedrungen ist, war von geringem militärischem Wert und vom wissenschaftlichen Standpunkt aus wertlos. Nur der Unfall bei Swerdlowsk in der Sowjetunion war so schwerwiegend, daß er nicht vertuscht werden konnte. Vom Wind verwehte Tröpfchen sorgten für über hundert Tote und sehr viele Schwerkranke. Die sowjetische Propaganda sprach von einer Virus-Epidemie, aber niemand glaubte ihnen. Es war eine Panne bei der Herstellung. Aber wissenschaftliche Informationen waren auch dort nicht zu bekommen.«

»Sie sagen, diese Substanzen können durch die Haut aufgenommen werden? Heißt das, daß Gasmasken nichts nützen?«

»Nur die totale Abschirmung wird Ihnen etwas nützen, Mr. Halliday, ein Spezialanzug, der hermetisch versiegelt und später zur Entseuchung abgewaschen werden kann. Bei den neuen Panzern wird dieser Gesichtspunkt berücksichtigt, soviel ich weiß. Man braucht etwas, das sich eine Zeitlang versiegeln läßt, bis es mit den richtigen Chemikalien gereinigt werden kann.«

»Und was ist mit einer druckfesten Kabine, etwa dem Innenraum eines Flugzeuges? Wäre man da sicher?«

Er tat so, als habe er nichts gehört. »Am besten sind natürlich Gegengifte.«

»Gegengifte? Gibt es die bereits?«

»Im geheimen, versteht sich, und sie sind noch nicht an Menschen ausprobiert worden. Sie müssen verstehen, daß Substanzen wie Sarin und Soman zusammengesetzte Chemikalien sind, etwa wie moderne Insektizide. In der Natur kommen sie nicht vor. Aber was mit Chemikalien bewirkt werden kann, kann mit anderen Chemikalien wieder rückgängig gemacht werden. Es kommt wieder nur auf das Wissen an.«

»Ich verstehe, Eure Hoheit. Neben versiegelten Behältern und Leuten in versiegelten Anzügen, die das Gift außen von den Behältern abwaschen, braucht man zum Schutz also in erster Linie die richtigen Gegengifte und die Gewißheit, daß sie nach wie vor richtig sind, daß der Feind nicht auf noch tückischere Tröpfchen umgestiegen ist, von denen man keine Ahnung hat.«

»Sie vergessen eines, Mr. Halliday. Bei Gegengiften muß man auch wissen, wie sie genau zu verwenden sind, in welchem Stadium und mit welchen Vorsichtsmaßnahmen man sie anwenden muß.«

»Realistische Tests müssen gemacht werden.«

»Das steht außer Frage. Sie können Affen nicht den Umgang mit Gegengiften beibringen.«

Er wurde allmählich müde. Es war fast Zeit, zum Schluß zu kommen.

»Eure Hoheit, im Rahmen Ihrer eigenen Bemühungen, hinter die Geheimnisse des zentralen Nervensystems bei Säugetieren zu kommen, haben Sie gewiß einige dieser Tests mit eigenen Augen gesehen. Wenn beispielsweise einem großen Menschenaffen ein Milligramm Sarin ins Maul gegeben wird, was genau spielt sich dann ab? Können Sie uns das sagen?«

Mein Appetit auf einen Augenzeugenbericht beflügelte ihn. »Aber ja, Mr. Halliday, selbstverständlich kann ich Ihnen das sagen; Sie dürfen nur nicht erwarten, daß ich ausplaudere, wo mir das Vorrecht zuteil wurde, diesen Demonstrationen beizuwohnen.«

»Nein, natürlich nicht.«

»Nun denn, um das Tröpfchen ins Maul des Tieres zu spritzen, verwendet man ein Instrument, das wie einer dieser Parfümzerstäuber aussieht, die die Frauen im Westen in ihren Handtaschen mit sich führen. Allerdings ist es am Ende eines langen Stabes befestigt, und es ist natürlich auch nicht aus Gold. Das eine Milligramm wird gespritzt. Kein Ton. Einen Moment lang tut sich gar nichts. Dann scheinen sich alle Muskeln in dem Körper zusammenzuziehen, wenn sie in den Zustand verfallen, für den die Ärzte ihre eigene Bezeichnung haben. Sie sprechen nicht von einem Krampf, obwohl das meiner Meinung nach auch zutrifft.«

»Fibrillation? Ist das der medizinische Ausdruck?«

»Ja, ganz recht. Fibrillation. Das Tier fällt natürlich um. Gewöhnlich fängt es an, sich gleichzeitig zu erbrechen und zu koten. Dann kommen die Zuckungen, ziemlich heftig und lange. Interessant daran ist, daß die eigentliche Todesursache in den meisten Fällen eine simple Erstickung ist. Die Muskeln, die die Lungen kontrollieren, sind einfach nicht mehr funktionsfähig.«

»Natürlich wissen Sie damit noch nicht, ob Menschen genau gleich reagieren würden oder nicht.«

»Bisher nicht, nein.«

»Würden Sie sagen, ein schmerzhafter Tod, Hoheit?«

»Ein wenig schmerzhaft vielleicht schon, aber es geht sehr schnell. Nicht mal eine Minute, und alles ist vorbei.«

»Vielen Dank, Eure Hoheit. Was Sie uns zu sagen hatten, war instruktiv und hilfreich. Ich bin sicher, daß die Zuschauer auf der ganzen Welt Ihnen dafür danken werden, daß sie Ihre Gedanken zu einigen zeitgemäßen und uns alle betreffenden Problemen des Lebens und Sterbens mit Ihnen teilen durften.«

Ich gab Kluvers das Stoppzeichen, wartete, bis ich ihn das Wort sagen hörte, und ging dann schnell nach vorn, um den Herrscher mit Glückwünschen zu überschütten. Der Erste Sekretär war augenscheinlich beunruhigt. Das war verständlich. Der Herrscher – ebenso verständlich – war mit sich zufrieden. Die Tortur war vorüber. Er hatte überlebt. Er wurde gelobt und mit Komplimenten eingedeckt. Die Zweifel, falls er je an etwas zweifelte, würden später kommen, wenn er versuchte, sich zu erinnern, was er nun genau gesagt hatte, oder wenn der Erste Sekretär genügend Mut aufbrachte, um ihm ein paar Zitate zu liefern.

»Wann wird es gesendet?« fragte er.

Eine Standardfrage, auf die er eine jener ausweichenden Antworten erhielt, die ebenfalls mehr oder weniger standardisiert sind.

»Der Film sollte innerhalb der nächsten paar Stunden entwickelt und nach New York geflogen werden, Eure Hoheit. Wie es dann weitergeht, entscheiden die Verantwortlichen in der Abteilung Zeitgeschehen und die Programmgestalter. Ich werde veranlassen, daß man Sie auf dem laufenden hält.«

Die Crew hatte die Lampen abgeschaltet und begann alles für die noch zu machenden Hintergrundaufnahmen umzustellen. Der Herrscher nahm offenbar an, daß sie sich zum Aufbruch rüsteten. Mit einem huldvollen Kopfnicken für alle stand er von seinem Stuhl auf. Der Erste Sekretär zog mich rasch zur Seite.

»Seine Hoheit hat oben im Haus noch eine Besprechung«, sagte er. »Sie werden ihn nicht wiedersehen. Bevor Sie aber abreisen, Mr. Halliday, würde ich Sie gerne noch einmal sprechen. Dieses Interview war, wie wir beide wissen, nur vorgespiegelt und darf nicht allzu ernst genommen werden. Ihr persönlicher Einsatz in dieser Sache gibt Ihnen den Anspruch auf ein Zusatzhonorar. Ich möchte nicht, daß Sie ohne Ihren Lohn wegfahren.«

»Ganz wie Sie meinen, Sir.«

Er hastete den Stollen entlang zum Aufzug. Der Herrscher war bereits dort und fing an, sich zu beschweren. Ich drehte mich um und sah, daß mich Kluvers mit einem sehr eigenartigen Ausdruck im Gesicht anblickte.

»Das war also Ihr Auftrag?« fragte er. »Ihn zu ruinieren?«

»Kam Ihnen denn irgendeine meiner Fragen unfair oder verantwortungslos vor?«

»Mir kam es so vor, als ob nur einer diesem Mann Fragen stellen dürfte: ein Psychiater.«

»Es gibt genügend Leute, die Ihnen da zustimmen würden. Die sagen es allerdings nicht laut. Haben Sie von bestimmten Geschäftsleuten gehört, die sich als Mukhabarat-Zentrum bezeichnen?«

»Diese Mordbande meinen Sie? Rasmuk?«

»Seine Hoheit hat sie im Augenblick unter Vertrag, für etliche Millionen.«

Das rüttelte ihn auf. »Wir hätten diesen Job nie annehmen sollen«, sagte er verbittert. »Wir hätten auf dem direkten Weg nach Hause fahren sollen.«

»Auf dem direkten Weg nach Hause zu kommen ist für einige von uns immer noch ein Problem«, sagte ich. »Wie wär's, wenn wir unsere Arbeit hier zu Ende führten?«

»Wir sind fast soweit.«

»Hat Rainer Ihnen gesagt, daß ich den belichteten Film ihm zum Entwickeln geben werde?«

»Ja, und ich habe ihm unsere Namen für den Vorspann gegeben. In Ordnung?«

»Sind Sie immer noch sicher, daß Sie im Zusammenhang mit mir genannt werden wollen?«

Er grinste. »Ich sagte ja nicht, es sei ein schlechtes Interview gewesen. Ich fand es nur erschreckend. Ich bin nur gespannt, wieviel davon tatsächlich über den Sender gehen wird.«

»Ich auch. Ach ja, die zwei Dosen hätte ich gerne einzeln verpackt und mit eins und zwei gekennzeichnet. Okay?«

»Kein Problem.«

»Und was das Verpacken betrifft, da möchte ich Sie noch um einen kleinen Gefallen bitten.«

»Einen Gefallen?«

Er stöhnte ein bißchen, als ich es ihm erklärte, aber er war einverstanden.

Er nahm die zusätzlichen Einstellungen so auf, wie der Kameramann es sich vorgestellt hatte, vor einem Hintergrund aus nassen Kalksteinwänden und triefenden Treppen. Von den Fragen, die ich dem Herrscher während des Interviews gestellt hatte, änderte ich nur eine im Wortlaut ab, als wir dazu kamen, mich beim Fragen aufzunehmen. Es war die eine Frage, die er bewußt ignorierte, und ich wollte verdeutlichen, warum er nicht darauf eingegangen war.

Zum Thema der Abschirmung gegen einen Angriff mit Nervengas hatte ich ihn gefragt, ob man in einer druckfesten Flugzeugkabine sicher sei. Keine Antwort. Warum? Weil er selbst ein Privatflugzeug mit einer druckfesten Kabine besaß, eine Caravelle Super B laut Zander. Also lautete meine Frage nun so: »Und was ist mit einer druckfesten Kabine, wie zum Beispiel in der privaten Caravelle, die Sie besitzen, Eure Hoheit? Wäre man da während eines Angriffs mit Nervengas nicht ein paar Stunden sicher?«

Es war Betrug, zugegeben, und Kluvers verdrehte auch die Augen, um mir zu zeigen, was er von meinem Berufsethos hielt, aber er versuchte mir die revidierte Fassung nicht auszureden. Er fragte hinterher nur, ob das jetzt alles sei. Als ich ihm sagte, wir könnten Schluß machen, nickte er und machte der Crew Beine.

Erst jetzt sah ich Simone auf der Treppe stehen. Sie hatte von dort oben, von der vierten Treppe aus, dem Interview zugehört. Ihre dünne Kleidung war feucht, und sie zitterte, aber im Augenblick schienen sie die widrigen Umstände nicht zu stören, ja sie registrierte sie gar nicht.

»Wenn das Interview je gesendet wird«, sagte sie, »ist er erledigt.«

»Stört Sie das? Er hat vor, Sie zu *töten, und* den Patron *und* die jungen Leute.«

»Das will er versuchen, ja.« Sie merkte allmählich, daß sie fror, und ich ging mit ihr in den Teil des Stollens, den die Scheinwerfer ein wenig aufgeheizt hatten.

»Wußte der Patron«, fragte ich, »daß er als Preis für die Bucht von Abra von ihnen die Genehmigung verlangen würde, Nervengas an Menschen ausprobieren zu dürfen?«

»Ursprünglich nicht. Aber der Patron wußte, wie fasziniert der Herrscher von diesen Waffen war, und da ging er ähnlich vor wie Sie eben in Ihrem Interview, nur langsamer. Er stellte ihm Fangfragen, er brach Diskussionen vom Zaun und reizte ihn, bis er erregt genug war, Dinge auszuplaudern. Eine Zeitlang glaubte der Patron, der Herrscher habe nur Angst und wolle eigentlich nichts anderes als die geheimen Gegengifte. Aber das war nur eine Hoffnung. Was er will, sind die Gase selbst, die Macht, Menschen auf magisch erscheinende Weise zu töten.«

»Zweifellos wird ihn die Nato abblitzen lassen.«

»Weil er in Fernsehinterviews unbedachte Äußerungen macht?«

»Vielleicht. Dann wird er bei den Russen anklopfen.«

»Und *ihnen* die Bucht von Abra anbieten? Das ist verrückt. Da würde keiner seiner Herrscherkollegen mitmachen.«

»Sie verstehen nicht, mein Freund. Die Bucht von Abra war der Köder für den Westen, ein Köder, der sie an den Verhandlungstisch brachte, nicht wahr? Sie werden über den Preis nachdenken müssen, sicher, aber sie werden sehr sorgfältig und emotionslos darüber nachdenken. Und es werden nicht Herren von der Art Ihres gutaussehenden Generals Newell und Ihres zivilisierten Herrn Schelm sein, die die Entscheidungen treffen. Der Herrscher würde sich für die Russen einen anderen Köder ausdenken müssen.

Oder möglicherweise ein völlig anderes Angebot. Ein offenes und direktes Angebot: er verschafft ihnen die Möglichkeit, Testreihen durchzuführen, und sie üben dafür ihren freundschaftlichen und nachbarlichen Druck auf das neutrale Österreich aus, damit er seine alte Mine behalten und ganz nach Wunsch ausbauen kann. Ja?«

»Sie meinen wohl, Testreihen mit menschlichen Versuchskaninchen. Mit den Insassen seiner Gefängnisse?«

»Die wären ohnehin lieber tot. Und es wäre ihnen gleich, wer sie umbringt.«

»Woher wollen Sie wissen, daß die Nato an diesen Tests interessiert ist?«

Meine Arglosigkeit entlockte ihr ein wehmütiges Lächeln. »Mein lieber Freund, wer sich mit chemischer Kriegsführung befaßt, will immer Tests mit Menschen machen. Die Schwierigkeit ist nur, daß niemand für die Durchführung *verantwortlich* sein will, oder auch nur für die Forderung nach solchen Tests. Es ist ja so, daß eine Untersuchung mißlicher Unfälle einfach nicht genügend hergibt. Da mischen sich ständig diensteifrige Ärzte ein, die Leben retten wollen. Wenn man kleine Experimente versucht, so wie das im Jemen geschehen ist, dann werden die zu Propagandageschenken für die andere Seite. Und in einem Punkt hatte der Herrscher recht. Gegengifte, die kritische Reaktionszeiten haben können, lassen sich an Tieren nur schwer testen. Man kann ihnen nicht genau sagen, was sie zu ihrer Sicherheit tun müssen, jedenfalls nicht so, daß sie es verstehen.«

Kluvers kam herüber. »Wir könnten jetzt gehen«, sagte er. »Es ist wohl besser, wenn wir Ihnen den Film in unserem Wagen übergeben, meinen Sie nicht? Sicherer?«

Im Aufzug auf dem Weg nach oben erzählte ich Simone,

wie ich die Filmübergabe arrangiert hatte. Sie schien zufrieden. »Sie haben dazugelernt«, sagte sie. Fast lachte sie dabei.

Als wir den Aufzug verließen und den Raum hinter dem Museum betraten, sahen wir, daß Zander sich unten auf dem Parkplatz mit Jean-Pierre unterhielt. Wie er vorausgesagt hatte, fand das zweite Treffen des Herrschers mit dem General und Schelm ohne ihn statt. Simone ging hinunter, um Bericht zu erstatten. Ich blieb bei Kluvers und sah, daß der Film meinen Wünschen entsprechend verpackt wurde. Sobald die Päckchen etikettiert waren, ging ich hinüber zu dem Kastenwagen.

Simone hatte getan, worum ich sie gebeten hatte, und Jasmin stand neben dem Kombi, meinen zusammengerollten Regenmantel unter einem Arm und ihre Lederhandtasche am anderen. Ich machte ihr ein Zeichen, und sie kam herüber. Ich nahm den Regenmantel. Zwei der Päckchen, die wir kräftig mit einer 1 und einer 2 markiert hatten, kamen in die seitlichen Manteltaschen. Die anderen beiden, mit den gleichen, wenn auch nicht so kräftigen Zahlen markiert, verschwanden in der Lederhandtasche. Ich hatte meinen Mantel ausgebreitet, wie um ihn neu zusammenzulegen, so daß niemand weiter oben in der Nähe des Hauses dieses letzte Manöver gesehen haben konnte.

Während Jasmin zum Kombi zurückging und ich der Reihe nach den Holländern die Hand gab, gesellte sich Simone zu uns, unter dem Vorwand, sich ebenfalls verabschieden zu wollen, doch das tat sie mehr oder weniger beiläufig. Sie strich über die Päckchen in meiner Manteltasche, und es gelang ihr, dabei eine selbstgefällige Miene zur Schau zu tragen. Sie hatte außerdem eine Mitteilung.

»Der Patron sagt, daß wir bald losfahren müssen. Es ist jetzt fast vier Uhr, und wir sollten das, was wir zu tun haben, möglichst noch bei Tageslicht hinter uns bringen.«

»Lassen wir doch erst die Holländer losfahren und abwarten, was sich tut. Fünf Minuten, okay?«

»Gut. Einverstanden. Je sicherer sich die hier fühlen, desto besser.«

Wir sagten Kluvers und der Viser-Damrak-Crew noch einmal Lebewohl und beobachteten, wie sie auf das Tor zufuhren. Dort wurden sie von Wachposten aufgehalten, und es kam zu einer sichtlich erregten Auseinandersetzung, in der viel mit den Armen gefuchtelt und in unsere Richtung gezeigt wurde. Kluvers und seine Crew mußten beim Tor warten, während der Sicherheitschef heraufkam und mir deutsche Worte an den Kopf warf.

Inzwischen war auch Zander bei uns. »Dieser Sicherheitschef hier«, erklärte er, »hat vom Ersten Sekretär besondere Anweisungen erhalten. Der Film von dem Interview, das Sie mit dem Herrscher gemacht haben, muß hierbleiben, damit er zensiert werden kann.«

»Er sollte von mir persönlich zur Entwicklung dem ORF übergeben werden.«

»Er wird erst freigegeben werden, wenn er zensiert ist.«

»Er kann nicht zensiert werden, bevor er entwickelt worden ist«, schnauzte ich ihn an. »Ich will mit dem Ersten Sekretär sprechen.«

Zander spielte verbindlich den Dolmetscher. Der Sicherheitschef bedeutete mir, ich solle mitkommen, und wir gingen zum Haus zurück. Die zwei Wachposten erstarrten, als wir auf sie zugingen. Offensichtlich sprachen sie kein Deutsch und mochten den Sicherheitschef ohnehin nicht besonders. Als er aber durch Zeichen zu verstehen gab, daß ich hierbleiben würde, während er ins Haus ging, um zu berichten, ließen sie ihn durch.

Ich stand mehrere Minuten lang da, ehe der Erste Sekretär wiederkam. Er sah mich an – und redete auch so –, als hätte er mich noch nie gesehen.

»Wir wollen den Film«, sagte er. »Befehl Seiner Hoheit. Es ist sein Eigentum. Niemand wird den Film von hier wegbringen. Sie werden ihn sofort aushändigen.«

»Er soll vom ORF in Wien entwickelt werden. Das ist alles so abgemacht.« Ich drückte meinen Regenmantel schützend an mich.

»Wo der Film entwickelt wird, entscheiden wir. Geben Sie ihn sofort heraus.« Er kam die Stufen herunter und schob seinen Bauch näher an mich heran. »Ich würde ungern Gewalt anwenden, um Sie zu zwingen, das Eigentum Seiner Hoheit auszuhändigen.«

»Wir sind auf österreichischem Hoheitsgebiet, nicht am Golf.«

»Und der Film gehört trotzdem Seiner Hoheit. Schluß jetzt mit dem Unsinn, Mr. Halliday. Sie wurden angestellt und haben Ihr Geld bekommen. Wenn Sie mir den Film, den Sie gedreht haben, nicht geben wollen, werde ich ihn Ihnen abnehmen lassen.«

Ich zögerte noch einen Moment, zuckte dann mit den Achseln und gab ihm das Päckchen mit der 1.

Er nahm es, riß die Verpackung auf, um sich zu vergewissern, daß es wirklich einen 16-mm-Filmpack enthielt, und hielt dann wieder die Hand hin. »Alles, bitte. Da ist noch ein zweites Magazin. Ich habe beobachtet, wie es der Kameramann in die Kamera einlegte.«

Mit einem Seufzer leerte ich die andere Manteltasche und gab ihm das Päckchen mit der 2. »Wo werden Sie das Material entwickeln lassen?« fragte ich, während er wieder das Papier aufriß, um nachzusehen.

»Das hat Sie nicht zu interessieren, Mr. Halliday. Sie haben Ihr Geld bekommen. Sie können jetzt gehen.«

Ich machte einen Schritt und drehte mich dann nochmals um. »Wenn ich Ihnen noch einen Rat geben darf, Herr Sekretär«, sagte ich. »Versuchen Sie nicht, ihn zu verbrennen. Ein derartiger Film brennt schlecht und verbreitet einen üblen Gestank. Wenn Sie ihn schnell zerstören wollen, brauchen Sie ihn nur aufzumachen und dem Licht auszusetzen. Meine Empfehlungen an Seine Hoheit.«

Ich drehte mich wieder um und ging diesmal wirklich den Weg hinunter. Ich war mir ziemlich sicher, daß der Erste Sekretär von diesen Dingen zuwenig wußte, um beim Öffnen des Filmpacks zu erkennen, daß der Film, den ich ihm gegeben hatte, gar nicht belichtet war.

Vom Parkplatz aus gab der Sicherheitschef dem Tor unten das Okay-Zeichen. Die zwei holländischen Fahrzeuge wurden sofort wieder gestartet und fuhren durch die sich öffnenden Tore. Vom Sicherheitschef bekam ich ein liebenswürdiges Kopfnicken. Auch ich konnte jetzt gehen, wenn ich wollte. Und meine Freunde ebenso. Sie hatten sich durchgesetzt, und jeder wußte es.

»Der Kombi fährt voraus«, sagte Zander. »Jean-Pierre hält sich dahinter. Wir werden dicht zusammenbleiben, bis wir sehen, womit wir es zu tun bekommen. Wo können wir mit Ihren Freunden vom ORF rechnen. Mr. Halliday?«

»Sobald wir auf die untere Straße einbiegen. Ein paar Meter vorher kommt eine Holztafel, die auf das Petrucher-Grundstück aufmerksam macht. Danach sollten wir wohl Ausschau halten. Wir biegen dann rechts ab, nach Judenburg. Ein ORF-Kamerawagen wartet darauf, vor uns herzufahren, und ein schwerer ORF-Übertragungswagen wird dicht hinter uns bleiben. Kurz vor Judenburg, wenn wir die

Hauptstraße erreichen, werden wir scharf rechts abbiegen und Richtung Klagenfurt fahren. Noch vor Klagenfurt gehen wir auf die Autobahn nach Villach. Rainer wird in dem Kamerawagen sitzen. Er wird seine Fahrer anweisen, uns gleichsam einzukeilen, als gehe es darum, uns nicht mit irgend etwas entkommen zu lassen, was sie haben wollen. Wenn irgendein anderer Wagen überholen oder sich zwischen seine und unsere Fahrzeuge zwängen will, wird er rausgedrückt. Es wird also dicht aufgefahren werden, es wird alle möglichen gemeinen Fahrmanöver geben, und vielleicht knallt gelegentlich einer hinten drauf oder es kommt zu einer seitlichen Berührung. Wenn es die vom ORF nicht stört, braucht es uns auch nicht zu stören, oder?«

»Wo haben Sie vor, den Film zu übergeben?«

»An der Grenze. Sie kommt gleich hinter Arnoldstein, in einem Dorf namens Thörl.«

»Nun, wir wollen sehen, ob wir so weit kommen. Simone, du fährst. Und sieh zu, daß uns die Österreicher nicht so oft rammen.«

Wir stiegen alle ein und folgten den Holländern den Weg hinunter, der an den provisorischen Bauten vorbei zu den Toren führte. Sie standen immer noch offen, aber die Hundeführer waren wieder da, und ihre Schützlinge knurrten und schnappten nach unseren Reifen.

»Jean-Pierre wird jedenfalls froh sein, wenn er wieder auf der Straße ist«, sagte Zander. »Der arme Kerl. Wie kann man nur vor abgerichteten Hunden Angst haben? Sie lassen sich so leicht töten, wenn man gute Schuhe hat, seine Füße gebrauchen kann und keine Angst hat.«

Wir schaukelten langsam den Weg zur unteren Straße hinunter. Als wir sie fast erreicht hatten, fuhr ein hellblauer ORF-Kamerawagen, eine Limousine mit einem rotierenden

351

gelbbraunen Licht auf dem verstärkten Dach, rückwärts auf uns zu und riegelte den Weg vollkommen ab. Wir kamen mit einem Ruck zum Stehen, ich drehte neben meinem Sitz hinten das Fenster herunter und schaute hinaus. Der Mann neben dem Fahrer des Kamerawagens war Rainer. Ich gab ihm ein Okay-Zeichen, und er hob zur Bestätigung eine Hand. Dann fuhr der Kamerawagen an, und wir folgten. Jean-Pierre in dem Kastenwagen war nur wenige Meter hinter uns. Der ORF-Übertragungswagen, der ihm folgte, sah riesig aus.

Im Konvoi zu fahren ist, vor allem, wenn sich die einzelnen Fahrzeuge in ihrem Beschleunigungs- und Bremsvermögen stark unterscheiden, nicht so leicht, wie es bei einer guten Militärkolonne oft aussieht. Schon bei unserem kleinen Vierer-Konvoi war der Harmonika-Effekt von Anfang an zu bemerken. Daraufhin beschloß Rainer, es langsamer angehen zu lassen; bei gleichbleibenden 50 km/h kamen wir besser zurecht. Als wir die einigermaßen gerade Strecke nach Unterzeiring erreicht hatten, hatten alle Fahrer langsam den Dreh raus.

Das Rasmuk-Kommando fand uns ohne jede Mühe bei Judenburg und setzte sich hinter uns, als wir auf die Straße nach Klagenfurt einbogen.

Vierzehntes Kapitel

Sie saßen in einem beigefarbenen Citroën CX mit Vorarlberger Kennzeichen, und das erste, was wir von ihnen hörten, war ein langer Hupton, als sie den ORF-Lastwagen zu überholen versuchten und scheiterten. Die Straße über Neumarkt und Friesach in den Süden nach Klagenfurt ist zwar eine wichtige Verbindungsstraße, aber keine sehr moderne. Es gibt Streckenabschnitte, wo der schnelle Verkehr den langsamen überholen kann, aber sie sind rar, und sehr viel hängt davon ab, daß sich die langsamen Fahrzeuge entgegenkommend und hilfsbereit verhalten. Der ORF-Lastwagen war weder entgegenkommend noch hilfsbereit. Als Schlußfahrzeug in unserem Konvoi machte er zudem neckische Versuche, den Kastenwagen der Ortofilm zu überholen, oder stellte sich zumindest so an. Der Citroënfahrer nahm drei vergebliche und immer lärmendere Anläufe, den Lastwagen zu überholen, ehe er einsah, daß er einen geeigneten Zeitpunkt würde abwarten müssen.

Es war Zander, der sie eindeutig als das Mordkommando und nicht nur eine Gruppe von vier ungeduldigen Österreichern identifizierte. Nach dem ersten Hupton sagte er etwas nach hinten zu den jungen Leuten, die neben mir auf dem Rücksitz saßen. Jasmin kramte unter dem Sitz, wo die Munitionskisten verstaut waren, und zog ein Lederetui hervor, in dem eines dieser Teleskope steckte, die wie die eine Hälfte eines großen Fernglases aussehen. Leute, die Scheibenschießen betreiben oder die nur ein gutes Auge haben, ziehen ein solches Teleskop einem herkömmlichen Fernglas vor. Zander prüfte sorgfältig nach, ob die Augenmuschel richtig saß.

Die Straße beschrieb ziemlich viele Kurven, und so war es immer wieder möglich, den Citroën hinter dem Lastwagen ausscheren zu sehen. Schließlich sagte Zander: »Ich kenne den Mann auf dem Beifahrersitz. Er heißt Raoul Bourger. Du erinnerst dich an ihn. Simone?«

»Ich erinnere mich nur zu gut an ihn, Patron.«

Er drehte sich wieder um und legte das Teleskop auf die Kopfstütze, um einen längeren Blick auf den Citroën werfen zu können. »Bourgers Vater«, erklärte er mir, »war ein *pied noir*, er kam im Januar sechzig während der Straßenkämpfe in Algerien ums Leben. Der Junge, Raoul, war damals vierzehn. Im darauffolgenden Jahr tötete er vier Offiziere der Gendarmerie. Ganz allein, auch wenn es Augenzeugen gab. So war das Ganze dann ein offenes Geheimnis.«

»Aber er wurde nicht erwischt?«

»Oh, er wurde gut abgeschirmt. Dann versuchte er, sich selber umzubringen, aber der Revolver, den er benützte, versagte den Dienst.«

»Er versuchte es kein zweites Mal«, sagte Simone heftig. »Manche zweifelten auch daran, daß der erste Selbstmordversuch wirklich echt war.«

»Du warst eifersüchtig auf die Aufmerksamkeit, die ihm geschenkt wurde, mein Kind.«

»Wie könnte ein neunjähriges Mädchen auf einen vierzehnjährigen Netschajew eifersüchtig sein?«

Er grinste. »Du warst eifersüchtig, Kind. Streite es doch nicht ab. Bei neunjährigen Mädchen kommt das oft vor.

Jedenfalls war ich nicht der einzige, der ihm helfen wollte. Das wollten viele von uns. Natürlich haßte er uns alle, weil sein richtiger Vater tot war und wir, die sich aus den Straßenkämpfen heraushielten, noch am Leben.«

»Er konnte den Leuten freundlich ins Gesicht lächeln«, gab sie zurück, »und sich dann hinter ihrem Rücken über ihr Mitgefühl lustig machen. Man kann sich nämlich auch über Sie lustig machen, Patron. An ihm ist ein Netschajew verlorengegangen. Ein reizender kleiner Gauner und Killer, aber ohne die intellektuellen Ansprüche des anderen oder dessen Fertigkeit in politischen Phrasen. Sie hätten ihn adoptiert, wenn seine Mutter das zugelassen hätte.«

»Das ist eine Lüge, Simone, und du wirst unverschämt.«

In ihrer Wut begann sie, ihren Blick von der Straße zu nehmen. Ich versuchte sie beide zu besänftigen. »So lief das also«, sagte ich. »Nachdem er es nicht geschafft oder nicht konsequent genug versucht hatte, sich umzubringen, kehrte er fröhlich zu seinem alten Brauch zurück, andere umzubringen. Eine typische Erfolgsgeschichte unserer Zeit, nicht wahr?«

Simone gab sich mit einem gehässigen kleinen Lachen zufrieden.

Zander seufzte. »Freunde und Verwandte gaben der Familie Geld und sorgten für seine Ausbildung«, sagte er düster. »Später ging er dann verschiedenen Geschäften nach.«

»Geschäfte welcher Art?« fragte ich. »Zu Beginn, meine ich. Muß man bei Konzernen wie Rasmuk klein anfangen, oder bekommen Nachwuchsleute mit erwiesenen Fähigkeiten gleich die Vorzugsaktien?«

Er senkte das Teleskop und gab es dann an Mokhtar weiter, damit der sich auch einmal den Citroën ansehen konnte, bevor er sich mir zuwandte. Seine Augen sagten mir, daß er nicht die Absicht hatte, auf meine billigen sarkastischen Bemerkungen einzugehen.

»Mr. Halliday«, sagte er, »Rache ist kein dauerhaftes Vergnügen. Sie ist nicht annähernd so süß und befriedigend, wie es immer heißt, nicht einmal für einen vierzehnjährigen Jungen, dessen Groll mit einer alten Blutfehde zu tun hat.«

»In Ihrem Brief auf der Ansichtskarte von Bagdad haben Sie mir aber diesen ernsten Gedanken vorenthalten.«

»Hat meine Anspielung auf Rache bei Ihren Überlegungen keinerlei Rolle gespielt? Hat es Ihre Entscheidung, bei der Sache mitzumachen, beeinflußt?«

»Es hat natürlich ein paar Tagträume ausgelöst. Beeinflußt hat es vor allem die Überlegungen des Polizeichefs. Haben Sie es für ihn oder seinesgleichen dazugeschrieben?«

»Simones Idee. Wir mußten die Behörden an Ihre Vergangenheit erinnern.«

»Das haben Sie geschafft. Der Polizeichef hat mich sogar in aller Freundschaft gewarnt. Er sagte, süße Dinge zu kosten könne zuweilen der Gesundheit abträglich sein.«

»Rache kann tödlich sein.« Er ließ sich das Teleskop zurückgeben und bot es mir an. »Sehen Sie sich die Leute an. Es hilft immer, das Gesicht des Feindes zu kennen.«

Aber es war auf meinem Platz fast unmöglich, das Teleskop ruhig zu halten, wenn in den Kurven der Citroën sichtbar wurde.

»Wie würden Sie Raoul beschreiben?« fragte Zander.

»Ich glaube, er hat einen schwarzen Schnurrbart. Der Fahrer, glaube ich, auch.«

»Sie haben alle einen schwarzen Schnurrbart«, sagte Simone ungeduldig. »Wenn die Sonne auf sie fällt, sehe *ich* das sogar, und ich habe nur den Rückspiegel.«

»Ist Ihnen aufgefallen, wie viele Leute in der Umgebung des Herrschers einen schwarzen Schnurrbart haben?« fragte Zander, als ich ihm das Teleskop zurückgab. »Manche hätten gern einen vollen Bart, aber dieses Zeichen der Männlichkeit reserviert der Herrscher allein für sich. Er hat natürlich keinen anderen Beweis. Keine Kinder. Nur einen Bart. Aber Schnurrbärte sind jetzt ohnehin große Mode. In manchen Kreisen im Mittleren Osten sind schwarze Schnurrbärte augenblicklich absolut *de rigueur,* und wenn die Haare von Natur aus ein wenig ins Braune oder Rote gehen, werden sie gefärbt.«

»Patron«, sagte Simone, »ich weiß, daß man Ihrer Meinung nach am Tag der Schlacht am besten nur Unsinn redet, aber sind Sie es Mr. Halliday nicht schuldig, nicht *nur* Unsinn zu reden? Er ist nun schon einen langen Weg mit uns gegangen. Es steht im wohl zu, zu erfahren, wo die Straße hinführt. Rasmuk kam in seinem Vertrag nicht vor.«

Er polierte das Teleskop mit seinem Taschentuch, während er darüber nachdachte, und betrachtete dann erneut den Feind hinter uns. »Sie wissen, warum ich ausgerechnet Sie für diese Aufgabe ausgewählt habe, Mr. Halliday? Sie haben keine Illusionen mehr?«

»Und das müssen Sie mir sagen. Ich hatte alte Verbindungen zur CIA, die man reaktivieren konnte, indem man mir schlaue Briefe und Bombenpäckchen ins Haus schickte. Ich bin ein Freiberufler, den man mit einem Angebot von fünfzigtausend Dollar locken konnte, für die er nur sehr wenig zu tun hatte, und das in einer Sache, die dem Gerechtigkeitssinn eines kleinen Kindes – wie du mir, so ich dir – zusagen würde. Und da ich einigermaßen wußte, wie es beim Fernsehen zugeht, paßte ich zudem in die zu leicht zu entlarvende Tarngeschichte, die Sie sich in einem Ihrer schwächsten Momente ausgedacht hatten. Ich glaube nicht, daß ich derjenige bin, der sich in diesem Augenblick wegen Illusionen Gedanken machen sollte, Mr. Zander. Wenn das da hinten ein Rasmuk-Kommando ist, dann scheint mir die exakte Farbe ihrer Schnurrbärte etwa so wichtig wie die Marke des Rasierwassers, das sie benützen.«

Offensichtlich hatte er von meinen letzten Bemerkungen kein Wort mitbekommen. Bei meiner Anspielung auf das Fernsehen hatte er angefangen, mit dem Teleskop zu fuchteln, als sei es ein Gummiknüppel. Nun übertönte er mich einfach mit seiner Stimme. »Was die Tarnung mit dem Fernseh-Interview angeht, so habe ich in dieser Frage meine Niederlage bereits eingestanden«, brüllte er. »Sie hatten recht, nach dem, wie es gelaufen ist, aber erst *dann* hatten Sie recht. Es hätte überhaupt keine Probleme für uns gegeben, keine ernsthaften Probleme, wenn nicht zwei Hindernisse gewesen wären. Das erste waren die unerwarteten Schwierigkeiten, die der Herrscher wegen seiner Baupläne mit den österreichischen Behörden hat. Das wäre aber zu überwinden gewesen, wenn nicht das zweite Hindernis aufgetaucht wäre – *Sie*.«

»Da komme ich nicht mit, Patron.« Ich kam wirklich nicht mit. Und ich war außerdem im Nachteil, da ich seine Augen nicht sehen konnte, auch nicht im Rückspiegel.

»Meine ursprüngliche Bedingung war eindeutig«, sagte er, »daß der Mittelsmann nicht nur von der Produktion eines Fernsehfilms eine Ahnung haben und als Interviewer bekannt sein sollte, sondern auch, daß er ein Stümper sein sollte. Nicht völlig inkompetent, aber durchgehend drittklassig. Sie entsprachen diesen Vorstellungen hundertprozentig.«

»Ein elegantes Kompliment tut immer gut.«

Er ignorierte mich. »Bis heute. Doch heute, als Sie sich von Ihrer schwächsten Seite hätten zeigen sollen, waren Sie so gut wie bestimmt noch nie in Ihrem Leben. Man fragt sich nur, warum.«

»Solche Zufälle gibt's immer.«

»Es sollte sie nicht geben. Sie bürden uns eine noch größere Verantwortung auf. Darf ich Sie an Ihre eigenen Worte in Stresa erinnern. Sie rechtfertigten die Hereinnahme dieses zweiten Aufnahmeteams. Sie wollten dem Herrscher ein paar idiotische Fragen stellen und von ihm ein paar weise, goldene Antworten bekommen. Das war es doch, was Sie versprachen?«

»Es tut mir leid. Damals kannte ich den Herrscher noch nicht so gut.«

»Es war zulässig, ihn auf seine Schwierigkeiten mit den österreichischen Behörden anzusprechen, aber dann, sagt mir Simone, begannen Sie ihn aufs Eis zu führen. In Ihrer cleveren Art entlarvten Sie ihn als einen reichen autokratischen Heuchler, der medizinische Kenntnisse für sich beansprucht, die er nicht besitzt. Sie stellen ihn als einen Dilettanten bloß, dem man nicht erlauben sollte, in Österreich oder irgendwo sonst eine unbeaufsichtigte Klinik gleich welcher Art zu eröffnen. Goldene Anworten, wie?«

»Es war ungeprobt. Der Mann hat sich selbst das Grab geschaufelt.«

»Aber Sie brauchten ihn nicht auch noch darin zu begraben. Es war nicht nötig, daß Sie seine hohe Erregung und Emotion manipulierten, bis Sie ihn so weit hatten, daß er in seinem Irrsinn Dinge ausplauderte, die streng geheim bleiben sollten. Sie waren schändlich verantwortungslos.«

»Machen Sie sich Sorgen um Kluvers und seine Crew?«

»Die haben nichts auf Film. Und sie haben keine gefährlichen Hintergrundinformationen. Aber Sie, Mr. Halliday, könnten glaubhaft darüber reden, so wie wir glaubhaft darüber reden könnten. Deshalb sitzen uns vier Rasmuk-Leute im Nacken, die sich überlegen, wie sie uns am besten umbringen können, wenn wir diese schmale Straße, auf der die Lastwagen uns abschirmen, verlassen und auf die Autobahn müssen.«

»Sie meinen, ich stehe jetzt auch auf deren Liste, so wie der Rest der Familie?«

»Wenn Sie nicht schon auf der Liste stehen, dann kommen Sie bald drauf. Jawohl, selbst diese Schlächter dahinten könnten schon davon erfahren haben. Sie haben ihre Funkgeräte nicht umsonst. Ich mache Simone den Vorwurf, daß sie sich hinter meinem Rücken mit Ihnen zusammengetan hat.«

»Unsinn«, sagte sie gereizt. »Die Welt muß erfahren, daß der Herrscher ein mordgieriger Verrückter ist und eine Gefahr für die Weltöffentlichkeit. Aber wie soll jemand davon erfahren, wenn es weit und breit keinen gibt, der den Mut hat, die Beweise zu sichern?«

»Phrasen, Simone, das weißt du ganz genau. Der Herrscher hat keine echte Macht, er ist bloß eine Nervensäge.«

»Sie denken allmählich wie ein alter Mann, Patron. Heutzutage können solche Nervensägen Kriege auslösen.«

Ich ging hastig dazwischen. Sie begann wieder, den Blick von der Straße zu nehmen. »Übersehen Sie nicht beide etwas?« fragte ich. »Der Erste Sekretär glaubt doch, *er* habe den Film von dem Interview.«

Zander sagte: »Ha! Glauben Sie denn, es genügt ihm, daß Sie ihm Ihr Wort gegeben haben? Ich will Ihnen etwas sagen. Wenn da nicht dieser österreichische Sicherheitschef gewesen wäre, hätte überhaupt kein Film das Petrucher-

Grundstück verlassen. Wir alle, auch die Holländer, wären gründlich durchsucht worden. Aber der Österreicher hatte Angst. Er hatte die ORF-Wagen unten an der Straße warten sehen. Das Blinklicht auf deren Autodach kann nur von der Polizei bewilligt werden. Er dachte, Sie oder die Holländer könnten eine offizielle Beschwerde einreichen.«

»Dann habe ich ja doch etwas richtig gemacht. Ich habe die ORF-Fahrzeuge mit ihrem Blinklicht herbestellt. Sie sollten mir dankbar sein, Patron. Sie sollten mir dafür danken, daß Sie statt der goldenen Worte goldene Taten bekommen haben.«

Meine Frechheit schien ihm zu gefallen. »Na gut. Ich danke Ihnen vielmals, Mr. Halliday. Aber es ist Ihnen doch wohl klar, daß einer dieser BMWs bereits auf dem Weg zum nächsten Farbfilmlabor ist. Der Erste Sekretär wird schon bald wissen, daß Sie ihn reingelegt haben. Sie sollten sich möglichst rasch etwas einfallen lassen. Was hatten Sie denn für heute geplant? In Beziehung Filmübergabe, meine ich?«

»Wenn wir zur Grenze kommen, oder kurz davor, werden wir anhalten müssen. Dann werde ich aussteigen und Rainer das Päckchen mit der 1 aushändigen. Da ist zum größten Teil das drauf, was die Petrucher-Mine betrifft. Es ist das Material, das er wirklich braucht.«

»Und was ist mit dem zweiten Päckchen? Wollen Sie das behalten?«

»Ich hatte eigentlich daran gedacht, es Ihnen und Simone zu geben.«

»Uns? Warum?«

»Sie laufen über, nicht wahr? Jedenfalls lassen Sie den Golf hinter sich. Und Überläufer haben doch immer eine Kleinigkeit in ihrem Gepäck, etwas, was ihre Gastgeber milder und freundlicher stimmt.«

Simones stillvergnügtes Lachen ärgerte ihn augenscheinlich. »Man gewährt uns politisches Asyl. Das ist alles«, sagte er gereizt.

»Trotzdem, der General müßte dankbar sein. Dieser zweite Teil des Interviews könnte seine Aufgabe beträchtlich erleichtern. Ich meine seine Aufgabe, diesen Nato-Ausschuß, dem er zu berichten hat, davon zu überzeugen, daß man dem Herrscher kaum etwas Gefährlicheres in die Hand geben darf als allenfalls einen Fliegenwedel.«

»Vielleicht. Obwohl ich nicht glaube, daß der General, mit dem ich heute zu tun hatte, viel Hilfe von uns brauchen wird. Lassen Sie uns etwas mehr von *Ihrem* Plan hören. Wenn Sie diesem Rainer seinen Film gegeben haben und mit Ihren Koffern auf der Straße stehen, was dann? Ich gehe mal davon aus, daß wir zu dem Zeitpunkt alle noch am Leben sind, oder doch die meisten von uns. Wie sieht dann Ihr nächster Schritt aus?«

»Ich werde wohl Rainer bitten, mich mit nach Wien zu nehmen. Von dort nehme ich ein Flugzeug nach New York. Ich werde vielleicht in Frankfurt umsteigen müssen, aber morgen zur Frühstückszeit sollte ich Kennedy Airport erreicht haben. Ich werde mir einen Wagen mieten und nach Hause fahren.«

Er hatte sich auf seinem Sitz umgedreht, um mir ins Gesicht blicken zu können. »Sie schaffen das nicht, Mr. Halliday, nichts davon.«

»Ach nein?«

»Na schön, Sie könnten möglicherweise bis zum Flughafen in Wien kommen, aber spätestens dort wird jemand vom Mukhabarat-Zentrum auf Sie warten. Die werden Sie bei der Übergabe des Films an den ORF beobachtet und per Funk dem Herrscher davon berichtet haben. Selbst wenn er von dem Labor noch nicht erfahren hat, daß Sie dem Ersten Sekretär einen unbelichteten Film gegeben haben, wird er Ihretwegen kein Risiko eingehen. Überlegen Sie gut, Mr. Halliday.«

»Laden Sie mich ein, Patron, bei Ihnen und dieser Gruppe zu bleiben?«

»Sie wären gut beraten, wenn Sie mit uns kämen, ja.«

»Und wenn wir es schaffen, soll ich dann Ihrer Meinung nach in meinem eigenen Land um politisches Asyl bitten?«

Er sah Simone an. »Habe ich ihm das vorgeschlagen?«

»Nein, Patron. Aber Sie drücken nicht klar aus, was Sie ihm nun tatsächlich vorschlagen. Uns ist er eine große Hilfe gewesen. Das geben Sie selber zu. Ich finde, wir sollten deutlicher mit ihm über seine eigene Lage reden. Wir haben nichts zu verlieren, wenn wir offen sind.«

»Möglicherweise hast du recht.« Er nahm wieder das Teleskop und betrachtete den Feind. »Dann rede jetzt also offener mit ihm. Bitte.«

Ihre Augen sahen mich im Rückspiegel an. Sie taten es mit einem flüchtigen Lächeln. »Mr. Halliday«, sagte sie, »zu diesem Film, den Sie dem ORF überreichen. Die werden zweifellos eine große Sache daraus machen. Aber wann? Wie schnell geht das?«

»Schwer zu sagen. Es ist eine heiße Geschichte. Andererseits werden ihnen die ergänzenden Aufnahmen fehlen. Das ist alles am Ende der zweiten Rolle, und die bekommen sie ja nicht. Wahrscheinlich werden sie irgendwelche Fotos von der Mine ausgraben. Vielleicht haben sie sogar eines von mir. Und dann müssen sie eine sehr sorgfältige deutsche Übersetzung anfertigen, sie auf Band sprechen lassen und dann die ganze Geschichte nachsynchronisieren. Ich würde

363

sagen, vierundzwanzig Stunden, vorher kann es nicht über den Sender gehen.«

»Zu dem Zeitpunkt hat der Herrscher Gewißheit, daß das Interview nicht zerstört worden ist. Irgendwie wird er es bis dahin erfahren haben. Aber er wird nicht wissen, ob beide Teile des Interviews gesendet werden sollen. Seine Anwälte in Wien werden zweifellos in Aktion treten, aber was wird der Herrscher selbst tun?«

»Sich in sein Privatflugzeug setzen und Reißaus nehmen, bevor ihm die österreichische Presse wieder auf die Pelle rückt.«

»Währenddessen wird der ORF durchaus wahrheitsgemäß beteuern, von einer zweiten Filmrolle keine Kenntnis zu haben. Die haben ja nur das, was sie von Ihnen bekommen haben.«

»Also erhält das Mukhabarat-Zentrum weitere dringende Anordnungen«, sagte Zander. »Wenn sie es in Wien nicht schaffen, haben sie Sie in New York oder Bucks County zur Strecke zu bringen.«

»Patron«, sagte Simone scharf, »Sie haben *mich* gebeten, Mr. Halliday über seine Lage zu informieren, also bitte.«

»Mein Kind, ich habe nur das Naheliegende ausgesprochen.«

»Mr. Halliday kann das Naheliegende selber sehen.«

»Da bin ich mir nicht so sicher«, sagte ich. »Welches ist denn der naheliegende Ausweg aus meiner verzwickten Lage? Ich rede vom bequemen, schmerzlosen Ausweg.«

»Nun, einen naheliegenden Ausweg gibt es da nicht.« Sie lächelte. »Sie müssen ein Risiko eingehen. Nur eines, und ich hoffe, es geht schmerzlos ab, aber es ist ein Risiko. Nachdem Sie den ersten Filmpack an Rainer übergeben haben, bleiben Sie bei uns. Sie mögen dann später ein paar unbehagliche Situationen erleben, aber es muß Sie nicht unbedingt das Leben kosten.«

»Nicht *unbedingt*?«

»Wahrscheinlich nicht. Mein Freund, Sie sind nicht unfehlbar. Wenn Sie mit Rainer gehen, werden Sie mit Sicherheit umgelegt. Möglicherweise in Wien, wie der Patron schon sagte. Warum überrascht Sie das? Der Patron ist zum Tode verurteilt, weil er dem Herrscher *gedient* hat. Sie haben denselben Mann schwer beleidigt. Sie haben ihn so gezeigt, wie er ist. Und Sie erwarten, daß man *Sie* begnadigt? Keine Chance. Wenn Sie aber bei uns bleiben und ein Risiko eingehen, stehen Ihre Chancen besser. Und Sie müssen bereit sein, zu gewinnen. Das ist sehr wichtig. Sie nehmen das Päckchen mit dem zweiten Film und stecken es in Ihre Tasche. Nicht in Ihr Gepäck, sondern in Ihre Tasche. Und wenn es für eine Tasche im Anzug zu groß ist, dann reißen Sie eine der Innentaschen auf und stecken es unter das Futter. Wenn unser Plan für den heutigen Tag aufgeht, dann werden Sie nachher in der Lage sein, sich an Ihren guten Freund Herrn Schelm zu wenden und ihn um eine kleine Hilfestellung zu bitten. Er wird Ihre Bitte, glaube ich, nicht abschlagen.«

»Was für eine Hilfestellung denn? Ich mag ihn zwar als Mensch, aber in Angelegenheiten, die irgendwie mit seinem Job zu tun haben, fließt in ihm bestimmt nicht die Milch der frommen Denkungsart.«

»Es könnte sehr zweckdienlich für ihn sein, auf Ihre Bitte einzugehen. Sie verlangen von ihm nur, Kopien des Films in Päckchen Nummer Zwei herzustellen und dafür zu sorgen, daß sie privat an die Außenminister der UAE und Saudiarabiens und an alle Nato-Botschafter in den Hauptstädten am Golf geschickt werden. Oder aber, falls er die Nato nicht mit hineinziehen will, Sie nützen Ihre Fernsehbeziehungen in New York.«

Ich dachte einen Augenblick nach. Der erste Film wäre für den PBS-Produzenten in New York kaum von Interesse, aber wenn auch noch der zweite dazukäme, dann hätte er etwas, worauf er aufbauen könnte. Ein Hintergrundbericht über chemische Kriegführung mit Aufnahmen von einem verrückten Ölscheich in den Tiefen einer alten Silbermine, die er zum sichersten Atombunker der Welt umgebaut hatte – das wäre nicht uninteressant. Wenn man das mit dem hysterischen Lachanfall anreicherte und den Mann in Großaufnahme zeigte, wie er bei der Vorstellung der Zuckungen seiner Nervengasopfer kurz vor ihrem Erstickungstod mit den Lippen schmatzt, dann ergab das einen ziemlich sensationellen Fernsehfilm. Man hätte damit außerdem eine alte internationale Streitfrage – das Genfer Protokoll über das Verbot chemischer und biologischer Kriegführung aus dem Jahr 1925 – ein wenig aufgefrischt und für ein junges Publikum schmackhaft gemacht.

»Wie kommen Sie zu der Annahme«, fragte ich, »dem Herrscher könnte diese ganze negative Publicity gefallen?«

»Sie wird ihm natürlich nicht im geringsten gefallen.«

»Warum sollte er dann anordnen, daß Rasmuk mich verschont?«

»Das wird dann nicht mehr nötig sein. Bis dahin wird er derjenige sein, der in die Defensive gedrängt ist. Rasmuk mag keine Auftraggeber, die gewaltige Rechnungen zusammenkommen lassen und sie dann plötzlich nicht bezahlen können. Was seine Herrscherkollegen seinetwegen beschließen, ist wieder etwas anderes. Sie dulden manchmal Narren, aber nur solche, die ihre Torheiten nicht in entehrender Weise und in aller Öffentlichkeit begehen.«

»Je törichter ich also den Herrscher aussehen lasse, desto besser für Sie. Ja?«

Zander hielt ihr das Teleskop unter die Nase. »Siehst du jetzt, Simone? Ein bißchen Offenheit, hast du gesagt. Wir haben nichts zu verlieren. Und im nächsten Augenblick erzählt uns dieser Bursche, daß er mit TV-Propaganda alle unsere Probleme lösen kann. Er ist zu unserem Retter geworden.«

Das Teleskop bedrohte nun mich. Ich lehnte mich zurück, um ihm auszuweichen. »Das hab ich weder gesagt noch gemeint, Patron, und das wissen Sie verdammt gut. Ich habe lediglich gesagt, daß alles, was den Herrscher in Mißkredit bringt, den Druck auf Sie ein wenig lockert.«

Die Augen musterten mich fast mitleidig. »Sie wissen wirklich nichts von meiner Welt, habe ich recht? Wenn der Herrscher in Mißkredit gerät, wird als erstes gefragt werden: ›Wer hat unserem Bruder die Stufen gezeigt, den Abstieg zu diesem gefährlichen Weg?‹ Und als Antwort wird herauskommen, daß ich der Schuldige war und bin. Was das Mukhabarat-Zentrum betrifft, so werden die sich einem schwerwiegenden Public-Relations-Problem gegenübersehen. Es ist ja inzwischen weit und breit bekannt, daß sie einen Kontrakt übernommen haben, mich und meine unmittelbare Familie für einen Spitzenpreis umzubringen.«

»Wer weiß denn davon?«

»Alle Geschäftsleute am Golf, die eine Rolle spielen, und auch etliche kleinere. Ich vermute, daß sie von irgendeinem geheimen Polizeispitzel unterwandert worden sind. Sogar Ihr Freund Herr Schelm scheint davon zu wissen, und er kennt auch den Preis. Ein Nachrichtenoffizier! Wenn *er* es weiß, könnte es jeder wissen. Glauben Sie, das Mukhabarat-

Zentrum könnte einen so öffentlichen Fehlschlag zulassen?
Wer würde nach einem solchen Fiasko in Zukunft noch ihre
Preise bezahlen? Was Simone über ihre Habgier sagt, ist
schon richtig, aber nur zum Teil. Daß der Herrscher nun
vielleicht in jedem Fall unfähig sein könnte, ihnen alles zu
bezahlen, was er ihnen schuldet, ist nicht so wichtig. Es ist
ihr Ruf, der auf dem Spiel steht. Wenn sie mich und meine
Familie *ohne* gesicherte Aussicht auf die Abschlußzahlung
umbringen, dann könnte das ihrem Prestige sehr zustatten
kommen. Es würde denen, auf die es ankommt, verdeutlichen, daß die Mukhabarat-Leute auch dann noch im
guten Glauben weitermachen, wenn andere sie im Stich
lassen. Wollen Sie eine Voraussage von mir hören, Mr.
Halliday?«

»Eine beruhigende Tatsache wäre mir lieber. Ich würde
mir zum Beispiel gerne mit einem einigermaßen überzeugenden Lächeln von Ihnen sagen lassen, daß dieser geheime
Nato-Ausschuß des Generals dem Herrscher nicht etwa
wegen der Bucht von Abra entgegenkommen wird. Aber ich
werde mich wohl mit einer Voraussage zufriedengeben
müssen.«

»Sehr vernünftig, Mr. Halliday. Das ist nicht mehr unser
Bier. Was die Nato machen wird, ist allein Sache der Nato.
Kümmern wir uns um unsere Sachen. Ich sage folgendes
voraus: Wenn mich die Mukhabarat-Leute heute nicht
töten, werden sie mich und meine Familie überhaupt nicht
töten. Na! Was sagen Sie?«

»Ich habe schon fröhlichere Voraussagen gehört.«

»Es ist doch so, Mr. Halliday: Wenn die mich heute nicht
erwischen, werden sie warten und alles überdenken müssen.
Wenn sie dann feststellen, daß ich mit meiner Familie vollkommen verschwunden bin und nur noch als eine Erinne-

rung existiere, werden sie das auf ihr Konto buchen. Wer ist dann da, um ihnen zu widersprechen? Sie? Herr Schelm? General Newell? Ich glaube kaum.«

»Weil Sie gerade von mir reden, Patron: Welche Aussichten prophezeien Sie mir?«

»Wenn es ihnen nicht gelingt, Sie heute zu töten, wird es ihnen sinnvoll erscheinen, Sie zu vergessen. Niemand könnte je von diesem Versagen hören und es ihnen vorhalten. Und mit dem Bekanntwerden Ihres Interviews, hier oder sonstwo, wären Sie – sofern Sie dann noch am Leben sind – doppelt in Sicherheit. In dem Punkt hat Simone recht. Die nehmen nicht gern Kontrakte an, die offensichtlich von persönlichen Rachegelüsten diktiert sind, selbst wenn sich der Auftraggeber einen Spitzenpreis leisten kann. Wenn der Polizist ein Motiv sehen kann, wird er dem Auftraggeber mit unangenehmen Fragen kommen, die dieser vielleicht beantworten zu müssen glaubt. Für derartige Geschäfte ist sich das Mukhabarat-Zentrum zu gut. Zumindest in dieser Hinsicht kann ich Sie beruhigen. Gelassenheit hilft in jedem Fall, auch wenn manche sagen, zuviel Gelassenheit sei der eigenen Sicherheit nicht dienlich. Haben Sie das selber schon mal erlebt?«

»Das werde ich Ihnen morgen sagen.«

»Ganz richtig. Was zählt, ist das Heute. Also, machen wir Ernst. Was sehen Sie jetzt hinter uns?«

Ich blickte nach hinten und sah, wie erwartet, den Ortofilm-Kastenwagen. »Das alte Bild. Nichts hat sich geändert.«

»Sehen Sie noch mal hin, sorgfältig.«

»Guido ist jetzt am Steuer. Meinen Sie das? Ich sehe Jean-Pierre nicht mehr.«

»Er ist ausgestiegen, als wir wegen der Straßenausbesserungsarbeiten in Neumarkt anhielten. Er ist flink für sein Alter. Ich bezweifle, daß jemand etwas bemerkt hat.«

»Ich muß also annehmen, daß der Plan geändert worden ist.«

»Nicht grundlegend, Mr. Halliday, und glauben Sie bitte nicht, daß ich für die Vereinbarungen, die Sie unserer Sicherheit zuliebe getroffen haben, nicht dankbar bin. Sie haben sehr dazu beigetragen, daß nicht unsere Feinde, sondern *wir* bestimmen können, wo wir uns stellen und kämpfen werden. Wir werden keinen völlig neuen Plan haben, lediglich gewisse Modifikationen. Jean-Pierre weiß, wie ich denke. Bevor Sie heute morgen das Gasthaus verließen, traf er die Vorbereitungen für einige zusätzliche Möglichkeiten, weil er annahm, daß ich die gerne zur Verfügung hätte. Es war für ihn ganz natürlich, das zu tun. Schließlich arbeiten wir seit vielen Jahren zusammen.«

»Gewiß. Wie sieht die erste Modifikation aus?«

»Ich möchte, daß wir den kurzen Stopp, bei dem Sie den Filmpack Nummer Eins an Mr. Rainer vom ORF übergeben, noch vor Arnoldstein machen. Kurz nach Villach kommt eine Brücke über die Eisenbahn. Wir machen die Übergabe zweihundert Meter nach der Brücke. Haben Sie ein Stoppsignal ausgemacht?«

»Dreimal kurz aufblenden. Aber warum an der Stelle? Wozu? Wir könnten noch zehn Kilometer näher an die italienische Grenze heranfahren *und* dabei die ORF-Eskorte behalten.«

Er machte einen seiner Witze, bei denen nur er kicherte. »Wir werden statt dessen vom Mukhabarat-Zentrum eskortiert werden.« Als Simone laut aufseufzte, sagte er: »Keine Sorge, Mr. Halliday. Die werden es nicht wagen, gerade dort gegen uns vorzugehen.«

370

»Das heißt also, wenn ich es richtig sehe, daß unser eigentliches Problem darin bestehen wird, auf dem Weg nach Tarvisio eine Straßensperre zu durchbrechen.«

»Aber nein, so etwas würde ich nicht gerne tun müssen.«

Die Vorstellung schien ihn zu schockieren. »Wir würden uns dann mit zwei feindlichen Teams auseinandersetzen müssen, mit einem hinter uns und einem vor uns. Nein, nein! Konzentrieren wir uns erst einmal darauf, die Autobahn nach Villach zu erreichen.«

»Was ist mit unseren Gewehren und der Munition?« fragte Simone. »Die Gewehre sind sauber, aber sollten wir nicht eins geladen und schußbereit haben?«

»Überlaß das alles mir. Ich werde ein Gewehr und ein Magazin griffbereit in der Nähe haben. Aber wenn es zu einem Zwischenfall kommt, wenn sie auf der Autobahn ihr Spielchen mit uns versuchen und die Polizei anlocken, dürfen wir nicht bewaffnet erscheinen. Wir kommen nun bald nach St. Veit. Wenn wir an einer Ampel halten, Mr. Halliday, werden wir beide die Plätze tauschen. Aber blitzschnell, sobald ich das Kommando gebe.«

»Okay.«

»Und es wäre gut, wenn Ihnen Jasmin jetzt schon die zwei Filmpacks geben würde«, fuhr er fort. »Sie sollten das zweite Päckchen versteckt haben, bevor wir zur Autobahn kommen.« In ihrer Privatsprache sagte er etwas zu Jasmin, die mir daraufhin sofort die Päckchen gab.

Das Futter einer Innentasche aufzureißen, während man den dazugehörigen Anzug selber trägt, stellte sich als schwierig heraus. Schließlich lieh mir Mokhtar ein mörderisch aussehendes Schnappmesser, damit ich die Naht auftrennen konnte. »Ich begreife nicht, warum ich einen guten Anzug so behandeln muß«, beschwerte ich mich.

»Sie werden es begreifen«, erwiderte Zander. »Und es ist besser, Sie geben mir das andere Päckchen, das für den ORF. Im Handschuhfach ist es besser aufgehoben. Wir wollen nicht, daß Sie es fallen lassen, wenn wir die Plätze tauschen. Haben Sie Ihren Paß bei sich, oder ist er in Ihrer Aktentasche?«

»Er steckt in meiner anderen Innentasche.«

»Dann lassen Sie ihn dort. Was ist mit Ihrem Geld, Ihren Kreditkarten?«

»Die beulen dieselbe Tasche aus. Warum?«

»Sie müssen sie bei sich tragen. Sie werden sie brauchen.«

Ich reagiere selten mit Wohlwollen, wenn man mich wie ein zurückgebliebenes Kind behandelt, aber bei dieser Gelegenheit gab ich brav das ORF-Päckchen her und vergewisserte mich, daß mein Paß, die Reiseschecks und Kreditkarten tatsächlich in der Anzugtasche waren. Zander konnte einen rasend machen, aber er hatte eine Art, Gehorsam zu verlangen, der nur schwer zu widerstehen war. Zweifellos hätte mir der General den Grund dafür nennen können.

Wir fuhren durch St. Veit, ohne ein einziges Mal an eine rote Ampel zu kommen, und Zander begann unruhig zu werden, weil wir unsere Plätze immer noch nicht vertauscht hatten. Wir waren bereits in den Außenbezirken von Klagenfurt und nur noch zwei Kilometer von der Abzweigung zur Autobahn nach Villach entfernt, ehe wir wegen eines großen Krantransporters, der rückwärts aus einer Baustelle fuhr, anhalten mußten. Fast noch bevor wir langsamer wurden, hatte Zander seine Tür einen Spalt geöffnet und forderte mich auf, es ihm nachzutun. Tatsächlich brauchte der ganze Platzwechsel noch nicht mal zehn Sekunden. Das Hin und Her des Krantransporters hielt uns volle zwei Minuten auf.

Zander nützte sie dazu, eines der Gewehre aus dem Bündel herauszuziehen, das ein Zollbeamter bei einer flüchtigen Gepäckkontrolle als Teil einer Camping-Ausrüstung angesehen haben würde, und es blieb ihm noch Zeit, die Munitionskisten umzustellen. Was ich von Handfeuerwaffen weiß, beschränkt sich im großen und ganzen auf die in den Kriegen benutzten, von denen ich als Reporter berichtet habe. Ich *glaube*, die Gewehre, die sie an dem Tag hatten, waren vom Typ Armalite AR 15; damit werden relativ kleine Kugeln mit hohen Mündungsgeschwindigkeiten abgefeuert. Scharfschützen mögen sie nicht, weil sie nicht sehr präzise sind und weil man mit ihnen praktisch nichts anvisieren kann, was über zweihundert Meter entfernt ist. Bis auf eine Entfernung von etwa sechshundert Meter können diese kleinen Kugeln allerdings einen menschlichen Körper schrecklich zurichten. Nicht mal die Einschußstelle ist ein glattes Loch. Die Colt-Magazine, die sie verwendeten, enthielten jeweils fünfundzwanzig Schuß. Das wußte ich, weil diese Angaben in gut lesbarer Schablonenschrift auf den Munitionskisten standen.

Die Autobahn Klagenfurt–Villach besteht größtenteils aus vier durch stählerne Leitplanken getrennten Fahrbahnen. Nur auf kurzen Streckenabschnitten, im Bereich der Auf- und Abfahrten, sind es sechs Fahrbahnen, doch Rainers Plan, jeden, der sich mit den Ortofilm-Fahrzeugen anlegen wollte, abzuwehren, stellte sich als ganz einfach heraus. Sobald wir auf der Autobahn waren, scherte der ORF-Kamerawagen, der immer noch mit eingeschaltetem Blinklicht fuhr, auf die schnelle linke Fahrbahn aus und blieb dort, ohne seine Geschwindigkeit zu erhöhen. Ich blickte nach hinten und sah, daß der ORF-Lastwagen ebenfalls ausgeschert war. Die wütenden Huptöne, die uns nun verfolgten, kamen nicht von den Rasmuk-Leuten in dem Citroën, sondern ganz offensichtlich von normalen Autobahnbenützern. Um fünf Uhr dreißig begann der abendliche Stoßverkehr, und Leute, die in den Klagenfurter Fabriken und Büros arbeiteten, hatten es eilig, in ihre Häuser am Wörther See zu kommen. Fraglos hatte das Rasmuk-Team längst erkannt, daß der ORF – aus irgendwelchen merkwürdigen Gründen – die Ortofilm eskortierte. Wahrscheinlich hatten sie bei der Leitung der Rasmuk-Operation per Funk nachgefragt und die Anweisung erhalten, den Kontakt mit uns aufrechtzuerhalten und über die weitere Entwicklung auf dem Weg zur Grenze zu berichten.

Zander beeindruckte die Art und Weise, wie der ORF seine Muskeln spielen ließ. »Ihr Mr. Rainer«, sagte er, »muß ein amüsanter Bursche sein.«

»Nicht sonderlich amüsant, aber sehr entschlossen. Er will diesen Film haben, und er wird an uns dranbleiben, bis er ihn hat. Direkt bis an die Grenze, wenn Sie das wollen.«

Er ignorierte meine letzte Bemerkung. »Er hat jedenfalls Bourger und sein Team ganz schön nervös gemacht. Das hilft uns. Ein nervöser Gegner läuft eher Gefahr, Fehler zu machen. Haben Sie irgend etwas in Ihrer Aktentasche, an dem Ihnen besonders viel liegt?«

»Ich habe dort ein dickes Adreßbuch, das ich nicht verlieren möchte.«

»Jasmin kann das in ihre Handtasche nehmen. Einverstanden?«

»Okay. Wenn Sie meinen. Demnach haben Sie vor, diesen Wagen hier loszuwerden.«

»Ich will sichergehen, daß wir das, was wir brauchen, mit uns nehmen, falls wir den Wagen aufgeben und dem Feind zur Zerstörung überlassen. Sie haben auch das Netschajew-Manuskript hier.«

»Darüber wollten Sie mir eines Tages noch Näheres erzählen.«

»Ich kaufte das Original-Manuskript vor einigen Jahren bei einem Händler in Basel. Er schätzte es nicht sehr hoch ein. Es gehörte zu seinen ›politischen Eintagsfliegen‹, wie er es nannte – alte Briefe und andere Dokumente, die für Spezialisten vorübergehend von Interesse sind. Er vermutete, ein Nachahmer könnte es etwa zehn Jahre nach Netschajews Tod als Fälschung geschrieben haben. Einer von Paciolis sogenannten Experten hatte dieselbe Idee. Ich halte es allerdings für echt. Ich schämte mich fast dafür, daß ich es in dieser Weise als Köder benutzte.«

»Was läßt Sie glauben, es könnte echt sein?«

»Netschajew hat mich schon immer interessiert. Gehören Sie zu denen, die glauben, Soldaten und streitbare Männer seien nicht fähig, über ernsthafte Dinge nachzudenken?«

»Was ich wirklich fragen wollte, war vielleicht, weshalb Sie sich Netschajew als bedeutenden Denker ausgesucht haben. Warum nicht Kropotkin oder Malatesta? Netschajew war nur ein wilder Draufgänger.«

»Simone würde Ihnen zustimmen, aber Professor Arnold Toynbee war anderer Meinung. Haben Sie seinen Briefwechsel mit Daisaku Ikeda gelesen?«

»Ich habe noch nicht mal davon gehört.«

»Sie, ein gebildeter Mann! Nun ja. Toynbee vergleicht Netschajew mit Robespierre und Lenin. Alle begingen den moralischen Irrtum und den Denkfehler, zu glauben, Gewalt sei gerechtfertigt, wenn nur als Ziel das höchste Wohlergehen der Menschheit angestrebt sei. Robespierre und Lenin lebten lange genug, um zu sehen, wenn schon nicht einzugestehen, daß die von ihnen geschaffenen irdischen Paradiese lediglich zwei verschiedene Arten einer Schreckensherrschaft darstellten. Hätte Netschajew lange genug gelebt, wäre vielleicht auch er in jenem berühmten Zug gewesen, der 1917 in Petersburg ankam. Aber er wäre *anstelle* von Lenin dabeigewesen. Machen Sie sich keine Gedanken wegen des Manuskripts, jedenfalls nicht wegen dieser Kopie. Ich werde Ihnen eine andere, besser übersetzte schicken. Aber nun kommen wir nach Villach und müssen wachsam sein. Irgendwo muß die Straße eine große Schleife beschreiben, eh Simone?«

»Wir sind bereits auf der Schleife. Die Autobahn endet hier. Es sind noch etwa drei Kilometer.«

Während sie redete, ging die Leitplanke zwischen den Fahrbahnen zu Ende, und wir waren auf einer Straße mit Gegenverkehr und einer dritten Fahrbahn in der Mitte, die beiden Richtungen zum Überholen diente. Der ORF-Kamerawagen fuhr sofort nach rechts und setzte sich unmittelbar vor uns, wie schon vor der Autobahn. Der große Lastwagen, der bisher unseren Kastenwagen seitlich abgeschirmt hatte, reihte sich wieder hinter ihm ein. Ein Schwarm wütender PKW-Fahrer ergriff sofort die Gelegenheit, lärmend vorbeizuziehen, aber der Citroën war nicht zu sehen. Zander hatte jedoch das Teleskop nach hinten gerichtet und meldete alsbald, der Citroën halte sich hinter dem ORF-Lastwagen verborgen.

»Bourger hat es nicht eilig«, bemerkte er. »Er wartet die weitere Entwicklung ab.«

Wir waren in einem Randbezirk mit kleinen Fabriken und Holzplätzen außerhalb von Villach. Ich bemerkte, daß es immer mehr Wegweiser gab und die ersten Hinweise auf

Arnoldstein, auf die Grenzen und auf ein spezielles Depot für die Zollabfertigung des Güterfernverkehrs.

»Langsam, Simone. Langsam und gleichmäßig«, warnte Zander. »Die sollen nicht denken, wir wüßten nicht genau, wo wir sind.«

»Sie regen sich grundlos auf, Patron«, sagte sie. »*Ich* weiß genau, wo wir sind. Wir kommen jetzt zu der Eisenbahnbrücke. Wir können hier nirgends anhalten, wenn die Karte auch etwas anderes sagt. Die Straße ist zu schmal.«

Nach der Brücke kamen auf beiden Seiten alte Mietshäuser und kleine Läden, dann zwei Tankstellen und danach ein Fernfahrer-Café mit einem großen Parkplatz davor.

»Da«, sagte Zander.

Sie blendete dreimal kurz auf und fuhr von der Straße herunter. Ich sah, wie Rainer rasch den Kopf drehte, während sein Fahrer anhielt und dann rückwärts auf uns zufuhr. Als er erneut anhielt, sagte Rainer etwas, und der Fahrer schaltete das Blinklicht auf dem Autodach ab.

»So weit, so gut«, sagte Zander. »Nun, Mr. Halliday, er ist *Ihr* Freund. Gehen Sie zu ihm und geben Sie ihm den Film, den er haben will, und danken Sie ihm für seine tüchtige Hilfe. Sagen Sie ihm, wir können jetzt selber auf uns aufpassen.«

»*Können* wir denn selber auf uns aufpassen? Ich sehe nicht, daß sich etwas geändert hätte. Nach wie vor sitzt uns ein Rasmuk-Kommando im Genick. Was Sie da über Raoul Bourger als halbwüchsigen Killer erzählt haben, klang nicht so, als sei er der Typ, der mit den Jahren weicher wird. Hat die Tatsache, daß Sie ihn einmal kannten, zu einem Sinneswandel bei Ihnen geführt? Sieht es jetzt vielleicht doch so aus, als ob Sie mit denen handeln und sich frei*kaufen* könnten?«

Es gefiel ihm immer noch nicht, daß ich ihm so respektlos direkte Fragen stellte. »Das Mukhabarat-Zentrum kann in seinen Kommandos mit weichen Leuten nichts anfangen, Mr. Halliday«, sagte er. »Überlassen Sie meinen Job am besten mir. Ihr Job ist es, Ihren Fernsehfreund da draußen glatt und ohne Aufhebens loszuwerden. Ich möchte mich hier von ihm trennen. In Ordnung? Lassen Sie sich Zeit. Keine Eile. Aber werden Sie ihn los.«

»Ganz wie Sie meinen, Patron.«

Ich nahm das Filmpäckchen aus dem Handschuhfach und stieg aus. Selbst aus acht bis zehn Metern Entfernung konnte ich sehen, daß Rainer wegen des Halts, den wir unerwartet eingelegt hatten, mit tiefem Argwohn auf mich wartete. Erst noch am Vormittag hatte ich ihn um eine Eskorte bis unmittelbar an die Grenze bei Thörl gebeten. Und nun, wo wir fast dort wagen, hielt ich plötzlich an. Um nachzutanken? Nein. Ich war eben erst an zwei Tankstellen vorbeigefahren. War es eine Kaffeepause? Eine letzte Tasse des echten österreichischen Gebräus mit Sahne? Absurd. Nein, die einzige Erklärung war, daß ich auf irgendeine hinterlistige Art und aus irgendwelchen gemeinen, unerfindlichen Gründen versuchen wollte, unsere Abmachungen zu brechen. Oder vielleicht hatte ich es nicht geschafft, auch nur einen Meter Film zu belichten, und hatte den peinlichen Augenblick hinausgezögert, in dem ich es zugeben mußte. Nun, wie immer die schlechte Nachricht aussehen mochte, er war jedenfalls nicht bereit, mich so leicht davonkommen zu lassen.

»Wo ist denn diese internationale Sicherheitstruppe, von der Sie mir wunder was erzählt haben?« fragte er, als ich auf ihn zuging. »Ich habe nur diesen Citroën da hinten gesehen, der kurz nach Judenburg unsere Verfolgung aufnahm. Weshalb haben wir angehalten? Die scheinen mir reichlich harmlos.«

»Deshalb haben wir ja angehalten. Ich möchte nicht, daß Sie noch mehr Zeit damit vergeuden, uns abzuschirmen. Wie sich herausstellte, war es das Wachpersonal an der Mine, das uns die größten Schwierigkeiten machte. Die versuchten, den Film zu konfiszieren.«

»Hatten sie Erfolg?«

Ich gab ihm das Päckchen. »Das können Sie selber beantworten, wenn Sie diese Rolle hier entwickelt haben. Es ist Seine Hoheit vor der Kamera, und er erzählt Ihnen die ganze Geschichte. Ich glaube, es wird Ihnen gefallen. Ich habe Ihren Rat befolgt.«

»In bezug auf die zu stellenden Fragen?«

»Nein. Ich hatte meine eigenen Fragen. Ich meinte Ihren Rat, meine Rolle vor dem Interview nicht zu proben. Das hat sich bewährt, glaube ich. Ich hörte zu, er redete. Das Resultat war einigermaßen überraschend. Aber es ist ohnehin alles auf diesem Film, jedenfalls alles, was für Sie von Bedeutung ist. Haben Sie mit New York gesprochen?«

»Ja, das ist alles abgeklärt. Was meinen Sie mit ›alles was von Bedeutung ist‹? Gibt es noch mehr?«

»Überleitungen, Nachgestelltes, Hintergrundaufnahmen vom Stollen. Das kann ich Ihnen leider nicht geben. Bedaure.«

»Man hat es Ihnen abgenommen?«

»Sie haben mir zwei Rollen abgenommen. Ich mußte ihnen ja irgendwas geben. Was Sie da in der Hand haben, ist das, was Sie wollten, und einiges mehr. Es sind vielleicht die besten Passagen. Je früher es ins Labor kommt, desto besser, und ich würde Ihnen raten, keine Zeit zu verlieren. Die werden Ihnen mit Sicherheit die Anwälte auf den Hals hetzen. Keine Frage. Wenn Sie es aber sofort ausstrahlen, müssen die sich etwas anderes einfallen lassen. Er hat selber dafür gesorgt, daß er in dieser Sache keine Chance mehr hat. Ich habe ihm keine einzige Frage gestellt, gegen die ein Rechtsanwalt das geringste einwenden könnte.«

Er hatte die äußere Verpackung aufgemacht. Nun faßte er einen Entschluß. Er sagte sich, zutreffend, daß ich einigermaßen ehrlich zu ihm war. Drum konnte er auch zu mir einigermaßen freundlich sein.

»Es freut mich«, sagte er, »daß sich die Idee, ungeprobt in das Interview zu gehen, als richtig erwiesen hat. Beim erstenmal ist das immer ein Risiko, aber meistens ein Risiko, das sich lohnt.«

Wir gaben uns die Hand, ich dankte seinem Fahrer für die Geduld, und Rainer griff nach dem Mikrofon am Autoradio, vermutlich, um seinem Lastwagenfahrer zu sagen, die Begleitschutz-Mission sei erfolgreich abgeschlossen und die Heimfahrt könne angetreten werden. Und dann begann ich – obwohl Zander mir deutlich gesagt hatte, ich würde im Alleingang nicht über den Flughafen hinauskommen – mich zu fragen, ob ich mich nicht sehr dumm verhielt, ob es nicht viel sinnvoller war, wenn ich auf der Stelle den Plan änderte und, so wie ich es ursprünglich vorgehabt hatte, Rainer bat, mich nach Wien mitzunehmen.

Zander stand, in ein ernsthaftes Gespräch mit Guido vertieft, neben dem Kastenwagen der Ortofilm, aber als ich nun zum Kombi zurückging, sah ich, wie er sich schnell umdrehte. Der Citroën hatte hinter dem ORF-Lastwagen geparkt, doch nun war einer der schnauzbärtigen Männer ausgestiegen und ging auf Zander zu.

Er war Mitte Dreißig und hatte ein knochiges, kantiges Gesicht, ein gutaussehender Mann, der den Schnurrbart zur

Bestätigung seiner Männlichkeit gar nicht gebraucht hätte. Er trug einen modischen italienischen Anzug, der kaum zerknittert war, und er hatte jenen von Natur aus eleganten Gang, der genau weiß, daß er beobachtet wird, und der an bewundernde Blicke gewöhnt ist. Als ihm Zander entgegentrat, hob er kurz die Hände, um zu zeigen, daß sie leer waren, und lächelte. Seine Zähne waren makellos.

Ich war inzwischen beim Kombi und sah, daß auch Simone die Szene beobachtete.

»Es ist Bourger«, sagte sie. »Dieses breite Lächeln setzte er immer auf, wenn er etwas haben wollte, was ihm nicht gehörte. Am besten warten Sie bei mir im Auto ab, was geschieht. Überlassen Sie das den beiden.«

Ich setzte mich auf den Beifahrersitz neben sie. Sie verfolgte sie im Rückspiegel. Rainers Kamerawagen brauste los, zurück auf die Autobahn und nach Wien.

»Als Sie gerade eben mit ihm redeten«, sagte sie, »und ihm den Film gaben, dachte ich für einen Moment, Sie würden den Rat des Patrons nun doch nicht befolgen. Ich dachte, Sie würden mit Herrn Rainer wegfahren.«

»Ich habe daran gedacht, ja.«

»Bourger rechnete übrigens auch mit der Möglichkeit. Er hatte einen Mann in das Café geschickt, der Sie von der Telefonzelle aus beobachtete. Hätten Sie sich entschieden, mit Rainer zu gehen, wäre dies zweifellos sehr schnell ihrem Kontaktmann in Wien mitgeteilt worden. Bourger wartete also ab. Und jetzt, wo er weiß, daß Sie bei uns bleiben und daß er alles in einem Aufwasch erledigen kann, tritt er an den Patron heran.«

»Glauben Sie immer noch an ein Abkommen?«

»Wenn jetzt noch ein solches Angebot gemacht würde, wäre ich schon sehr überrascht. Wenn diese Möglichkeit überhaupt je bestanden hätte, wäre schon vor Monaten darüber diskutiert worden.« Sie zuckte mit den Achseln. »Ich will nicht sagen, daß es völlig ausgeschlossen ist. Wenn jemand wie der Herrscher mit im Spiel ist, ist alles möglich. Aber eins können Sie mir glauben. Wie immer die Befehle aussehen mögen, die Bourger durchzuführen hat, er wird in jedem Fall den Patron zu überreden versuchen, ihm und seinem Team die Arbeit zu erleichtern. Wissen Sie, ich war ein sehr aufmerksames Kind, und ich habe an Bourger drei Dinge bemerkt. Warum lächeln Sie?«

»Das war kein Lächeln. Ich habe mir nur vorgestellt, wie Sie im Alter von neun Jahren Bourger beobachteten. Was haben Sie an ihm bemerkt?«

»Daß er sehr eitel war, natürlich, aber das war ich auch. Er hatte zwei Besonderheiten. Er war sehr – wie sagt man doch? – apathisch. Und er verwechselte immer Schlauheit mit Klugheit. Er begriff nie, daß sich Schlauheit auch von dummen Menschen erlernen läßt.«

»Er hat immerhin vier Polizisten umgebracht, ohne sich erwischen zu lassen. Und er arbeitet für Rasmuk. Irgendwas muß er schon haben.«

»Hat er auch. Man braucht nicht bescheiden oder klug oder energiegeladen zu sein, um ein tüchtiger Killer zu werden. Man braucht nur gewisse seelische Verhärtungen und ein Feingefühl für die Arbeit. Der Patron kommt zurück.«

Ich machte die Tür auf, um auszusteigen und ihm Platz zu machen, aber er sagte mir mit einer Handbewegung, ich solle sitzen bleiben, und stieg hinter uns ein.

»Bourger läßt dich grüßen, Simone«, berichtete er, »und er erzählt mir folgendes. Er hat den Befehl, uns nach Italien zu begleiten. Er sagt – und hält das für witzig –, seine

Aufgabe sei es, unser Hirte zu sein. Dann versucht er wieder sachlich zu klingen und erzählt mir, seine Planer hätten angenommen, daß wir nach Italien gingen. Nicht wegen Stresa, sondern weil sie den Verdacht hätten, ich könnte mit der Nato verhandelt haben und mich in deren Schutz begeben. Warum? Weil sie nicht glauben könnten, ein Mann mit meiner Erfahrung würde dem Herrscher je genügend Vertrauen entgegengebracht haben, um ihm auch nur einen Augenblick den Rücken zu kehren. Er gibt vor, es betrübe ihn zutiefst sich mit Freunden in dieser Situation wiederzufinden.«

»Ich sehe direkt die Tränen in seinen Augen. Steht er in Funkverbindung mit seinem italienischen Team?«

»Nach allem, was er sagt, ja. Ganz sicher.«

»Dann sind sie ein gutes Stück auf dieser Seite von Tarvisio, an der Paßstraße bei Thörl. Nicht einmal mit leistungsstarken Funkgeräten sind diese Berge zu überwinden.« Sie warf mir einen Blick zu. »Sehen Sie? Wir würden mit Rasmuk zu tun bekommen, lange bevor wir bei Ihren Carabinieri wären.«

Zander hob die Hände. »Simone, wir brauchen Tageslicht, um das tun zu können, war wir tun müssen. Hör mir jetzt zu. Ich fragte Bourger ganz freundlich, welche Befehle er für den Fall habe, daß wir umdrehten und nach Norden fuhren, vielleicht nach Deutschland. Er sagte, er werde auch dann unser Hirte bleiben, aber ein bereits alarmiertes Team aus Linz würde uns entgegenfahren und uns abfangen. Er bat uns dringend, einen solchen Versuch nicht zu unternehmen. Ich fragte ihn, so als zweifelte ich an seiner Männlichkeit, wie es um seine Feuerkraft bestellt sei. Er sagte, als bloße Hirten auf fremdem Grund und Boden hätten sie nur bescheidene Revolver dabei.«

»Wie bescheiden?«

»Polizei-Spezial, Achtunddreißiger. Die ganze Zeit habe er, und das wiederholte er, nur die Aufgabe gehabt, zu beobachten und Bericht zu erstatten. Man habe ihm den Auftrag nur gegeben, weil er mein Gesicht und deines kenne.«

»Haben Sie ihm geglaubt, Patron?«

»Ja.« Aber ich hatte mich umgedreht, um ihn zu beobachten, und sah den Zweifel in seinen Augen und eine Andeutung von Angst, die der Zweifel mit sich brachte.

»Warum glauben Sie ihm, Patron?«

Trotz funkelte in den Augen. »Er fragte mich nicht nach *unserer* Feuerkraft. Er will all das nicht wissen, was er vielleicht seinen Kollegen, die bereits auf uns warten, nicht weitermelden will. Er mag diesen Auftrag nicht. Er weiß, daß ich immer noch Freunde in Nordafrika habe, denen es möglicherweise nicht gefallen wird, daß er bei meiner Ermordung mitmischte.«

»Sie glauben nicht, daß er blufft?«

»Nein. Er wird nicht mehr tun, als er tun muß. Wir werden ihn ignorieren und wie geplant weiterfahren. Wenn er uns aus den Augen verloren hat, wird er dafür seine Entschuldigung haben, und wir treffen uns mit Jean-Pierre. Dann also los. Und denk dran, du mußt zunächst ganz langsam fahren. Guido weiß, was er zu tun hat, aber es wird nicht leicht für ihn werden.«

Sie sagte nichts mehr, drehte nur den Zündschlüssel und startete.

Ich beobachtete ihn jedoch immer noch. Er wußte es, und es störte ihn. »Dürfte ich vielleicht erfahren, wie dieser Plan aussieht?« fragte ich. »Wäre es nicht besser, ich wüßte Bescheid?«

Er wandte sich ab und begann, Guido in dem Kastenwagen direkt hinter uns Zeichen zu geben. »Der Plan sieht vor, daß wir erst einmal unseren Hirten abschütteln«, sagte er. »Wenn ich möchte, daß Sie etwas Bestimmtes tun, werde ich es Ihnen sagen.«

Als Simone von dem Fernfahrer-Parkplatz auf die Straße fuhr, war der Ortofilm-Kastenwagen ungefähr drei Meter hinter uns. Während sie ganz allmählich beschleunigte, blieb dieser Abstand. Wir kamen an eine Kreuzung. Ein nach links zeigender Wegweiser nannte ein paar kleine Orte und gab außerdem auf deutsch, serbo-kroatisch und italienisch Auskunft darüber, daß es für unbefugte Fahrzeuge hier keine Zufahrt zur österreichisch-jugoslawischen Grenze gab.

Die große Gabelung der Hauptstraße kam einen halben Kilometer danach. Dort stellte ein riesiges Schild für den gesamten Verkehr nach Süden eindeutig die Weichen.

Wer nach *Italien, Italia, Italie* fahren wollte, über Arnoldstein, Maglern und Thörl, der bog rechts ab. Wer nach *Jugoslawien, Jugoslavija, Yugoslavia* fahren wollte, über Radendorf und den Wurzenpaß, der bog links ab. Beide Grenzen waren etwa gleich weit weg.

Wir bogen links ab, und als dann die vor uns liegende Straße schmäler wurde, begannen wir plötzlich schneller zu fahren.

Fünfzehntes Kapitel

Zuerst hielt der Kastenwagen noch Schritt. Die Straße war ziemlich gerade und führte durch ein Tal mit hohen, steilen, baumbewachsenen Abhängen zu beiden Seiten. Vor uns lag jedoch eine scheinbar undurchdringliche Mauer aus Bergen. Es herrschte wenig Gegenverkehr, meistens kleine Lastwagen mit landwirtschaftlichen Produkten. Wenn nicht das Schild versprochen hätte, daß die Straße zu einem Paß führte, hätte ich gesagt, wir befänden uns in einer Sackgasse.

Die Straße wurde immer schmäler, und die Steigung nahm zu. Der Kastenwagen lag nun fünfzig Meter zurück. Der Citroën mit unserem ›Hirten‹ begann nach außen zu drängen, bereit, zu überholen und sich hinter uns zu hängen. Ich fragte mich, wie lange wohl das Rasmuk-Team in Italien – inzwischen zweifellos darüber informiert, daß wir die verkehrsreiche, polizeiüberwachte internationale Fernstraße gegen eine relativ ruhige Gebirgsstraße vertauscht hatten, auf der alles passieren konnte – dazu brauchen würde, seinen Hinterhalt ein paar Kilometer zu verschieben und an die italienisch-jugoslawische Grenze zu verlegen. Etwa so lange, nahm ich an, wie ich brauchen würde, um an der Grenze das Antragsformular auszufüllen und ein Visum zu erstehen. Ich wandte mich an Zander.

»Ich will Sie nicht nur darauf aufmerksam machen, daß uns an dieser Grenze keine Carabinieri-Eskorte begrüßen wird«, sagte ich, »sondern Ihnen jetzt schon sagen, daß ich für Jugoslawien kein Visum habe.«

Er beachtete mich nicht. Seine Aufmerksamkeit galt ausschließlich dem Kastenwagen. Es war Simone, die mir antwortete.

»Wir fahren nicht nach Jugoslawien.« Ihr Blick ging vom Rückspiegel auf die Straße und zurück. »Wir fahren auch nicht nach Italien. Der Patron kennt diese Straße. Er ist als Gefangener am Ende des Hitler-Krieges auf ihr gegangen. Hier werden wir Bourger abfertigen. Dann fahren wir in den Norden nach Deutschland. Das hat der Patron heute nachmittag, als Sie filmten, mit Ihrem Herrn Schelm ausgemacht. Sicher, ich weiß, Bourger hat uns eine Bande aus Linz angedroht, aber welche Rolle spielt das schon, wenn er nicht mehr weiß, wo wir sind? Der Weg in den Norden nach Deutschland ist die einzige sichere Route für uns, weil es dort für sie am schwierigsten ist, uns zu überwachen.«

Es klang sehr nüchtern und sachlich, wie sie das sagte, aber ich war nicht überzeugt, daß sie daran glaubte, so wenig wie ich glaubte, daß ihr Vater als Kriegsgefangener auf dieser Straße gegangen war. Wenn das im Jahr fünfundvierzig gewesen wäre, dann wäre er als Feldwebel der Abwehr hier gewesen, zur Tarnung in abgetragenen Zivilkleidern und mit den Ausweispapieren eines nicht-deutschen Fremdarbeiters. Zusammen mit anderen wäre er den Schildern nachgegangen, die zu einem D.P.-Lager in der amerikanischen Zone führten.

»Und wie wollen Sie Bourger abfertigen?« fragte ich.

»Ihn abschütteln natürlich.«

Sie wollte den Eindruck erwecken, als sei sie ungehalten über meine Langsamkeit, aber es gelang ihr nicht recht. Zander hörte den Zweifel in ihrer Stimme.

»Hör jetzt auf zu reden und achte auf die Straße«, sagte er scharf. »Wir kommen gleich an die erste Kurve und müssen jede Sekunde herausholen.«

Die Straße krümmte sich plötzlich nach rechts und ging dann in eine Linkskurve, die weit über einen halben Kilometer lang sein mußte. Und sie stieg stetig an, wie eine gewaltige Rampe. Simone schaltete zweimal herunter und beschleunigte dann mit quietschenden Reifen. Hinter uns orientierte sich Guido zur Straßenmitte hin und blieb dort.

Oben kam eine Haarnadelkurve nach rechts, und ich stellte fest, daß ich fast senkrecht nach unten blicken konnte, wo der Kastenwagen sich langsam die Rampe hochschob. Genau in dem Moment versuchte der Fahrer des Citroën, sich mit Gewalt einen Weg zu bahnen, und beide Fahrzeuge schwankten und schaukelten, als sie sich berührten. Der Citroën mußte sich jedoch wieder zurückfallen lassen. Zander sagte: »Ha!« und fuhr fort, in der Berbersprache auf die jungen Leute einzureden; es war offensichtlich eine Reportage vom laufenden Geschehen.

Dann versuchte es der Rasmuk-Fahrer erneut. Diesmal fuhr er schwungvoll über die Gegenfahrbahn ein wenig auf die Böschung, um Höhe zu gewinnen und seinem Angriff so viel Wucht zu verleihen, daß er den Kastenwagen seitlich rammen und umstürzen konnte. Weiter unten hätte das vielleicht funktioniert, aber bei der starken Steigung gelang es ihm nicht, so viel Schwung zu bekommen, daß er das schwerere Fahrzeug hätte umwerfen können. Der Kastenwagen schwankte nur und brach etwas aus, aber Guido steuerte ihn sofort wieder in die Straßenmitte zurück.

Zander setzte seine Reportage fort, aber nun zum Vordersitz hin und auf englisch. »Den Trick werden sie nicht noch mal versuchen«, sagte er. »Dieser Lastwagen, der gerade an uns vorbei talabwärts fuhr, wird sie zwingen, in der Kurve hinten zu bleiben. Fang jetzt an, Simone, nach dem Fahrweg auf der linken Seite Ausschau zu halten. Unmittelbar daneben muß eine Kreuzwegstation aus Stein stehen, ein alter Bildstock mit einem kleinen Giebeldach. Am besten orientierst du dich an dem. Der Fahrweg wird möglicherweise schon lange nicht mehr benutzt und wird dann schwer zu sehen sein. Aber er dürfte nur noch etwa einen Kilometer weit weg sein.«

Der Rasmuk-Wagen war zurückgefallen, um erst den bergab fahrenden Lastwagen durchzulassen. Während ich mir noch überlegte, ob Bourger nach den fehlgeschlagenen Versuchen nur auf einen günstigeren Augenblick wartete, löste er das Problem auf ganz andere Art.

Der Citroën fuhr dicht auf den Kastenwagen auf und schob sich dabei ganz langsam immer weiter nach links. Dann beugte sich Bourger selbst aus dem Fenster an der Beifahrerseite und stützte sich dabei mit beiden Ellbogen auf. In den Händen hatte er eine kurze Maschinenpistole. Es war die Sorte, bei der man den durchbrochenen Kolben wegklappen kann, so daß er dem Pistolengriff nicht mehr im Weg ist. Er schob die Waffe behutsam nach vorn, bis er mit der Linken die Laufwandung umklammern und sich gleichzeitig an der Strebe der Windschutzscheibe festhalten konnte. Dann feuerte er eine lange automatische Salve mitten in die linke Tür auf der Rückseite des Kastenwagens.

Das war es dann auch schon. Ich sah, wie vorne die Windschutzscheibe platzte und ein großer roter Fleck, der einmal Guidos blaues Hemd gewesen war, im Fahrersitz hochgerissen wurde, als alles umzukippen schien. Dann fiel der Kastenwagen wieder auf seine Federn zurück und fuhr am Rand der Straße entlang, bis er in einen dieser Beton-Schneepflöcke krachte, die außen in der Kurve aus der Böschung ragten. Doch Bourgers Fahrer wartete das gar nicht mehr ab. Sobald der Kastenwagen die Straßenmitte freigegeben hatte, war der Citroën auch schon vorbei und raste hinter uns her den Berg hinauf.

Ich sah Zander an. Sein Gesicht war weiß und angespannt, und das einfältige Lächeln wirkte gespenstisch. »Guido hat sich dazu gemeldet«, sagte er, »freiwillig gemeldet.« Als keiner etwas sagte, berührte er Simone an der Schulter. »Sie haben Guido getötet.«

»Ich habe das Dauerfeuer gehört, Patron.« Es gelang ihr nur mit Mühe, kühl und gelassen zu bleiben. Sie war sehr verärgert. »Unser stattlicher junger Hirte sagte Ihnen, sie hätten nur Revolver. Haben Sie ihm geglaubt, Patron?«

»Nein, aber ich dachte, sie würden ihre eigentliche Feuer-kraft zurückhalten, um uns später damit zu überraschen. Jean-Pierre wird aufgebracht sein. Er war immer dagegen, Guido bei Operationen außerhalb des Pariser Büros einzu-setzen. Aber Guido gefiel mir. Er war ehrgeizig. Er wollte praktische Erfahrung sammeln.«

»Worin?« fragte ich. »In Bandenkriegen?«

»Was ihn interessierte, waren geheime Verhandlungen, die Art von Geschäft, die – wie er auf Grund seiner Arbeit bei uns wußte – besonders einträglich ist.«

»Ich weiß von ihm nur, daß er neulich in dem sicheren Haus in Stresa das Mittagessen kochte. Welchen Job hatte er bei Ihnen in Paris?«

»Er war ein Buchhalter, ein erstklassiger junger Mann, Jean-Pierres rechte Hand in Steuerangelegenheiten. Er wird sehr vermißt werden.« Er brach ab, als werde ihm plötzlich bewußt, was für fromme Gemeinplätze er von sich gab, und redete dann rasch weiter. »Was für eine Waffe war das, die Bourger da hatte? Haben Sie sie erkannt?«

»Ich dachte, es könnte eine Uzi sein. Schwer zu sagen.«

»Ja, das könnte es gewesen sein.«

Aber er dachte eigentlich nicht an die Waffe. Vielmehr fragte er sich, ob wir die gleichen Gedanken hatten wie er – daß ihm nämlich ein paar schwerwiegende falsche Beurteilungen unterlaufen waren, daß er einen bekannt starken Gegner unterschätzt und ein gutes Leben sinnlos geopfert hatte –, und er fragte sich wohl auch, wie sehr unser Vertrauen in ihn erschüttert worden war. Die jungen Leute schnatterten aufgeregt, während sie die drei anderen Gewehre auspackten, und er schnauzte sie so an, daß sie augenblicklich ruhig waren. Ihr Vertrauen hatte er jedenfalls noch nicht verloren. Sie hatten Guido sicherlich nicht mehr Wert oder Bedeutung beigemessen als dem Pacioli-Chauffeur, den sie im Namen ihres Patrons getreten und verprügelt hatten.

»Ich sehe jetzt den Bildstock«, sagte Simone. »Dort gerade vor uns, mit dem Giebeldach. Soll ich da immer noch abbiegen?«

»Aber sicher.« Es schien ihn zu überraschen, daß sie fragte.

»Sie werden uns bald einholen. Sie werden uns abbiegen sehen.«

»Das darf nicht sein. Drück aufs Gas. Wir können sie immer noch abschütteln.«

»Die sind nun mal schneller als wir, auf den Geraden und in den Kurven. Die müssen uns einfach sehen. Und es gibt an diesem Hang hier keine wirkungsvolle Deckung, bis wir die Bäume erreichen.«

»Dann sieh zu, daß wir die Bäume erreichen. Wenn wir

uns nicht verstecken können, können wir wenigstens ein Stück den Berg hoch, bevor sie kommen.«

Der Weg, in den wir einbogen, hatte einmal einem Bergbauernhof als Zufahrt gedient, aber das war vor langer Zeit gewesen. Die alten Furchen unter dem Unkraut stammten von Fuhrwerken, nicht von Traktoren, und das bißchen Ackerboden, das sich hier und da an den steinigen Hängen unterhalb der Baumgrenze noch hatte halten können, war längst unter Gras und Gestrüpp verschwunden. Nach zwei- oder dreihundert Metern kamen wir an eine gemauerte Scheune, der das Dach fehlte. Nicht weit davon entfernt waren von dem früheren Holzhaus nur noch der Backsteinherd und der Kamin erhalten geblieben. Eine Tafel vom Fremdenverkehrsamt,·die ihr eigenes kleines Schindeldach hatte und neben der ein Abfalleimer stand, gab den Touristen eine ganze Reihe von Hinweisen und Tips und Verhaltensmaßregeln. Wohnwagen durften nicht abgestellt werden, und Camping war nur an besonders ausgewiesenen Plätzen erlaubt. Offene Feuer waren verboten, und jagen durfte man nur mit einer Genehmigung des Landesfremdenverkehrsamtes. Ein ausgestreckter Sperrholzfinger zeigte uns die Richtung zu einem Wanderpfad durch den Wald nach oben, einem Pfad, der schließlich zu einem Höhenweg (1063 m) durch die Karawanken führte. Auf dem Pfad und auf dem Höhenweg waren Fahrräder und Motorräder nicht zugelassen. Von Kombiwagen war nicht die Rede.

Dieser Wanderweg verlief quer durch die Bäume und führte steil bergan. Schwankend ging es nach oben, vorbei an einem weiteren Sperrholzfinger durch junge Bäume am Waldrand. Von da an waren die Bäume größer und standen enger zusammen. Der Weg wurde schmäler und verlief schließlich als schmales Band genau auf der Höhenlinie.

Simone, die mit dem Lenkrad zu kämpfen hatte, würgte einmal fast den Motor ab, weil sie vergessen hatte, in den ersten Gang herunterzuschalten, aber sie schaffte es noch einmal. Die Sache mit Guido hatte sie sichtlich erschüttert, aber eben nur erschüttert. Wäre ich gefahren, dann wäre alles aus gewesen. Ich war mittlerweise halb verrückt vor Angst, und der Mann, den wir ›Patron‹ nannten, war in meinen Augen zu einem gefühllosen, selbstgefälligen Stümper geworden. Die Sturmgewehre, die die jungen Leute hinter mir in Hochstimmung versetzten, waren bestimmt nicht zu gebrauchen, weil die Munition nicht paßte oder weil die Schlagbolzen fehlten. Ich wußte es einfach. Ein zweites Rasmuk-Team war vor uns hergefahren und wartete in diesem Augenblick dort oben auf uns, wo unser weiser Patron uns unbedingt haben wollte; aus einem sorgfältig ausgesuchten Hinterhalt heraus, würden sie uns alle einzeln abschlachten.

Der Wagen schaukelte wie wild, streifte noch seitlich einen Baum und blieb stehen. Ich blickte den Weg zurück und sah, wie der Bourger-Citroën von der Straße abbog, um hinter uns herzufahren. Simone hatte recht gehabt, unser Patron war zu Unrecht optimistisch gewesen.

»Alle herhören«, sagte er. »Wir verlassen jetzt das Fahrzeug und gehen schnellstens ins Gelände.« An Simone gewandt, fuhr er fort: »Aufpassen und das Feuer erst eröffnen, wenn ich das Zeichen gebe. Es sollte für den Hirten eine totale Überraschung und ein Schock sein, wenn sich die Schafe plötzlich gegen ihn stellen und anfangen, ihn zu beißen.« Zu mir sagte er: »Wir wollen bitte alle den Berg hinaufklettern, möglichst weit von unserem Fahrzeug weg. Gebrauchen Sie es nicht als Deckung. Wenn Sie uns beim Tragen der Munition helfen, um so besser, aber versuchen

Sie nicht, etwas anderes mitzunehmen. Wenn die den Wanderpfad erreichen, gehen Sie nicht mehr weiter. Legen Sie sich einfach hinter den dicksten Baum, den Sie finden können, flach auf den Boden, und verhalten Sie sich still.«

Jeder von den vieren trug nun ein Gewehr, und Zander hatte an seinem schönen Mohairanzug bereits einen Ölfleck am Ärmel. Ich nahm, wie gewünscht, eine der Munitionskisten und marschierte los. Am Boden unter den Bäumen wuchs feines Gestrüpp auf einem weichen Bett aus verrottenden Kiefernnadeln, auf dem man leicht ausrutschte. Die Munitionskiste war auch schwerer als erwartet. Nach vielleicht hundert Metern Aufstieg blieb ich stehen, um zu Atem zu kommen, und blickte zurück.

Das Rasmuk-Team war bei den Schildern stehengeblieben, und ihr Fahrer wendete den Wagen. Die anderen drei waren bereits ausgestiegen und blickten in unsere Richtung. Sie trugen alle Maschinenpistolen vom gleichen Typ, und an ihre Mantelkragen hatten sie offenbar CB-Zweiwegmikrofone geklemmt. Bourger hatte einen Feldstecher. Er schickte sich eben an, ihn auf uns zu richten.

Das ließ mich weitergehen. Die anderen waren alle irgendwo vor mir. Ich konnte sie nicht sehen, aber ich hörte immer noch, daß sich etwas bewegte. Ich kletterte weiter bis zu einer kleinen Lichtung. Nirgends in der Nähe gab es Bäume, deren Stämme dick genug waren, um Kugeln aufzuhalten, die die Karosserie eines Kastenwagens durchschlagen konnten. Was ich in diesem Augenblick wahrscheinlich suchte, war ein mächtiger Mammutbaum. Statt dessen gab ich mich mit einem Loch im Boden zufrieden, oder vielmehr einer geringen Vertiefung, unmittelbar hinter den Überresten eines Holzgestells, das einmal zum Aufschichten von Klafterholz verwendet worden war.

Plötzlich war alles sehr ruhig. Als ich mich umsah, entdeckte ich keinen der anderen. Ich konnte sie nicht mal mehr hören. Ich vergaß sogar die lästige Filmdose, die sich mir in den Magen bohrte. Angst hatte ich bisher schon gehabt, doch nun ergriff mich Panik, und ich begann aufzustehen.

Von irgendwoher in meiner Nähe kam ein scharfes »Psst!« und Simone sagte: »Halten Sie den Kopf unten.«

»Wo sind die anderen?«

»Rechts von uns. Halten Sie den Kopf unten und seien Sie still.«

Ich fand heraus, daß ich, wenn ich nur ein wenig nach links rückte, durch das Holzgestell nach unten sehen konnte, ohne den Kopf heben zu müssen. Bourger und einer aus seinem Team stiegen unterhalb des Pfades den Berg herauf, auf den Kombi zu. Sie bewegten sich langsam und vorsichtig. Ich vermutete, daß die anderen beiden den Pfad bereits überquert hatten und nun an den Flanken hochstiegen, um von hinten an uns heranzukommen. Sie hatten immerhin eine grobe Vorstellung von unserem Versteck. Sie hatten den Kombi auf dem Wanderpfad anhalten sehen. Wir hätten von da an zu Fuß auf dem Pfad weitergehen können. Doch sie wußten, daß wir das nicht getan hatten, da sie von ihrem Standort aus ein großes Stück des Pfades überblicken konnten. Wenn wir zu Fuß weitergegangen wären, müßten wir noch zu sehen sein. Da wir verschwunden waren, konnten wir nur den Berghang hinaufgegangen sein. Sie brauchten das Gebiet nur noch ein wenig einzugrenzen, um uns dann herauszutreiben und zu erledigen.

Bourger hatte nun den Kombi erreicht und ging auf ein Knie, um sich die Wagenunterseite zu betrachten. Vermutlich wollte er feststellen, ob der schräg stehende Wagen noch zu bewegen war oder ob wir mit der Ölwanne aufgelaufen waren. Dann richtete er sich wieder auf und spähte in den Wagen.

Wir hatten zwar unser ganzes Gepäck im Wagen, aber nichts ließ darauf schließen, daß dort noch vor wenigen Minuten Gewehre und Munition gelegen hatten. Es sah ganz danach aus – und mir wurde in dem Moment klar, daß es Zander bewußt darauf angelegt hatte –, als hätte uns der Tod Guidos so kopflos gemacht, daß wir in eine Sackgasse fuhren, fluchtartig unser Fahrzeug verließen und uns zu verstecken versuchten. Bourger konnte ja nicht wissen, daß ich der einzige in unserer Gruppe war, der den Kopf verloren hatte. Nun suchte er den Berghang ab und sagte etwas zu seinem Begleiter. Dann ging er langsam auf den Pfad zu und blieb dort mit erhobenen Armen stehen, als wolle er jemandem, den er weiter oben am Berg sehen konnte, das Zeichen zu einer großen Zangenbewegung geben.

Seltsamerweise wußte ich ganz genau, was er vorhatte. Er mußte davon ausgehen, daß einer oder mehrere von uns bewaffnet waren. Männer mit einer Vergangenheit, wie Zander sie hatte, so sagte er sich wohl, trugen gerne Handfeuerwaffen bei sich, und dieser junge Berber eiferte ihm wahrscheinlich nach. Jedenfalls wollte er versuchen, uns zum Schießen zu verleiten. Das Risiko, dabei selber getroffen zu werden, schien ihm offenbar, gemessen an den Vorteilen, nicht allzu groß. Der Anführer, der sich selber als Zielscheibe anbietet, braucht oft keine Befehle zu geben. Wenn er uns erst mal dazu verführt hatte, unser Versteck zu verraten, genügte ein Kopfnicken, und seine Männer erledigten den Rest. Es würde eine schnelle, saubere und problemlose Operation werden, eine Auszeichnung für Rasmuk und – natürlich – für Raoul Bourger. Der Trick, den Feind zum Schießen zu verleiten, ist eine alte Taktik bei der

Infanterie. Sie funktioniert nur dann nicht, wenn sie gegen einen äußerst disziplinierten Feind angewandt wird, der den Trick ebenfalls kennt und weiß, wie er ihn zu seinem eigenen Vorteil umkehren kann.

Trotzdem fragte ich mich, warum Zander der Versuchung nicht nachgegeben hatte, den Killer-Wunderknaben ein für allemal loszuwerden. Ich brauchte einen Moment, bis mir klarwurde, warum er nicht geschossen hatte. Hätte er Bourger und seinen Begleiter getötet, dann hätte er damit nur die zwei übrigen Mitglieder des Teams wissen lassen, daß sie mehr als nur Faustwaffen gegen sich hatten. Sie hätten dann sofort gewußt, was zu tun war. Der Citroën stand hinter den Steinmauern der alten Scheuer in Sicherheit. Sie hätten also nur an das Funkgerät in dem Wagen kommen müssen, um Verstärkung anzufordern; dann hätten sie mit ihren Waffen den Wanderpfad sichern und in aller Ruhe abwarten können. Das italienische Team, das auf der anderen Seite der Grenze wartete, hätte in weniger als einer Stunde bei uns sein können. Wir hätten bleiben können, wo wir waren, oder wir hätten auf dem Höhenweg spazierengehen können, aber wir hätten absolut nichts tun können, um lebend herauszukommen.

Nein. Es war unsere Seite, die den Feind zum Schießen verleiten mußte, und plötzlich hörte ich, wie wir genau das versuchten.

Simone rief etwas zu Bourger hinunter. Sie sagte es auf arabisch, so daß ich nicht genau verstand, was sie sagte, aber ich wußte genug, um sie dem Sinn nach zu verstehen.

»Bruder Bourger?« rief sie. »Bruder Raoul? Was zahlt dir Rasmuk dafür, daß du uns tötest?«

Ihre Stimme bekam von der Bergwand einen eigenartigen Nachhall mit. Hätte ich nicht gesehen, daß sie nur mit einem

Gewehr und einer Schultertasche voll Munition hier herauf-
gestiegen war, hätte ich angenommen, daß sie einen Laut-
sprecher verwendete.

Die Reaktion Bourgers war verblüffend. Er machte einen
Satz zur Seite und landete in einer Hockstellung, die fast
übergangslos in einer Rolle endete. Dann verschwand er
hinter der Kante des Wanderpfades. Im gleichen Augenblick
zerfetzte eine Salve seines Mannes auf unserer linken Flanke
die unteren Äste eines Baumes ein paar Meter neben mir.

»Ach Bruder Raoul«, klagte Simone, »warum trachten
uns deine Herren nach dem Leben? Damit du es nur weißt:
sie werden nie ihr Geld sehen, nie. Warum riskierst du so
viel für so wenig?«

Sie hatte sich bewegt. Das war am Klang ihrer Stimme zu
erkennen. Wieder wurde eine Salve in die Bäume gefeuert,
diesmal so nahe, daß Kiefernnadeln auf mich herabregneten.
Dann sah ich Bourger direkt unter uns über den Pfad rennen.
Im Laufen machte er jemandem zu unserer Linken Zeichen.

Simone lachte. »O Bruder Raoul«, rief sie, »sei vorsichtig.
Sei vorsichtig, sonst erschießt du noch deine Freunde.«

Aber er war sich der Gefahren eines Kreuzfeuers bewußt
und drückte auf einen Knopf hinter dem CB-Mikrofon an
seinem Rockaufschlag.

Die beiden Männer, die sich den Hang hocharbeiteten,
um in unseren Rücken zu gelangen, mußten ganz in der
Nähe sein, denn obwohl er leise in sein Mikro redete, hörte
ich seine Stimme in ihren Lautsprechern quäken. Einer von
ihnen war nur wenige Meter über mir.

Es folgte eine kurze Stille. Dann eröffnete Zander das
Feuer.

Ich behielt meinen Kopf unten und starrte unverwandt auf
den Wanderpfad, denn das Unterholz war sehr licht, und ich

fürchtete, der Mann über mir könne mein Gesicht sehen, wenn ich aufblickte. Und so sah ich Bourger sterben. Ich sah nicht, wie er getroffen wurde. Was passierte, war, daß sein Körper auf dem Pfad landete, als habe ihn irgendein Ungeheuer, das keine Verwendung mehr für ihn hatte, dort hingeworfen.

Der Lärm der Gewehre ging etwa fünf Sekunden, glaube ich. Dann war wieder Stille. Ganz in meiner Nähe hörte ich, trotz des Sausens in meinen Ohren, das zweimalige Klicken eines Magazinwechsels.

»Sind Sie unverletzt?« fragte Simone.

»Ja. Und Sie?«

Sie stand auf und zeigte mit ihrem Gewehr den Hang hinauf. »Ist er tot? Überzeugen wir uns lieber. Ich gebe Ihnen Feuerschutz, wenn Sie eben mal nachsehen.«

Ich kroch zu der Stelle, die sie andeutete. Das erste, was ich sah, war die am Boden liegende Maschinenpistole des Mannes. Er selbst lag dahinter. Der Kopf war ihm zur Hälfte abgerissen, und aus einer Arterie am Hals blubberte noch das Blut.

»Der ist tot genug«, sagte ich. »Bourger auch. Haben Sie den auch erwischt?«

»Das war der Patron. Die jungen Leute werden sich um die anderen gekümmert haben, aber wir wollen hier auf neue Anordnungen warten.«

Wir standen da und sagten nichts mehr, bis vom Pfad unten Zanders Stimme kam.

»Mr. Halliday, Simone, wir können jetzt alle gehen«, sagte er. »Wir werden unsere Gewehre für die Polizei hier lassen und die Uzis mit uns nehmen. Aber schnell, bitte. Wir haben nicht viel Zeit.«

»Was wird aus der Munitionskiste?« fragte ich.

»Lassen Sie sie stehen«, sagte Simone. »Und wenn Sie so freundlich wären, diese Uzi mit hinunterzunehmen. Aber fassen Sie sie am Tragriemen an. Wir wollen keine Fingerabdrücke hinterlassen.« Sie wischte ihre eigenen mit ein paar Papiertaschentüchern von dem Gewehr ab.

Ich verschmierte die Griffe der Munitionskiste, bevor ich nach der Uzi griff. »Wird sich die Polizei nicht Gedanken darüber machen, wie es vier Männer mit vier Gewehren schaffen konnten, sich gegenseitig umzubringen und in diesen Stellungen liegenzubleiben?« fragte ich.

»Sicher. Die werden sich auch Gedanken darüber machen, von wem wohl diese anderen Kugeln stammen, die in den Baumstämmen hier und in dem Kastenwagen, den Guido fuhr. Es wird viele Rätsel geben. Deshalb müssen wir uns jetzt beeilen, damit wir nicht hier sind, um ihnen beim Lüften der Geheimnisse behilflich zu sein.«

Ich stieg zu dem Pfad hinunter. Zander, an dessen Mohairanzug Kiefernnadeln klebten, benutzte ein seidenes Taschentuch, um sein Gewehr abzuwischen. Als er mich mit der Uzi kommen sah, deutete er mit einer Kopfbewegung auf die andere, die neben Bourgers Leiche am Boden lag.

»Vielleicht nehmen Sie die auch, Mr. Halliday. Wir werden sie in ihrem Auto zurücklassen. Es wird alles dazu beitragen, die polizeilichen Ermittlungen durcheinanderzubringen.«

»Nehmen *wir* denn nicht ihren Wagen?«

»Nein, ich glaube, das wird nicht nötig sein.« Die Augen waren müde. Mir schien, er sah merkwürdig alt aus, und ich fragte mich, wann solche mit Waffengewalt erfochtenen Siege wohl ihren Reiz für ihn verloren hatten.

Ich las die zweite Uzi auf. »Müssen wir nach dem Attentat auf den Ortofilm-Kastenwagen nicht damit rechnen«, sagte ich, »daß die Polizei auf diesen Straßen ein besonderes Interesse an dem Kombiwagen der Ortofilm haben wird? Die Umstände sind doch auch so schon schlimm genug, ohne daß wir zusätzlich von der Polizei aufgehalten und verhört werden. Der ORF wird die Ortofilm sofort mit mir und Jean-Pierre in Verbindung bringen. Ich kann zwar nicht für ihn sprechen, aber ich weiß jedenfalls, daß ich selber nicht die geringste Lust habe, hier in Österreich Rede und Antwort zu stehen.«

Er seufzte. »Ich sehe, Sie trauen uns nicht mehr zu, richtig vorauszuplanen, Mr. Halliday. Ich bedaure das zwar, aber vielleicht mußte man das erwarten. Sie waren nicht darauf gefaßt, daß es Verluste an Menschenleben geben würde. In einem Punkt kann ich Sie allerdings beruhigen. *Ihre* Befürchtungen sind grundlos. Wir haben, so gut es ging, für alle Eventualitäten vorgesorgt. Jean-Pierre übernimmt die Verantwortung für alle polizeilichen Aussagen, die Sie möglicherweise in die Sache hineinziehen könnten. Gehen Sie jetzt bitte hinunter und legen Sie diese Maschinenpistolen zu den anderen. Mokhtar und Jasmin sind bereits unten. Warten Sie dort. Simone und ich kommen dann gleich nach.«

Ich tat, was er verlangte. Als dann Simone mit Zanders Unterstützung den Kombi rückwärts den Berg herunterfuhr, bis zum Anfang des Wanderpfades, kam von der Straße herauf eine große Ford-Limousine angeschaukelt. An der Windschutzscheibe hatte sie den Aufkleber einer Autoverleihfirma, Jean-Pierre saß am Steuer.

Er hielt an, als er mich sah. »Ist mit Ihnen alles in Ordnung?« fragte er beim Aussteigen.

»Mit uns schon, und mit dem Patron und Simone auch, aber wir werden hier vier Leichen zurücklassen. Haben Sie da unten den Kastenwagen mit Guido gesehen?«

»Ja. Die Polizei kümmert sich darum, und ein Krankenwagen ist eben eingetroffen. Ich konnte natürlich nicht anhalten. Ist er schlimm verletzt?«

»Wir konnten auch nicht anhalten, aber wir sahen, wie er getroffen wurde. Sie feuerten auf ihn, damit er den Weg für sie freigab.«

»Und nun sind sie tot. Das ist gut.«

»Wahrscheinlich ist es das. Wo haben Sie den hier gemietet? Judenburg?«

Aber er hatte keine Zeit mehr für mich. Er hatte den Patron gesehen und lief hin, um sich mit ihm zu besprechen. Augenblicke danach gab Zander Befehle. Sofort begannen Mokhtar und Jasmin, unsere verschiedenen Gepäckstücke von dem Kombi in den Kofferraum des Mietwagens umzuladen. Als Zander mich aufforderte, an dem Gespräch teilzunehmen, war Jean-Pierres Handkoffer allein in dem Kombi zurückgeblieben.

Zander gab mir einen seiner starren Blicke, bevor er anfing. »Das folgende Szenario ist beschlossen worden«, sagte er schließlich. »Es scheint jedoch recht und billig, Sie zu fragen, ob Sie irgendwelche Kommentare dazu haben. Also. Hören Sie sorgfältig zu, bitte. Nachdem Ihr Freund beim ORF von Ihnen den Interview-Film übernommen hatte, beschlossen wir, unseren Erfolg zu feiern. Aber ohne Jean-Pierre und Guido. Die hatten die Aufgabe, die Ortofilm-Fahrzeuge nach Genf zurückzubringen. Jean-Pierre sah uns zuletzt in einer Kneipe, wo wir beim Wein saßen. Wir hatten davon geredet, mit der Bahn nach Wien zu fahren. Er weiß nicht, ob wir dabei geblieben sind, aber er ärgerte sich etwas darüber, daß er nicht mitfeiern durfte. Als Folge davon schlug er Guido einen kleinen Umweg vor. Anstatt geradewegs über Mailand und den Montblanc-Tunnel nach

Genf zu fahren, sollten sie erst noch ein wenig die Landschaft genießen und einen Abstecher nach Ljubljana und Triest machen. Guido war einverstanden. Als sie sich dann dem Wurzenpaß und der Grenze näherten, bemerkte Jean-Pierre, daß Guido in dem Kastenwagen nicht mehr folgte. Er hielt an und wartete. Er macht sich zunächst überhaupt keine Gedanken. Guido ist jung. Wenn er eine Panne hat, kann er selber das Rad wechseln. Erst als eine Stunde verstrichen ist, denkt er an die Möglichkeit eines Unfalls. Also fährt er zurück. Was er vorfindet, bestürzt ihn nicht weniger als die Polizei. Möchten Sie etwas dazu bemerken, Mr. Halliday?«

»Ja, die Geschichte stinkt.«

»Warum?«

»Wo befinden *wir* uns in dem Augenblick, *jetzt* meine ich? Besoffen in einer Kneipe in Arnoldstein oder in der Bahn nach Wien?«

»Wen interessiert denn das? Schon heute abend könnten wir in Deutschland sein. Danach ...« Er zuckte mit den Achseln.

»Um welche Zeit ist der Zug abgefahren? Und wenn es nun gar keinen Zug von Arnoldstein oder Villach gibt, den wir hätten nehmen *können*? Vergessen Sie bitte nicht, daß ich keineswegs die Absicht habe, unterzutauchen und mit offizieller nordamerikanischer Hilfe eine nagelneue Identität anzunehmen.«

»Jean-Pierre auch nicht.«

»Aber er hat Antworten auf die Fragen parat, die man ihm stellen wird. Und es sind keine schlechten Antworten. Sie sind zumindest einfach und einigermaßen überzeugend. Ich habe nicht eine, die auch nur halbwegs überzeugt. Und wenn Sie glauben, die Österreicher würden, falls sie das FBI um Hilfe bitten, von dort keine enthusiastische Unterstützung bekommen, dann liegen Sie falsch. Ich habe bei Gelegenheit einige unangenehme Wahrheiten über das FBI verbreitet, und die Leute dort haben ein sehr gutes Gedächtnis.«

»Sie haben kein Verbrechen begangen«, sagte Simone. »Es mag eine Schande sein, daß Sie sich nicht erinnern können, wie Sie von Arnoldstein nach Deutschland gekommen sind, weil Sie so betrunken waren, daß Sie fast die ganze Zeit schliefen, aber dafür kann man Sie nicht ausliefern. Ganz abgesehen davon, warum sollten sie denn Mr. Halliday Unannehmlichkeiten bereiten, dem guten Mann, der eine österreichische Silbermine den Klauen eines verrückten, dekadenten Ausländers entriß? Diese vier Männer da oben sind alle vorbestraft. Daß sie Guido attackierten, war eindeutig ein Versehen, sie haben ihn verwechselt. Mit wem? Offensichtlich mit dem oder mit denen, die nachher sie selbst attackierten und töteten. Mr. Halliday konnte von solchen Dingen unmöglich wissen.«

»Sie hat natürlich recht«, sagte Jean-Pierre, »auch wenn ich mir jetzt nicht die Zeit nehmen kann, Ihnen zu sagen, warum. Je länger ich hier bleibe, desto schwächer wird meine Geschichte. Leben Sie wohl, Mr. Halliday.« Er gab mir die Hand. »Viel Glück und *bon voyage*.«

Den anderen sagte er nicht Lebewohl; er lächelte und nickte ihnen nur zu, während er in den Kombi stieg und losfuhr. Er würde vom Patron hören, keine Frage, aber erst, wenn Gras über die Sache gewachsen war. Bis dahin hatte er seine Arbeit in dem Pariser Büro und vielleicht das Problem, einen Ersatz für Guido zu finden.

Wir warteten danach noch fünf Minuten und fuhren dann ebenfalls los.

Wo Guido von der Straße heruntergefahren war, hatte die Polizei Schranken mit Blinklichtern aufgestellt, und die Autos wurden im Einbahnverkehr daran vorbeigeleitet. Wir hatten beim langsamen Vorbeifahren Zeit zu beobachten, wie Jean-Pierre lebhaft mit den Verkehrspolizisten diskutierte. Die Besatzung der Ambulanz war eben dabei, eine Tragbahre mit Guido vom Straßenrand zu ihrer Ambulanz zu tragen. Ein junger Mann in einem weißen Mantel, vermutlich ein Assistenzarzt, ging ständig mit einem hochgehaltenen Plasmatropf nebenher.

»Sehen Sie, Patron?« bemerkte Simone. »Guido ist nicht für uns verloren. Jean-Pierre wird dafür sorgen, daß er bestens verpflegt wird.«

»Ja, ich sehe es. Manche Verletzungen, vor allem im Rücken, können gefährlicher aussehen, als sie wirklich sind. Wir dürfen hoffen.«

Er saß auf dem Beifahrersitz neben ihr. Als wir auf unserer Fahrt nach Norden Villach erreichten, war er eingeschlafen.

Wir fuhren, ohne anzuhalten, zum Salzburger Flughafen und lieferten den Mietwagen ab. Von dort nahmen wir ein Taxi zur deutschen Grenze und gingen mit unserem Gepäck zu Fuß durch die Paßkontrolle und den Zoll. Niemand zeigte sich irgendwie an uns interessiert. Auf der deutschen Seite gab es ein Lokal, das auch nachts geöffnet war und in dem man einen Imbiß bekommen konnte. Nachdem ich telefoniert hatte, saßen wir dort bei einem Bier und Sandwiches.

Der ausgiebige Schlaf im Auto hatte Zander wiederhergestellt. Er aß und trank mit Hingabe. Daß ich am Essen nicht interessiert war, blieb nicht verborgen.

»Sie sehen müde aus, Mr. Halliday.«

»So fühl ich mich auch.«

»Sie haben sich tapfer geschlagen. Sie werden gut schlafen.«

»Sicher.«

Sein Blick ging zu einer Gruppe von Lastwagenfahrern, die an einem Tisch in der Nähe Kaffee tranken, aber sie beachteten uns nicht, nicht mal Simone. Er fuhr fort.

»Dieser General, den ich gestern kennenlernte, General Newell. Hat er Sie interessiert?«

»Sehr sogar. Er schien ausgesprochen fähig.«

»Er sagte etwas Merkwürdiges zu mir.«

»Ach ja?«

»Er sagte, ich hätte ein ungewöhnliches Lächeln.«

»Patron«, sagte Simone, »ich glaube, unsere Wagen kommen an.«

Er machte eine ganz leichte Handbewegung. Die Wagen konnten warten. »Der General sagte, ich hätte ein Lächeln, das ihm bisher nur einmal begegnet sei. Es sei das Lächeln eines Offiziers, den er gekannt habe und der Chefausbilder in einer Schule für den Kampf ohne Waffen gewesen sei. Merkwürdig, eh? Er sagte, wenn Soldaten zu Ausbildungskursen an die Schule kamen, verleitete sie das angenehme Lächeln des Chefausbilders zu dem Glauben, sie hätten angenehme Tage vor sich. Doch das war dann nie der Fall.«

»Ach nein?«

»Nein. Sie mußten feststellen, daß das Lächeln eine Irreführung war. Merkwürdig, nicht wahr, daß er mir so etwas erzählt? Ich habe mich nie als einen Mann gesehen, der oft lächelt, ja, der überhaupt lächelt. Soviel sollten Sie inzwischen über mich wissen, Mr. Halliday. Ich lächle fast nie. Aber trotzdem, ich mochte General Newell. Mit ihm als Vorgesetztem hätte man einen guten Mann.« Er stand auf.

»Ja, Simone, du hast recht. Da sind Wagen und Leute, die nach uns suchen. Leben Sie wohl, Mr. Halliday. Unsere Zusammenarbeit hat mir Spaß gemacht.« Er hob die Hände, frisch geschrubbt und bereit zum Eingriff, und einen Moment lang glaubte ich, er wolle mir zum Abschied die Hand geben.

Dann wandte er sich ab. Simone und die jungen Leute winkten mir zum Abschied kurz zu und waren mit ihm verschwunden. Auch der Mann, der sie begleitete, nickte mir kurz zu. Es war der Schweigsame, der mich sechsunddreißig Stunden vorher vom Gasthaus nach Velden und wieder zurück gefahren hatte. Sobald sie weg waren, kam Schelm an meinen Tisch und setzte sich mir gegenüber.

»Ich bin froh, Sie heil wiederzusehen«, sagte er. »Ich habe nicht weit von hier ein Hotelzimmer für Sie reservieren lassen, und für den Mittagsflug der Lufthansa nach New York ist ein Sitz für Sie gebucht, wenn Sie ihn wollen. Ich würde vorschlagen, Sie versuchen möglichst, den Flug zu erwischen. Hier ist das Ticket. Die österreichische Polizei berichtet von zwei Zwischenfällen in der Nähe der jugoslawischen Grenze; es waren Schußwaffen im Spiel, vier Tote und ein Schwerverletzter. Der Regionalfunk spricht von einer Schießerei am Wurzenpaß, die eine Racheaktion der italienischen Roten Brigaden sein soll. Wollen Sie mir kurz erzählen, was gestern passiert ist, nachdem Sie weggefahren sind?«

Ich erzählte es ihm in aller Kürze. Er ließ seinen Blick nachdenklich über mich wandern.

»Was ist bloß mit Ihrem Anzug passiert?« fragte er. »Man könnte meinen, Sie seien schwanger.«

»Es ist kein neuer Anzug, und er ist es nicht gewohnt, daß ich darin an österreichischen Berghängen durchs Gebüsch stolpere. Das Futter ist zerrissen.« Ich dachte wieder an Simones Anregung, den zweiten Film meinem guten Freund Schelm zu geben und ihn zu bitten, Kopien davon an Interessenten in der Golfregion zu verteilen. Nun schien mir das doch keine so gute Idee. Wenn die Nato – trotz des verlangten Preises und all der anderen Argumente, die dagegensprachen – vielleicht doch mit dem Gedanken spielte, wegen der Bucht von Abra einen Handel zu schließen, dann konnte ein Film mit einem Interview, in dem sich der Herrscher als Narr und als krimineller Psychopath bloßstellte, als überaus lästig angesehen werden. Er könnte dann leicht verlorengehen. Möglicherweise würde ich ihn nie wiedersehen. Am besten behielt ich ihn vorläufig selber. »Wohin werden Sie Zander und seine Familie schicken?« fragte ich.

Die Frage verletzte sein Gefühl für Anstand so sehr, daß sie ihn zunächst einmal von der Beschäftigung mit meinem Anzug und der eigenartigen Ausbeulung in meinem Jackett ablenkte. Auf dem Weg zum Hotel, das er für mich ausgesucht hatte und das unweit vom Münchner Flughafen lag, gab ich vor zu dösen und schlief auch fast ein. Als er mich am Hotel absetzte, sagte er, ich solle den Zubringerflug nach Frankfurt nehmen, er werde mir um zehn einen Wagen schicken. So könnte ich wenigstens noch drei Stunden schlafen.

Die brauchte ich zwar dringend, aber ich war entschlossen, das Risiko nicht einzugehen. Statt dessen duschte ich, rasierte mich und zog mich um. Nun war es fast sieben, und ich konnte das Frühstück bestellen. Um halb acht ging ich aus dem Hotel und hinterließ Schelm die Nachricht, ich hätte mich zu einem früheren Nachhauseflug entschlossen und hoffte, im Flugzeug schlafen zu können. Als ich in

Frankfurt ankam, blieben mir noch zwei Stunden, genügend Zeit für das, was ich vorhatte. Ich bekam ohne Schwierigkeiten einen Platz im Lufthansa-Flug nach New York.

Im Kennedy-Flughafen hatte der Mann von der Einwanderungsbehörde nur ein gelangweiltes Nicken für mich übrig. Am Zoll warteten sie jedoch bereits auf mich, schmallippig und erwartungsfroh.

»Ist das Ihr ganzes Gepäck, Mr. Halliday?«

»Ja, mehr hab ich nicht.«

»Auf dieser Erklärung hier geben Sie an, daß Sie während Ihres Aufenthalts in Europa nichts gekauft haben. Ist das richtig?«

»Richtig.«

»Haben Sie in Übersee vielleicht etwas *erworben*? Einen Handelsartikel oder ein Geschenk zum Beispiel?«

»Ich habe nichts dabei. Möchten Sie die Koffer öffnen?«

»Mr. Halliday, das hier ist eine Stichprobe. Wir möchten Sie in das Büro da drüben bitten, wo wir uns über Ihre Zollinhaltserklärung unterhalten können. Sie haben doch keine Einwände, oder? Wenn Sie nichts haben, finden wir auch nichts. Richtig?«

Zu dritt brauchten sie eine halbe Stunde. Sie machten auch eine Leibesvisitation, wurden aber nicht richtig intim. Sie klopften mich nur ab.

»Wollen Sie mir denn nicht sagen, was das alles soll?« fragte ich, als sie fertig waren. »Und reden Sie nicht wieder von einer Stichprobe. Ich bin vielleicht kein Reporter mehr, aber ich kann mir durchaus noch Gehör verschaffen. Bis jetzt habe ich mitgespielt. Ich habe hier nicht rumgebrüllt, daß man mich belästigt oder mich meiner Bürgerrechte beraubt. Also, schenken Sie mir jetzt wenigstens reinen Wein ein. Wonach haben Sie gesucht?«

Der Ranghöchste zögerte, dann zuckte er mit den Achseln. »Heißes Geld in einer 16-mm-Filmdose. Das wurde uns gesagt. Wir bekamen einen Hinweis. Dem mußten wir nachgehen.«

»Da hat Sie jemand auf den Arm genommen. Seh ich aus wie ein Devisenschmuggler?«

»Heutzutage, Mr. Halliday, sieht jeder aus wie ein Devisenschmuggler. Sie würden staunen.«

»Was hätten Sie gemacht, wenn ich eine Dose mit einem belichteten Film dabeigehabt hätte?«

»Wir hätten ihn zur weiteren Untersuchung einbehalten. Da Sie geleugnet haben, so etwas mitzuführen, hätten wir selbstverständlich das Recht gehabt, mißtrauisch zu sein. Wir hätten vermutet, der Hinweis sei aus Gehässigkeit gegeben worden. Wenn Sie einen Film dabeigehabt hätten, hätten wir auf Porno getippt.«

Am nächsten Tag rief mich Barbara an, um mir mitzuteilen, das Luftfracht-Päckchen aus Frankfurt sei sicher in ihrem Büro angekommen; die Filmdose sei ungeöffnet und in Sicherheit. Ich bat sie, dem Produzenten Bescheid zu sagen, damit er ihn abholen und entwickeln lassen konnte.

Er rief mich am nächsten Morgen an. »Das Zeug ist großartig, Bob«, sagte er, »besser noch als der erste Teil, aber wir haben ein Problem.«

»Welcher Art? Rechtlich?«

»Nicht direkt. Haben Sie seit Ihrer Rückkehr von Ihrem Freund Rainer gehört?«

»Nein.«

»Nun, eine bearbeitete Fassung des ersten Teils wurde gestern vom österreichischen Fernsehen ausgestrahlt. Die Wirkung war sensationell.«

»Gut. Irgendwelche Reaktionen?«

»Unglücklicherweise, Bob, sind diese Leute am Golf, die UAE, nicht so zufrieden wie Sie. So haben sie in Wien eine formelle diplomatische Protestnote überreicht und behaupten darin, ein ehrenwertes Mitglied ihres Bundesrates sei zu dem Interview übertölpelt und dann verleumdet worden.«

»Kein Mensch hat ihn übertölpelt. Sie haben es doch auch gesehen. Ich habe ihm nur ein paar Fragen gestellt.«

»Das sagen die Österreicher auch. Aber wegen der Österreicher machen wir uns ohnehin keine Sorgen. Die können auf sich selbst aufpassen. Wußten Sie, daß die Syncom-Sentinel einer unserer größten und verläßlichsten Geldgeber ist?«

»Das wußte ich nicht, nein. Ich dachte, Sie seien auf die Großzügigkeit der Allgemeinheit angewiesen.«

»Wir sind auf alles angewiesen, was wir bekommen können. Syncom unterstützt uns in großem Maßstab. Und das macht die Sache schwierig. Die wissen nämlich, daß von dem Interview ein zweiter Teil existiert, der Teil, den Sie den Österreichern vorenthalten haben.«

»Und sie wollen nicht, daß er gesendet wird.«

»So ist es.«

»Na dann, mein kühner Produzent, Sie werden denen auf den Kopf zusagen, daß Sie sich von keinem multinationalen Konzern zensieren lassen, daß Sie der Öffentlichkeit verpflichtet sind und daß sie ihr lumpiges Geld behalten können? Ja?«

»So einfach ist das nicht, Bob. Sie haben uns auf einen Bericht der Agence France Presse vom gestrigen Abend hingewiesen, demzufolge Seine Hoheit der Herrscher in eine Schweizer Heilanstalt eingeliefert worden ist. Wir haben recherchiert, und es ist offenbar keines dieser Häuser, wo sie reiche Junkies und Trinker trockenlegen und dann wieder auf die Menschheit loslassen. Es ist eine private Klinik für Geisteskranke, höchster Sicherheitsstandard, teuer, aber absolut seriös, wie man uns sagt. Es muß der Streit mit den Österreichern wegen dieser Silbermine gewesen sein, der am Golf die Alarmsignale ausgelöst hat. Außerdem ist aus Abu Dhabi ein Bericht da, der besagt, daß ein Cousin dieses Herrschers ernannt und beauftragt worden ist, ihn während seiner, wie sie es nennen, ›Unpäßlichkeit‹ zu vertreten. Wäre er ein König gewesen, hätte es wohl geheißen, der Cousin sei als Regent eingesetzt worden. Aber Sie sehen das Problem?«

»Wenn wir diesen Film jetzt zeigten, würden wir einen kranken Mann verfolgen, der sich nicht wehren könnte. Wir würden einen Manisch-Depressiven, der für seine Handlungen und Äußerungen nicht verantwortlich ist und sich inzwischen in einer Klinik befindet, dem Spott und der Gehässigkeit der Öffentlichkeit preisgeben. Ist das richtig?«

»Ja, und es tut mir leid, Bob. Sie haben dort großartig gearbeitet. Ein Jammer, daß der sich als ein Verrückter entpuppt.«

»Ja.«

Barbara fand auch, daß es ein Jammer sei. Der Film hätte gut für mich sein können, das heißt, gut fürs Geschäft. Doch dann tröstete sie sich damit, daß Pacioli die zweite Rate von fünfundzwanzigtausend freigab.

Von Schelm hörte ich nichts mehr. Der Versuch, mit Hilfe seiner amerikanischen Kontakte und des US-Zolls den Film zu beschlagnahmen und somit das Petrucher-Interview abzuwürgen, war sein Abschiedsgruß für mich gewesen. Etwa drei Monate später brachte jedoch eines der Nachrichtenmagazine einen Artikel über die Bucht von Abra. Es war einer dieser Artikel, die ausschließlich auf die abzielen, die zwischen den Zeilen lesen können. Berichte, so hieß es dort, denen zufolge zwischen Verteidigungsexperten der UAE und Nato-Vertretern in Rom Gespräche stattgefunden hätten, bei denen die Einrichtung eines Behelfsstützpunktes für die Marine in der Bucht von Abra erörtert worden sei, seien in Abu Dhabi kategorisch dementiert worden.

Am Ende dieses Monats erhielt ich eine Ansichtskarte. Das Bild auf der Vorderseite zeigte das Gasthaus Dr. Wohak. Die Mitteilung selbst war kurz.

Der Patron sagt, ich dürfe Ihnen schreiben, daß es uns gut geht. Vielleicht werde ich schon ziemlich bald schreiben und offen fragen können, ob solche Nachrichten von uns künftig für Sie irgendwie von Interesse sein werden. S.

Die Briefmarke ließ erkennen, daß die Postkarte in New York aufgegeben worden war.

Es scheint wahrscheinlich, daß die nächste Mitteilung, falls es die Firma Zander Pharmaceuticals immer noch gibt, in Miami abgeschickt werden wird. Sie müßte jetzt jeden Tag eintreffen.

Mit der Zeit wird Zander die Luft ausgehen, und mir auch, ganz allmählich und mutmaßlich ohne viel Trara. Doch seine Familie hat noch einen langen Weg vor sich. Ich bin mir wirklich nicht sicher, was ich antworten soll.

Eric Ambler
im Diogenes Verlag

Mit der Zeit
Roman. Aus dem Englischen von Hans Hermann

Die Maske des Dimitrios
Roman. Deutsch von Mary Brand und Walter Hertenstein. detebe 20137

Der Fall Deltschev
Roman. Deutsch von Mary Brand und Walter Hertenstein. detebe 20178

Eine Art von Zorn
Roman. Deutsch von Susanne Feigl und Walter Hertenstein. detebe 20179

Schirmers Erbschaft
Roman. Deutsch von Harry Reuß-Löwenstein, Th. A. Knust und Rudolf Barmettler. detebe 20180

Die Angst reist mit
Roman. Deutsch von Walter Hertenstein. detebe 20181

Der Levantiner
Roman. Deutsch von Tom Knoth. detebe 20223

Waffenschmuggel
Roman. Deutsch von Tom Knoth. detebe 20364

Topkapi
Roman. Deutsch von Elsbeth Herlin. detebe 20536

Schmutzige Geschichte
Roman. Deutsch von Günter Eichel. detebe 20537

Das Intercom-Komplott
Roman. Deutsch von Dietrich Stössel. detebe 20538

Besuch bei Nacht
Roman. Deutsch von Wulf Teichmann. detebe 20539

Der dunkle Grenzbezirk
Roman. Deutsch von Walter Hertenstein und Ute Haffmans. detebe 20602

Ungewöhnliche Gefahr
Roman. Deutsch von Walter Hertenstein und Werner Morlang. detebe 20603

Anlaß zur Unruhe
Roman. Deutsch von Franz Cavigelli. detebe 20604

Nachruf auf einen Spion
Roman. Deutsch von Peter Fischer. detebe 20605

Doktor Frigo
Roman. Deutsch von Tom Knoth. detebe 20606

Bitte keine Rosen mehr
Roman. Deutsch von Tom Knoth. detebe 20887

Als Ergänzungsband liegt vor:

Über Eric Ambler
Aufsätze von Alfred Hitchcock bis Helmut Heißenbüttel. Chronik und Bibliographie. Herausgegeben von Gerd Haffmans. detebe 20607